Harper
Collins

Umwelthinweis:
Dieses Buch wurde auf chlor- und säurefreiem Papier gedruckt.

S. D. Robertson

Solange ich in deinem Herzen bin

Roman

Aus dem Englischen von
Wallys Olsen

HarperCollins

HarperCollins®
Band 100047
1. Auflage 2017

HarperCollins® Bücher
erscheinen in der HarperCollins Germany GmbH,
Valentinskamp 24, 20354 Hamburg
Geschäftsführer: Thomas Beckmann

Deutsche Erstveröffentlichung

Titel der englischen Originalausgabe:
Time To Say Goodbye

erschienen bei: Avon Books

Published by arrangement with Avon,
an Imprint of HarperCollins Publishers, LLC

Umschlaggestaltung: büropecher, Köln
Redaktion: Anna Hoffmann
Titelabbildung: HarperCollins; Joaquim Junior, EyeEm,
khoa vu / Getty Images; shutterstock
Autorenfoto: © S. D. Robertson
Satz: GGP Media GmbH, Pößneck
Druck und Bindearbeiten: GGP Media GmbH, Pößneck
Printed in Germany
Dieses Buch wurde auf FSC®-zertifiziertem Papier gedruckt.
ISBN 978-3-95967-073-9

www.harpercollins.de

Für Claudia und Kirsten

1. KAPITEL

14:36 Uhr, Donnerstag, 29. September 2016

Sterben stand nicht auf dem Zettel, den ich an diesem Nachmittag noch geschrieben hatte. Zweifellos hatte die Fahrerin des Geländewagens auch nicht vorgehabt, einen Radfahrer umzubringen. Aber es war passiert. Ihr riesiger schwarzer Wagen schlingerte auf mich zu – und erfasste mich frontal. Keine Zeit zu reagieren. Nur ein schreckliches Kreischen, ganz kurz das Gefühl zu fliegen und plötzlich ein lähmender Schmerz. Dann verlor ich das Bewusstsein.

Auf einmal stand ich auf dem Pflaster und sah zu, wie zwei Sanitäter darum kämpften, meinen geschundenen, blutüberströmten Körper wiederzubeleben. Verzweifelt hoffte ich, sie würden es schaffen, ich ging sogar etwas näher heran, um im richtigen Moment vielleicht wieder zurück in meine Haut springen zu können. Alles zwecklos. Minuten später wurde ich für tot erklärt.

Aber ich bin doch noch hier! sagte ich mir. Nur als was? Und dann dachte ich an Ella. Was würde mit ihr geschehen, wenn ich tot war? Sie wäre ganz allein, von beiden Eltern verlassen. Und ich hatte ihr geschworen, dass das niemals geschehen würde.

„Wartet! Gebt nicht auf!", brüllte ich die Sanitäter an. „Nicht aufhören! Ich bin noch hier. Ihr müsst es weiter versuchen. Ihr wisst nicht, was ihr da macht! Verdammt noch mal, gebt mich nicht auf! Ich bin nicht tot!"

Ich schrie mir die Lunge aus dem Leib, bettelte und flehte sie an, weiterzumachen, weiter zu versuchen, Leben in meinen reglos daliegenden Körper zu pumpen. Aber sie konnten mich nicht hören. Für sie war ich unsichtbar und ironischerweise auch für die Schaulustigen, die sich an der Polizeiabsperrung versammelt hatten – einige fuchtelten mit Smartphones herum, ganz versessen darauf, einen Blick auf den toten Typen zu erhaschen.

Aus schierer Verzweiflung versuchte ich, einen der Sanitäter zu packen. Aber als meine Hand seine rechte Schulter berührte, wurde ich von einer unsichtbaren Kraft nach hinten geschleudert. Alle viere von mir gestreckt, lag ich auf dem Asphalt. Ich war benommen, doch komischerweise verspürte ich keinerlei körperlichen Schmerz. Ich rappelte mich auf und versuchte es mit dem Kollegen des Mannes noch mal, wieder wurde ich zu Boden geworfen. Was zum Teufel ging hier vor?

Dann sah ich die Fahrerin, die mich getötet hatte. Unter den wachsamen Blicken eines jungen Streifenpolizisten rauchte sie eine Mentholzigarette nach der anderen. „Es war ein Unfall“, sagte sie zwischen den Zügen. „Das Navi war runtergefallen und lag auf dem Boden, neben meinen Füßen. Ich wollte es nur wieder aufheben, als … Oh Gott, ich hab immer noch vor Augen, wie sein Gesicht an die Windschutzscheibe geprallt ist. Was hab ich nur getan? Kommt er wieder in Ordnung? Sagen Sie mir, dass er durchkommt.“

„Sehe ich aus, als wäre mit mir alles in Ordnung?“, fragte ich. Ich stellte mich vor sie, starrte ihr ins Gesicht und versuchte, sie durch meine Willenskraft dazu zu bringen, mich wahrzunehmen. „Hat es den Anschein, als würde ich durchkommen? Sie haben mich umgebracht. Ich bin tot. Nur wegen eines blöden Navis. Sehen Sie mich an, verflucht noch mal! Ich stehe vor Ihnen!“

Sie hätte großartig aussehen können, wäre da nicht Erbrochenes auf ihren hochhackigen Schuhen und in den geglätteten Haaren gewesen. Leichenblass war sie, und sie zitterte so furchtbar, dass ich es nicht übers Herz brachte, sie weiter zu beschimpfen. Sie wusste auch so, was sie getan hatte.

„Warum bin ich noch hier?“, brüllte ich zum Himmel.

„Weißt du, wie spät es ist?“, fragte ein Polizist den anderen.

„Gleich drei.“

Verdammt. Schulschluss. Ellas Grundschule war zu Fuß gute fünfzehn Minuten von hier entfernt; es war wie ein Reflex, ich fing an zu rennen.

Die letzten paar Nachzügler gingen gerade durchs Schultor, als ich ankam. Die Auswirkungen meines Unfalls zeigten sich bereits an einer riesigen Autoschlange, die sich die eine Spur der Vorstadtstraße entlangschleppte. In den Autos sah ich an Autofenstern platt gedrückte Nasen und neugierige Blicke. Ich hetzte zum Hinterausgang des Schulgebäudes, wo Ella warten würde, und sah sie da ganz allein stehen und verlassen vor sich hin schauen. „Hier drüben, Liebling!“, rief ich winkend und rannte über den menschenleeren Schulhof. „Es ist alles in Ordnung. Ich bin jetzt hier.“

Keine Ahnung, was ich mir dabei gedacht habe. Warum sollte sie mich wahrnehmen, wenn es sonst niemand konnte? Meine sechsjährige Tochter sah einfach durch mich hindurch.

Warum sollte sie mich sehen, wenn mich sonst niemand sehen konnte? Dass meine sechsjährige Tochter durch mich hindurchguckte, brachte mich ziemlich schnell auf den Boden der Tatsachen.

„Ella, Daddy ist hier“, sagte ich zum x-ten Mal. Ich hatte mich vor sie hingekniet, sodass wir uns von Angesicht zu Angesicht befanden, aber ich traute mich nicht, sie zu berühren, nach dem, was ich mit den Sanitätern erlebt hatte. Ihre Lippen waren rau, und ihre rechte Hand, mit der sie die Hello-Kitty-Brotdose umklammerte, war mit rotem Filzstift beschmiert. Ich schnappte nach Luft, als mir klar wurde, dass ich nicht in der Lage sein würde, sie daran zu erinnern, ihren Lippenbalsam zu benutzen, und ich konnte ihr auch nicht mehr helfen, „die dreckigen Pfoten zu schrubben“, wie wir es immer genannt hatten.

Sie merkte nicht, dass ich da war, sondern schaute erwartungsvoll zum anderen Ende des Schulhofs.

Hinter Ella kam Mrs. Afzal aus der Schultür. „Ist er immer noch nicht da, Liebes? Dann solltest du jetzt besser reinkommen.“

„Er kommt gleich“, sagte Ella zu ihrer Lehrerin. „Vielleicht ist die Batterie in seiner Armbanduhr schon wieder leer.“

„Komm. Wir gehen ins Büro und rufen ihn an.“

Panik durchzuckte mich, als ich mir vorstellte, wie mein Handy hinten im Krankenwagen klingelte, während mein toter Körper abtransportiert wurde. Wie einer der Sanitäter – noch mit meinen Blutspritzern auf seinem grünen Hemd – meine Taschen danach durchwühlte. Wie lange mochte es noch dauern, bis Ella erfuhr, was passiert war?

Ich wollte den beiden gerade ins Gebäude folgen, als mir jemand auf die Schulter klopfte. Erschrocken drehte ich mich um.

„Hallo, William. Tut mir leid, dass ich mich so angeschlichen habe. Ich … äh … ich bin Lizzie.“

Eine stämmige kleine Frau in einem trutschigen grauen Kostüm und einem beigen Trenchcoat stand vor mir, einen Arm hatte sie ausgestreckt, um mir die Hand zu schütteln. Vorsichtig, weil ich wieder einen heftigen Stoß aufs Pflaster befürchtete, griff ich nach ihrer dicklichen Hand. Trotz der ungewöhnlich warmen Septembersonne fühlte sie sich kühl an.

„Woher kennst du meinen Namen?“, fragte ich. „Und wie kann es sein, dass ich dich anfassen kann?“

„Als du gestorben bist, bin ich zu dir geschickt worden. Wahrscheinlich hast du einige Fragen.“

„Was bist du? Eine Art Engel? Das kannst du einem anderen erzählen.“

Lizzie, die grob geschätzt Ende zwanzig war, fuhr sich mit der Hand durchs wellige schwarze Haar, das im Nacken locker zusammengebunden war. Ihre Nase zuckte – ich musste an ein Kaninchen denken.

„Äh, nein. Ich bin kein Engel. Wir sind im selben Team, aber die sind weiter oben in der Hackordnung. Betrachte mich als eine Art Reiseführerin. Diese Zeit kann ziemlich verwirrend sein. Ich bin hier, um deinen Übergang vom Leben zum Tod so reibungslos wie möglich zu gestalten. Wie kommst du bis jetzt zurecht?"

„Nun ja, ich bin tot. Abgesehen von dir kann mich keiner sehen. Nicht mal meine kleine Tochter, die gleich erfahren wird, dass sie Vollwaise ist. Wie komme ich da wohl zurecht?"

„Stimmt. Tut mir leid. Kann ich irgendwas tun, um dir zu helfen?"

„Wie wär's denn, wenn du mich wieder lebendig machen würdest und stattdessen diese verdammte durchgeknallte Autofahrerin mitnimmst? Es ist ihre Schuld, dass ich hier bin."

Sie schüttelte den Kopf. „Das ist nicht möglich, fürchte ich. Kann ich vielleicht irgendetwas anderes für dich tun?"

„Kannst du mir helfen, mich mit Ella zu verständigen? Wenn ich wirklich ein Geist bin, kann man mich dann nicht unter bestimmten Umständen sehen? Ich muss Ella mitteilen, dass ich noch hier bin, dass ich sie nicht verlassen habe."

„Das G-Wort benutzen wir eher nicht. Es hat zu viele negative Konnotationen. Der Begriff *Seele* ist uns lieber."

„Was auch immer. Das ist Haarspalterei. Kann ich nun mit Ella reden oder nicht?"

„Sie kann dich nicht sehen oder hören. Das hast du selber gesagt. Das wird also leider nicht funktionieren. Ich bin hier, weil ich dich auf die andere Seite hinüberführen und dir zeigen soll, wie es dort läuft."

„Und wenn ich nicht mitkommen will?"

„Hier ist nichts mehr für dich."

„Was ist denn mit meiner kleinen Tochter? Sie braucht mich."

„Du bist nicht mehr für sie verantwortlich, William. Du hast keinen Einfluss mehr auf ihr Leben. Du bist jetzt nur noch Seele. Was für dich auf der anderen Seite wartet, ist so unglaublich, dass es nicht in Worte zu fassen ist."

„Du hast meine Frage nicht beantwortet. Was ist, wenn ich nicht mitkommen will? Zerrst du mich strampelnd und schreiend hinter dir her?"

„Ich bringe dich nirgendwohin, wo du nicht hinwillst."

„Also kann ich bleiben?"

Sie zuckte mit den Schultern. „Das ist deine Wahl."

„Und wenn ich mit dir gehe? Kann ich es mir dann noch anders überlegen und wieder zurückkommen?"

„Nein. Rückreisen sind nicht vorgesehen."

„Und wie ist es andersrum? Wenn ich jetzt nicht mit dir gehe, kann ich dann später kommen?"

Lizzie zögerte einen Moment, ehe sie nickte. „Es gibt eine Gnadenfrist."

„Na, so kommen wir doch zusammen. Wie lange?"

„Kommt drauf an." Sie sah zum Himmel hoch. „Das wird ganz oben entschieden. Ich werde wieder auf dich zukommen müssen."

„Gut. Dann komme ich auch wieder auf dich zu. Wie erreiche ich dich?"

Als ich das sagte, wurde ich vom Geplapper zweier Lehrerinnen abgelenkt, die an uns vorbeigingen. Ich drehte mich ganz kurz zu ihnen um, und als ich mich Lizzie wieder zuwenden wollte, war sie verschwunden.

Verwirrt schaute ich mich um. „Hallo? Bist du da? Kannst du mich noch hören? Du hast meine Frage nicht beantwortet. Und warum kann ich keinen berühren – nur dich?"

Ich rechnete fest damit, dass sie wieder auftauchen würde, doch das tat sie nicht. „Na toll. Dann bin ich wohl auf mich gestellt."

Ich hatte meine einzige Tochter im Stich gelassen. Ich hatte das Versprechen gebrochen, das ich ihr unzählige Male gegeben hatte. Meistens wollte sie es hören, wenn sie abends im Bett lag, mich eindringlich ansah und nach ihrer Mutter fragte.

„Daddy, du wirst mich doch nie verlassen, oder?"

„Nein, natürlich nicht, Schatz. Ich bleibe hier. Ich verlasse dich nie."

„Versprichst du das?"

„Ich verspreche es. Aus tiefstem Herzen."

Offensichtlich hatten sie in der Schule etwas herausgefunden. Ella wurde vom Flur vor dem Schulbüro wieder in ihre Klasse gebracht, wo Mrs. Afzal sie mit Buntstiften und Papier beschäftigte. Die Lehrerin lächelte die ganze Zeit, aber ich konnte das Mitleid in ihrem Blick sehen. Sie sagte Ella, es habe ein Problem gegeben, sie müsse noch eine Weile in der Schule warten.

„Wann kommt mein Daddy denn?"

„Ich weiß nicht genau, wie lange du warten musst, Ella. Aber ich bleibe bei dir, bis du abgeholt wirst."

„So spät ist er noch nie gekommen. Letztes Mal, als die Batterie von seiner Uhr kaputt war, hat er sich nur ein kleines bisschen verspätet. Ich war noch nicht mal die Letzte auf dem Schulhof."

Mrs. Afzal kniete sich neben Ella auf den Boden. „Was malst du da?"

„Eine Eiswaffel. Sehen Sie, da sind die Schokostreusel, und gleich mal ich noch rote Soße dazu. Daddy hat gesagt, ich krieg heute ein Eis nach dem Abendessen, weil bei den alten Weibern Sommer ist."

Meine Mutter kam schließlich und holte Ella ab. Für ihre Enkelin versuchte sie irgendwie, Haltung zu bewahren, und tat so, als wäre alles ganz normal. Doch ich konnte den Schmerz in ihren Augen erkennen. Sie wusste es. Normalerweise hätte sie mit Mrs. Afzal über ihre eigene Zeit als Grundschullehrerin geplaudert. Heute nicht.

„Nana!", rief Ella. Sie rannte auf ihre Großmutter zu und umarmte sie fest. „Ich wusste gar nicht, dass du mich heute abholst. Daddy hat sich total verspätet."

Ich sah das Zucken im Gesicht meiner Mutter, die Ella fest an ihren schmächtigen Körper drückte. Aber sie bemühte sich, ihren Schmerz zu verbergen und sich nichts anmerken zu lassen, während sie das Schulgebäude mit Ella an der Hand verließ.

Ich ging so nah an sie heran, wie ich konnte – ohne sie zu berühren: „Hallo, Mum", flüsterte ich ihr zu, „ich hab's vermasselt. Es tut mir so leid. Ich brauche dich, du musst jetzt für mich auf Ella aufpassen."

Mum fuhr Ella nach Hause. Dort setzten sie sich ins Wohnzimmer. Ich musste beobachten, wie Tränen über die Wangen meiner Mutter rollten. Ich wusste, was gleich passieren würde, und es machte mir schreckliche Angst. Aber es half nichts. Ella würde gleich die Wahrheit erfahren.

„Was ist los, Nana? Warum weinst du? Was ist los? Ist Daddy okay?"

„Nein, Schatz. Ich muss dir etwas Furchtbares erzählen."

„Was denn? Was ist passiert? Hat er sich verletzt? Ist er im Krankenhaus?"

Die Tränen liefen in Strömen über Mums Gesicht. Ich konnte den Anblick kaum ertragen. „Es gab einen schrecklichen Unfall, mein Schatz. Daddy war sehr schwer verletzt und ... es tut mir so leid ... er ist gestorben."

Einen Moment lang war Ella ganz still, dann sagte sie: „Wie meinst du das? Was für ein Unfall war das?"

„Daddy fuhr auf seinem Rad. Er ist … er ist gestürzt."

„Gestürzt? Wie? Was hat ihn verletzt?"

„Ein Auto."

„Wo ist er jetzt? Ist er ins Krankenhaus gekommen?"

„Nein, Liebling. Er ist gestorben. Er ist nicht mehr da. Er ist im Himmel. Bei deiner Mummy."

Ella stand auf. „Das kann nicht sein. Er geht nachher mit mir Eis essen. Er kommt nur ein bisschen zu spät. Man darf nicht lügen, Nana. Das tut man nicht. Soll ich dir mein neues Haarband zeigen? Ich hol es mal. Es liegt in meinem Zimmer."

Sie rannte aus dem Wohnzimmer und die Treppe hoch. Mum blieb verstört zurück.

„Geh ihr hinterher!", rief ich.

Aber in diesem Moment klingelte Mums Handy. „Hallo? Oh, Tom, du bist es. Gott sei Dank. Bist du noch immer auf dem Polizeirevier?"

Ich ließ Mum mit Dad reden und ging nach oben in Ellas Zimmer. Vor einem Jahr hatte sie mich überredet, es leuchtend pink zu streichen. Zuerst konnte ich nicht sehen, wo sie war, dann hörte ich ein Rascheln in dem Prinzessinnenschloss, das ich ihr zum vorletzten Geburtstag geschenkt hatte. Eigentlich wollten wir das rosa Spielzelt abbauen, weil sie es schon eine Zeit lang nicht mehr benutzt hatte, so hatten wir es vor Kurzem besprochen. Doch als ich jetzt durch den Fensterschleier ins Zelt sah, hockte sie da drinnen. Sie drückte ihr Lieblingskuscheltier Kitten an sich und starrte auf den Boden.

Ich kniete mich direkt vors Fenster. „Ich wünschte, du könntest mich hören, Ella. Du bist meine Welt, mein Ein und Alles. Ich bin für dich da, und ich bleibe bei dir."

„Ich weiß, du bist nicht tot, Daddy", sagte sie. Ich erschrak.

„Ella?" Ich streckte den Arm ins Zelt, um sie zu berühren, um Kontakt herzustellen – nur um im hohen Bogen durch die Luft zu fliegen und auf der anderen Seite des Zimmers mit dem

Rücken an die Wand zu knallen. Wieder kein Schmerz, aber es war nun endgültig klar, dass ich niemanden berühren konnte.

„Bitte, komm bald nach Hause, damit Nana sieht, dass sie sich irrt“, fuhr sie fort, denn sie hatte gar nicht gemerkt, was eben passiert war. „Du hast versprochen, dass du mich nie verlässt. Und ich weiß, das war ehrlich gemeint. Bitte, komm nach Hause, Daddy. Ich vermisse dich.“

2. KAPITEL

Sieben Stunden tot

Mum und Dad beschlossen, die Nacht in meinem Haus zu verbringen, damit Ella in ihrem gewohnten Umfeld bleiben konnte. Sie quartierten sich in dem mickrigen dritten Zimmer ein, das kaum größer war als das Doppelbett, das darin stand. Mir wäre es lieber gewesen, sie hätten in meinem Zimmer geschlafen, aber das fanden sie unangemessen – und meine Einwände konnten sie ja nicht hören.

Ich war zunehmend verzweifelt darüber, dass mich niemand wahrnehmen konnte. Die einzige Bestätigung meiner Existenz lieferte der Hund meiner Eltern, Sam, der zusammen mit Dad eintraf. Der sonst so friedliche King Charles Spaniel bellte andauernd und lief im Kreis herum, wenn wir im selben Raum waren. Zuerst hatte ich Hoffnung, ich könnte durch ihn vielleicht Kontakt zu meiner Familie herstellen. Doch bald zeigte sich, dass die Aussichten auf ein Lassie-ähnliches Verhalten eher trübe waren. Sam war nicht gerade der schlauste Hund der Welt. Abgesehen davon hatte er schon zu meinen Lebzeiten nicht viel für mich übriggehabt, und der Tod hatte daran nichts geändert. Jeder Versuch, Sam zu meinem Verbündeten zu machen, führte nur dazu, dass er umso lauter bellte. Also gab ich es bald auf.

Einen weiteren hoffnungsvollen Moment erlebte ich, als ich feststellte, dass ich mich im Spiegel sehen konnte. Meine Mutter putzte sich gerade im Badezimmer die Zähne. Ich musste seit meinem Unfall schon an Spiegeln vorbeigegangen sein, aber jetzt bemerkte ich mein Abbild darin zum ersten Mal.

„Hey“, rief ich und hüpfte wie ein Irrer winkend auf der Stelle. „Sieh doch, Mum! Ich bin hier!“

Aber sie konnte mein Spiegelbild ebenso wenig sehen, wie sie meine Stimme hören konnte.

Ich wartete, bis Dad kam, und versuchte noch mal, auf mich aufmerksam zu machen. Als er sich die Zähne putzte und sich das Gesicht wusch, stellte ich mich direkt neben ihn. Da war ich nun, klar wie der helle Tag, direkt neben ihm. Ich bat ihn, mich anzuschauen. Aber offenbar war ich der Einzige, der mein Spiegelbild sehen konnte.

Wenigstens schien ich unversehrt zu sein. Ich war erleichtert, keine Spur von den Verletzungen entdecken zu können, die ich bei dem Unfall abbekommen hatte.

„Das fühlt sich alles so unwirklich an", sagte Mum zu Dad, nachdem sie zu Bett gegangen waren. „Ich denke immer ... ich hoffe immer ... ich wache auf, und es war alles nur ein böser Traum."

Dad nahm ihre Hand und seufzte tief.

„Ich fühle mich wie betäubt", fuhr sie fort. „Nach dem ersten Schock, nachdem ich Ella erzählt habe, was geschehen ist, kommt es mir vor ... Ach, ich weiß nicht. Als ob das alles jemand anderem passiert. Nicht mir. Warum weine ich jetzt nicht? Ich habe das Gefühl, ich reagiere nicht so, wie ich sollte."

„Es gibt keine richtige Art zu reagieren", antwortete Dad. „Eltern sollen ihre Kinder nicht überleben."

„Aber wie fühlst du dich, Tom?"

Wieder seufzte er. „Ich setze einen Fuß vor den anderen. Wir müssen stark sein, für Ella."

Ich konnte es nicht ertragen, ihrem Gespräch noch länger zuzuhören. Irgendwie kam es mir vor, als würde ich lauschen, also ging ich in Ellas Zimmer. Als ich mich neben ihr Bett auf den Boden setzte, stürzte eine Flut von Ängsten auf mich ein.

Wie in aller Welt sollte dieses zerbrechliche kleine Mädchen ohne mich zurechtkommen? Würde es mir je gelingen, zu ihr durchzudringen – und wenn nicht, wie sollte ich weiter ohne Kontakt zu ihr in dieser Zwischenwelt existieren?

Gott, ich bin tot, dachte ich. Die schreckliche Wahrheit wurde mir langsam bewusst. Ich bin tatsächlich tot. Mein Leben ist vorbei. Ich werde Ella nie wieder in die Arme nehmen. Ich werde ihr nie wieder die Haare flechten, beim Zähneputzen helfen oder eine Geschichte vorlesen. All diese kleinen Dinge, die für mich immer ganz selbstverständlich waren, sind verloren. Für immer.

Dann dachte ich an den Unfall. Warum zum Teufel war ich überhaupt mit dem Rad gefahren?

Ella hustete im Schlaf. Ich schaute auf ihr rosiges Gesicht und die blonden Locken, die zerzaust auf dem Kissen lagen. Ein Blick auf meine schlafende Tochter genügte, um mich aus dem Sumpf von Selbstmitleid herauszukatapultieren. „Hör auf damit", sagte ich. „Hör auf, dir leidzutun. Sie ist das Einzige, das jetzt noch wichtig ist."

Ich hatte keine Ahnung, ob Geister – oder Seelen, wie Lizzie uns nannte – schlafen konnten. Besonders müde war ich nicht. Aber ich legte mich neben das Bett auf den Boden und versuchte, einen klaren Kopf zu bekommen. Den brauchte ich am nächsten Tag, wenn ich erneut versuchen würde, Ella auf mich aufmerksam zu machen. Es dauerte eine Weile, aber schließlich dämmerte ich weg.

Am nächsten Morgen wachte ich allein in Ellas Zimmer auf. Offenbar war sie schon aufgestanden. Bestürzt stellte ich fest, dass die Tür geschlossen war. In meinem bisherigen Dasein als Seele musste ich erfahren, dass ich keinerlei Einfluss auf die Menschen und Dinge um mich herum nehmen konnte. Das hieß, ich war gefangen. Ich erinnerte mich an eine Szene aus dem Film *Ghost – Nachricht von Sam*, in der der Typ, den Patrick Swayze spielt, lernen muss, durch eine geschlossene Tür zu gehen. Das war eine ziemlich windige Informationsquelle, aber wonach sollte ich mich sonst richten?

Also ging ich mit vorgestreckten Armen zur Tür und versuchte, die Hände durch das Holz zu drücken. Nichts. Allerdings wurde ich nicht zurückgeschleudert wie bei dem Versuch, Ella oder die Sanitäter zu berühren. Ich kam nur nicht durch die Tür. Als Nächstes probierte ich, die Türklinke nach unten zu drücken, ebenfalls vergeblich. Weder konnte ich greifen noch Druck ausüben. Ich spürte nichts.

Bei meinem nächsten Versuch stellte ich mir bildlich vor, wie ich durch die Tür ging, wie durch etwas Flüssiges. Ich warf mich sogar schreiend gegen das Türblatt, weil ich hoffte, meine Wut würde verborgene Kräfte freisetzen. Aber nichts funktionierte. Ich saß wirklich in der Falle.

Wenig später kam Ella und holte sich einen Pullover aus dem Schrank. Da konnte ich das Zimmer auf herkömmlichem Weg verlassen.

Kurz nach dem Mittagessen hörte ich es an der Haustür klopfen. Es klang nach dem „Todesklopfen". Ich hatte schon damit gerechnet. Zu Beginn meiner Laufbahn als Journalist hatte ich ziemlich häufig selbst an den Haustüren von hinterbliebenen Angehörigen gestanden, um aus ihrem Schicksal eine Story für die Lokalzeitung zu machen. Ich wäre niemals auf den Gedanken gekommen, dass nur wenige Jahre später meinetwegen geklopft werden könnte. Aber die Art, wie ich zu Tode gekommen war, und die tragische Konstellation meiner zurückgelassenen Familie luden die Reporter förmlich ein.

„Machst du auf, Tom?", rief Mum von oben, wo sie Ella die Haare kämmte.

„Mach ich", rief Dad, drückte die Zigarette aus, die er an der Hintertür geraucht hatte, und schlurfte durch den Flur. Er war ein fülliger Mann, doch er gehörte zu den Glücklichen, die eine solche Figur stattlich wirken ließ. Seinen markanten Gesichtszügen und den breiten Schultern hatte er es zu verdanken, dass er gut aussah, obwohl er viel zu viel auf die Waage brachte. Er liebte es, gut zu essen und zu trinken, und er hatte es nie eilig, irgendwohin zu kommen. Heute bewegte er sich sogar noch langsamer als sonst.

Er öffnete gemächlich die Tür – und eine attraktive junge Frau Mitte zwanzig stand vor ihm. Sie hatte ihr schönstes mitfühlendes Lächeln aufgesetzt.

„Guten Tag", sagte sie. „Es tut mir furchtbar leid, Sie zu stören. Ich bin Kate Andrews vom *Evening Journal*. Wir haben von dem schrecklichen Unfall gehört, dem William Curtis zum Opfer gefallen ist. Ich wollte mich erkundigen, ob ein Familienmitglied eventuell zu einem kurzen Gespräch bereit wäre. Wir möchten einen Artikel zu seinem Gedenken veröffentlichen."

Ich lächelte vor mich hin. „Gedenken" – diesen Begriff hatte ich bei ähnlichen Gelegenheiten auch immer benutzt, denn ich hatte festgestellt, dass es die effektivste Art war, die Familie mit ins Boot zu holen.

Dad, der während seiner Zeit als Anwalt ein hartnäckiges Misstrauen gegen die Presse entwickelt hatte, verlangte ihren Ausweis zu sehen. Nachdem er einen Blick darauf geworfen hatte, ließ er die junge Frau auf der Schwelle stehen und zog ab, um sich mit Mum zu beraten.

„Komm schon, alter Mann", sagte ich. Der Journalist in mir fand es unhöflich, ihr ein Interview zu verweigern. „Mach es dem Mädchen nicht so schwer."

„Was meinst du?", fragte er Mum. „Ich weiß nicht, ob das eine gute Idee ist."

„Warum nicht?"

„Willst du wirklich, dass unsere Privatangelegenheiten in der Zeitung breitgetreten werden?"

„Will hätte das so gewollt, da bin ich mir sicher. Schließlich war er selbst Journalist. Es ist doch nur richtig, dass die Lokalzeitung einen Artikel zu seinem Gedenken bringt."

„Und wenn sie nun alles verdrehen?“

„Das passiert wohl eher, wenn wir gar nicht mit ihnen reden, oder? Es wird einen Artikel geben, so oder so, Tom. Sie werden das nicht einfach ignorieren. Da ist es besser, wir bestimmen den Inhalt, soweit wir können.“

„Also, ich will nichts damit zu tun haben. Sprich du mit ihr, wenn es unbedingt sein muss. Aber lass dir keine Worte in den Mund legen und sag bloß nichts über den Unfall – erst recht nichts über die Schuldfrage. Ich gehe so lange mit Ella spazieren, ich möchte nicht, dass sie da mit reingezogen wird.“

Ich beschloss zu bleiben und mir das Interview anzuhören.

„Danke, dass Sie bereit sind, sich mit mir zu unterhalten“, sagte Kate, die an dem Tee nippte, den Mum ihr aufgebrüht hatte, ehe die beiden sich ins Wohnzimmer begeben hatten. Mum war leger gekleidet, in dunkelblauer Strickjacke und Jeans. Mir fiel auf, dass sie noch Lippenstift aufgelegt und sich die kurzen dunklen Haare gekämmt haben musste. Sie bemühte sich nach Kräften, einen gefassten Eindruck zu machen.

„Schon in Ordnung. Das scheint mir doch das Richtige zu sein, schließlich war Will auch Journalist.“

„Tatsächlich? Das wusste ich nicht. Für wen hat er denn gearbeitet?“

„Er war Reporter bei der *Times*. Früher war er in der Redaktion in London, aber vor sechs Jahren ist er wieder zurück in den Norden gezogen und war als freier Mitarbeiter tätig. Er arbeitet immer noch hauptsächlich für die *Times* – oh, er hat für sie gearbeitet –, aber er hatte auch Aufträge von anderen großen Zeitungen und einigen Zeitschriften. Es wundert mich, dass Sie ihn nicht kennen.“

Kate kam nicht zu Wort, bevor meine Mutter nicht die Geschichte meines gesamten beruflichen Werdegangs über ihr ausgeschüttet hatte, von meiner Zeit als Lokalreporter bei einer Wochenzeitung bis zu meiner bis vor Kurzem aktuellen

Tätigkeit bei der *Times*. Irgendwann gelang es ihr aber doch, eine Frage zu meinem Privatleben einzuwerfen. Ich sah, wie ihre Augen aufleuchteten, als Mum ihr erklärte, dass ich alleinerziehender Vater gewesen war – und dass Ellas Mutter auch nicht mehr lebte.

„Ah, jetzt haben wir dein Interesse geweckt“, sagte ich und spähte ihr über die Schulter auf die stenografierten Notizen. „Ja, daraus wird eine gute Story. Wenn man Zeitungen verkaufen will, gibt es nichts Besseres als eine tragische Familiengeschichte. Wer weiß, vielleicht schafft die Story es sogar auf die Titelseite.“

„Wie verkraftet Ella das?“, fragte Kate. „Ich kann mir nicht einmal vorstellen, wie sie sich fühlen muss.“

Ich wurde wütend. „Spar dir dieses geheuchelte Mitgefühl!“, brüllte ich. „Halt Ella da raus. Sie ist doch noch so klein.“

Mum rutschte unruhig auf der Couch herum. „Ich … darauf möchte ich nicht eingehen.“

„Natürlich“, sagte Kate, „das verstehe ich. Wie geht es denn Ihnen und Ihrem Mann? Es muss doch ein furchtbarer Schock gewesen sein.“

Beruhige dich, sagte ich mir, denn ich war ziemlich überrascht darüber, wie schnell ich die Nerven verloren hatte. Alles okay. Mum schafft das schon. Das Mädchen macht seine Arbeit, weiter nichts. Ich hätte genau dieselben Fragen gestellt.

„Ja“, flüsterte Mum. Sie atmete ein paarmal durch, ehe sie hinzufügte: „So ganz haben wir es noch nicht realisiert. Wir sind beide noch im Schock. Keiner rechnet doch damit, seine Kinder zu überleben. Uns kommt es so vor, als würden wir auf Autopilot laufen und für Ella alles zusammenhalten.“

Sobald Kate die Informationen hatte, die sie für ihre Story brauchte, fragte sie Mum, ob sie sich für den Artikel ein Foto von mir ausleihen könne. Nun ja, eigentlich bat sie um ein Foto von mir mit Ella, aber Mum war so vernünftig, das abzulehnen. Sie kramte in ihrer Handtasche und holte eine kleine lederne Brieftasche mit Fotos ihrer Liebsten heraus. Darunter war ein altes Bild von mir, das ich nie besonders gemocht hatte. Sie starrte eine Weile darauf, und ich befürchtete schon, sie würde anfangen zu weinen. Aber nachdem sie sich ein wenig Luft zugefächert und noch ein paarmal tief durchgeatmet hatte, gewann sie ihre Fassung zurück.

„Wie wäre es damit? Es ist schon etwas älter, aber es ist ein schönes Foto von ihm. Seine schönen blauen Augen kommen darauf so gut zur Geltung."

„Ja, das Foto ist ideal."

„Er hat sich nicht viel verändert, abgesehen von den paar grauen Haaren, die dazugekommen sind. Die ersten hatte er schon in seinen Zwanzigern. Wahrscheinlich war das der Stress. Er war gut aussehend, finden Sie nicht?"

Ich wurde verlegen, weil Kate gar nichts anderes übrig blieb, als ihr zuzustimmen.

„Sie passen drauf auf, nicht wahr?", sagte Mum. „Das Foto bedeutet mir viel. Ich muss es unbeschädigt wiederbekommen."

„Selbstverständlich. Ich bringe es in ein paar Tagen zurück, wenn Ihnen das recht ist. Und noch einmal: mein herzliches Beileid. Ich hoffe, die Beerdigung verläuft erträglich."

„Ich danke Ihnen. Sie machen etwas Nettes aus dem, was ich Ihnen erzählt habe, nicht wahr? Noch mehr Aufregung wäre wirklich das Letzte, das wir jetzt brauchen können."

Kate setzte wieder ihr mitfühlendes Lächeln auf. „Selbstverständlich. Der Artikel erscheint morgen in der Zeitung. Auf der Website sollte er dann auch stehen."

Nur ein paar Minuten später hörten Mum und ich Dad und Ella von ihrem Spaziergang heimkommen. Ella war in Tränen aufgelöst.

„Was in aller Welt ist passiert?“, fragte Mum, als wir beide an die Haustür gelaufen waren.

Dad hatte sich Ella über die linke Schulter gelegt, und da er außer Atem war und schwitzte, hatte er sie wahrscheinlich ein ganzes Stück des Weges getragen. An seinem rechten Arm zerrte Sam an der Leine und bellte wie üblich.

Mum nahm ihre Enkelin auf den Arm. Sie war zwar viel kleiner und dünner als Dad, aber sie war schon immer ziemlich stark gewesen. Irgendwann hatte sie angeblich auch mal geraucht, so wie er, doch ich konnte mich nicht mehr daran erinnern. Sie war die Gesundheitsbewusste von den beiden, achtete auf eine ausgewogene Ernährung und war wie ein kleiner Dynamo: immer in Bewegung. Gegensätze ziehen sich ja bekanntlich an.

„So, meine Kleine, komm mal zu Nana. Was hast du denn, mein Schatz? Was ist los?“

„Sie hat einen Schreck gekriegt, Ann. Mehr nicht. In ein paar Minuten geht es ihr wieder besser.“

„Was meinst du damit, Tom? Was hat sie erschreckt? Jetzt erzähl mir doch um Himmels willen, was passiert ist.“

„Keine große Sache. Wir haben einen schönen Spaziergang gemacht, bis … Wir sind an der alten Bahnstrecke entlanggegangen, damit ich Sam von der Leine lassen konnte. Für den Rückweg haben wir die Hauptstraße genommen. Unglücklicherweise haben wir da einen kleinen Zusammenstoß miterlebt. Ein Auto hat ein anderes beim Ausparken gestreift. Keiner hat sich etwas getan, aber es war ziemlich laut, und, na ja, es hat Ella eindeutig an das erinnert …“

„Lass gut sein, Tom, ich verstehe schon! Was hast du dir dabei gedacht? An der Hauptstraße mit ihr spazieren zu gehen! Komm, Ella. Wir setzen uns jetzt ein bisschen ins Wohnzimmer. Grandad holt dir was zu trinken. Möchtest du Saft?“

Ella nickte unter Tränen.

„Hast du gehört, Tom? Und kannst du Sam bitte nach hinten in den Garten bringen? Ich verstehe nicht, warum er andauernd bellt. So geht das schon, seit wir ihn hierhergebracht haben.“

„Das ist meine Schuld“, sagte ich. Ich sah zu, wie meine Mutter versuchte, Ella zu trösten. „Es ist alles meine Schuld. Bitte, wein doch nicht, Ella. Alles ist gut. Daddy ist da.“ Aber sie konnte mich nicht hören, ich war ihr noch immer verborgen. Dabei wollte ich sie so furchtbar gern in die Arme nehmen und ihr die Tränen von den Wangen wischen. Es brach mir das Herz. Ich nahm mir vor, das nächste Mal, wenn ich mit ihr alleine sein würde, alles zu versuchen, um zu ihr durchzudringen.

Die Gelegenheit bot sich erst, als sie an diesem Abend im Bett lag. Nachdem sie gebadet und eine Geschichte vorgelesen bekommen hatte, deckte Mum sie zu und gab ihr einen Gutenachtkuss.

„Möchtest du über irgendwas sprechen, bevor du dich schlafen legst?“, fragte Mum.

„Nein. Alles gut.“

„Na, aber wenn du reden willst – besonders über deinen Daddy –, dann bin ich für dich da. Grandad auch. Das weißt du doch, oder?“

„Ja.“

„Gute Nacht, mein Schatz. Schlaf gut. Lass dich nicht von den Schlafläusen beißen.“

Ella schüttelte den Kopf, sie sah sehr traurig aus. Das hatte ich immer zu ihr gesagt, wenn ich sie ins Bett gebracht hatte. Vermutlich hatte ich diesen Satz als kleiner Junge von meiner Mutter gehört.

Als Mum aufstand und aus dem Zimmer gehen wollte, schoss Ella kerzengerade im Bett hoch. „Ist mein Nachtlicht an, Nana?“

„Ja, Liebes. Das haben wir zusammen angemacht, bevor ich die Geschichte vorgelesen habe. Wenn ich das große Licht ausschalte, siehst du es.“

„Und das Licht auf dem Flur? Das machst du doch nicht aus, oder? Daddy lässt das immer für mich brennen. Ich mag es nicht, wenn es dunkel ist.“

„Keine Sorge. Wir lassen es für dich an.“

„Die ganze Nacht?“

„Die ganze Nacht.“

Sobald Mum unten war, kniete ich mich neben das Bett. „Ella?“, flüsterte ich in ihr Ohr. „Kannst du mich hören? Hier ist Daddy. Ich bin noch da. Ich habe versprochen, dich nie zu verlassen. Und ich halte mein Wort. Kannst du mich spüren?“

Nichts. Nichts deutete darauf hin, dass sie auch nur irgendwie meine Anwesenheit wahrnahm. Ihre großen Augen, die genauso wunderschön blassgrün waren wie die ihrer Mutter, waren weit offen, starrten aber ausdruckslos an die Decke. Mit einem Seufzer stand ich auf und begann, im Zimmer auf und ab zu gehen. Was konnte ich tun, um zu ihr durchzudringen? Wenn der Hund mich spüren konnte, dann müsste es Ella doch auch irgendwie möglich sein – ganz egal, was Lizzie mir erzählt hatte. Was war denn mit all den Leuten, die behaupteten, Geister gesehen zu haben? Irgendwas musste doch dran sein an diesen Geschichten. Und sagte man nicht, dass Kinder empfänglicher für solche Dinge waren als Erwachsene?

Ironischerweise hatte ich vor meinem Tod absolut nicht an Übersinnliches geglaubt. Als Journalist hatte ich mich hinter einer Mauer von Skepsis verschanzt. Ich erinnerte mich, wie ich immer mit Kollegen über Leute gelacht hatte, die anriefen und ihre Spukgeschichten erzählten. *Spinner* hatten wir sie genannt. Jetzt sah ich das Ganze aus einer anderen Perspektive.

Außer dem bisschen, das Lizzie mir erzählt hatte, beruhte mein gesamtes Wissen über Geister – ich meine Seelen – auf fiktiven Geschichten aus Büchern und Filmen. Doch was ich gerade durchmachte (und ich hatte mit der Analyse erst angefangen, nachdem der Schock, tot zu sein, ein wenig abgeklungen war), hatte rein gar nichts mit den Büchern oder Filmen zu tun, die ich kannte. Sosehr ich mich auch bemühte, ich bekam noch immer keinen Patrick Swayze zustande und konnte nach wie vor nicht durch Türen und Wände gehen. Ich konnte rumlaufen, sitzen und mich hinlegen, aber das war's dann auch schon. Und darauf zu achten, ja nicht hinter verschlossenen Türen eingesperrt zu werden, war mir schon in Fleisch und Blut übergegangen – wenn ich denn welches hätte. Mein Tastsinn war verschwunden. Ich war wie unter Narkose, betäubt. Ich kam mir irgendwie substanzlos vor und wie in einer großen Blase eingeschlossen, die mich von der Welt ringsum trennte. Und trotzdem, wenn ich nicht gerade versuchte, auf diese Welt einzuwirken, fühlte ich mich nicht so viel anders als vor meinem Tod.

Allerdings war da noch das Problem, dass ich Leute nicht anfassen konnte. Inzwischen hatte ich es ja schon häufiger versucht, und jedes Mal war ich wieder mit der gleichen Wucht zurückgeschleudert worden. Das tat mir nicht weh, haute mich aber trotzdem um – die beteiligte Person bekam jedoch nie etwas davon mit. Geruchs- und Geschmackssinn hatten mich auch verlassen, ich verspürte weder Hunger noch Durst. Alles, was ich noch konnte, war sehen und hören.

Mit Lizzie war das allerdings anders gewesen. Ich wusste noch deutlich, dass ich gefühlt hatte, wie sie mir auf die Schulter getippt hatte. Und an ihren kühlen Handschlag im warmen Sonnenschein erinnerte ich mich auch. Was soll's, dachte ich. Sie ist nicht mehr hier. Ich habe sie weggeschickt.

Also, welche Möglichkeiten hatte ich, zu meiner Tochter durchzudringen? Ich konnte das Licht nicht zum Flackern bringen, ich konnte keine Gegenstände verrücken oder mich sonst wie bemerkbar machen. „Komm schon, Ella“, sagte ich. „Hilf mir. Gib mir ein Zeichen, dass du mich spüren kannst. Ich bin hier, Liebling.“

Ganz plötzlich stieg Ella aus dem Bett, und ich musste ihr ausweichen. Sie kniete sich an die Stelle, an der ich gerade eben noch gesessen hatte. Zuerst wusste ich nicht, was sie vorhatte, bis sie anfing, leise zu sprechen: „Gott? Bist du da? Ich heiße Ella. Der Religionslehrer in der Schule sagt, wir können so mit dir reden, wenn wir traurig sind. Ist mein Daddy bei dir? Nana sagt das. Sie sagt, er ist im Himmel. Ich vermisse ihn wirklich, weißt du? Ich dachte, vielleicht könntest du ihn ja bald zurückkommen lassen. Er hat gesagt, er kauft mir ein Eis. Nana und Grandad passen auf mich auf, aber ich möchte trotzdem gern, dass er nach Hause kommt. Ich wünschte, ich wäre nicht mehr traurig. Amen.“

Ihre Worte durchbohrten mich wie Nadeln. Sie ermutigten mich, weiter zu ihr zu sprechen. Verzweifelt sehnte ich mich danach, zu ihr Kontakt aufzunehmen, aber was ich auch sagte und wie ich es auch sagte, es hatte keine Wirkung. Sie konnte mich immer noch nicht hören. Trotzdem blieb ich an ihrem Bett und flüsterte ihr Geschichten von Gruffalos, gefangenen Prinzessinnen, tanzenden Hunden und einer Katze namens Mog zu. Geschichten, die ich ihr so oft vorgelesen hatte, dass sie sich in mein Gedächtnis eingebrannt hatten. Noch lange nachdem Ella eingeschlafen war, erzählte ich weiter und hoffte wider alle Hoffnung, dass sie mich hören und sich getröstet fühlen würde.

„Gute Nacht, mein wunderschönes Mädchen“, sagte ich schließlich, als mein Repertoire erschöpft war. Ich beugte mich so weit, wie ich mich nur traute, über das Bett, in dem sie jetzt ganz tief schlief, und hauchte ihr einen Gutenachtkuss auf die Stirn.

„Nacht, Daddy“, murmelte sie.

3. KAPITEL

Einen Tag tot

Ich konnte es nicht glauben. Sie hatte geantwortet! Ich hatte „Gute Nacht“ gesagt – sie hat meine Stimme gehört und „Nacht“ gemurmelt. Spontan hätte ich mit Rufen und Schreien reagiert und gehofft, sie würde davon aufwachen und mich sehen. Doch ich verhielt mich ganz ruhig. Erstens, weil ich Angst hatte, meine Stimme würde wieder keinerlei Reaktion hervorrufen, zweitens, und das war eigentlich der Hauptgrund, wollte ich ihren Schlaf nicht stören. Sie sah so friedlich aus, und ich wusste, wie sehr sie ihre Nachtruhe brauchte. Hab Geduld, sagte ich mir. Das ist jetzt nicht der richtige Zeitpunkt.

Ich war so aufgeregt, hatte wieder Hoffnung. Wenn ich zu ihr durchdringen konnte, wenn sie schlief, dann hatte ich doch bestimmt auch eine Chance, es zu schaffen, wenn sie wach war.

Es war Zeit, Kontakt zu Lizzie aufzunehmen, fand ich. Sie hatte mir den Eindruck vermittelt, es wäre gar nicht möglich, dass Ella mich sehen oder hören könne, aber jetzt, nach diesem Erlebnis, war ich mir sicher, dass sie sich irrte. Ich brauchte ein paar Informationen.

Ich ging die Treppe hinunter, schlich an der geschlossenen Küchentür vorbei, hinter der Sam schlief, und betrat das Wohnzimmer. Das Licht vom Treppenflur reichte nicht bis hierher, es war also dunkel im Raum. Doch ich kannte mich ja aus, ließ mich auf meinem ledernen Lieblingssessel nieder und erinnerte mich daran, wie bequem der immer gewesen war. Jetzt fühlte ich gar nichts. Behaglichkeit oder Unbehagen waren in meinem derzeitigen Zustand nicht voneinander zu unterscheiden. Und ich konnte den Sessel ebenso wenig in die Liegeposition bringen, den Fernseher einschalten oder den Roman vom Tisch nehmen, den ich ein paar Abende zuvor auf dem Couchtisch liegen gelassen hatte – als ich noch nicht ahnte, dass ich nie erfahren würde, wie er ausging.

„Hallo?“, sagte ich. „Bist du da, Lizzie? Hörst du mich? Ich muss mit dir reden.“

Ein Klick und alle Lampen gingen an. Lizzie hockte auf der Couch, sie sah genauso aus wie bei unserer letzten Begegnung: Kostüm, Trenchcoat, Pferdeschwanz.

Sie lächelte. „Hallo, Fremder. Du liebst die Dunkelheit, oder?“

„Nicht besonders, aber offenbar bin ich nicht in der Lage, so einfache Dinge zu tun, wie das Licht anzuschalten. Im Gegensatz zu dir. Wie funktioniert das? Kann ich das lernen, oder bleibe ich so hilflos? Ich hatte nicht angenommen, dass ich so ... nutzlos sein würde.“

„Man sollte nie von irgendwelchen Annahmen ausgehen. Damit macht man sich nur zum Idioten.“

Ich wartete darauf, dass sie fortfuhr – und mir ein paar Informationen über meinen Zustand als Seele geben würde –, aber es kam nichts. Ich ertrug das Schweigen, solange ich konnte, und warf ihr meinen bemitleidenswertesten Blick zu, weil ich darauf setzte, dass das ihren Widerstand brechen würde. Doch es nützte nichts, sie starrte mich nur an.

„Nun mach schon“, jammerte ich. „Gib mir irgendwas. Sag mir wenigstens, warum ich immer, wenn ich jemandem zu nahe komme, gegen die nächstliegende harte Oberfläche geschleudert werde. Was hat es damit auf sich?“

Lizzie zog eine Grimasse. „Ja. Das kann unangenehm sein. Am besten vermeidet man so was. Ich fürchte, dagegen kannst du nichts machen. Du kannst einfach nicht da sein, wo ein lebender Mensch ist.“

„Na toll. Sonst noch was?“

Sie schüttelte den Kopf. „Dein Aufenthalt als Seele – hier auf Erden – ist vorübergehend. Doch wenn du einverstanden bist, mit mir zu kommen – weiterzugehen –, dann bekommst du alle Antworten, die du brauchst. Aber vergiss nicht, lange gilt dieses Angebot nicht mehr, die Uhr tickt."

„Wie lange noch?"

„Das ist noch nicht entschieden. Ich gebe dir Bescheid, sobald ich etwas erfahre. Höre ich da einen Sinneswandel heraus? Du musst dich langsam einsam fühlen, so ganz allein."

„Ich bin nicht allein. Ich bin bei Ella und meinen Eltern."

„Die können dich nicht sehen."

„Und darüber wollte ich mit dir reden."

„Oh."

Ich rutschte auf die Sesselkante vor. „Ich hatte einen Durchbruch."

Lizzie zog eine Augenbraue hoch. „Wie das?"

„Als Ella ins Bett gegangen und gerade weggedämmert war, habe ich ihr einige ihrer Lieblingsgeschichten erzählt. Ich dachte, sie könnte mich nicht hören, aber ich habe es trotzdem gemacht. Es fühlte sich richtig an, also habe ich ewig weitererzählt. Schließlich habe ich ihr Gute Nacht gesagt – und sie hat mir geantwortet."

„Sie hat dir Gute Nacht gesagt? Ich dachte, sie schlief."

„Ja. Es war, als würde sie im Schlaf reden."

„Das war wahrscheinlich nur Zufall. Vielleicht hat sie gerade geträumt, dass du ihr Gute Nacht sagst. Es ist ziemlich wahrscheinlich, dass sie von dir träumt, weil ihr Gehirn die Geschehnisse verarbeitet."

„Im selben Augenblick? Wirklich? Das glaube ich nicht. Ich bin überzeugt davon, dass sie mich hören konnte, zumindest unterbewusst. Wenn ich mich da einklinken kann, warum kann ich dann nicht zu ihr durchdringen, wenn sie wach ist? Sieh dir doch mal den Hund an, der weiß, dass ich noch da bin."

„Der Hund?"

„Sam, der Spaniel meiner Eltern. Er hört einfach nicht auf,

mich anzubellen, Lizzie. Ich lass mich nicht abspeisen. Sag mir die Wahrheit. Bitte. Ich flehe dich an."

Lizzie setzte sich gerade hin und richtete ihre schokoladenbraunen Augen auf mich. Ihre Nase zuckte wieder so komisch kaninchenartig, vermutlich war das ein Tick. Die Pause war lang, bevor sie sagte: „Es ist kompliziert."

„Was soll das heißen?"

„Über bestimmte Dinge darf ich nicht mit dir sprechen. Mein Job ist, dir dabei zu helfen, weiterzugehen."

„Aber wenn Sam mich wahrnehmen kann, warum kann sie es nicht?"

„Sie ist kein Hund."

„Bin ich froh, dass wir das geklärt haben. Nun komm, Lizzie, stell dich mir nicht in den Weg. Du weißt doch, worauf ich hinauswill."

„Ich gebe nur die Fakten wider. Diese Dinge funktionieren für Tiere anders als für Menschen."

„Das kannst du mir nicht antun. Ich hab doch nur dich. Hast du denn kein Herz? Wir reden hier von meiner sechsjährigen Tochter. Ella hat mir das Versprechen abgenommen, dass ich sie niemals verlasse, dass sie niemals allein sein wird, und jetzt hat sie das Gefühl, ich hätte sie im Stich gelassen. Sie denkt, ich hätte mein Versprechen gebrochen und sie verlassen, ohne mich von ihr zu verabschieden. Das wird sie doch ihr Leben lang verfolgen."

„Tut mir leid, ich kann dir nicht helfen. Wenigstens hat Ella ihre Großeltern, die sich um sie kümmern. Die beiden lieben sie offensichtlich sehr."

„Ja, aber das sind meine Eltern, nicht ihre. Ich bin ihr Vater. Bitte, Lizzie. Stell dir vor, du wärst Ella. Würdest du mich denn nicht wiedersehen wollen? Würdest du nicht die Wahrheit wissen wollen? Du musst doch auch mal einen Vater gehabt haben."

Lizzie starrte auf ihre Hände. So würde ich was erreichen.

„Nun komm", sagte ich. „Gib mir irgendeine Information. Ich hab doch recht, oder? Eine Verständigung mit Ella ist doch möglich? Gib es zu."

„Ich kann nichts machen."

Das Licht ging aus.

„Lizzie?", sagte ich. „Bist du da?" Aber ich kannte die Antwort schon. Am liebsten hätte ich vor Ärger losgebrüllt.

„Du bist mir eine schöne Reiseführerin", rief ich ins verlassene Wohnzimmer hinein. Dann fielen mir die beiden Zauberworte wieder ein: *Nacht, Daddy*. Sie weckten meine Leidenschaft und gaben mir wieder Zuversicht.

Lizzie hätte klipp und klar sagen können, dass es nicht möglich war und niemals möglich sein würde, mit meiner Tochter zu kommunizieren. Aber das hatte sie nicht getan. Ich konnte also hoffen.

4. KAPITEL

Sechs Tage tot

In den nächsten Tagen gab es kein weiteres Erfolgserlebnis. Ich versuchte es immer wieder, erreichte jedoch nichts. Vielleicht hätte ich die Gelegenheit gleich ergreifen müssen, als sie sich geboten hatte. Vielleicht hätte ich versuchen sollen, Ella zu wecken. Ich befürchtete sogar, dass Lizzie ihre Finger irgendwie mit im Spiel hatte, um zu verhindern, dass Ella mich hörte. Dennoch gab ich nicht auf. Tag und Nacht blieb ich an Ellas Seite und redete immerzu mit ihr, so als könnte sie mich hören.

Damit war ich so beschäftigt, dass ich dem Zeitungsartikel zu „meinem Gedenken“ kaum Beachtung schenkte, als er schließlich erschien. Ich stellte nur fest, dass ihm wohl ein relativ prominenter Platz in der Zeitung eingeräumt worden war. Mum schien mit den Formulierungen ganz zufrieden zu sein.

Für das große Ganze war dieser Artikel nicht wichtig. Von weitaus größerer Bedeutung war, dass Ella völlig neben sich stand. Sie hatte starke Stimmungsschwankungen. In einem Moment wirkte sie fröhlich, spielte mit ihren Puppen oder rannte mit Sam durch den Garten, im nächsten Moment brach sie wegen irgendeiner Kleinigkeit in Tränen aus – oder, noch schlimmer, sie wurde ganz still und in sich gekehrt.

Eines Nachts machte sie ins Bett, das war schon ewig nicht mehr passiert, und sie war tief verstört, als sie aufwachte und es merkte. Es brach mir das Herz, mit anzusehen, wie sie hektisch versuchte, um drei Uhr morgens selbst das Laken zu wechseln. Zum Glück wurde Mum wach und eilte zu ihrer Rettung herbei. „Was machst du denn da, mein armes Würstchen, das brauchst du doch nicht selber zu machen.

Dazu bin ich doch da. Warum hast du mich denn nicht gerufen?“

Mit hochrotem Kopf lief Ella zu ihrem Prinzessinnenschloss und versteckte sich.

„Das macht doch nichts, Schatz. So was passiert mal. Das ist ganz normal.“

„Das war ich nicht“, sagte sie kleinlaut. „Das muss Kitten gemacht haben.“

Auch tagsüber hatten Mum und Dad alle Hände voll zu tun: mit der Polizei, die die Strafverfolgung der SUV-Fahrerin wegen des Unfalls mit Todesfolge eingeleitet hatte, mit dem Staatsanwalt, der für die Untersuchung zuständig war, und mit dem Bestattungsinstitut, das meine Trauerfeier ausrichtete. Dann galt es auch noch die Vormundschaft für Ella zu beantragen und meinen Nachlass zu ordnen. Wie gut, dass ich Dads Rat gefolgt war und ein Testament gemacht hatte. Das vereinfachte die Dinge.

Meine Eltern waren sehr bemüht darum, immer positiv zu bleiben und für Ella alles zusammenzuhalten, aber ich konnte sehen, wie schwer ihnen das fiel. Dad rauchte und trank mehr denn je – und Mum, die sonst das blühende Leben war, sah aus wie jemand, der seit Wochen nicht geschlafen hatte. Meine Eltern wohnten noch immer in meinem Haus, obwohl ihnen die Bequemlichkeiten ihres eigenen Zuhauses fehlten. Nach der Beerdigung würden sie umziehen, das hatten sie mit Ella besprochen. Die Fahrt zu ihrem Haus dauerte mit dem Auto nicht länger als zwanzig Minuten, Ella konnte also zunächst noch in ihrer alten Schule bleiben.

Ein paar Tage behielten meine Eltern Ella zu Hause, aber dann wollte sie wieder zur Schule gehen. Ich beschloss, sie zu begleiten und darauf zu achten, dass es ihr gut ging, aber ich blieb nicht lange dort. Ich fühlte mich wie ein Eindringling. Das war ihr Territorium – ihre ganz persönliche Zeit weg von zu Hause –, darauf hatte sie immer Wert gelegt. Schon seit der Vorschule hatte sie lieber für sich behalten, was sie dort erlebt hatte. Ich fragte sie jeden Tag, was sie gemacht hatte, und sie antwortete, daran könne sie sich nicht erinnern. Zuerst fand ich das seltsam, aber viele Eltern erzählten mir, dass es bei ihren Kindern nicht anders war.

Wie dem auch sei, ich blieb an diesem ersten Tag etwa eine Dreiviertelstunde bei ihr. Anfangs war sie sehr still, und nach der Schulversammlung in der Aula musste sie auf dem Weg zurück in die Klasse ein bisschen weinen. Aber es ging gleich besser, nachdem ihre beste Freundin Jada sie in den Arm genommen und ihr versprochen hatte, auf sie aufzupassen. Dann machte ich mich auf den Heimweg, nur um vor meinem Haus festzustellen, dass Mum und Dad weggefahren waren und ich nicht reinkonnte.

Fantastisch. Ich setzte mich auf die Stufe vor der Tür, legte den Kopf in die Hände und tat mir selber leid. Es fing an zu regnen. Eigentlich hätte ich frieren und nass werden müssen da draußen, schließlich hatte ich seit meinem Tod immer nur die ausgefransten Jeans und das T-Shirt angehabt, aber ich empfand nur diese Taubheit. Irgendwie wünschte ich mir, die würde auch meinen Verstand befallen, nur da war ich nämlich noch zu Gefühlen fähig. Aber was blieb dann von meiner Menschlichkeit? Der Schmerz, den mir Ellas Kummer bereitete, war mein Antrieb, ich war fest entschlossen, mich weiter um sie zu kümmern.

Da bemerkte ich einen schwarzen Audi auf der Straße. Vor meinem Haus fuhr er langsamer, aber wegen der dunklen Fenster konnte ich nicht ins Innere des Wagens sehen. Ein paar Minuten später kam er aus der anderen Richtung zurück und parkte auf der gegenüberliegenden Straßenseite. Jetzt war ich neugierig geworden; ich stand auf, um mir den Wagen genauer anzusehen und herauszufinden, wer drin saß.

Genau in diesem Moment raste ein mir unbekannter dunkelblauer Ford Fiesta heran, bremste ab und bog auf meine Einfahrt ein.

„Verdammte Scheiße", brüllte ich und hechtete zur Seite. Um ein Haar hätte mich der Wagen erwischt. Ich hatte keine Ahnung, was passieren würde, wenn ich von einem fahrenden Auto überrollt wurde – und auch keine besondere Lust, es herauszufinden. Ich rappelte mich auf und sah den Audi in der Ferne verschwinden. Eine jüngere, etwas größere Ausgabe meiner Mutter stieg aus der Fahrertür des Fiesta. „Lauren", sagte ich, „ich hätte es wissen müssen."

Meine Schwester war schon immer wie eine Verrückte gefahren. Man hätte denken können, sie würde es ein bisschen gemäßigter angehen lassen, nachdem ihr Bruder bei einem Autounfall ums Leben gekommen war, aber das wäre wohl viel zu vernünftig gewesen. Lauren lebte seit fünfzehn Jahren in den Niederlanden, war es also nicht mehr gewohnt, auf der linken Seite zu fahren. Wer weiß, wie viele Beinah-Unfälle es auf dem Weg vom Flughafen hierher gegeben hatte.

Laurens Mann, Xander, ein Schrank von einem Holländer mit braunen, schlaff runterhängenden Haaren und Mittelscheitel, schälte sich aus dem Auto, ging zur Haustür und klingelte.

„Ich glaube, es ist keiner zu Hause", sagte er schließlich.

Lauren, die den Kofferraum aufgeklappt hatte und in ihrem Gepäck wühlte, fluchte laut. „Das gibt es doch nicht. Mum hat gesagt, sie wären da. Sonst hätten wir ja gleich zu ihrem Haus fahren können. Moment mal, ich rufe sie an." Sie zog ihr Handy aus der Tasche.

„Hallo, Schwesterchen", rief ich ihr ins Ohr. „Lange nicht gesehen. Kannst du mich hören? Ich bin nämlich noch da, weißt du? Ich bin jetzt nur noch Seele."

Sie hielt das Handy ans Ohr. „Mum? Hi, hier ist Lauren …

Nein, wir stehen schon vor Wills Haus … Ja, war okay, danke … Nein, wir haben ein Auto gemietet … Oh, na gut. Dann bis gleich."

„Wo sind sie?", fragte Xander.

„Im Supermarkt. Sie kommen in zehn Minuten."

Lauren wiederzusehen war seltsam. Dass sie kommen würde, wusste ich, denn ich hatte Mum und Dad mit ihr telefonieren hören, aber ich hatte sie schon seit Monaten nicht mehr gesehen. Sie sah tadellos aus, wie immer, ganz unangestrengt elegant in einer Tunika und schmal geschnittenen Hosen, ihr kastanienbrauner Bob war exakt geschnitten. Sie wirkte viel jünger als achtunddreißig, die elfenhaften Gesichtszüge waren noch immer frisch und ihre Haut ganz ohne Falten. Lauren war immer mühelos als meine kleine Schwester durchgegangen, schon ehe ich vorzeitig ergraut war, dabei war sie die Ältere von uns.

Uns trennten nur zwei Jahre, und trotz der unter Geschwistern üblichen Reibereien in jüngeren Jahren hatten wir uns immer ziemlich gut verstanden. Lauren hatte mich in der Schule beschützt, wenn nötig, hatte mir bei den Hausaufgaben geholfen und war mir mit weiblichem Rat zur Seite gestanden, als es um Mädchen ging. Als Teenager waren wir anfangs zusammen ausgegangen, wir mochten dieselben Bands und Clubs, und wir hatten sogar manchmal Dates mit den Freunden und Freundinnen des jeweils anderen gehabt. Aber dann kam eine traurige Zeit, in der plötzlich alles anders zwischen uns wurde … Gerade als wir uns wieder annäherten, begegnete sie ihrem künftigen Ehemann, der sie mitnahm, um sich mit ihr in einem kleinen holländischen Dorf in der Nähe von Gouda niederzulassen. Und da lebten sie seither.

Selbst das war am Anfang noch okay gewesen. Lauren kam zwei-, dreimal im Jahr zu Besuch nach Hause, und ich war auch ein paarmal bei ihr zu Gast gewesen. Doch dann gründeten sie und Xander eine kleine Firma, Design und Vermarktung von Hochzeitskarten, die ihr Leben fortan bestimmte. Laurens Besuche wurden seltener. Sie und Xander schienen in den wenigen freien Tagen, die sie zur Verfügung hatten, lieber zu tropischen Inseln zu jetten, als nach England zu reisen. Und nach einem langweiligen Aufenthalt in Holland, bei dem ich die meiste Zeit allein zugebracht hatte, weil Lauren und Xander immerzu arbeiteten, hatte ich beschlossen, nicht wieder hinzufahren.

Als Ella geboren wurde, hatte ich gehofft, Lauren würde sich wieder mehr um Kontakt bemühen. Nach dem Tod meiner Frau war es schwer für mich gewesen, als alleinerziehender Vater zurechtzukommen – damals hatte ich gedacht, meine große Schwester würde mir zur Seite stehen. Aber sie blieb auf Abstand. Es war gar nicht leicht, ihr das zu vergeben.

Lauren und Xander hatten sich bei ihren seltenen Begegnungen immer unheimlich gut mit Ella verstanden. Die beiden hatten selbst keine Kinder, sie hatten auch nie erwähnt, einmal welche haben zu wollen. Xander war ein Einzelkind, es gab also auch keine Nichten und Neffen. Lauren und Xander hatten das einzige Kind in der Familie immer mit Zuneigung überschüttet und waren dann aber, ohne noch einen Blick über die Schulter zu werfen, wieder in ihr arbeitsreiches Leben zurückgekehrt.

Trotzdem war ich froh, sie jetzt hier zu sehen. Lauren hatte in der Vergangenheit noch weitaus Schlimmeres getan, als keine Zeit für mich zu haben, doch ich habe nie aufgehört, sie zu lieben.

Sie würde immer meine große Schwester bleiben. Und wenn Xander sie auch ins Ausland verschleppt hatte, war er trotzdem ein guter Kerl.

Als Ella aus der Schule kam und die beiden sah, brach sie in Tränen aus und rannte in ihr Zimmer. Es war zu viel für sie, das war auch schon alles, aber nun fing Lauren auch an zu weinen.

Mum nahm sie in den Arm, während Dad nach oben ging und nach Ella schaute. „Das hat nichts zu bedeuten, Lauren. Nimm es nicht persönlich. Sie hat in den letzten Tagen so viel durchgemacht. Sie steckt in einem völligen Gefühlschaos. Sie trauert, wie wir alle."

„Tut mir leid." Lauren tupfte sich die Augen mit einem Taschentuch. „Das weiß ich. Keine Ahnung, warum mich das so aufgewühlt hat. Ich bin ganz durch den Wind, frag Xander. Entweder reiße ich ihm den Kopf ab, oder ich weine an seiner Schulter, so geht das, seit ich die schlechte Nachricht bekommen habe. Ich kann nicht fassen, dass Will nicht mehr da ist. Ich konnte mich nicht von ihm verabschieden. Was war ich nur für eine miese Schwester, besonders in den letzten paar Jahren, ich wünschte, ich könnte ihm sagen, wie leid mir das tut. Ich wünschte, ich könnte ihm sagen, wie sehr ich ihn liebe."

„Das hast du gerade getan", flüsterte ich.

Ich ließ Mum ihre Tochter trösten und folgte Dad nach oben, wo er vor Ellas Prinzessinnenschloss kniete. Sie hatte den Reißverschluss am Eingang fest zugezogen. Aus dem Zelt war ein Schluchzen zu hören.

„Was ist los mit dir, Schatz?", schnaufte Dad ganz außer Atem. „Du kannst es deinem Grandad doch erzählen."

Er bekam zuerst keine Antwort, redete ihr aber weiterhin gut zu.

„Ich bin traurig", sagte Ella schließlich mit tränenerstickter Stimme. „Ich musste an Daddy denken, als ich Tante Lauren gesehen habe. Er fehlt mir so sehr."

Dad fuhr sich mit der Hand durch die ordentlich geschnittenen Haare, die ihre dunkelbraune Farbe viel länger behalten hatten als meine. Wir waren jetzt also beide etwa gleich grau.

„Oh, Ella. Natürlich fehlt er dir. Mir fehlt er auch."

„Nana sagt, ich sehe ihn erst wieder, wenn ich in den Himmel komme. Aber wie kann es dann sein, dass er manchmal in meinen Träumen ist?"

Ich spitzte die Ohren. Hieß das etwa, ich war irgendwie zu ihr durchgedrungen?

Dad setzte sich auf den Boden und stöhnte leise, als er die Beine streckte. „Hm, das war schon richtig, was Nana dir da erzählt hat. Träume sind was Kompliziertes. Wenn man sie hat, wirken sie echt, aber das sind sie nicht. Sie entstehen in deinem Kopf. Es sind deine Erinnerungen an deinen Dad, die du siehst. Das heißt nicht, dass du sie nicht genießen kannst, aber du darfst nicht vergessen, dass dein Dad nicht wirklich da ist."

Ich seufzte. Wenn er ihr das doch nicht erzählt hätte. Aber vor gar nicht langer Zeit hätte ich es genauso erklärt.

Ella öffnete den Reißverschluss vom Zelteingang und schaute mit roten Augen raus. „Glaubst du, Dad könnte noch mal wiederkommen und mich besuchen, bevor ich in den Himmel komme? Ich glaub, ich kann nicht so lange warten."

„Wenn ich dir doch nur sagen könnte, dass er das machen wird. Das würde ich wirklich gern tun, aber so geht das nicht. Es ist, wie Nana gesagt hat. Du bist aber nicht allein. Das darfst du nicht vergessen. Wir sind da, wann immer du uns brauchst." Dad hielt die Arme weit auf. „Komm her, Prinzessin. Hier wartet eine große Umarmung auf dich."

Eine Weile später überredete er Ella, wieder mit ihm nach unten zu gehen. Ich blieb in Ellas Zimmer; ein wilder Mix aus unterschiedlichen Gefühlen wirbelte mir im Kopf herum. Ich war verärgert über das, was Dad ihr erzählt hatte. Aber was hätte er denn sonst sagen sollen? Und was sollte ich aus der Aussage machen, dass Ella mich im Traum gesehen hatte? War das wirklich etwas, woran ich meine Hoffnung knüpfen konnte? Oder verhielt es sich genau so, wie Dad gesagt hatte?

Die unbeantworteten Fragen häuften sich. Ich war in Versuchung, wieder nach Lizzie zu rufen, aber das gestattete ich mir nicht. Es wäre auch sinnlos. Es würde nur wieder so laufen wie beim letzten Mal. Also beruhigte ich mich und schlüpfte wieder in meine Rolle als stummer Beobachter.

5. KAPITEL

Dreizehn Tage tot

Schließlich kam der Tag, den ich so gefürchtet hatte. Ich wollte ihn nur so schnell wie möglich hinter mich bringen. Meine Beisetzung war zunächst verschoben worden, weil eine Obduktion angeordnet worden war, bei der als Todesursache schwere Verletzungen an Kopf und Brust festgestellt wurden. Nachdem der Untersuchungsrichter meinen Leichnam freigegeben hatte, waren die Vorbereitungen für die Trauerfeier schnell getroffen worden.

Am Morgen wanderte ich ziellos durchs Haus, während die anderen sich auf den Abschied von mir vorbereiteten.

„Du musst nicht weinen“, sagte ich zu Mum, die mühsam versuchte, sich die nassen Augen zu tuschen. „Ich bin nicht weggegangen. Ich bin immer noch hier. Nur kann mich keiner von euch sehen.“

Ich ging runter in die Küche. Sam lag in seinem Korb. Er schaute mich an, als ich reinkam, gähnte und wendete den Blick ab. „Hallo?“, sagte ich. „Machst du dir nicht mal mehr die Mühe, mich anzubellen? Ist ja toll. Der Einzige, der mich sehen kann, hat das Interesse an mir verloren.“

Ich hörte jemanden auf der Treppe hinter mir, drehte mich um und sah Ella, die in einem knielangen schwarzen Kleid nach unten kam. Mum hatte ihr das Kleid vor ein paar Tagen gekauft, weil Ella nur Sachen in fröhlichen Farben in ihrem Schrank gehabt hatte. Sie war lange durch die Läden gezogen, bis sie ein Kleid gefunden hatte, das ihrer Vorstellung entsprach. Es war eine willkommene Ablenkung von ihrem Kummer gewesen. Ella sah wirklich hübsch aus, ihre Locken waren zu einem strammen Zopf geflochten. Aber sie war viel zu blass in dem schwarzen Kleid, und in ihrem Blick lag eine tiefe Traurigkeit. Sie setzte sich auf die unterste Treppenstufe und starrte abwesend auf die Haustür.

Ich kniete mich vor sie. „Mein kleiner Schatz, ich wünschte, du müsstest das nicht durchmachen.“ Ich hielt meine Hand über ihre, aber mit dem nötigen Abstand, damit ich nicht zurückgeschleudert wurde, und sagte ihr, wie sehr ich sie liebte. „Du weißt es zwar nicht, Liebling, aber ich werde den ganzen Tag an deiner Seite sein. Wir stehen das zusammen durch.“

Ich dachte zurück an die vielen Morgen, an denen ich Ella auf dieser Stufe hatte sitzen sehen. Ich erinnerte mich an den fruchtigen Shampooduft ihrer Haare, wenn ich mich über sie gebeugt und ihr die Schuhe angezogen hatte ... wie ich ihr einen Kuss auf die Stirn gedrückt hatte. Wir waren uns immer so nah gewesen; diese Nähe vermisste ich jetzt mehr als irgendetwas anderes.

Es klingelte an der Haustür, und zwei schwarze Gestalten, eine wesentlich größer als die andere, erschienen hinter der Mattglasscheibe der Haustür. Ella ließ Lauren und Xander herein. Sie hatten im Haus von Mum und Dad übernachtet.

„Hallo, du Schöne!“ Lauren nahm Ella in die Arme und drückte sie fest. „Du siehst hübsch aus, besonders deine Haare. Hat Nana sie dir geflochten?“

Ella nickte schüchtern.

„Sieht fantastisch aus. Das hätte deinem Daddy gefallen. Und das Kleid auch. Ist es nicht sehr schön, Xander?“

„Ja, wirklich. Du siehst toll aus, Ella. Bei uns in Holland würde man sage: ‚mooi meisje‘.“

„Danke.“ Ella wurde munterer. „Sprichst du immer Holländisch, wenn ihr in Holland seid?“

„Klar. Aber wenn Lauren und ich allein sind, sprechen wir meistens Englisch. Das haben wir immer so gemacht, weil sie kein Holländisch sprechen konnte, als wir uns kennengelernt haben.“

„Kannst du es jetzt, Tante Lauren?“

„Een beetje.“

„Hä? Ist das Holländisch? Was heißt das?“

„Das heißt ‚ein kleines bisschen‘.“

„Sie ist bescheiden“, sagte Xander. „Sie spricht sehr gut. Vielleicht können wir dir ein paar Wörter beibringen.“

Ella lächelte.

Dad tauchte auf dem Treppenabsatz auf. Früher hatte er immer im Anzug zur Arbeit erscheinen müssen, doch seit er im Ruhestand war, sah man ihn meistens in Jeans. Heute gebot der Anlass allerdings den schwarzen Anzug. Der saß eng, die Jacke würde sich jedenfalls nicht knöpfen lassen. „Alles okay im Haus?“, fragte er Tochter und Schwiegersohn, als er hustend die Treppe runterkam.

„Bestens.“ Lauren griff in ihre Handtasche. „Hier. Ich hab die Manschettenknöpfe mitgebracht, die du haben wolltest.“

„Danke. Ich nehme sie gleich. Ich geh nur mal eben raus und rauche eine.“

„Klingt ganz so, als ob du lieber drauf verzichten solltest“, sagte Lauren. Ihre Worte trafen auf taube Ohren.

Sobald Mum – sorgenvoll, aber in elegantem Blazer und Rock – auftauchte, drehte sich das Gespräch um die praktischen Dinge des heutigen Tagesablaufs. Ich folgte Ella ins Wohnzimmer und sah, wie sie ein Buch mit einer Geschichte über das Ungeheuer von Loch Ness in die Hand nahm.

„Ich war mal mit deiner Mummy am Loch Ness“, sagte ich. „Da warst du noch nicht auf der Welt.“ Ich hatte mir angewöhnt, mit Ella zu reden, als könnte sie mich hören. Irgendwie fand ich es tröstlich – vor allem für mich selbst.

Ich hatte das Gefühl, überhaupt nicht angemessen gekleidet zu sein. Alle waren in Schwarz – Anzüge, Kostüme, Kleider –, nur ich nicht. Eigentlich hätten meine ausgefranste Jeans und das T-Shirt mittlerweile schmutzig sein und übel riechen müssen, nachdem ich sie so lange trug, aber sie sahen immer noch genauso aus wie nach dem Unfall, als ich zugesehen hatte, wie die Sanitäter versuchten, mein altes Ich wiederzubeleben. Wie die Sachen rochen, konnte ich nicht sagen, weil meine Sinne ja nicht mehr so funktionierten wie früher, aber ich vermutete, dass Seelen und ihre Klamotten keinen Geruch hatten.

Ich ging zum großen Spiegel neben der Haustür. Den hatte ich letztes Jahr aufgehängt, ich erinnerte mich daran. Ella hatte mir helfen wollen, sich neben die Werkzeugkiste auf den Laminatboden gesetzt und mir jeden Bohrer, jede Schraube und jeden Haken gereicht, den ich gebraucht hatte. Die Erinnerungen waren das Beste und das Schlimmste daran, in diesem Haus zu sein. Sie waren überall. Manchmal brachten sie mich zum Lächeln, aber meistens ließen sie meinen Wunsch, noch am Leben zu sein, ins Unerträgliche steigern.

Es gefiel mir, dass ich mein Spiegelbild sehen konnte, leider war sonst niemand dazu in der Lage. Ein paarmal hatte ich mit Ella experimentiert, nachdem es mit meinen Eltern nicht geklappt hatte, aber bei Ella hatte es auch nicht funktioniert, sie konnte mich nicht sehen. Trotzdem war es gut, im Spiegel Bestätigung für meine Existenz zu finden, wenn mir die Sache mit der Unsichtbarkeit zu viel wurde.

Ich sah wirklich noch genauso aus, wie ich kurz vor meinem Unfall ausgesehen haben musste. Die vollen Haare waren vom Wind zerzaust, Nase und Wangen von der Sonne leicht gerötet, die an jenem schicksalhaften Tag auf mich geschienen hatte. Daran war nun nichts mehr zu ändern. Ich hatte immer Bartstoppeln am Kinn gehabt, was mir eigentlich ganz gut gefiel, weil ich fand, dass es mir stand. Jetzt war Eitelkeit natürlich sinnlos. Vermutlich hatte ich Glück, nicht so blutig und zerschunden rumlaufen zu müssen, wie mein Körper nach dem Unfall gewesen war. Aber ein toller Look für die Beerdigung war das hier trotzdem nicht, schon gar nicht für den Ehrengast.

Lizzies Gesicht erschien hinter mir im Spiegel, sie jagte mir einen gewaltigen Schrecken ein.

„Tut mir leid“, sagte sie. „Ich wollte dich nicht erschrecken.“

„Was machst du hier?“

„Ich dachte, du möchtest vielleicht, dass ich dich zu deiner Beerdigung begleite.“

„Und was ist mit den Antworten auf meine Fragen? Ich muss wissen, wie ich zu meiner Tochter durchkomme.“

„Du hast noch keine Fortschritte gemacht?“

„Interessiert dich doch nicht. Du willst ja nicht mal, dass ich noch hier bin.“

„Was ich will oder nicht will, ist nicht wichtig und war es auch nie. Meine Ansichten spielen keine Rolle. Ich mache nur meinen Job. In diesem Fall heißt das, ich gehe mit zu deiner Beerdigung. In der Regel ist es nicht gut, bei so was allein zu sein.“

„Du warst also schon auf einigen Beerdigungen?“

„Selbstverständlich.“

„Auf wie vielen?“

„Die genaue Zahl kann ich nicht nennen.“

„Dann so ungefähr. Dutzende? Hunderte? Tausende?“

„Ein paar Hundert, nehme ich an. Mach nicht so ein schockiertes Gesicht. Das ist meine Arbeit.“

„Dann bist du wohl schon eine Weile dabei. Wie kann es sein, dass du so jung aussiehst?“

„Ich war erst siebenundzwanzig, als ich gestorben bin. Meine Erscheinung hat sich seitdem nicht verändert. Es passierte in den Neunzigerjahren.“

„Wow. Dann bist du älter, als ich dachte. Du warst also auch mal ein ganz normaler Mensch?“

„Ja. Überrascht dich das?“

„Äh, nein. Ich glaube nicht. Ich … ist nur ziemlich viel, das alles zu verarbeiten. Machst du diese Sache schon seit deinem Tod?“

„Mehr oder weniger. Nicht lange nach meinem Übergang habe ich mich für die Ausbildung als Lotsin entschieden.“

„Was war passiert? Wenn es auf der anderen Seite so unglaublich ist, wie du sagst, warum wolltest du da weg? Hast du dich gelangweilt oder so?“

„Es ist unglaublich. Und, nein, ich habe mich nicht gelangweilt. Ich wurde berufen. Ich wollte Menschen wie dir helfen.“

„Ich dachte, die meisten Menschen würden gleich weitergehen. Du hast so getan, als wäre es ungewöhnlich, dass ich hierbleiben wollte.“

„Die meisten Seelen gehen schnell auf die andere Seite, obwohl es immer ein paar gibt, die sich noch eine Weile auf der Erde aufhalten. Bis zur Beerdigung zu bleiben ist nicht ungewöhnlich. Vermutlich ist das eine Art Abschluss. Das passiert vielleicht bei einem Viertel der Fälle. Aber normalerweise dauert es nur ein paar Tage, bis ein Körper beigesetzt wird. Bei dir hat es aufgrund des Unfalls länger gedauert.“

„Stopp. Moment mal. Ich seh schon, was los ist. Du bist gar nicht hier, um mir die Hand zu halten, du hoffst, dass ich hinterher mitkomme. Da muss ich dich enttäuschen, kein Interesse. Mir wäre es lieber, du würdest jetzt abhauen.“

„Du willst, dass ich gehe?“

„Genau.“

„Bist du sicher?“

„Hundertpro.“

„Soll ich dich nicht vorher ein bisschen zurechtmachen? Jeans und T-Shirt sind wohl kaum angemessen für eine Beerdigung.“

„Was macht das schon? Keiner kann mich sehen. Ich brauche deine Hilfe nicht."

„Gut, aber ruf mich, wenn du es dir anders überlegen solltest. Ich weiß, das ist ein schwerer Tag für dich."

„Bitte, geh", sagte ich erschöpft und wandte mich von ihr ab.

„Okay. Eine letzte Sache noch. Ich wollte eigentlich bis hinterher warten, aber nun muss ich es doch sagen. Deine Gnadenfrist endet in zwei Monaten – ab heute. Und das ist wirklich großzügig bemessen. Denk dran, wenn du bis dahin nicht hinübergegangen bist, wirst du nie mehr dazu in der Lage sein, also, überlege es dir bitte gut. Ich bin an deiner Seite, William, egal, was du auch denken magst. Ich hoffe, es läuft heute alles reibungslos."

Und damit war sie weg. Sekunden später zogen alle ihre Mäntel an und gingen zur Haustür hinaus. Ich war davon ausgegangen, dass sie in zwei Autos fahren und mir Platz lassen würden, irgendwo mit reinzuschlüpfen. Dann sah ich sie alle in Dads silbernen BMW einsteigen, und mir wurde klar, dass ich ein Problem hatte. Mit Dad und Xander vorn und Ella auf ihrem Sitzpolster neben Mum und Lauren hinten konnte ich mich nicht mehr mit ins Auto quetschen. Die Türen wurden zugeknallt.

„Wartet mal!" Ich trommelte verzweifelt mit der Faust aufs Autodach, spürte oder hörte aber nichts. „Und was ist mit mir? Das ist meine Beerdigung. Ihr könnt mich doch nicht hierlassen."

6. KAPITEL

„Verdammter Mist!“, brüllte ich aus vollem Hals. „Was soll ich denn jetzt machen?“

Die Beerdigung fand in dem Dorf statt, in dem ich aufgewachsen war und in dem Mum und Dad immer noch lebten, etwa zwanzig Kilometer von meinem Haus entfernt. Meine Eltern hatten sich gegen eine Trauerfeier hier in der Stadt entschieden, weil ich zu den Kirchen in meiner Nachbarschaft keinen Bezug hatte. Wie viele meiner Generation hatte ich mich, nachdem ich zu Hause ausgezogen war, mehr und mehr von der Kirche abgewandt. Dennoch hatte mich der Glaube, der mich als Kind geprägt hatte, nie ganz verlassen, daher schien eine kirchliche Abschiedsfeier auch ganz passend zu sein. Und so war die Wahl dann auf die Dorfkirche gefallen, in die ich als Junge gegangen war und die meine Eltern immer noch regelmäßig besuchten.

Das große Problem war nun, wie ich dahinkommen sollte. Zu Fuß würde ich es nicht rechtzeitig schaffen. Das war völlig ausgeschlossen. Einen Moment lang befürchtete ich schon, ich müsse in den sauren Apfel beißen und Lizzie um Hilfe bitten. Dann hörte ich die Lösung meines Problems ein paar Straßen weiter auf der Hauptstraße vorbeirumpeln. Ich rannte zur Bushaltestelle.

Der Bus zum Dorf fuhr alle zehn Minuten, er würde mich nicht weit von der Kirche absetzen. Den ersten Bus verpasste ich, weil ich allein an der Haltestelle stand und der Busfahrer, ohne anzuhalten, weiterfuhr. Zum Glück musste der nächste Bus halten, um jemanden aussteigen zu lassen. Ich sprang rein, bevor sich die Türen wieder schließen konnten, und suchte mir einen Platz auf dem leeren Oberdeck.

Ich zuckelte durch die Vorstädte bis hinaus aufs Land, dort präsentierte sich die Landschaft in wunderbaren herbstlichen

Tönen von Rot, Gelb und goldenem Braun. Meine Gedanken begannen zu wandern. Wie würde es sich wohl anfühlen, auf meine eigene Beerdigung zu gehen, fragte ich mich. Was, wenn kaum jemand kam? Plötzlich war ich unglaublich nervös.

Sowie der Bus ins Dorf meiner Eltern fuhr, stieg ich die Treppe runter und stellte mich an die Tür. Jemand drückte den Halteknopf eine Station vor der, an der ich eigentlich aussteigen musste. Ich stieg mit aus, denn es konnte ja sein, dass der Fahrer die nächste Haltestelle ausließ. In fünf Minuten joggte ich zur Kirche, wo ich erleichtert feststellte, dass die schwere Holztür offen stand und immer noch Leute hineingingen.

Die Szene, die sich mir im Kirchenschiff bot, war ein Schock für mich. Es war voll. Die Leute drängten sich. Familie, Freunde und Kollegen waren da, von denen ich nie gedacht hätte, dass sie kommen würden. Gesichter aus allen Phasen meines Lebens: aus der Grundschule, aus der weiterführenden Schule, der Universität, aus den verschiedenen Zeitungsredaktionen meiner Laufbahn und von sonst wo auf meinem Lebensweg. Ganz kurz fühlte ich mich wie zurückversetzt zur Beerdigung meiner Frau Alice. An jenem Tag waren auch so viele Menschen gekommen, obwohl ich damals kaum jemanden wahrgenommen hatte. Ich war ein Wrack gewesen, aus Kummer und wegen des schrecklichen Schuldgefühls, das ich wegen dem empfand, was ich ihr angetan hatte.

Doch jetzt, als ich hinten in der Kirche stand, schlug die Panik ihre Klauen in mich. Das ist falsch, dachte ich. Ich sollte nicht hier sein. Eigentlich war mein Plan gewesen, Ella zu finden, die zweifellos irgendwo vorn bei Mum und Dad sitzen musste, weil ich während des Gottesdienstes an ihrer Seite bleiben wollte. Aber es war mir alles zu viel. Ehe ich wusste, was ich da machte, stand ich schon wieder draußen und beobachtete, wie die letzten Nachzügler in die Kirche gingen und die Tür hinter sich schlossen.

Was soll das? dachte ich. Gerade habe ich die ganze weite Busfahrt hierher gemacht – nur um den Gottesdienst zu verpassen und auf dem Friedhof rumzustehen? Aber jetzt war es zu spät. Wenn nicht noch jemand die Tür aufmachte, konnte ich nicht mehr rein, selbst wenn ich gewollt hätte.

Ich setzte mich auf eine grüne Bank, von der ich den gepflegten Friedhof überblicken konnte. Hinter mir hörte ich gedämpft die Stimmen, die *Lobe den Herrn* sangen, während ich in die Ferne schaute.

„Hältst du Ausschau nach anderen Seelen?“, krächzte jemand. Ich erschrak.

Ich schaute nach rechts, und ein freundliches Gesicht, das ich seit meiner Kindheit nicht mehr gesehen hatte, strahlte mich an. „Ich hab mich schon gefragt, wo du steckst, William. Darf ich mich zu dir setzen?“

„Wie bitte?“ Ich war völlig verwirrt.

„Tut mir leid. Ich wollte dir keine Angst machen“, sagte er und schmunzelte. „Du siehst aus, als hättest du einen Geist gesehen.“

„Arthur?“, fragte ich ungläubig.

„Ah, du erinnerst dich an mich.“

„Natürlich. Aber ... was geht hier vor? Wie kommst du hierher? Du bist gestorben, als ich noch ganz klein war.“

„Dazu kommen wir später, mein Junge. Jetzt geht es um dich. Das ist deine Beerdigung.“

Arthur war der Hausmeister der Dorfschule gewesen, die hundert Meter weiter die Straße runter lag. Als Grundschüler war er mir mit seinen weißen Haaren und den Runzeln immer uralt vorgekommen. Er sah noch immer so aus, nur aus der Perspektive eines Erwachsenen wirkte er jetzt wie Anfang sechzig.

Ich hatte Arthur immer sehr gemocht. Alle Kinder hatten ihn gern gehabt. Er war für uns Kinder immer wie ein Großvater gewesen. Arthur kümmerte sich um viel mehr als nur das Schulgelände. Er versorgte aufgeschlagene Knie und Schrammen mit Pflastern, von denen er immer welche auf Reserve dabeihatte, und einer antiseptischen Zaubersalbe. Mit seinen Geschichten und Witzen holte er das Lächeln zurück auf die Gesichter. Offiziell hätten wir ihn Mr. Brown nennen müssen, aber er lachte uns aus, wenn wir uns daran hielten, und weigerte sich, auf irgendwas anderes zu hören als auf Arthur. Wir waren alle so schockiert und verstört gewesen, als er mitten in meinem letzten Grundschuljahr gestorben war.

Ich sah ihn an, wie er in der braunen Strickjacke neben mir saß, an die ich mich noch gut erinnerte, mit der dicken Brille, deren Bügel mit einem Pflaster geflickt war … und ich musste lächeln.

„Es tut gut, dich zu sehen, Arthur."

„Gleichfalls, Junge. Tut mir leid … du weißt schon, die ganze Sache mit dem Sterben. Daran gewöhnt man sich nicht so schnell, was?"

„Ja, kann man wohl sagen. Aber ich verstehe nicht, wie du hier sein kannst. Meine Lotsin Lizzie sagt, man kann nur eine bestimmte Zeit bleiben, ehe man weitergehen muss. Sonst …"

„Wie ich schon sagte, William, darauf wollen wir im Moment nicht eingehen. Ist ja deine Beerdigung, die hier stattfindet. Und damit komme ich zu einer ziemlich wichtigen Frage: Was machst du hier draußen?"

„Keine Ahnung. Ich glaube, ich habe Panik gekriegt. Ich bin reingegangen und … hab alle diese Leute gesehen, die meinetwegen hier sind, und das war zu viel."

„Du solltest stolz sein. Im Laufe der Jahre habe ich eine Menge Beerdigungen in dieser Kirche gesehen – ich war hier auch mal Kirchendiener –, und ich kann dir versichern, nicht bei jedem ist die Anteilnahme so groß. Du musst schon was richtig gemacht haben."

Ich zuckte mit den Schultern. „Bist du auf deine gegangen?"

„Ja. Es war überwältigend. Aber ich weiß, warum es dir so geht. Du hinterlässt eine kleine Tochter, oder?"

„Stimmt. Ella. Sie ist sechs."

„Wie nimmt sie es auf?"

„Schwer zu sagen. Es geht auf und ab. In einem Moment benimmt sie sich, als wäre nichts passiert, im nächsten ist sie ganz aufgewühlt oder wird sehr still. Sie findet ihre eigene Art zu trauern, nehme ich an. Ich wünschte nur, ich könnte ihr mitteilen, dass ich noch da bin. Könntest du mir dabei vielleicht helfen? Lizzie ist völlig nutzlos."

Arthur antwortete nicht gleich. „Vielleicht könnte ich dir später einen Rat geben, aber erst müssen wir uns auf das konzentrieren, was jetzt passiert. Bist du sicher, dass du hier draußen bei mir sitzen willst – und nicht doch lieber bei Ella in der Kirche?"

„Tja. Ich sollte bei ihr sein, aber die Tür ist zu. Ich kann nicht rein."

„Mach dir deswegen keine Sorgen." Arthur drückte meine Hand, und ich war wieder in der Kirche und saß neben Ella auf der Bank. Erstaunt schaute ich mich um und entdeckte Arthur mit einem milden Lächeln im Gesicht hinten an der Tür.

„Hallo, Liebling", flüsterte ich meiner Tochter zu. Sie starrte stoisch nach vorn, wo meine Schwester mit einem zerknitterten Blatt Papier in der Hand auf die Empore stieg.

„Ich wollte ein paar Worte über meinen kleinen Bruder sagen", begann sie mit zitternder Stimme. „Ich habe ihn sehr geliebt. Ich hoffe, das hat er gewusst. Ich kann es immer noch nicht fassen, dass er nicht mehr da ist. Es kommt mir so brutal vor. So ungerecht." Sie atmete tief durch. „Will war der beste Bruder, den man nur haben kann. Unseren Eltern war er ein wundervoller Sohn, und für seine wunderschöne Tochter war er ein unglaublich guter Vater. Als Alleinerziehender machte er seine Sache mit Ella ganz fantastisch, obwohl ihn die Trauer um seine geliebte Frau Alice schwer mitgenommen hat. Er hat eine erfolgreiche Karriere in London aufgegeben, damit Ella ein Zuhause bekam, und er hat nie bedauernd zurückgeschaut, sondern jede Sekunde genossen, die er mit ihr verbracht hat. Sie war sein Leben, sie hat ihm so viel Freude bereitet. Und jetzt braucht dieses kleine Mädchen uns alle. Wir als Wills Familie und Freunde, wir alle sind es ihm schuldig, seiner Tochter so viel von unserer Liebe und Zuwendung zu geben, wie wir nur können."

Alle Blicke richteten sich auf Ella, die mit aschfahlem Gesicht auf den Boden starrte. Mit einer Hand umklammerte sie Mums linken Daumen, die andere hatte sie zu einer kleinen weißen Faust geballt. Mir bereitete es Unbehagen, diese Lobrede auf mich anzuhören, und ich wollte unbedingt weg. Aber das war unmöglich, denn ich sah ja, wie schwer mein kleines Mädchen zu kämpfen hatte. „Gut so, Ella", flüsterte ich ihr ins Ohr. „Du machst das prima."

Ich sah rüber zu Arthur, konnte aber keinen Blickkontakt herstellen, weil er angestrengt zur Empore schaute, auf der meine Schwester immer noch redete.

„So schrecklich es auch ist, dass mein Bruder tot ist, glaube ich dennoch, dass wir die glücklichen Erinnerungen wachrufen sollten, die wir an ihn haben. Er hätte gewollt, dass wir an diese Momente denken, nicht an die furchtbare Art, auf die er uns genommen worden ist. Wir müssen das Leben ebenso feiern, wie wir seinen Tod betrauern. Ich möchte gern eine meiner eigenen Erinnerungen mit euch teilen, und damit jeder an persönliche Erinnerungen zurückdenken kann, werden wir im Anschluss daran eine Minute lang gemeinsam schweigen."

Lauren räusperte sich und holte noch einmal tief Luft, ehe sie fortfuhr: „Viele meiner liebsten Erinnerungen an Will sind aus unserer Kindheit. Als ich darüber nachdachte, über welche davon ich an dieser Stelle sprechen sollte, fiel mir die Wahl schwer, weil es so viele waren. Aber eine Geschichte kam mir immer wieder in den Sinn. Mein erster Gedanke war, dass sie für eine Beerdigung zu albern ist. Doch ich kam zu dem Schluss, dass sie Will gefallen hätte. Er hat immer darüber schmunzeln müssen:

Wir waren mit Mum und Dad in den Sommerferien verreist. Ich glaube, ich war zwölf, Will muss also zehn gewesen sein. Die Ferien verbrachten wir in einem Wohnwagen in Frankreich. Wir kamen gerade aus dem Laden auf dem Campingplatz, in dem wir unser Taschengeld ausgegeben hatten. Ich hatte mir französische Zeitschriften gekauft, die ich überhaupt nicht lesen konnte, und er hatte sich Süßigkeiten geholt. Im Wohnwagen, in dem Mum und Dad uns unklugerweise für eine halbe Stunde allein gelassen hatten, versuchte ich, ihn zu überreden, mir ein paar von seinen Orangen-Tic-Tacs abzugeben. Er sagte, ich könne eins haben, wenn ich die Augen zu- und den Mund aufmachen würde. Ich war so blöd, es zu tun, woraufhin er mir prompt in jedes Nasenloch ein Tic-Tac steckte."

Sie lächelte, und in den Kirchenbänken wurde leise gelacht. „Ganz entzückend, ich weiß. Aber solche Streiche hat mein übermütiger Bruder mir gern gespielt. Ich bin natürlich ausgerastet und ganz panisch geworden, als ich die Bonbons nicht wieder aus der Nase kriegen konnte. Und ich habe alle möglichen Racheschwüre getan. Wir beide haben ewig gebraucht, die Dinger wieder rauszuholen – mit Pinzette und Handspiegel. Schon erstaunlich, wie perfekt diese Tic-Tacs in die Nase passten. Eins davon hatte sich besonders fest verkeilt, aber schließlich bekamen wir es doch heraus. Wir einigten uns darauf, Mum und Dad nichts von dem Vorfall zu sagen; als Schweigegeld bekam ich seine restlichen Süßigkeiten und ein Viertel seines Ferientaschengeldes. Noch Jahre später hat Will mir jedes Mal, wenn wir uns gestritten hatten und er sich wieder mit mir vertragen wollte, eine Packung orangefarbener Tic-Tacs gekauft. Das hat immer geklappt."

Sie griff in ihre Tasche und holte eine Packung der kleinen Bonbons heraus, die sie vor dem Mikro schüttelte. „Jetzt bin ich an der Reihe. Will, es tut mir leid. Es tut mir leid, dass ich in den letzten Jahren nicht oft da gewesen bin. Es tut mir leid, dass ich keine bessere Schwester war. Ich liebe dich so sehr, jetzt und für alle Zeiten."

„Ich liebe dich auch", erwiderte ich mit zittriger Stimme.

Lauren wischte sich eine Träne weg. „Und jetzt halten wir die Schweigeminute, in der ihr alle eure glücklichen Erinnerungen an Will wachrufen könnt."

Meine Schwester blieb auf der Empore, während sechzig Sekunden vorübertickten und alle in stillem Gedenken dasaßen. Dann sagte sie schlicht „Danke", ehe sie sich wieder neben Xander setzte und den Pastor übernehmen ließ. Den Rest des Gottesdienstes konzentrierte ich mich ganz auf Ella, flüsterte ihr immer wieder ermutigende Worte ins Ohr, die ihr helfen sollten, diesen Tag zu überstehen.

Hinterher ging es ins Krematorium, eine Autofahrt von zehn Minuten, aber mit Arthur war ich im Handumdrehen dort.

„Das ist ein toller Trick", sagte ich, als wir auf dem Rasen vor dem Krematorium standen. „Der wäre mir vorhin ganz nützlich gewesen, als das Auto ohne mich weggefahren ist und ich den Bus nehmen musste. Wie geht das?"

Er lachte verschmitzt. „Darf ich nicht verraten, ist aber praktisch. Wie kommst du klar?"

„Mir geht's gut. In der Kirche hab ich mich komisch gefühlt, aber ich war froh, dass ich Ella beistehen konnte – obwohl sie es nicht gemerkt hat."

„Gut. Eine letzte Hürde." Er machte eine Kopfbewegung Richtung Schornstein. Ich hatte mich für eine Einäscherung entschieden, so wie bei Alice, denn ich fand die Vorstellung, einen Körper unter der Erde zerfallen zu lassen, grauenhaft. Doch nun war ich mir nicht mehr so sicher. Dass mein Körper – die letzte physische Verbindung zu meinem alten Leben – im Ofen lichterloh brennen sollte, war geradezu unerträglich. Es war nicht leicht zu akzeptieren, dass ich ihn nie wieder brauchen würde.

„Das ist nichts weiter als Haut und Knochen", sagte Arthur, als könne er meine Gedanken lesen. „Eine leere Hülle. Von dir steckt da nichts mehr drin."

„Ich weiß. Fühlt sich nur komisch an."

„Ich hab nicht behauptet, dass es leicht ist. Nur als Warnung: Der Abschied im Krematorium ist meistens das Schwerste für die Menschen, die man geliebt hat. Da nehmen die Leute für gewöhnlich richtig Abschied."

Ich hielt es für das Beste, das Thema zu wechseln, während wir auf die Trauergäste warteten. „Vorhin, als wir uns vor der Kirche getroffen haben, hast du gefragt, ob ich nach anderen Seelen Ausschau halten würde."

„Stimmt."

„Nun, das hab ich nicht. Erst, als du es gesagt hast. Aber das hat mich zum Nachdenken gebracht. Außer uns waren da keine. Jedenfalls konnte ich keine sehen. Wie kommt das? Ist ein Friedhof nicht genau der Ort, an dem man mit ihnen rechnen müsste?"

„Hm, im Film vielleicht. In der Realität ist das so ziemlich der letzte Ort, an dem sich Seelen nach der Beerdigung ihrer körperlichen Hülle aufhalten möchten. Wer will denn andauernd dran erinnert werden, dass er tot ist?"

„Warum warst du denn da?"

Arthur lächelte. „Ich hab gern ein Auge drauf, auf die Schule auch. Als ich noch lebte, war ich für Friedhof und Schule verantwortlich. Das hat mich vermutlich nie losgelassen."

„Woher hast du gewusst, dass heute meine Beerdigung ist?“

„Ein kleines Vögelchen hat es mir zugezwitschert.“

„Wer?“

„Jemand, dem an dir liegt und der sich Sorgen macht, du würdest es allein vielleicht nicht durchstehen.“

„Lizzie? Hat sie dich gebeten zu kommen?“

„Du solltest nicht zu hart über sie urteilen. Sie will nur helfen.“

„Ja, dabei, mich zu überreden, diese Welt endgültig zu verlassen. Ich hab ihr gesagt, ich will hierbleiben, aber das interessiert sie nicht. Sie antwortet nicht auf meine Fragen.“

„Nein? Ich bin sicher, sie tut, was sie kann.“

Ehe ich etwas sagen konnte, fuhr der Leichenwagen mit meinem Sarg auf den Parkplatz, gefolgt von Dads BMW. Arthur packte meine Hand, und ich stand in der ersten Bank der Krematoriumskapelle und starrte auf den Vorhang, hinter dem mein Sarg seine letzte Reise antreten würde.

7. KAPITEL

Über das, was im Krematorium geschah, will ich nicht viele Worte verlieren. Nur so viel: Es war schrecklich. Arthur hatte mich zu Recht vor den möglichen Reaktionen meiner Familie gewarnt. Mir war gar nicht bewusst gewesen, wie sehr sie alle ihre Gefühle bisher zurückgehalten hatten – das galt besonders für Mum und Dad. Aber am Ende der kurzen Feier in der Kapelle brach alles Unterdrückte unter Strömen von Tränen hervor. So schwer es auch mit anzusehen war, bei Ella, Mum und Lauren war ich wenigstens darauf vorbereitet gewesen. Doch ich hatte nicht erwartet, Dad weinen zu sehen. Dieser Anblick traf mich völlig unvorbereitet. Er war nie ein Mann gewesen, der Gefühle zeigte, und in der Familie war er immer der Starke und die Stütze aller gewesen. Ihn derart die Kontrolle verlieren zu sehen – ihn so verletzlich, so menschlich zu erleben – war einfach grauenhaft.

Ich weiß nicht, ob meine Leiche sofort verbrannt wurde oder irgendwann später. Vor der Zusammenkunft im Krematorium hatte ich befürchtet, vielleicht fühlen zu können, wie die Flammen mein Fleisch verzehrten, aber derartige Ängste verblassten zur Bedeutungslosigkeit, als ich die Trauer meiner Familie sah. Wann auch immer die Einäscherung stattgefunden haben mag, ich habe nichts gemerkt. Physisch habe ich rein gar nichts empfunden.

Arthur kam zu mir, als sich die Trauergäste bereit machten, zum Leichenschmaus zum Haus meiner Eltern zu fahren. Ich saß noch immer in der ersten Bank der Kapelle, bis ins Mark erschüttert. „Das Schlimmste ist jetzt überstanden, Junge", sagte Arthur sanft. „Wie fühlst du dich?"

„Furchtbar. Völlig ausgelaugt. Das war viel schlimmer, als ich erwartet hatte. Sie alle so zu sehen … ich muss mir die Schuld an dem geben, was passiert ist. Ich kann nicht anders.

Immer wieder denke ich, wenn ich an jenem Tag nicht das Rad genommen hätte, wenn ich ein paar Minuten früher losgefahren wäre, wenn ich einen Helm getragen hätte …"

„Hör auf. Tu dir das nicht an. Das war nicht deine Schuld. Manchmal passieren schreckliche Dinge einfach. Du darfst dich deswegen nicht fertigmachen. Das ändert nichts und hilft auch keinem. Komm, nichts wie weg hier. Ich bringe dich zur Trauerfeier."

Er wollte schon meine Hand packen, aber ich zog sie zurück. „Warte. Ist es vielleicht irgendwie möglich, dass wir vorher noch woandershin gehen? An einen friedlichen Ort, an dem ich einen klareren Kopf kriegen kann?"

„Natürlich", sagte er. Ich blinzelte, und wir waren wieder auf der Bank mit Blick über den Friedhof, auf der er mich vor der Trauerfeier angetroffen hatte. „Wie ist das?"

„Perfekt. Danke."

„Kein Problem. Hör zu, ich muss jetzt los. Ich habe was zu erledigen. Kommst du allein zum Haus deiner Eltern?"

„Hm … ja, sind ja nur zwei Minuten zu Fuß. Aber ich hatte gehofft, ich könnte noch weiter mit dir reden. Ich habe Tausende Fragen."

„Ein anderes Mal. Melde dich. Und: Gut gemacht, Junge. Das meine ich ehrlich."

„Danke. Wie komme ich …"

Ehe ich den Satz beenden konnte, war Arthur weg.

„Na toll", sagte ich. „Noch einer mit der Fähigkeit zum schnellen Abgang."

Ich blieb auf der Bank sitzen und genoss eine Zeit lang die Stille. Dabei dachte ich zurück an die Beerdigung von Alice. Ob sie wohl auch auf diese Art dabei gewesen war und beobachtet hatte, wie ich trauerte und sie um Vergebung anflehte, weil ich sie betrogen hatte? Oder war sie gleich weitergegangen? Ich vermisste sie noch immer schrecklich. Der rohe Schmerz, den ich damals empfunden hatte, war mir noch immer in Erinnerung – die Hoffnungslosigkeit, das Gefühl, dass ihr Tod so ungerecht war. Empfand meine Familie das jetzt auch so?

Der Schmerz über den Verlust von Alice war nie vergangen. Nach und nach hatte ich gelernt, damit zurechtzukommen, und die anfängliche Wut über ihren Tod war ein wenig abgeflaut. Aber ich wünsche meinem ärgsten Feind nicht, so etwas durchmachen zu müssen. Nur weil ich Ella zu versorgen hatte, war ich nicht völlig zusammengebrochen. Obwohl es mir damals schrecklich ungerecht vorgekommen war, dass ich auch damit völlig auf mich gestellt gewesen war. Aber das Sinnvolle an dieser Aufgabe und die einkehrende Routine hatten verhindert, dass ich in ein bodenloses Loch der Hoffnungslosigkeit und des Selbstmitleids stürzte. Ein Teil meiner Frau konnte durch Ella weiterleben, das wurde mir klar. Ella sah ihrer Mutter sehr ähnlich, und viele kleine Dinge, die sie tat, erinnerten mich an Alice. Wie sie beim Lachen die Nase kräuselte und die Sturheit, die sich jetzt schon ansatzweise in ihrer Persönlichkeit zeigte … Sie war ein intelligentes kleines Mädchen. Ich konnte mir gut vorstellen, dass sie einmal in die Fußstapfen ihrer Mutter treten und auch Zahnärztin werden würde. Oder sie würde einen anderen angesehenen Beruf ergreifen.

Ich war überrascht gewesen – und gerührt –, als ich Alices Eltern unter meinen Trauergästen in der Kirche gesehen hatte. Margaret und Ron lebten jetzt in Spanien, mit ihrer Anreise hatte ich also nicht gerechnet. Sie hatten aber immer den Kontakt zu ihrer Enkelin gepflegt. Sie besuchten sie mindestens zweimal im Jahr und beschenkten sie reich zu Geburtstagen und zu Weihnachten. Obwohl Ella niemals ein so enges Verhältnis zu ihnen haben würde wie zu meinen Eltern, gehörten sie doch in ihr Leben.

Ein Auto wurde angelassen, und das Geräusch riss mich

wieder in die Gegenwart zurück. Mittlerweile mussten doch alle weg sein, die auf der Beerdigung gewesen waren, dachte ich, und da ich andere Friedhofsbesucher auch nicht ausmachen konnte, fragte ich mich natürlich, wer dieser Nachzügler sein konnte. Ich stand auf und ging zu einer Stelle, von der aus der Parkplatz zu sehen war. Ein schwarzer Audi mit getönten Scheiben wendete gerade. Es schien derselbe zu sein, den ich neulich vor meinem Haus gesehen hatte – und das irritierte mich irgendwie. Instinktiv rannte ich auf den Wagen zu.

„Hey!", rief ich. „Wer bist du? Was willst du?" Aber das Auto war schon weg, ehe ich es erreichen konnte. Ich lief weiter hinterher, weil es vor dem Abbiegen in die Hauptstraße halten musste, aber wieder fuhr es mir davon. Ich sah es in der Ferne verschwinden. „Verdammt", rief ich. „Wer zum Teufel ist das?"

Dann machte ich mich auf zum Haus meiner Eltern, dem geräumigen Einfamilienhaus, in dem ich aufgewachsen war. Es lag in einer ruhigen, grünen Straße voller ähnlicher Häuser, die alle Anfang der Siebzigerjahre gebaut worden waren. Etliche Autos parkten vor meinem Elternhaus, und ich konnte die Umrisse von Besuchern im Wohnzimmer durchs Fenster sehen. Die Haustür war geschlossen, aber hinten stand die Terrassentür offen. Dad stand mit seinem Freund und Nachbarn Larry davor und zündete sich gerade eine dicke Zigarre an.

„Das war eine schöne Trauerfeier", sagte Larry. „Ein würdiger Abschied. Haben alle gesagt. Wie war es im Krematorium?"

„Ach, weißt du", Dad stieß eine dicke Rauchwolke aus, „so wie es zu erwarten war." Er hatte seine Fassung zwar wiedergewonnen, wirkte aber irgendwie leer und erschöpft. „Danke für deine Hilfe mit der Bewirtung, Larry. Ann und ich wissen das sehr zu schätzen."

„Gern geschehen. Sylvia hat aber den größten Teil der Arbeit gemacht. Gebt uns Bescheid, wenn wir sonst noch irgendwas für euch tun können. Okay?"

„Ja. Danke. Ihr seid wirklich gute Freunde."

„Bleibt ihr heute Nacht mit Ella hier?"

„Hatten wir vor. In den nächsten Tagen ziehen wir hierher um. Wir wollten sie nicht zu schnell aus ihrem Zuhause reißen, aber wir haben schon mehrmals mit ihr über den Umzug gesprochen, und sie hat nichts dagegen. Sie hat ja schon oft hier übernachtet, und ich denke, es hilft ihr auch zu wissen, dass ihr Vater hier groß geworden ist."

„Armes Ding. Erst ihre Mutter und jetzt auch noch ihr Vater. So was sollte kein Kind durchmachen müssen."

„Ich weiß. Erstaunlich, wie gut sie sich hält. Gott allein weiß, was in ihrem kleinen Kopf vorgeht."

Larry nickte. Langsam paffte er seine Zigarre. „Es ist, als wäre es gestern gewesen, seit Will in dem Alter war und den Ball holen wollte, den er in unseren Garten geschossen hatte. Er war so ein höflicher kleiner Junge. Man konnte sich so gut mit ihm unterhalten. Ella ist genauso, oder nicht? Sylvia und ich haben erst neulich noch darüber geredet, wie gut sie sich ausdrücken kann. Sie macht ihrem Vater wirklich alle Ehre."

„Das tut sie."

„Weiß man schon, was mit der Fahrerin passieren wird?"

„Sie ist angeklagt worden wegen Gefährdung des Straßenverkehrs und fahrlässiger Tötung. Das ist gut, wir hatten nämlich schon befürchtet, dass man sie mit Gefährdung des Straßenverkehrs wegen achtlosen Fahrens mit Todesfolge davonkommen lassen würde. Aber wir haben noch einen weiten Weg vor uns. Sie wird sich nur zu dem geringeren Vergehen bekennen, deshalb wird es ein Verfahren geben. Es könnte ein Jahr dauern, bis das Urteil gesprochen wird."

„Ein ganzes Jahr? Das ist ja nicht zu fassen."

„Vielleicht geht es schneller, aber darauf würde ich mich nicht verlassen."

„Kommt sie ins Gefängnis?"

„Ja, wenn sie schuldig gesprochen wird. Die Höchststrafe liegt bei vierzehn Jahren, doch ich glaube kaum, dass sie so viel kriegen wird. Nicht mehr als vier Jahre, nehme ich an."

Im Allgemeinen versuchte ich nicht, an den Unfall und die Frau zu denken, die ihn verursacht hatte. Das brachte mich nur auf und führte zu nichts. Wo war sie denn heute gewesen, als mein Körper verbrannt wurde? Das hätte mich mal interessiert. Aber ich verfolgte den Gedanken nicht weiter. Stattdessen ging ich ins Haus, nichts wie weg von diesem Gespräch. Ich wollte die Aufmerksamkeit auf etwas anderes lenken.

Im Esszimmer und im Wohnzimmer wimmelte es von Leuten, das war mir unangenehm, zumal die meisten über mich sprachen. Ich schoss von einem Raum zum anderen, schlängelte mich vorsichtig zwischen den Leibern hindurch, um nicht von ihnen abzuprallen, doch Ella war nirgendwo zu sehen. Aus der Küche hörte ich Mums Stimme, deshalb steuerte ich dort als Nächstes hin. Mum schenkte Getränke aus, mit Alices Mutter Margaret und Larrys Frau Sylvia.

„Geh nur und misch dich unter die Leute, Ann", sagte Sylvia. „Ich kümmere mich hier schon um alles."

„Nun übertreib es nur nicht, ich komme klar", antwortete Mum. „Du hast schon mehr als genug getan. Das ist mein Haus. Ich sitz doch nicht bei der Trauerfeier meines Sohnes rum und sehe zu, wie andere Leute alle Arbeit tun. Das wäre unangebracht."

„Ich bleibe hier und helfe Sylvia", sagte Margaret. „Sie hat recht. Du solltest wirklich nicht das Gefühl haben, alles alleine stemmen zu müssen. Ich weiß, wie schrecklich dir zumute sein muss. Ich weiß noch genau, wie ich mich gefühlt habe, nachdem Alice ..."

„Ich komme klar, habe ich gesagt!“, blaffte Mum und brach umgehend in Tränen aus.

Während die beiden anderen Frauen sich bemühten, sie zu trösten, machte ich mich wieder auf die Suche nach Ella. Mum so zu sehen war erschütternd – und ich konnte ihr ja sowieso nicht helfen. Beinahe wäre ich im Flur mit Xander zusammengestoßen. Er war gerade mit dem Hund Gassi gegangen, jetzt hängte er seinen Mantel auf und wechselte die Schuhe. Sam kläffte mich an und zerrte wie verrückt an seiner Leine. Xander sagte irgendwas auf Holländisch, das sehr aggressiv klang. Vermutlich, dass er die Schnauze halten sollte.

„Hallo, mein Junge“, begrüßte ich Sam, froh über die Aufmerksamkeit, die er mir schenkte. „Wie kommst du denn hierher? Ich dachte, du wärst bei mir zu Hause. Hat Xander dich abgeholt?“

Sam kläffte weiter.

„Hm. Leider habe ich keine Ahnung, was das bedeutet, Sam. Ist schon komisch, dass du der Einzige bist, der überhaupt mitkriegt, dass ich hier bin.“

Er bellte wieder.

„Wo ist Ella? Ich kann sie nicht finden.“

Sam knurrte jetzt.

„Hinreißend. Ich sehe mal oben nach, wenn du nichts dagegen hast.“

Schon bevor ich oben angekommen war, konnte ich meine Tochter durch die geschlossene Tür ihres neuen Zimmers weinen hören. Natürlich hatte ich sie schon unzählige Male weinen gesehen und gehört – wenn sie laut brüllte, weil sie hingefallen und sich die Knie aufgeschlagen hatte oder wenn sie Krokodilstränen vergoss, weil sie nicht ihren Willen bekommen hatte. Dies hier war anders. Es war ein schreckliches leises Wimmern aus tiefer Verzweiflung. Solche verzweifelten, trostlosen Töne sollte kein Kind von sich geben müssen.

Mein väterlicher Beschützerinstinkt regte sich. Ich musste sie in die Arme nehmen und sie trösten, ich musste ihren Schmerz lindern. Doch das war unmöglich, das wusste ich schon, als ich auf ihre Tür zustürzte. Wenn ich doch nur in ihre Nähe gelangen könnte, dachte ich, wenn ich doch an ihrer Seite stehen und ihr ein paar tröstliche Worte zuflüstern könnte. Aber nein. Eine frisch lackierte Tür war mir im Weg, fest geschlossen – und obwohl sie so dünn war, dass ich als wütender Teenager ein Loch hatte hineinboxen können, war sie jetzt so sicher vor mir wie die Tür eines Banksafes.

Ich legte mich hin, streckte mich auf dem hellgrünen Teppich auf dem Treppenabsatz aus und legte das Ohr an den schmalen Spalt unter der Tür. Jetzt vernahm ich die herzzerreißenden Geräusche deutlicher, doch zum Glück auch die leise Stimme meiner Schwester. Wenigstens war Ella nicht allein.

„So ist gut. Lass alles raus“, hörte ich Lauren sagen. „Du bist so tapfer gewesen, aber manchmal muss man sich ausweinen. So wirst du mit deinen Gefühlen besser fertig.“

Das Weinen ging noch eine Weile weiter, aber Laurens Worte beruhigten Ella – und mit der Zeit wurde es immer leiser. Schließlich war kaum noch ein Schluchzen zu hören. Jemand stieg die Treppe rauf, ich rollte von der Tür weg und sah, dass Xander nach oben gekommen war.

„Lauren?“, rief er. „Bist du da drinnen?“

„Ich bin bei Ella“, antwortete sie durch die Tür. „Gib uns noch ein bisschen Zeit.“

Xander wartete schweigend vor der Tür. Er bemerkte meine Anwesenheit nicht, als ich aufstand und mich neben ihn stellte. „Alles okay, Großer?“, sagte ich. „Ella geht es nicht so gut. Lauren hat sie getröstet.“

Lauren machte die Tür auf und winkte ihren Mann ins Zimmer. Sie flüsterte ihm etwas auf Holländisch zu, als ich mich vorbeizwängte. Ella lag auf dem Bett und starrte mit verschwollenen roten Augen an die Decke. Ich kniete mich neben sie.

„Mein wunderbares Mädchen. Meine arme Kleine. Das muss heute die Hölle für dich gewesen sein. Tut mir leid, dass ich nicht früher zu dir kommen konnte. Ich wollte ja, aber ich wurde von der geschlossenen Tür aufgehalten. Geht es dir ein bisschen besser?"

Kaum hatte ich das gesagt, da passierte etwas Seltsames. Ellas Kopf ging mit einem Ruck in meine Richtung, und sie starrte auf die Stelle, an der ich kniete. Sie kniff die Augen zusammen. Dann setzte sie sich langsam auf, aber ihr Blick blieb auf mich gerichtet.

„Ella?", sagte ich. „Kannst du mich sehen? Kannst du mich hören? Hab keine Angst. Ich bin's – Daddy."

„Was ist denn, Ella?" Lauren hatte sich von ihrem Mann abgewandt, als sie Ellas tranceartigen Zustand bemerkt hatte. Sie sprach ihre Nichte wieder an, diesmal energischer, und Ella blinzelte zweimal, schüttelte dann kurz den Kopf und drehte sich zu ihrer Tante.

„Was?"

„Ich hab gefragt, was los ist, weil du an die Wand gestarrt hast. Was hast du da gesehen?"

„Weiß nicht. Ich bin nicht sicher. Ich dachte, ich …"

„Ist alles in Ordnung?" Dad platzte ins Zimmer. „Wir haben uns gefragt, wo ihr wohl steckt."

„Alles okay, Dad", sagte Lauren. „Ella und ich haben uns nur ein bisschen zurückgezogen. Wir kommen bald runter."

„Gut. Ich dachte nur, ich schau mal nach euch. Geht es dir gut, Xander?"

„Ja, Tom. Und wie sieht es bei dir aus?"

„Es geht. Danke, dass du Sam abgeholt hast."

„Ella?", sagte ich. „Du konntest mich vorhin spüren, nicht wahr? Hörst du mich jetzt? Dann sieh wieder her."

Aber sie tat es nicht. Sie gab kein Zeichen, dass sie mich irgendwie spüren konnte. Der Augenblick war vorbei, der Bann gebrochen.

„Komm schon!“, brüllte ich. „Das ist ungerecht. Warum könnt ihr denn nicht sehen, dass ich vor euch stehe?“ Ich rannte von einem zum anderen, schrie allen ins Gesicht und fuchtelte mit den Händen vor ihren Augen herum. „Warum seht ihr mich nicht? Der blöde Hund kann es doch auch, verdammt noch mal. Warum könnt ihr es nicht?“

Schließlich kniete ich mich wieder vor Ellas Bett und streckte ihr flehend die Hände entgegen. „Bitte, mein Liebling. Bitte, gib mir noch irgendein Zeichen. Ich weiß, dass du mich eben gespürt hast. Ohne dich bin ich hier so einsam, Ella. Ich flehe dich an.“

Aber es nützte nichts. Für meine Familie war ich nicht mehr da. Ich existierte nicht mehr.

Vermutlich hätte es mir Kraft geben müssen, dass Ella mich wieder wahrgenommen hatte. Immerhin war es das erste Zeichen eines Durchbruchs, seit dem Abend, an dem sie mir im Schlaf geantwortet hatte. Aber aus irgendeinem Grund hatte es genau den gegenteiligen Effekt. Ich hatte allen Mut verloren, hatte das Gefühl, dass es sinnlos war, weiterzumachen. Die ganze Sache mit dem Todsein wirkte jetzt – nach der Beerdigung – viel echter. Das einzig Konkrete in meiner Zukunft war Lizzies Deadline.

8. KAPITEL

Noch neununddreißig Tage

Die Tage vergingen, und ich fiel in eine Depression. Lauren und Xander kehrten nach Holland zurück, Ella zog zu Mum und Dad. Ich auch, und ich versuchte, zu ihr durchzudringen, aber ich war nicht mit dem Herzen bei der Sache. Ich machte keine Fortschritte, und obwohl ich daran dachte, Arthur um Rat zu fragen, konnte ich mich nicht aufraffen, ihn zu suchen.

Ich war wie gelähmt. An einem verregneten Morgen, als Mum und Dad Ella zur Schule brachten, war ich allein in meinem Elternhaus, und irgendetwas machte klick. Mir wurde klar, dass seit meiner Beerdigung drei Wochen vergangen waren. Bis zu meiner Deadline waren nur noch fünfeinhalb Wochen Zeit. Dann würde ich entscheiden müssen, ob ich bleiben oder für immer von hier fortgehen wollte.

Trotz allem, was ich zu Lizzie gesagt hatte, wusste ich im tiefsten Inneren, dass dies eine sehr wichtige Entscheidung war. Es war nicht leicht, das zuzugeben, aber ich wünschte mir verzweifelt, hier bei Ella bleiben zu können, wusste jedoch, dass ich wenigstens in Erwägung ziehen musste, weiterzugehen, wenn sich nichts änderte. Das Problem war, dass ich keine Ahnung hatte, wen oder was ich auf der anderen Seite finden würde. Ich wusste auch nicht, welche Folgen es mit sich bringen würde, wenn ich für alle Ewigkeit als Seele hierblieb. Ein paranoider Teil von mir fragte sich, ob Lizzie mir denn wirklich die reine Wahrheit erzählt hatte. Wenn sie nun gar nicht die war, die sie zu sein behauptete? Das wäre eine Erklärung für ihre mangelnde Hilfsbereitschaft. Dann fiel mir wieder ein, dass sie Arthur gebeten hatte, zu meiner Beerdigung zu kommen. Vielleicht konnte ich ihm auch nicht trauen?

Schluss jetzt, mach dich nicht lächerlich, dachte ich, Arthur hat dich doch unterstützt. In dieser Zwischenwelt, in der ich mich aufhielt, hatte ich keinen besseren Freund. Ich musste Kontakt mit ihm aufnehmen, und warum sollte ich es noch länger aufschieben? Die Zeit lief. Sobald Mum und Dad wieder nach Hause kamen, konnte ich aus dem Haus schlüpfen. Ich ging sofort zur Kirche. Arthur fand ich unter dem Torbogen, wo er vor dem Regen Schutz suchte.

„Hallo, mein Junge. Wie geht's dir so? Ich hatte dich früher erwartet."

„Hallo, Arthur. Die letzten Tage war ich in einem ziemlichen Tief, aber jetzt bin ich hier. Und ich habe viele Fragen. Könnten wir uns ein bisschen unterhalten?"

„Na klar. Komm, wir suchen uns einen trockeneren Platz."

Er reichte mir die Hand, und sobald ich sie nahm, saßen wir zusammen auf einer Holzbank in der leeren Kirche.

„Moment mal", sagte ich. „Warum wolltest du aus dem Regen raus? Warum hast du dich zum Schutz unter dem Torbogen untergestellt?"

„Es hat ziemlich gegossen, falls dir das nicht aufgefallen ist."

„Ist es, aber nur, weil ich es sehen kann. Fühlen kann ich nichts. Du etwa?"

„Interessante Frage", antwortete Arthur. „Die Antwort ist kompliziert."

„Ich hab es nicht eilig."

„Dachte ich mir schon. Vermutlich willst du noch andere Sachen fragen."

„Stimmt."

„Okay. Dann lass mich doch erst mal alle wichtigen Dinge zusammenfassen. Einverstanden? Du hörst zu, und hinterher schießt du mit den Fragen los, die du noch hast. Was sagst du dazu?"

„Hört sich gut an."

„Ausgezeichnet. Ich weiß nicht, wie viel man dir schon gesagt hat, aber ich nehme mal an, es war nicht viel. Ich fang also mit den Grundlagen an: Wenn wir sterben, geben unsere Körper die Seelen frei. Das gilt für alle Menschen. Unterschiedlich ist nur, wohin die Menschen als Nächstes gehen, das hängt nämlich davon ab, was sie im Leben so gemacht haben. Manche werden eingeladen, nach oben zu kommen, für manche geht's nach unten."

„Himmel und Hölle."

„Im Grunde, ja. Aber das sind nur Begriffe. Ich benutze sie eigentlich nicht mehr. Denn das, was nach unserem Tod wirklich passiert, ist nicht so einfach, wie die Leute es sich immer vorstellen."

„Wie meinst du das?"

„Na ja, nimm doch mal uns beide – wir sind losgelöste Seelen in der Welt der Lebenden. Wo gehören wir denn hin, der christlichen Lehre nach?"

Arthur fuhr sich mit der Hand durch die weißen Haare. „Nur die richtig faulen Äpfel gehen nach unten. Die anderen bekommen noch eine Chance, ich bin allerdings nicht derjenige, der dir erzählen kann, was oben passiert. Was das angeht, bin ich genauso ahnungslos wie du."

„Wie …"

„Hab Geduld, Junge. Hör erst zu, stell deine Fragen später. Der große Unterschied ist, dass die faulen Äpfel kein Mitspracherecht haben. Ihre Seelen werden mitgenommen und fertig. Die Option, hierzubleiben, ist nur was für die obere Etage. Du hast das Recht erworben, deinen freien Willen zu behalten. Deshalb darfst du wählen, ob du weitergehen willst oder nicht. Die meisten machen das natürlich. Sonst würden hier ja überall Seelen rumschwirren. Wie lange hast du noch, bis du dich entscheiden musst?"

„Bis zum zwölften Dezember."

„Das ist großzügig bemessen. Die Situation mit deiner Tochter ist offenbar berücksichtigt worden. Aber, wie auch immer, dir ist sicher schon klargemacht worden, dass du nach diesem Zeitpunkt keine weitere Fristverlängerung kriegst. Dann sitzt du endgültig hier fest."

„Wie du?"

„Ja, wie ich."

„Warum ..."

„Später. Hör dir alles an. Du hast gefragt, ob ich irgendwas fühlen kann. Nun, ja, ein paar Dinge schon. Nicht so, wie ich es zu Lebzeiten konnte, aber bis zu einem gewissen Grad. Wie soll ich es beschreiben ... Ich würde sagen, wenn man etwas berührt, fühlt es sich an, als würde man Gummihandschuhe tragen."

Er machte eine kleine Pause, bevor er hinzufügte: „Für dich ist es so, als würdest du in einer Blase herumlaufen. Körperlich fühlst du nichts, oder?"

Ich nickte. „Außer, wenn du oder meine Lotsin Lizzie mich berühren. Liegt das daran, dass ihr auch tot seid?"

„Genau. Und das andere ist so, weil du ein Besucher bist. Du bist mit einer Art Gastvisum hier, das dir nur bestimmte Rechte einräumt. Wenn du dich endgültig fürs Bleiben entscheidest, bekommst du mehr Freiheiten."

„So, dass ich etwas anfassen kann? Dass ich Türen öffnen und Sachen bewegen kann? Und mit Leuten Kontakt aufnehmen?"

„Immer mit der Ruhe. Das habe ich nicht gesagt. Ich hab gesagt, ich kann manche Dinge fühlen, wie etwa den Regen. Das ist eher so was wie eine Erinnerung, ein Echo, als ein richtiges Gefühl. Ich werde nicht nass, und mir wird auch nicht kalt oder so, obwohl mir Regen ein bisschen unangenehm ist. Irgendwie ... juckt er. Aber ich bin immer noch eine Seele ohne körperliche Präsenz. Ich kann ebenso wenig wie du denselben Raum einnehmen wie ein lebender Mensch. Mach dir nichts vor. Es wird nicht wieder alles so, wie es war, wenn du beschließt hierzubleiben. Du bist immer noch tot: Du kriegst nur einen schwachen Abklatsch von dem, was du mal hattest."

„Aber was hat es mit diesem Fortbewegungsding auf sich, das du draufhast?"

Arthur lachte. „Beeindruckend, was? Das ist ein Bonus, den man als bleibende Seele bekommt – so kann man den Menschen schnell ausweichen. Aber das war's dann auch schon."

„Und wie steht es mit der Kommunikation mit anderen Menschen? Du weißt ja, dass ich verzweifelt versuche, Ella zu erreichen."

„Das ist eine Grauzone. Offiziell sollte keiner von uns Toten mit den Lebenden kommunizieren können, ganz gleich, wie der Status auch sein mag, ob du nun bleibst oder weitergehst. Doch das soll nicht heißen, dass es gar nicht geschehen kann. Viel hängt von der lebenden Person ab, manche sind für so was empfänglicher als andere. Und dann kommt es auch darauf an, wie stark die Bindung des Lebenden an den Toten ist."

Ich rief mir die beiden Gelegenheiten ins Gedächtnis, an denen Ella mich anscheinend gespürt hatte. „Soll das heißen, es besteht eine Chance, dass doch mehr möglich ist?"

„Vielleicht. Daran kann man bestimmt arbeiten. Es hilft sicher, dass sie so jung ist. Kinder sind in der Regel viel offener als Erwachsene. Sie haben nicht so viel unnützes Zeug im Kopf, das ihnen die Sicht versperrt."

„Also, was soll ich jetzt tun?"

„Wenn du hundertprozentig sicher bist, dass du mit Ella Kontakt aufnehmen willst und das für das Richtige hältst ..."

Ich hielt die Hand hoch, um ihn zu stoppen. „Moment mal. Was soll das heißen? Warum sollte es das nicht sein? Sie ist meine einzige Tochter. Ich bin verschwunden, ohne mich zu verabschieden. Erst ihre Mutter und jetzt ich. Sie denkt, ich hätte mein Versprechen gebrochen, sie niemals zu verlassen."

„Ja, das weiß ich. Aber sie hat sich eben von dir verabschiedet, vergiss das nicht. Wenn es funktioniert – und dafür gibt es keine Garantie –, wird sie ziemlich verstört sein, wenn sie jetzt von dir hört, aus dem Grab sozusagen. Du hattest Zeit, dich an das zu gewöhnen, was du bist. Sie nicht. Wie oft hast du ihr erzählt, dass es so was wie Geister nicht gibt?"

Er hielt einen Moment inne, in dem er tief in mich hineinschaute, seine Augen wurden ganz groß. „Verstehst du, was ich meine? Du störst den normalen Trauerprozess und schickst sie auf eine Achterbahn der Gefühle. Ich sag ja nicht, dass es falsch ist. Ich will dich nur warnen: Wenn du das tatsächlich durchziehst, dann musst du ganz genau wissen, was du tust. Du musst dir sicher sein, dass es für Ella das Beste ist."

In diesem Moment hörte ich hinter uns etwas klappern, ich erschrak. „Offenbar haben wir Gesellschaft gekriegt", sagte Arthur. „Ist wahrscheinlich der Pastor. Der soll uns nicht ablenken. Hier, nimm meine Hand."

Ich griff danach, und plötzlich fand ich mich in einem ziemlich großen Holzhaus, einer Art Schuppen, wieder. Ich schaute mich um und sah Kricketschläger und Bälle, einen Stapel Hürden, einen rostigen Basketballständer und anderes Sportgerät. Der Regen trommelte aufs Dach. In die Wände waren keine Fenster eingelassen, aber der düstere Tag spähte durch zwei Dachluken herein, über die der Regen strömte.

„Setz dich." Arthur zeigte auf einen Haufen fleckiger Turnmatten und ließ sich selbst in einen alten Liegestuhl fallen.

„Wo sind wir?"

„Erkennst du es nicht wieder?"

Verwundert schaute ich mich noch mal um, dann fiel der Groschen. „Na klar, der Kricketpavillon."

Das war die etwas irreführende Bezeichnung für den Geräteschuppen auf dem Sportplatz meiner alten Grundschule gewesen. „Wird der immer noch so genannt?“

Arthur lächelte. „Ja, obwohl man von Glück sagen kann, dass er noch steht, wenn du mich fragst. Der neue Hausmeister streicht ihn nicht oft genug mit Holzschutzmittel. Es riecht hier jetzt so modrig.“

„Du kannst riechen?“

„Ja. Oh, das hatte ich wohl nicht erwähnt? Das kommt wieder, wenn man bleibt. Ist auch nicht mehr so, wie es mal war, aber besser als gar nichts. Als hätte man immerzu eine schwere Erkältung.“

„Und schmecken? Kommt das auch wieder?“

Arthur lachte. „Schön wär’s. Nein, der Genuss zu essen und zu trinken ist ein für alle Mal weg. Der Geruch ist dann alles, was man noch vom Essen hat. Manchmal macht es mich ganz fertig, wenn mir der Duft von heißem Buttertoast in die Nase steigt oder von frisch gebrühtem Kaffee. Aber Bacon ist wohl das Schlimmste. Ich habe es geliebt zu essen. Hat mir allerdings nicht gutgetan. Meine Arterien waren verstopft, und deshalb hatte ich diesen Herzinfarkt, an dem ich gestorben bin. Ja, wegen ungesundem Essen und der Kippen, aber die vermisse ich nicht – eklige Dinger.“

„Glaubst du, dass man auf der anderen Seite noch was zu essen und zu trinken kriegt?“, fragte ich. „Du weißt schon, wenn man rübergeht.“

„Hab ich mich auch schon oft gefragt“, antwortete Arthur. „Ich stelle mir gern vor, dass es so ist, dass man essen und trinken kann, was immer man mag, wann immer und so oft man will – ohne irgendwelche negativen Folgen.“ Er leckte sich die Lippen. „Das wäre himmlisch.“

„Und warum bist du geblieben?“

Er wurde einen Moment ganz still, dann antwortete er: „Ich hatte meine Gründe. Aber glaub ja nicht, ich hätte mich wegen der Verhältnisse da drüben fürs Bleiben entschieden. Das ist auf alle Fälle der perfekteste Ort, den man sich nur vorstellen kann. Ich bin hiergeblieben, weil ich es musste. Empfehlen würde ich es bestimmt nicht."

„Aber so schlecht ist es doch auch nicht, oder? Dir scheint es ganz gut zu gehen."

Er schnaubte. „Willst du wirklich für den Rest aller Tage zusehen, wie die Welt an dir vorüberzieht? Hast du die Einsamkeit etwa noch nicht gespürt?"

Er starrte mich an und wartete auf eine Antwort. „Ja, manchmal spüre ich sie", gestand ich schließlich.

„Und das wird schlimmer", sagte er. „Dieses schreckliche Gefühl, unsichtbar zu sein, macht dich kaputt. Es ist, als hättest du deine Identität verloren, den Daseinszweck, dein Selbstwertgefühl. Viele Seelen haben sich im Laufe der Zeit davon runterziehen lassen und den Verstand verloren. Das sind die, die uns in Verruf gebracht haben, die spuken und so weiter. Vielleicht ende ich auch mal so. Es war schon mal fast so weit."

„Aber leistet ihr einander denn nicht Gesellschaft? Hast du keine Freunde unter den anderen Seelen?"

Traurig schüttelte Arthur den Kopf. „Nette Idee, Junge, aber so läuft das nicht. Diejenigen von uns, die sich zum Bleiben entschlossen haben, haben ihre Gründe dafür. Sie sind nur auf ihre Dinge fixiert. Jeder von uns hat seine eigene kleine Nische hier auf der Welt – und aus der kommen wir nur selten raus. Ist ein ziemlich einsames Leben hier als Seele."

„Was willst du mir damit sagen, Arthur? Rätst du mir, meine sechsjährige Tochter im Stich zu lassen und den Fahrstuhl nach oben zu nehmen, ohne mich noch mal umzudrehen? Das tust du, hab ich recht? Was für ein Blödsinn. Und ich dachte, du wärst da, um zu helfen."

„Beruhige dich, Junge. Ich glaube nicht, dass ich das Recht hätte, dir solche Ratschläge zu geben. Ich lege nur die Karten auf den Tisch. Ich wollte nicht …“

Mitten im Satz verstummte Arthur. Er zog die Augenbrauen zusammen und sah plötzlich besorgt aus, seine Pupillen bewegten sich hin und her, und er schien auf etwas zu lauschen.

„Was ist …“, begann ich, aber er hielt sich einen Finger vor die Lippen.

„Muss los“, flüsterte er, sah hinter sich und verschwand.

Ich sprang auf. „Arthur? Arthur? Was soll das?“

Ein dunkler Schatten legte sich auf die Dachluken.

9. KAPITEL

Ich gab kein Wort mehr von mir. Zu groß war die Angst. Da draußen war irgendwas oder irgendwer – und Arthurs Verschwinden ließ auf nichts Gutes schließen. Der Schatten blieb auf den Dachluken liegen, und auf der anderen Seite der Bretterwände des Pavillons hörte ich gedämpfte Geräusche. Da bewegte sich was. Ich drückte mich in eine Ecke, völlig verängstigt, ohne zu wissen, warum. *Lass mich in Ruhe*. Aber das tat es nicht. Es bewegte sich langsam um das Gebäude herum, raschelte hier, kratzte da, bis es schließlich vor dem Eingang stehen blieb und die Ritzen um den Türrahmen verdunkelte.

Ich schloss die Augen, biss die Zähne zusammen und vergrub meinen Kopf in den Händen. Ich wollte mich verstecken und gleichzeitig auf das gefasst machen, was nun passieren würde. Als ich die Augen wieder öffnete, sah ich, wie die Türklinke nach unten gedrückt wurde. *Bitte nicht. Warum hast du mich alleine gelassen, Arthur? Du wusstest, was jetzt kommt und bist einfach abgehauen.*

Die verschlossene Tür erzitterte für ein paar Sekunden im Rahmen, dann bewegte sich die Klinke wieder nach oben. Der Schatten sank zur unteren Hälfte der Tür, und es war ein unregelmäßiges Schnüffeln zu hören, das endlos anzuhalten schien. Ich hörte, wie es – was auch immer es war – den Pavillon ein weiteres Mal umkreiste, wobei es auf seinem Weg hier und da an die Wand klopfte. Dann herrschte Stille. Der Schatten hob sich von den Dachluken, und ich war wieder allein.

„Verdammt", sagte ich laut und stand auf. Ich war mit den Nerven am Ende. „Was zum Teufel war das? Was ist da gerade passiert?"

Ich erwartete, dass Arthur wiederkommen würde, aber ein paar Minuten später war er immer noch nicht aufgetaucht. „Hallo, Arthur, hörst du mich?", rief ich. „Die Luft ist rein.

Du kannst zurückkommen. Dir ist doch klar, dass ich hier allein nicht wieder rauskomme, oder?“

Aber er tauchte nicht auf.

Draußen war ein Klingeln zu vernehmen, dann konnte ich spielende Kinder hören. Ich ging zur Tür und spähte durch eine Ritze. Gerade so konnte ich den Schulhof ausmachen und verschiedenfarbige Jacken von umherlaufenden Kindern sehen. Ich musste an Ella denken. War in ihrer Schule jetzt auch Pause? Spielte sie mit ihren Freunden oder zog sie sich alleine zurück? Ich hoffte, sie würde mit den anderen Kindern herumtoben. Aber ihre Lehrerin hatte Mum erzählt, dass sie seit meinem Tod sehr in sich gekehrt war. Sie hatten überlegt, Ella hier im Dorf zur Schule zu schicken, weil sie ja jetzt bei meinen Eltern wohnte, sich dann jedoch dagegen entschieden, weil sie befürchteten, dass sie zurzeit keine neuen Freundschaften schließen konnte.

Wie stehen die Chancen wohl, dass heute jemand hier reinkommt, überlegte ich und starrte auf die verschlossene Tür. Wohl eher schlecht zu dieser Jahreszeit – die Sachen, die hier rumlagen, wurden eigentlich nur im Sommer gebraucht.

Wieder rief ich nach Arthur. Noch immer keine Reaktion. Mir blieb also nur eines übrig. Ich blickte durch die Dachfenster nach oben. „Lizzie? Bist du in der Nähe? Ich sitze in der Klemme. Ich brauche deine Hilfe.“

„Du hast gerufen“, sagte jemand hinter mir.

Ich drehte mich um und stand vor meiner Lotsin. „Hi, Lizzie. Danke, dass du gekommen bist. Ich hatte schon befürchtet, du würdest mich meiden – nach unserer letzten Begegnung.“

„Das ist Schnee von gestern“, sagte sie mit einer wegwerfenden Handbewegung. „Was kann ich für dich tun?“

„Hm, also, ich brauche Hilfe, um hier wieder rauszukommen.“

Sie sah sich im Pavillon um. „Verstehe. Wie bist du denn in diese komische kleine Hütte geraten?"

„Ist 'ne lange Geschichte. Arthur hat mich hierhergebracht, und dann musste er weg."

„Arthur?"

„Ja. Arthur Brown. Den kennst du doch – von meiner Beerdigung."

Ein leerer Blick. „Ich weiß nicht, wen du meinst. Egal, bringen wir dich nach Hause."

Sie tippte mir auf die Schulter, und wir standen beide auf der Auffahrt meiner Eltern. „Wie ist das?"

„Perfekt. Tausend Dank."

„Möchtest du auch, dass ich dich ins Haus lasse? Sieht aus, als wäre keiner da."

„Das wäre wunderb…"

Noch ein Schultertippen – und wir saßen drinnen auf dem Sofa.

„Wie ist es denn so, hier zu wohnen, William?"

„Gut. Mein Haus steht leer und wird bald zum Verkauf angeboten. Ich geh dahin, wo Ella ist."

„Behältst du die Uhr im Auge?"

„Wovon redest du?"

„Von deiner Gnadenfrist."

„Ich habe noch neununddreißig Tage, glaube ich."

Sie zog eine Augenbraue hoch. „Gut. Wie ich sehe, hast du die Sache im Griff. Noch Überlegungen oder Fragen?"

„Hat doch keinen Sinn. Du gibst mir ja nie eine klare Antwort."

„Das ist nicht wahr. Ich sage, was mir möglich ist, dir mitzuteilen. Und eben habe ich alles stehen und liegen gelassen, um dich zu retten."

„Tut mir leid. Ich wollte dich nicht so angehen. Es war nur ein bisschen unheimlich da, bevor du gekommen bist, weiter nichts."

„Weil du nicht raus konntest?“

Ich erwog, ihr von der seltsamen Präsenz zu erzählen, die mich so erschreckt hatte, entschied mich aber dagegen, vor allem, weil sie leugnete, Arthur zu kennen. Ich hatte das Gefühl, ich sollte die Sache erst mit ihm besprechen. Er mochte mich ja sitzen gelassen haben, davor war er mir aber eine große Hilfe gewesen. Und ich hoffte immer noch, dass er mir mehr Informationen zur Verständigung mit Ella geben konnte. Abgesehen davon, schien mir, dass irgendwas nicht so ganz in Ordnung gewesen war, nachdem wir uns unterhalten hatten. Ob Arthur sich vielleicht irgendwie in Schwierigkeiten gebracht hatte? Wenn das der Fall war, wollte ich ihm nicht noch mehr Ärger machen, indem ich mit der falschen Person redete. Ich hielt also den Mund. „Ja. Genau.“

„Okay“, sagte sie langsam. Sie musterte mich. „Und das war alles?“

„Mhm. Geschlossene Räume waren noch nie mein Ding.“

„Verstehe. Und hast du dich jetzt – nach der Beerdigung – mit dem Gedanken angefreundet weiterzugehen? Du musst nicht bis zur Deadline warten. Ich kann dich holen, wann immer du willst. Ehrlich gesagt hatte ich vorhin gehofft, dass du mitkommen wolltest.“

„Ich hab es dir doch gesagt. Ich will bei meiner Tochter bleiben. Warum begreifst du das denn nicht? Du hast keine Kinder gehabt, oder?“

Lizzie schüttelte den Kopf.

„Dachte ich mir. Wie alt warst du noch, als du gestorben bist?“

„Siebenundzwanzig.“

„Ach ja. Und da war keiner, den du nicht zurücklassen wolltest? Ein Ehemann oder ein Freund vielleicht?“

„Nichts Ernstes. In der Liebe habe ich nie Glück gehabt.“

„Und was war mit deinen Eltern oder vielleicht Brüdern und Schwestern?"

„Natürlich. Ich hab meine Eltern und einen jüngeren Bruder zurückgelassen. Freunde auch. Aber mir ist nie der Gedanke gekommen, bleiben zu wollen."

„Du warst in einer ganz anderen Situation als ich", sagte ich, vielleicht ist das hier Teil des Problems."

„Du musst dich auf das Wichtige konzentrieren, William. Ich bin schon vor langer Zeit gestorben, und seitdem habe ich viele geführt. In dieser Situation war ich schon oft mit allen möglichen ganz verschiedenen Leuten. Ich verstehe, wie schwierig es sein kann, sich von geliebten Menschen zu trennen. Ich fühle deinen Schmerz, ob du es glaubst oder nicht. Aber ich weiß auch, was das Beste für dich und Ella ist – und das hier ist es nicht."

„Na, dann müssen wir uns darauf einigen, dass wir uns nicht einig sind", sagte ich.

Drei Tage später machte ich mich auf die Suche nach Arthur. Es überraschte mich, dass er keinen Kontakt zu mir aufgenommen hatte, nachdem er bei unserer letzten Begegnung so plötzlich verschwunden war. Ich fand ihn schließlich am Kircheneingang, da stand er lässig und völlig entspannt an die Wand gelehnt – während ich vor Wut kochte.

„Da bist du ja", blaffte ich. „Erinnerst du dich an mich? Der Typ, den du einfach zurückgelassen hast? Den du den Wölfen zum Fraß vorgeworfen hast?"

Erschreckt drehte er sich um. „W…william", stotterte er. „Ich hatte fest vor, zu dir zu kommen."

„Tatsächlich? Und warum hast du es nicht gemacht? Wenn ich darauf gewartet hätte, würde ich noch immer im Kricketpavillon festsitzen."

„Ist ja nicht wahr. Ich bin zurückgekommen, um dich zu holen, aber da warst du schon weg."

„Warum hast du mich überhaupt da sitzen lassen. Und wovor in aller Welt bist du geflohen? Ich hatte eine Scheißangst."

Arthurs Augen wurden ganz groß. „War da irgendetwas?"

„Ach, nun tu doch nicht so. Du wusstest, was da war."

„Hast du es gesehen?"

Ich schüttelte den Kopf. „Es ist eine Weile draußen rumgelaufen und hat sogar an der Tür geschnüffelt, aber dann ist es weggegangen, so als ob es nicht aufspüren konnte, was oder wen es gesucht hat. Das war gruselig. Was war das? Du musst es doch wissen!"

Arthur hatte sich vorgebeugt und hielt sich den Kopf mit der rechten Hand. Nach kurzem Schweigen schaute er zu mir auf. „So eine Art Gesetzeshüter, vermute ich mal. Dir hätte er nichts getan, deshalb bin ich abgehauen. Es war nur hinter mir her. Ich darf eigentlich nicht mit dir reden. Jetzt auch nicht."

„Was? Warum nicht?"

„Bleibende Seelen dürfen nicht mit vorübergehenden kommunizieren."

„Versteh ich nicht."

Er zuckte die Achseln. „Ich mach die Gesetze nicht. Ich breche sie nur. Na, normalerweise nicht, aber als Lizzie mich um Hilfe gebeten hat, habe ich gesagt, ich tu, was ich kann. Vor allem, weil wir beide uns ja schon kannten."

„Als ich dich Lizzie gegenüber erwähnt habe, hat sie behauptet, dich nicht zu kennen."

„Das musste sie sagen, Junge, um sich zu schützen. Am besten redest du mit ihr nicht drüber. Aber mach dir keine Sorgen, sie kennt mich gut genug. Wenn sie meine Spuren nicht verwischt hätte, wäre ich längst geschnappt worden."

„Sie hätten dich im Pavillon also verhaftet?"

Arthur nickte.

„Und was wäre deine Strafe gewesen?"

„Nichts Gutes."

„Aber was ist denn so Schlimmes daran, wenn wir beide reden?"

„Sie wollen, dass du rübergehst. Dazu hast du deine Lotsin, sie soll dich auf die andere Seite führen. Sie wollen nicht, dass du verunsichert wirst. Sie wollen nicht, dass ich dich vom Bleiben überzeuge."

„Oder mir hilfst, zu meiner Tochter durchzudringen?"

„Genau."

„Warum hat Lizzie dich dann da mit reingezogen? Will sie nicht, dass ich rübergehe?"

„Oh, das will sie mehr als alles andere. Ihr ist nur klar, dass du deinen eigenen Weg dahin finden musst."

„Heißt das, du hilfst mir dabei, Verbindung zu Ella herzustellen? Ich will dich wirklich nicht in Schwierigkeiten bringen, aber ich muss es wissen. Ich muss es versuchen."

Arthur schloss einen Moment lang die Augen, ehe er antwortete.

„Okay. Ich glaube, für eine kurze Zeit passiert uns schon nichts. Bist du sicher, dass du es wirklich willst?"

„Ich bin sicher."

„Dann setz dich am besten mal hin."

Als ich zusah, wie Mum an diesem Abend Ella eine Gutenachtgeschichte vorlas, war ich aufgeregt – und ich hatte Angst. Arthurs Ratschläge gingen mir durch den Kopf. Ich wollte sie unbedingt ausprobieren. Aber wenn sie keine Wirkung hatten … was dann?

„So. Das war's für heute", sagte Mum und legte *Kitty Power* hin, ein Buch über drei kleine Kätzchen, die Superhelden waren.

Solange ich zurückdenken konnte, hatte Ella Katzen geliebt. Immer fand sie irgendwo eine zum Streicheln, und sie hatte eine ziemlich große Sammlung mit Büchern, in denen es um die Tiere geht, und einen Haufen Spielzeugkatzen. Obwohl sie mich unzählige Male um eine eigene Katze angebettelt hatte, war meine Antwort immer Nein gewesen. Ich wollte mir die Mühe nicht machen. Wahrscheinlich hätte ich irgendwann eingelenkt. Dass ich das jetzt nicht mehr konnte, machte mich traurig.

„Noch ein Kapitel. Bitte, bitte, Nana."

„Nein, Schatz. Das hast du schon nach dem letzten gesagt. Jetzt ist Schlafenszeit."

„Och, lies weiter. Grandad macht das immer."

„Weil du ihn um den kleinen Finger wickeln kannst und er dann schwach wird. Nein, Ella. Ich meine es ernst. Jetzt ist Bettzeit. Morgen musst du zur Schule."

„Kann ich noch mal aufs Klo?"

„Musst du wirklich?"

Ella nickte.

„Dann geh, aber beeil dich."

„Kommst du mit, Nana?"

Ich stand still am Fenster und spähte durch eine Lücke zwischen den Gardinen. Die beiden verschwanden im Bad und kamen bald wieder zurück. Mum gab ihr einen Kuss und ging nach unten, um Dad zu holen.

„Gute Nacht, Prinzessin", sagte er, nachdem er seinen massigen Körper die Treppen hochgehievt hatte.

„Iiih", sagte Ella, als er sich zum Küssen über sie beugte. „Du stinkst."

„Sehr freundlich", antwortete er. „Entschuldige. Ich war gerade zum Rauchen draußen."

„Das solltest du nicht machen, Grandad. Mrs. Afzal sagt, Rauchen ist wirklich gefährlich. Nur dumme Leute machen das."

Dad schmunzelte. „Sie hat ja recht, Schatz. Ich bin ein dummer alter Mann, der es besser wissen müsste. Aber Aufhören ist nicht leicht, wenn man erst mal damit angefangen hat. Also, lass es lieber gleich bleiben."

„Ich mach das nicht. Es ist eklig."

„Weise Entscheidung."

Ella sah plötzlich ängstlich aus. „Was war das?"

Dad war verwirrt. „Was war was?"

„Das Geräusch. So ein Klopfen. Da ist es wieder."

„Ach", sagte er und legte den Arm um seine Enkelin. „Das ist nur die Zentralheizung. Die Rohre werden schon mal laut, wenn sie heiß und kalt werden. Mir fällt das gar nicht mehr auf. Darüber musst du dir keine Sorgen machen, ehrlich."

„Das sind keine Fledermäuse?"

„Fledermäuse? Natürlich nicht. Wie kommst du denn darauf?"

„Ich hab da so einen Film im Fernsehen gesehen. Ein Mädchen hat Fledermäuse auf dem Dachboden gefunden."

Dad zog eine Augenbraue hoch. „Aha. Na, solche Filme solltest du dir nicht ansehen. Hör mal, ich war neulich oben auf dem Dachboden. Da ist jede Menge alter Krempel, aber sonst nichts. Und ganz bestimmt keine Fledermäuse."

„Ehrlich?"

„Ich schwöre."

„Danke, Grandad."

„Kein Problem. Alles gut jetzt?"

Ella nickte, und er deckte sie zu, ehe er zur Tür ging. „Schlaf gut."

„Vergiss die Schlafläuse nicht, Grandad."

„Klar. Entschuldige. Lass dich nicht von den Schlafläusen beißen."

„Okay. Grandad?"

„Ja."

„Du machst das Licht an der Treppe doch nicht aus?"

„Nein, Schatz. Natürlich nicht. Träum schön."

Ich beschloss, ein paar Stunden zu warten, um sicherzugehen, dass sie auch tief genug schlief. Aber warten war die Hölle. Um die Zeit totzuschlagen, drückte ich mich bei meinen Eltern im Wohnzimmer herum, die auf dem Sofa saßen und fernsahen.

Irgendwann rutschte Mum an Dad heran und wollte sich an ihn kuscheln, aber er schob sie sanft weg. „Entschuldige, Schatz. Lass das lieber, ich fühle mich heute irgendwie etwas schlapp."

„Schlapp?", fragte sie.

„Keine Ahnung, warum. Wahrscheinlich hab ich mich neulich mit Ellas Sachen zu sehr abgeschleppt."

Dad wurde von seinem Raucherhusten geschüttelt.

„Ist alles in Ordnung mit dir, Tom?", fragte Mum, als Dad sich die Lunge aus dem Hals hustete. „Vielleicht solltest du wirklich mal Schluss machen mit dem Rauchen. Da gibt es jetzt so viele neue Methoden, weißt du. Im Radio hab ich gehört …"

„Nein danke", keuchte Dad. Er nahm einen großen Schluck aus seinem Whiskyglas – bestimmt ein teurer Single Malt – und sagte dann: „Ich hab eine schwere Erkältung, weiter nichts. Ansonsten bin ich fit wie ein Turnschuh."

Den ganzen Abend behielt ich die silberne Uhr auf dem Kaminsims im Blick, und irgendwann fand ich, dass genug Zeit vergangen war. Nicht ganz so viel, wie ich eigentlich geplant hatte, aber ich konnte nicht länger warten. Ich ging die Treppe hoch zu Ellas Zimmer und dann mit großen Schritten ans Fußende von ihrem Bett.

10. KAPITEL

Noch sechsunddreißig Tage

„Ella?“, flüsterte ich.

Keine Reaktion, doch das war keine Überraschung. Selbst wenn sie noch wach gewesen wäre, hätte sie mich nicht hören können. Arthur hatte mich gewarnt, dass es eine Weile dauern könnte. „Das regelt sich schon“, hatte er gesagt. „Stell dir das so vor, als wolltest du im Radio einen Sender mit einem schwachen Signal einstellen. Dazu brauchst du eine ruhige Hand und ganz viel Geduld.“

Diese Radioanalogie hatte er ordentlich ausgeschlachtet und behauptet, im Wesentlichen ginge es darum, Ellas Gehirnwellen auf die richtige Frequenz einzustellen, damit sie mich sehen und hören konnte. „Du bist noch da, Junge. Du weißt das, und ich weiß das. Sogar der Hund von deinen Eltern weiß das. Das Problem ist, dass du auf einer etwas anderen Daseinsebene existierst, und die meisten Menschen können die nicht wahrnehmen. Ich nenne das die geistige Ebene. Manchmal kriegen Menschen einen kleinen Einblick in diese Ebene, für gewöhnlich, wenn sie sehr von ihren Gefühlen gebeutelt oder nicht ganz bei Bewusstsein sind. Wahrscheinlich war das bei Ella auch so, und das ist schon mal ein guter Anfang. Aber jetzt musst du sie einfangen.“

„Und wie soll ich das anstellen?“

„Am besten geht das wohl im Schlaf. Dann ist der Verstand am empfänglichsten.“

„Du meinst, ich soll mit ihr reden, wenn sie schläft? Das habe ich schon oft getan, aber seit dem einen Mal, wo sie ‚Nacht‘ gesagt hat, hab ich keine Fortschritte mehr gemacht.“

„Oh. Ich rede hier von weitaus mehr, als nur mit ihr zu reden. Du musst in einen ihrer Träume gelangen.“

Arthurs Worte waren noch frisch in meinem Gedächtnis, als ich mich übers Bett beugte und überprüfte, ob Ella auch fest schlief. Es hatte den Anschein. Sie hatte sich schon eine Weile nicht bewegt, und ihr Atem ging tief und regelmäßig. Mit dem Gesicht zur Wand hatte sie sich auf der Seite zusammengerollt. Kitten, ihr liebstes Kuscheltier, war unter ihrem Arm eingequetscht. Ich schlich mich zur Bettkante und beugte mich über sie, damit ich mir ihr Gesicht genauer anschauen konnte. Ihre Augen waren geschlossen, und die Daumenspitze lag auf ihrer Unterlippe. Sie sah so friedlich aus, dass ich einen Moment zögerte und überlegte, ob ich mein Vorhaben nicht noch eine Weile hinausschieben sollte.

Nein, tu es einfach, sagte ich mir. Verdirb dir die große Chance auf einen Durchbruch nicht.

„Bitte, mach, dass es klappt“, flüsterte ich.

Ich kniete mich ans Bett und befolgte Arthurs Anweisungen genau, legte die Handflächen aufeinander und hielt sie über Ellas Kopf, machte die Augen zu und konzentrierte mich ganz auf meine Tochter. Wie Arthur es mir eingeschärft hatte, versuchte ich, alles andere auszublenden. Ich stellte mir vor, wie Ella vor mir stand, mit glitzernden Augen und dem Zahnlücken-Lächeln, das sie hatte, seit ihr die ersten Milchzähne ausgefallen waren. Ich stellte mir vor, wie ich mit der Hand ihre Locken zauste, bevor ich sie in die Arme schloss. Ich dachte an die schönsten Zeiten, die wir miteinander verbracht hatten, nur wir beide: wie sie mit großen Augen die Elefanten im Zoo beobachtet hatte, wie wir zusammen Computerspiele gespielt hatten. Aber nichts passierte.

Meine Arme taten weh, also senkte ich sie und machte die Augen auf. „Komm schon“, flüsterte ich. „Das muss funktionieren. Gib nicht so leicht auf.“

Ein Geräusch hinter mir erschreckte mich. Es war Mum, die zur Tür reinschaute und nachsah, ob Ella eingeschlafen war.

„Süße Träume, mein Liebling", sagte sie mit einem wehmütigen Lächeln. Dann ging sie wieder nach unten.

Ich hob die Arme und fing noch mal von vorn an. Ella, Ella, Ella, dachte ich. Sonst nichts. Blende alles andere aus. Zuerst hatte das den gegenteiligen Effekt, andere Gedanken rückten in den Vordergrund. Sie lenkten mich ab und stellten mich auf die Probe, indem sie sich in den Mittelpunkt drängten. Ab und zu gelang das auch für einen Augenblick, der Gedanke tat sich hervor und überschüttete mich mit Bildern, die mich von Ella wegtrieben. Aber als ich ruhig blieb und mich wieder auf Ella konzentrierte, wuchs und wuchs das Bild von ihr in meinem Bewusstsein, bis kein Platz mehr für irgendetwas anderes war.

Ich ließ Bilder, Erinnerungen, Gefühle hinter mir und konzentrierte mich ganz auf die Kraft meiner Liebe zu Ella, ein eisernes Band, das stärker war als alles, was ich je empfunden hatte. Ich habe dir versprochen, dich niemals zu verlassen – und ich habe es nicht getan, dachte ich. Wenn du nur wüsstest, dass ich hier an deiner Seite bin und über dich wache. Wenn du nur …

Die Welt schien sich einzustülpen und mich zu verschlingen. Mein Magen drehte sich um. Ich fiel. Kopfüber. Ich machte die Augen auf, doch alles war schwarz. Ich geriet in Panik. War irgendwas schiefgegangen?

„Nein!", schrie ich. „Hilfe. Bitte, helft mir! So sollte das nicht laufen."

Ich fiel weiter.

Tiefer.

Tiefer.

Tiefer.

Ich konnte wieder fühlen, streifte Dinge im Fall. Stürzte immer weiter nach unten.

Weiter.

Weiter.

Weiter.

Die Dinge fühlten sich eklig an, schleimig. Etwas wand sich, zappelte. War es lebendig? Was passierte mit mir? Wo ging es hin?

Die Dunkelheit um mich herum schien sich zu dehnen, aufzuwerfen, zusammenzuziehen, mich tiefer einzusaugen und mich wieder auszuspucken. Mein Magen drehte sich, als ich zur Seite flog, ein kalter Wind pfiff über meine Haut. Es machte mir Angst. Ich kniff die Augen fest zu und betete, es möge aufhören.

Das tat es.

Ich öffnete die Augen. Es war immer noch dunkel, aber anders als zuvor. Ich lag auf einer harten Fläche. In der Ferne war ein Lichtschimmer. Ich richtete mich auf und bemerkte als Erstes, wie kühl und rau sich der Boden unter meinen Händen anfühlte. Er war aus einer Art Stein. Ich konnte ihn fühlen, so wie früher im Leben. Ich holte Luft und musste lächeln, als ich spürte, wie die kalte Luft wieder in meine Lungen strömte. Es roch intensiv nach Fisch. Mit den Händen strich ich über die felsigen Wände links und rechts und die niedrige Decke über mir. Wo war ich? Es schien so was wie eine enge Höhle zu sein, das bestätigten mir meine Augen, nachdem sie sich an die Dunkelheit gewöhnt hatten und aus Schwarz Grau wurde. War das, was ich in der Ferne hörte, etwa das Meer? Ich bewegte mich auf das Geräusch zu. Langsam lichtete sich das Dunkel, und an die Stelle der abgestandenen Luft trat eine warme Brise. Aber der Weg war länger, als ich erwartet hatte. Meine unbekannte Umgebung war keine Höhle, sondern eher ein Tunnel, der sich in Kurven wand, mit einer Decke, die mal höher und mal niedriger war. Ich musste mich bücken und durch lauwarme Wasserpfützen waten, bis ich am Ende die Mündung erreichte. Und dann trat ich ins Freie – auf einen endlosen Sandstrand. Es war Tag, und obwohl ich im Schatten einer riesigen Klippe stand, spürte ich die Hitze der Sonne, sengend wie mitten im Sommer. Cornwall, dachte ich. Das hier ist wie der Strand, an dem ich mit Ella war, als wir Mum und Dad in Bude besucht hatten. Das Wetter war genauso gewesen, eine kleine Hitzewelle. Haufenweise Familien hatten am Strand gepicknickt, und überall waren gestreifte Strandmuscheln, nasse Hunde und Surfer. Jetzt lag der Strand verlassen da, ganz anders als in meinen Erinnerungen.

Ich ging in die Sonne und bemerkte nun erst, dass ich plötzlich anders gekleidet war, ich trug eine leichte Baumwollhose und ein kurzärmeliges kariertes Hemd. Ich schlüpfte aus Turnschuhen und Socken, ganz versessen darauf, den warmen Sand zwischen den Zehen zu spüren und im sich kräuselnden Wasser zu waten. Die Wellen weiter draußen sahen perfekt zum Surfen aus. Dann rollte ich die Hosenbeine auf, ließ mir das Wasser über die nackten Füße laufen und schnappte nach Luft, so kalt war es. Mein Kopf wurde klarer, stellte ich fest, ich hatte mich von der Schönheit der Landschaft verführen lassen, die ich doch eigentlich hinterfragen musste. Was für ein Ort war das hier? Was geht hier vor? rätselte ich und sah mich um. Bin ich wirklich in Ellas Traum?

Und dann sah ich es. Ganz weit weg am Strand war ein rosa Fleck zu erkennen. Aus einem Bauchgefühl heraus rannte ich darauf zu.

Schon aus hundert Metern Entfernung konnte ich sehen, was es war, und ich rannte noch schneller. Da stand Ellas Prinzessinnenschloss, das Spielzelt, das sie in ihrem neuen Zimmer bei Mum und Dad aufgestellt und in dem sie seit meinem Tod so viel Zeit verbracht hatte.

„Ella“, schrie ich, so laut ich konnte. „Bist du da?“

Die Zeit lief langsamer, als ich mich dem Zelt näherte. Ich sah, wie die Tür von einer kleinen Hand geöffnet wurde. Dann steckte meine Tochter den Kopf aus dem Zelt, und sie strahlte mich an. „Daddy!“, schrie sie und lief in ihrem roten Lieblingsbadeanzug mit den weißen Punkten über den Sand auf mich zu.

Sie sprang mir in die Arme, und ich zog sie an mich und umarmte sie. Unsere warmen Tränen vermischten sich, als ich ihre weiche Wange an meine drückte. Ich atmete die würzige Seeluft tief ein und kostete den Augenblick aus, solange ich konnte. Dann stellte ich Ella schließlich auf den Sand und kniete mich vor sie hin, sodass wir uns in die Augen sehen konnten.

„Hallo, mein Liebling", sagte ich, zauste ihre Locken und umarmte sie wieder. Mit einem Finger wischte ich ihr die Tränen unter den geröteten Augen weg. Wie schön das helle Grün war, es erinnerte mich an ihre Mutter.

„Ich wusste, du würdest kommen", sagte sie.

„Oh, Ella, du hast mir so gefehlt. Du weißt ja nicht, wie es war, dich jeden Tag zu sehen, ohne dass du mich sehen konntest."

Sie kräuselte die Stirn und sah mich fragend an. „Was meinst du damit?"

„Oh, das muss ich wohl erklären. Gib mir einen Moment Zeit zum Überlegen, Schatz, dann erkläre ich dir alles, versprochen. Es ist so schön, dich zu sehen. Und diesen Ort. Das ist ... wow. Ich kann gar nicht fassen, dass ich hier mit dir zusammen bin. Das ist so seltsam. Faszinierend."

Danke, Arthur, dachte ich. Aus tiefstem Herzen danke ich dir.

„Mach's dir nur nicht zu bequem", hatte er mich gewarnt. „In Ellas Unterbewusstsein einzudringen ist nur der erste Schritt. Das garantiert nicht, dass sich irgendwas ändert, wenn sie wieder wach ist."

Ella starrte mich an, noch immer mit einem großen Fragezeichen auf der Stirn.

„Was ist denn, Liebes?", fragte ich.

„Nichts, nur …“ Sie senkte den Blick auf ihre Füße. „Hm, ich weiß nicht. Du bist … anders.“

„Anders als was?“

„Als früher … als wir uns hier getroffen haben.“

„In deinen Träumen, meinst du?“

„Ja.“

Ich atmete tief durch, es war ein schönes Gefühl, frische Luft in die Lunge zu bekommen. „Dafür gibt es einen Grund, mein Schatz …“

Nachdem ich mein Bestes getan hatte, ihr die Verhältnisse zu erklären, wurde Ella still. Sie schaute hinaus auf die Wellen. „Aber Grandad hat gesagt, Träume sind nicht wahr. Er hat gesagt, das hier bist du nicht in echt.“

„Normalerweise ist das so“, antwortete ich. „Aber … nun ja … dieses Mal nicht. Ist schwer zu verstehen, ich weiß, aber du sagst ja selbst, dass ich dir dieses Mal anders vorkomme.“

Sie nickte. „Tut es noch weh?“

„Wie bitte?“

„Du weißt schon. Vom Unfall.“

„Oh, Ella. Mir geht es gut. Ich habe überhaupt keine Schmerzen mehr.“

„Und deshalb ist kein Blut zu sehen und so?“

Ich zuckte die Achseln. „Glaub schon.“

„Das ist gut.“ Sie lächelte. Nach einem kurzen Zögern fügte sie hinzu: „Hat es wehgetan, als es passiert ist?“

„Nur einen Moment. Und dann war alles vorbei. Hör mal, Ella, es tut mir leid, dass ich dich enttäuscht habe. Ich hatte versprochen, dich nie zu verlassen. Und die Sache ist die …“

„Schon in Ordnung, Daddy. War ja nicht deine Schuld. Nana hat gesagt, es war ein schrecklicher Unfall.“

„Ich hab dich so vermisst, mein wunderschönes Mädchen.“

Ella stiegen die Tränen in die Augen. „Ich hab dich lieb, Daddy.“

Ich nahm sie in die Arme. Es war ein wunderbares Gefühl.

„Daddy?", sagte sie. „Kommst du mich jetzt jede Nacht im Traum besuchen?"

„Ich hoffe auf was noch Besseres, Ella. Die Sache ist nämlich die … ich war nie wirklich weg."

Diesen Teil der Geschichte hatte ich ihr bisher noch nicht erklärt, und sie sah mich ungläubig an. „Das ist doch nicht wahr, Daddy. Nun lüg doch nicht. Du bist gestorben."

„Ja. Du hast natürlich recht, ich bin gestorben. Aber ich lüge nicht. Ich bin dir die ganze Zeit danach nicht von der Seite gewichen. Am Tag des Unfalls war ich bei dir, als du mit Mrs. Afzal in der Schule gewartet hast. Auf der Beerdigung habe ich neben dir gesessen. Und ich war heute Abend an deinem Bett, als Nana dir aus dem Buch vorgelesen hat, das ich dir gekauft habe. *Kitty Power*. Ich hab dich nicht verlassen. Das konnte ich nicht. Das Problem ist nur, dass mich niemand sehen kann."

„Wie einen Geist?"

„Irgendwie schon, aber nicht zum Fürchten. Als Seele."

„Aber ich dachte, es gibt keine Geister."

„Ich bin ja auch kein Geist, ich bin eine Seele. Verstehst du?"

„Nicht so richtig, aber ich bin froh, dass du da bist. Möchtest du mitkommen ins Katzenland? Es gibt hier so eine fliegende Katze, die ist lila und hat einen ganz buschigen Schwanz. Und ich darf auf ihrem Rücken reiten. So komme ich dahin, ins Katzenland. Aber du darfst bestimmt auch mitkommen."

„Später begleite ich dich gern", sagte ich. „Aber vorher haben wir noch was zu besprechen. Wollen wir am Wasser entlanggehen? Dabei können wir uns unterhalten."

Ella nickte. Sie drückte ihre kleine Hand in meine, und es war überwältigend. Die Gefühle übermannten mich, ich musste um Fassung ringen, ehe ich fortfahren konnte.

„Wenn wir als Team arbeiten", sagte ich schließlich, „dann

könnten wir, glaube ich, auch in der wirklichen Welt zusammen sein."

„So wie bevor du tot warst?"

„So ähnlich, aber anders. Du wirst mich nicht anfassen können. Nicht so wie hier. Wir können uns also nicht in den Arm nehmen und solche Sachen, aber du kannst mich hoffentlich sehen und hören."

„Nana und Grandad werden sich freuen. Sie vermissen dich so."

„Sie werden mich nicht sehen können. Nur du, mein Liebling. Und du wirst ihnen nicht davon erzählen können."

„Warum?"

„Weil Erwachsene manche Dinge nicht so gut verstehen wie Kinder. Sie werden glauben, dass alles nur Einbildung ist – und dann machen sie sich bestimmt Sorgen um dich. Das muss also unser Geheimnis bleiben. Okay?"

Ella nickte. „So wie damals, als der Polizist mit dir geschimpft hat, weil du zu schnell gefahren bist?"

Ich lachte. „Ja, so. Ich verlass mich darauf, dass du das nicht vergisst, du Frechdachs. Weißt du, ich versuche schon eine ganze Weile, Kontakt zu dir zu herzustellen – und bisher hatte ich nicht viel Glück. Zweimal dachte ich aber, du hättest mich gespürt."

„Wann denn?"

„Beim ersten Mal hast du geschlafen, du hast ‚Nacht' gesagt, nachdem ich dir Geschichten erzählt habe. Das hat mir Hoffnung gemacht."

Sie schüttelte den Kopf. „Weiß ich nicht mehr."

„Das andere Mal war es am Tag meiner Beerdigung. Du warst danach mit Tante Lauren in deinem Zimmer. Ich bin mit Xander reingekommen. Ich habe was gesagt, und du hast mich angestarrt wie in Trance. Das fühlte sich an, als ob du mich gespürt hättest. Und dann, zack – war es wieder vorbei."

Ella hielt sich die Hand vor den Mund. „Das warst du?"

„Ja. Was hast du gesehen? Woran erinnerst du dich?"

„Hm, an nichts Bestimmtes. Das war nur … ein komisches Gefühl."

„Wie meinst du das?"

„Irgendwie zittrig. Und in meinem Bauch war es, als hätte man Schmetterlinge drin – wie wenn ich aufgeregt bin."

„Versuch dich genau daran zu erinnern, wie du dich gefühlt hast."

„Hab ich doch gesagt."

„Und das hast du gut gemacht, Schatz. Ich will nur, dass du das Gefühl wiedererkennst, damit du nächstes Mal weißt, dass ich es bin. Wenn das Gefühl zurückkommt, brauchst du nichts weiter zu machen, als an mich zu denken. Stell dir vor, wie ich mit dir rede, so wie jetzt. Und dann konzentriere dich auf etwas, das wir zusammen gemacht haben, bevor ich gestorben bin. Wir müssen einen ganz bestimmten Moment auswählen, damit ich auch daran denken kann. Fällt dir was ein?"

Sie überlegte angestrengt. „Hm, weiß nicht. Was meinst du?"

Ich blickte den Strand entlang, der mich so sehr an unsere Ferien in Bude erinnerte, und ich hatte eine Idee. „Weißt du noch, wie wir in Cornwall eine Sandkatze am Strand gebaut haben?"

Ella lächelte. „Oh ja. Das war toll. Wir haben sie Mog getauft."

„Genau. Die spitzen Ohren waren das Schwierigste. Die zerkrümelten immer, bis ich Steine genommen habe, damit sie besser hielten."

„Weiß ich noch."

„Gut. Das ist unser Moment. Wenn die Zeit kommt, dann denk daran, so fest du nur kannst. Ich mache dasselbe, und wenn wir Glück haben, finden wir zusammen."

„Und dann kann ich dich wiedersehen, Daddy?“

„Das hoffe ich wirklich. Mit Sicherheit kann ich das nicht sagen, ich hab es ja noch nie gemacht. Aber ein Freund von mir hat gesagt, ich soll es versuchen. Er hat mich auch hierhergeführt.“

„Wer ist dein Freund, Daddy? Ist er auch tot?“

„Ja.“

„Und was ist mit Mummy? Hast du sie gesehen? Bist du im Himmel gewesen?“

„Nun mal langsam, Tiger“, sagte ich. „Das sind so viele Fragen.“

Ein großer Schatten legte sich über mich, und sofort konnte ich die Wärme der Sonne nicht mehr spüren. „Was ist das?“ Ich rechnete damit, die fliegende Katze zu sehen, von der Ella gesprochen hatte. Aber es war eine große schwarze Wolke.

„Was ist was?“, fragte Ella.

„Die Wolke.“

„Hä? Was für eine Wolke?“

Ihre Hand entglitt mir, und ich fing an zu frösteln. „Siehst du sie denn nicht?“

„Daddy, was ist los mit dir? Du wirst immer durchsichtiger.“

Oh, Mist, dachte ich. Davor hatte Arthur mich gewarnt. Ich hatte Ella darauf vorbereiten wollen, damit sie sich nicht sorgte. Aber nun war es schneller passiert, als ich erwartet hatte.

„Du kannst nur eine kurze Zeit dableiben“, hatte Arthur gesagt. „Es wird sich länger anfühlen, als es tatsächlich dauert, weil die Sache mit der Zeit im Traum anders läuft. Aber irgendwann wird das Gehirn deiner Tochter dich als Fremdkörper identifizieren, der da nicht hingehört, und Maßnahmen ergreifen, das zu korrigieren. Dann wirst du rausgeworfen.“

Jetzt war ich von Dunkelheit umgeben. Ich konnte Ella nicht mehr sehen, sondern nur noch hören, wie sie meinen

Namen schrie. „Keine Sorge", brüllte ich in der Hoffnung, dass sie mich auch noch hören konnte. „Alles wird gut. Das gehört dazu. Denk dran …"

Mein Körper zuckte in Krämpfen, das widerwärtige Gefühl war wieder da, alles stülpte sich ein und verschluckte mich. Ich schoss nach oben – eine menschliche Kanonenkugel, die ins Unbekannte abgefeuert wird. Während ich weiter und weiter aufstieg, flackerten aus der Dunkelheit zusammenhanglose Bilderfolgen vor mir auf – und Geräusche. Zuerst ein unscharfes Bild von einer lachenden Ella, die mit meinen Eltern und dem Hund im Park spielte. Dann schrie sie wie am Spieß, als Sam vor ein fahrendes Auto rannte. Danach wieder Ella, sie stand spät nachts allein auf dem Schulhof. Dann befand sie sich in ihrem leeren alten Zimmer. Alle ihre Sachen waren ausgeräumt worden, sie stand blass und zitternd im Schlafanzug da.

„Was ist das?", rief ich, als es mit einer unheimlichen Vision von Ella weiterging, die von Fledermäusen verfolgt durch eine dunkle Höhle rannte, die Augen vor Angst weit aufgerissen. Das Flügelschlagen der Tiere war ohrenbetäubend.

Dann nichts.

Ich wurde nach hinten und vorn, nach links und rechts geschleudert.

Und wieder hoch.

Und runter.

Meine Augen waren wie zugekleistert, als es endlich zu Ende war. Es war mühsam, sie zu öffnen. Mit dem Gesicht nach unten lag ich auf dem Teppich in Ellas Kinderzimmer. Ich stieß einen erleichterten Seufzer aus. Aber es war wieder ein luftloser Seufzer, in meinen Lungen war keine echte Luft. Körperlich wieder nichts spüren zu können, machte mich sofort furchtbar traurig. Aber wenigstens war ich in einem Stück zurückgekommen.

Ich stand auf und schaute rüber zu Ellas Bett. Sie schlief immer noch fest, aber ihre Lider zuckten, und ihr Körper bewegte sich unruhig unter der Decke.

„Wach auf, mein Liebling", sagte ich mit meinem Mund so nah an ihrem Ohr, wie ich mich nur traute. Das wiederholte ich mehrmals, doch nichts deutete darauf hin, dass sie mich gehört hatte. Wenig später schlief sie wieder ruhiger, deshalb hielt ich es für das Beste, sie in Frieden zu lassen.

Im Zimmer war noch alles unverändert. Angesichts dessen, was eben passiert war, kam mir das völlig verkehrt vor. Wie lange mochte ich weg gewesen sein? In Ellas Zimmer hing keine Uhr an der Wand, aber ihre Armbanduhr lag auf dem Nachttisch. Ich wollte hingehen und einen Blick darauf werfen, wurde aber von einem Schwindel erfasst. Instinktiv versuchte ich, irgendwo Halt zu finden, war aber plötzlich so müde, dass ich auf dem Teppich zusammensackte und in einen tiefen, traumlosen Schlaf fiel. Der hielt mich in seinen Fängen und wollte mich einfach nicht wieder loslassen. Als ich mich endlich befreien konnte, strömte helles Licht durchs Fenster von Ellas Zimmer. Die Vorhänge waren aufgezogen. Ihr Bett war leer und schon gemacht. Das Haus war still.

11. KAPITEL

Noch dreiunddreißig Tage

„Und was nun?"

„Wie lange ist es her, seit du in Ellas Traum gewesen bist?"

„Zweiundsiebzig Stunden."

„Hat sich was verändert?"

„Ich kann keine Veränderung feststellen. Sie sieht immer noch durch mich hindurch."

„Nicht mal das kleinste Anzeichen von ... irgendwas? Du weißt schon, irgendein Zeichen des Wiedererkennens. Wie schon mal?"

„Nein. Null."

Arthur kratzte sich am Kopf. „Aber du sagst, der Prozess hat funktioniert? Du warst in ihrem Traum?"

„Ja. Es war faszinierend. Wir waren zusammen – so, als wäre ich wieder lebendig. Ich konnte atmen. Ich konnte fühlen. Ich konnte sie in den Armen halten, ihre Haare riechen."

„Ah, ja. Manchmal haben Träume so einen Effekt."

„Die Sache ist die", sagte ich, „jetzt will ich noch mehr als vorher zu ihr durchdringen. Ich war so nah dran, dann habe ich losgelassen wie ein Volltrottel – und weg war es. Wenn ich doch bloß nicht ohnmächtig geworden wäre. Ich hätte da sein müssen, als sie aufgewacht ist."

„Mach dich nicht fertig, William. Was passiert ist, war völlig normal. Was du gemacht hast, wo du hingegangen bist ... sogar für sehr erfahrene Seelen wäre so was anstrengend gewesen. Du konntest nichts dagegen tun."

„Als ich mit Ella zusammen war, habe ich ihr so ziemlich alles gesagt, was wir besprochen hatten. Aber nichts deutet darauf hin, dass sie sich daran erinnert. War denn alles umsonst?"

„Das glaube ich nicht. Vermutlich liegen die Erinnerungen noch irgendwo in ihrem Unterbewusstsein. Wir müssen einen Weg finden, ihr Zugang zu verschaffen."

„Wir? Du meinst ich?"

„Hör mal, ich tu hier mein Bestes, um dir zu helfen, Junge."

„Tut mir leid, Arthur. Ich wollte meinen Frust nicht an dir auslassen. Ich weiß, dass du Kopf und Kragen riskierst, um mir zu helfen. Ist auf dem Gebiet alles in Ordnung? Dieses … Ding vom Pavillon ist dir nicht auf den Fersen und so? Du begibst dich doch nicht in Gefahr, wenn du jetzt mit mir redest?"

„Mach dir keine Sorgen um mich, Junge. Ich bin ganz vorsichtig. Du hättest das nicht miterleben sollen. Das war mein Fehler und wird nicht noch mal passieren."

„Aber ich kann nicht einfach vergessen. Ich …"

„Das ist nicht dein Problem. Ernsthaft, du hast genug am Hals. Tut mir leid, dass du das durchmachen musstest, aber auf dich hatte es keiner abgesehen, du warst nie in Gefahr. Es ist mein Problem – und es ist unter Kontrolle. Konzentriere dich auf Ella. Was ist der nächste Schritt?"

„Gut. Du meinst, ich soll es noch mal versuchen? Soll ich wieder in einen Traum eindringen?"

„Nein, das wäre wohl nicht klug. Noch nicht."

Arthur und ich saßen in alten Liegestühlen auf einem Stück Flachdach an der Rückseite meiner Grundschule. Er hatte den jetzigen Hausmeister beim Bohnern des Flurfußbodens beobachtet, als ich kam, und es machte ihm großen Spaß, die schlampige Arbeit des Mannes zu kritisieren. Als ich ihn um ein Gespräch in Ruhe gebeten hatte, hatte er uns zu seinem alten Lieblingsplatz hier oben gebeamt. An diesem Tag war es trocken, aber alle Leute, die mir auf der Straße begegnet waren, hatten sich zum Schutz gegen die Kälte gut eingepackt. Meine Jeans-T-Shirt-Kombi wirkte völlig unpassend. Gut, dass ich nichts fühlte.

„Warum nicht?“, fragte ich. Der Wind ließ die fallenden Blätter über dem Schulhof tanzen, die orange-braunen Wirbel gaukelten dem Betrachter neues Leben vor. „Was hab ich zu verlieren? Die Uhr läuft. Ich brauche einen Durchbruch – und das bald.“

Arthur hatte die Hände in den Taschen seiner Strickjacke, er grinste mich verkniffen an. „Verstehe. Aber wie ich schon erklärt habe, du musst der Sache genügend Zeit geben, damit ihr Gehirn dich nicht sofort registriert. Gehst du zu früh rein, musst du umso länger warten, bis wieder freie Bahn ist.“

„Wie lange denn? Was würdest du empfehlen?“

„Mindestens eine Woche, würde ich sagen.“

„Ab heute?“

„Nein, seit du letztes Mal reingegangen bist. Das war Sonntagnacht, oder? Heute ist Mittwoch, also nur noch ein paar Tage.“

„Arthur, ich weiß nicht, ob ich so lange warten kann. Gibt es denn sonst nichts, was ich unternehmen könnte?“

„Eigentlich nicht, du kannst nur in Ellas Nähe bleiben und hoffen, dass sie sich an irgendwas erinnert. Das Gedächtnis ist unberechenbar. Kleinigkeiten können Erinnerungen freisetzen. Drück die Daumen, dass das Glück auf deiner Seite ist.“

Warten war schwer. Richtig schwer. Aber ich zwang mich dazu. Indessen klebte ich an Ella wie ein zweiter Schatten und hoffte und betete, dass es bei ihr klick machte. Nur wenn sie in der Schule war, hielt ich mich von ihr fern. Ich begleitete sie auf dem Schulweg, aber während des Unterrichts blieb ich vor der Klassentür. Sie würde nicht wollen, dass ich sie beim Lernen beobachtete. In den Pausen war ich dann wieder an ihrer Seite, leider wanderte sie immer noch allein auf dem Hof rum, statt mit den anderen Kindern zu spielen. Ihre Freundin Jada, die uns oft zu Hause besucht hatte, versuchte, sie immer wieder zum Mitspielen zu bewegen. Aber Ella lehnte stets ab.

Ich hörte, wie ein paar Mädchen Ella als „Spinnerin“ bezeichneten, und das machte mich rasend. Hoffentlich hatte Ella das nicht gehört, doch im tiefsten Inneren wusste ich, dass es ihr nicht entgangen sein konnte. Am Freitag in der großen Pause stellte Kaylee, die Anführerin der Mädchenrotte, ein rundliches Mädchen mit kurzen roten Haaren und dicker Brille, Ella ein Bein. Ella fiel hin und schlug sich beide Knie auf.

„Ups“, sagte Kaylee. „Pass doch auf, wo du hinläufst, Spinnerin.“

„Was ist passiert, meine Süße?“, fragte die nette Frau von der Essensausgabe, die meine Tochter verpflasterte und ihr die Tränen abwischte.

„Sag's ihr, Schatz!“, flüsterte ich immer noch kochend vor Wut. Am liebsten hätte ich Kaylee den Hals umgedreht. „Lass diesen Giftzwerg nicht ungestraft davonkommen.“

Aber Ella zuckte nur mit den Schultern und murmelte, sie sei hingefallen.

„Bist du sicher?“, hakte die Küchenfrau nach. „Hab keine Angst, die Wahrheit zu sagen.“

„War ein Unfall“, flüsterte Ella und sah zu Boden.

„Ella!“, brüllte ich lauter, als ich gewollt hatte. „Warum schützt du sie?“

Einen Moment lang schaute sie verdutzt in meine Richtung, dann wandte sie ihren Kopf wieder ab.

„Ella?“, sagte ich. „Du hast mich gehört, oder?“

Mehrmals wiederholte ich die Frage, aber es war sinnlos. Der Augenblick war so flüchtig gewesen wie immer – und jetzt war er vorbei.

Danach brannte ich förmlich darauf, in Ellas Traumland zurückzugehen. An nichts anderes konnte ich denken. Ich sehnte mich danach, wieder mit ihr zu reden – und auszubügeln, was beim ersten Mal schiefgelaufen war –, aber bis zum Samstag musste ich noch einen ganzen Tag warten.

Es war morgens kurz nach elf. Mum war zum Frisör gegangen, und Dad und Ella waren zu Hause. Draußen war es nass und windig, und die beiden spielten im Wohnzimmer *Reversi.* Ich starrte aus dem Fenster auf den triefenden Vorgarten, als auf der Straße etwas meine Aufmerksamkeit erregte. Ich schaute genauer hin und sah ein schwarzes Auto mit dunklen Fenstern ganz langsam vorbeifahren. Ein Stück vom Haus meiner Eltern entfernt hielt es, aber aus dem Auspuff kam immer noch eine Abgaswolke. Das schien derselbe Audi zu sein, den ich am Tag meiner Beerdigung vor der Kirche gesehen hatte.

„Du schon wieder. Wer bist du?“ Ich ärgerte mich, dass ich mir die Autonummer nicht schon früher gemerkt hatte, jetzt konnte ich das Nummernschild nicht erkennen, weil es von einem Strauch im Nachbargarten verdeckt wurde. Nur D3 vorne war zu lesen. Ich wollte rauslaufen, mir das Auto genauer anschauen und wenn möglich auch einen Blick hineinwerfen. Aber wenn mir nicht jemand die Haustür aufmachte, hatte ich keine Chance, ich beschloss also nach oben zu laufen. Von dort konnte ich vielleicht mehr sehen.

Ich war schon auf halber Höhe, als ich einen Knall hörte. Ella kreischte. Ich erstarrte, meine Gedanken rasten. Was konnte da passiert sein? Mir kam es vor, als würde eine unsichtbare Kraft mich an Ort und Stelle festhalten, während die Uhren stoppten und die Welt um mich herum zum Stillstand kam. Dann hörte ich Ella wieder. „Grandad!“, brüllte sie voller Entsetzen. „Grandad, was hast du denn?“

Ich riss mich zusammen und rannte ins Wohnzimmer.

Ella hatte sich über Dad gebeugt, der auf dem Fußboden zusammengesackt war. Der Couchtisch war umgekippt, und die Reversisteine lagen über den ganzen Teppich verstreut.

„Oh mein Gott“, sagte ich.

Dad hatte das Bewusstsein verloren! Das war mein erster

Gedanke, doch als ich an seiner Seite war, hörte ich ihn stöhnen. Er versuchte, sich wieder aufzurappeln, lallte Ellas Namen und ein: Hiffmiauf.

Entsetzt starrte sie ihn an. „Grandad. Was ist mit dir? Du machst mir Angst. Ich kann dich nicht verstehen. Warum redest du so? Was stimmt denn nicht? Ich weiß nicht, was ich machen soll."

„Hiffmiauf. Bidd", lallte er wieder. „Schwinnelich."

„Er will, dass du ihm aufhilfst, Ella", sagte ich, denn ich wollte sie unbedingt unterstützen, obwohl sie mich nicht hören konnte. „Nicht durchdrehen. Bleib ruhig. Du musst Hilfe rufen."

Inzwischen war es Dad gelungen, sich aufs Sofa zu ziehen. Da saß er blinzelnd mit verwirrtem Gesicht. Die Hände hatte er auf die Polster gestützt, als ob er sich sonst nicht aufrecht halten könnte.

„Grandad?", sagte Ella. „Alles in Ordnung mit dir?"

Er runzelte die Stirn. „Was?"

„Geht es dir nicht gut?"

Schweigend sah er sie eine Weile an, dann blinzelte er ein paarmal und antwortete: „Wasser."

Ella rannte in die Küche. „Bin gleich wieder da."

Dad hob eine Hand, um sich Spucke aus dem Mundwinkel zu wischen, dann atmete er tief durch. Ich kniete mich neben ihn, damit ich ihn mir genauer anschauen konnte. Er wirkte noch immer wackelig und verwirrt, aber sein Blick war wieder klar.

Ella kam mit dem Wasser und hielt ihm das Glas an die Lippen, damit er nippen konnte. Für mich hatte sie das auch schon gemacht, als ich mal die Grippe hatte, fiel mir wieder ein. Sie war ganz versessen darauf gewesen, meine Krankenschwester zu sein. „So ist gut, Grandad."

„Danke, Schatz", er lallte kaum noch.

„Geht es dir besser?"

„Ja. Das wird schon."

Das kleine Gesicht meiner Tochter entspannte sich. „Das ist gut."

Eine Stunde später, als Mum vom Frisör kam, wirkte Dad normal. Und eine Stunde danach stand er schon wieder im Garten und paffte eine Zigarette. Ella hatte er eingeredet, ihm wäre nur schwindelig geworden, weil er nachts nicht gut geschlafen hatte. „Heute muss ich einfach früh zu Bett gehen", hatte er zu ihr gesagt. „Weiter ist nichts. Du brauchst dir keine Gedanken zu machen. Und Nana sagst du auch nichts davon. Okay? Ist nicht nötig, dass sie sich auch noch sorgt."

„Sei doch nicht so blöd!", brüllte ich Dad an. „Du darfst von einem kleinen Mädchen nicht verlangen, solche Geheimnisse zu bewahren. Du musst dich im Krankenhaus durchchecken lassen. So was kann man nicht unter den Teppich kehren!"

Ich befürchtete, dass er einen kleinen Schlaganfall gehabt hatte. Arzt war ich ja nicht, aber ich hatte im Sommer während der Saure-Gurken-Zeit mal einen Artikel über das Thema geschrieben – und bei seinen Symptomen schrillten meine Alarmglocken. Ich wusste noch, dass man so was TIA nannte, die Symptome verschwanden in der Regel schnell wieder, aber auf die TIA folgte häufig ein richtiger Schlaganfall. Und Dad war ein Kandidat für einen Schlaganfall, weil er rauchte, trank, sich zu wenig bewegte und stark übergewichtig war.

Ich musste etwas unternehmen.

Als Ella sich an diesem Abend bettfertig machte, bereitete ich mich auf eine neue Reise in die Welt ihrer Träume vor. Ich hatte den ganzen Tag lang meine Optionen gegeneinander abgewogen, und mir schien das der einzige Weg zu ihr zu sein. Arthur fand ja, dass es noch zu früh dafür war, aber das Risiko musste ich eingehen, wenn meine Einschätzung von Dads Gesundheitszustand richtig war. Für einen intelligenten

Mann verhielt er sich unglaublich dumm, wenn er seinen Kopf so in den Sand steckte. Und ich wollte nicht untätig danebenstehen und ein weiteres Mitglied meiner Familie vor seiner Zeit sterben sehen.

Nach dem Baden, den Geschichten und Gutenachtküssen blieb ich still an Ellas Bett stehen und wartete darauf, dass sie einschlief. Sie war unruhig, wälzte sich hin und her und konnte nicht die richtige Stellung zum Einschlafen finden. Plötzlich setzte sie sich im Bett auf und fing an zu schluchzen.

„Oh, Ella", flüsterte ich ihr ins Ohr. Insgeheim verfluchte ich meinen Vater, weil er ihr so viel zugemutet hatte. „Weine nicht. Bitte, nicht weinen. Ich bin hier, neben dir. Warum kannst du mich nicht sehen? Warum kannst du dich denn nicht erinnern?"

Tränen strömten ihr über die Wangen, als sie ihren ganzen Schmerz, ihre Angst und ihren Frust in einem Sorgenschwall rausließ. Ich hoffte, Mum oder Dad würden sie hören und zum Trösten kommen, aber unten lief der Fernseher und übertönte jedes andere Geräusch.

„Gott?", flüsterte Ella, nachdem die Tränenflut endlich versiegt war. „Bist du da? Ich hab schon mal mit dir gesprochen. Du hast nicht geantwortet, aber ... Ich weiß, du hast viel zu tun." Sie machte eine Pause, dann fügte sie hinzu: „Es ist nur so, ich brauche jetzt wirklich deine Hilfe. Heute ist was mit Grandad passiert, und ich hatte solche Angst. Ich musste ihm versprechen, dass ich nichts sage, aber ich mach mir Sorgen, er könnte sterben, wenn ich Nana nichts erzähle. So wie mein Daddy. Und dann ist das meine Schuld."

Wieder fing sie an zu weinen.

„Nein", sagte ich. „Nein. Nein. Nein. Das darfst du nicht denken. Nicht eine Sekunde. Egal, was ihm passiert, es ist nicht deine Schuld."

Ich hätte explodieren können, so frustriert war ich. „Verdammte Scheiße!", brüllte ich mit den Armen fuchtelnd. „Was zum Teufel soll ich denn machen? Warum kann sie mich nicht sehen. Das ist so verdammt frustrierend."

Ich drehte mich um. Ella starrte mich an, mit Augen so groß wie CDs. „Was ist das? Ist da jemand?"

„Ella?", sagte ich langsam. Hätte ich doch bloß nicht so geflucht. „Hier ist Daddy. Kannst du mich hören?"

Sie starrte immer noch.

„Das heißt wohl Nein. Aber du kannst etwas spüren, oder? Zitterst du – wie beim letzten Mal? Hast du Schmetterlinge im Bauch? Konzentrier dich darauf. Erinnere dich dran, was das bedeutet. Du schaffst das, Ella. Du kannst das, ich weiß es."

„Gott? Bist du das?"

„Nein, Schatz. Das ist Daddy. Konzentriere dich. Denk nach, du weißt, was das bedeutet."

Ella starrte weiter. Sie blinzelte nicht ein einziges Mal. Langsam bewegte ich mich auf sie zu, sie rutschte ein Stück zurück, als ich es tat – sie war auf der Hut. „Wer ist da?" Sie fühlte sich bedroht. „Komm nicht näher. Du machst mir Angst."

Ich blieb stehen.

„Schon gut", sagte ich sanft. „Bleib ruhig. Ich komme nicht näher. Aber sieh mich weiter an. Was kannst du sehen? Was fühlst du?"

Eine Zeit lang blieb ich stumm und still stehen und beobachtete Ella. Im Raum war außer ihrer schnellen, flachen Atmung nichts zu hören. Sie runzelte die Stirn. Ihr Blick flitzte hin und her, sie schien intensiv zu denken – und sich zu erinnern, hoffte ich. „Gut so, Schatz. Scharf nachdenken."

Ich wagte mich nicht näher an sie heran, weil ich befürchten musste, sie so zu erschrecken, dass sie sich nicht mehr konzentrieren konnte. Stattdessen fokussierte ich meine Gedanken. Ich stellte mir vor, wie ich sie zu ihr rüberschickte: Hunderte von glücklichen Erinnerungen an uns beide – zusammen. Und dann konzentrierte ich mich auf diese eine Erinnerung – die, die wir ausgewählt hatten –, wie wir die Sandkatze gebaut hatten.

Dabei betete ich, Ella möge dasselbe tun. Ich stellte mir vor, wie wir beide in Cornwall am Strand spielten, und rief mir alle Einzelheiten der Szene in Erinnerung – vom Glitzern des Meeres in ihren blassgrünen Augen bis zu den Zuckerwattewolken am blauen Himmel über uns. Ich dachte an nichts anderes. Ich lebte in diesem Augenblick.

Und dann sagte sie es. Fünf einfache Wort, die mich in die Gegenwart zurückkatapultierten und alles veränderten.

„Bist du das wirklich, Daddy?“

12. KAPITEL

Noch dreißig Tage

„Du kannst mich sehen?"

Sie nickte.

Ich ging auf sie zu, blieb aber stehen, als sie zusammenzuckte. „Du brauchst dich nicht zu fürchten, Ella."

„Bist du … ein Geist?"

„Ich bin eine Seele, das habe ich dir doch in deinem Traum erzählt, weißt du noch? Wir haben uns am Strand lange unterhalten. Du hast gefragt, ob ich vom Unfall noch Schmerzen habe, und ich hab gesagt, es tut nichts weh. Du wolltest mich mitnehmen ins Katzenland, aber das hat nicht geklappt. Ich hab dir erklärt, warum ich noch hier bin. Und dass ich dich nie verlassen habe."

Ella starrte mich mit offenem Mund an, sagte aber nichts.

„Wir haben uns eine schöne Erinnerung ausgesucht, an die wir denken wollten", sagte ich. „Die sollte dir dabei helfen, mich zu finden. Es war …"

„Wie wir die Sandkatze gebaut haben", sagte sie. „Als wir in den Ferien in Cornwall waren."

Ihre Augen leuchteten – was für eine Erleichterung –, und plötzlich grinste meine Tochter mich an.

„Du erinnerst dich?"

„Ja, ich glaube, ich hatte das vergessen. Keine Ahnung, warum, aber jetzt erinnere ich mich an alles."

„Oh, Ella. Das ist unglaublich. Ich bin es. Wirklich. Ich schwöre."

„Ich weiß", sagte sie.

Instinktiv lief ich zu ihrem Bett, ich wollte sie an mich drücken. Aber als ich sie berührte, wurde ich an die Wand geschleudert.

„Daddy? Ist dir was passiert?", fragte Ella erschrocken und kam schnell zu mir. „Was war das?"

„Nicht so schlimm", antwortete ich. „Mir geht es gut. Wir können uns nur nicht berühren. Vor Aufregung hab ich das vergessen."

„Warum denn nicht?" Sie zog die Mundwinkel runter.

Ich zuckte mit den Schultern und stand langsam wieder auf. „So ist das eben. Keine Ahnung, warum. Wie hat sich das für dich eben angefühlt?"

Sie zog die Nase kraus. „Hm, irgendwie kribbelig. Aber nur ein ganz kleines bisschen. Hast du dir wehgetan?"

„Nein. Gar nicht. Ich bin wie betäubt. So, als würde ich in einer Blase stecken, die mich daran hindert, irgendwas zu fühlen. Wie sehe ich aus?"

„Wie ich dich in Erinnerung hatte, wie vor … du weißt schon."

„Vor meinem Tod. Hab keine Angst, das auszusprechen. Das ist eine Tatsache. Eine Blase oder so kannst du nicht sehen?"

Ella kicherte. „Nein, Daddy. Du bist aber ein klein wenig durchsichtig."

„Wirklich?"

„Ja. Und frierst du nicht in dem T-Shirt?"

„Wie ich schon sagte, Schatz, ich kann nichts fühlen. In diesen Klamotten stecke ich, seit ich gestorben bin."

Ich lächelte meine Tochter an und konnte gar nicht wieder damit aufhören, so glücklich war ich. Endlich konnte ich mich wieder mit ihr verständigen – und wieder Vater sein. Ein fantastisches Gefühl.

„Wie kam es, dass du mich gesehen hast?", fragte ich Ella, nachdem wir eine Weile geredet hatten.

„Na, ich war so traurig wegen Grandad – und hatte solche Angst. Dann war es ganz seltsam. Ich hab so ein komisches

Gefühl gehabt, als ob hier was wäre, aber ich wusste nicht, was."

„Und danach bin ich plötzlich aufgetaucht?"

„Irgendwie, zuerst konnte ich dich nur ein bisschen sehen. Dann bist du immer deutlicher geworden."

„Wow. Kaum zu glauben, dass wir es nach so langer Zeit endlich geschafft haben."

Ella unterdrückte ein Gähnen.

„Du bist müde", sagte ich. „Viel länger sollten wir nicht weiterreden."

„So müde bin ich gar nicht."

„Mach mir nichts vor. Du siehst erledigt aus."

„Bist du sicher, dass ich dich morgen früh auch noch sehen kann?"

„Ziemlich sicher. Allerdings war das jetzt mein erster gelungener Versuch. Aber ich glaube schon, dass es möglich ist. Du bist jetzt auf mich eingestellt."

„Aber sonst kann dich keiner sehen?"

„Stimmt. Du darfst niemandem von mir erzählen und auch nur mit mir sprechen, wenn niemand in der Nähe ist."

Trotz hartnäckiger Beteuerungen, sie wäre nicht müde, schlief Ella im Handumdrehen ein. Ich blieb an ihrer Seite und fühlte mich fantastisch, als sie noch ein paarmal zu mir rüberlugte.

Wir hatten ein bisschen über ihr Dilemma mit Dad geredet, aber ich wollte sie vor dem Einschlafen nicht zu sehr belasten. Ich sagte, sie solle sich keine Sorgen machen, und versprach, wir würden uns gleich morgen früh um die Sache kümmern.

„Guten Morgen, Schlafmütze."

Ella grinste, sie konnte mich immer noch sehen, Gott sei Dank. „Hi, Daddy. Wie spät ist es?"

„Ach, das war nur ein Witz. Ist noch nicht spät. Gleich halb acht."

„Wann bist du aufgewacht?"

„Vor etwa einer Stunde."

„Warum hast du mich nicht geweckt?"

„Du brauchst deinen Schlaf, Schatz. In deinem Alter ist das besonders wichtig. Hattest du schöne Träume?"

„Och, weiß ich nicht mehr." Sie rieb sich die Augen. „Bin ich froh, dass du noch da bist, Daddy."

Ich lächelte. „Ich auch."

„Ist Grandad schon wach?"

„Ja, er und Nana sind beide aufgestanden. Nach dem Frühstück helfe ich dir, mit Nana über das zu reden, was passiert ist. Okay?"

„Ja."

„Gut. Wir machen das, wenn ihr zum Zähneputzen im Bad seid. Und vergiss nicht, dass du vor anderen nicht mit mir reden darfst. Du musst so tun, als wäre ich nicht da."

Ella schaute verunsichert. „Ich strenge mich an."

„Das weiß ich, Schatz. Und mehr werde ich nie von dir verlangen. Keine Sorge. Das klappt schon."

„Guten Morgen, Liebes", Mum kam ins Zimmer. „Ich dachte, ich hätte dich gehört. Hast du mich gerufen?"

„Äh, ja … hab ich", antwortete Ella und linste aus den Augenwinkeln zu mir rüber. „Ist schon Zeit zum Aufstehen?"

„Ja. Wäre es nicht schön, wenn wir heute Morgen alle zur Kirche gehen würden?"

„Okay, Nana."

„Gut. Dann sehen wir uns gleich unten."

Meine Eltern hatten Ella schon ein paarmal zum Sonntagsgottesdienst mitgenommen. Sie wollten Ella ihren Glauben nahebringen, aber sie hofften wohl auch, sie würde Kinder in ihrem Alter kennenlernen. Es wäre schön für sie, ein paar

Spielkameraden in der Nähe zu haben, dann würde ihr das Eingewöhnen auch leichter fallen, wenn sie zur Dorfschule wechselte.

„Warum sind wir nie zur Kirche gegangen, Daddy?", fragte Ella, als Mum außer Hörweite war.

Ich lächelte, es war ein gutes Gefühl, die Fragen meiner Tochter wieder beantworten zu können. „Ab und zu sind wir doch hingegangen. Weihnachten und so."

„Aber nicht so wie Nana und Grandad. Die gehen oft."

„Ich weiß. Als ich klein war, bin ich mitgegangen. Dann bin ich da wohl irgendwie rausgewachsen. Nach dem Tod deiner Mum fand ich es schwer."

„Wie meinst du das?"

Ich hörte Schritte. „Später", flüsterte ich, als Dad ins Zimmer kam.

„Guten Morgen, Prinzessin", sagte er. „Gut geschlafen?"

„Ja, danke. Und du, Grandad? Geht es dir heute wieder besser?"

Er grinste und zwinkerte ihr zu. „War nie besser. Komm. Das Frühstück ist fertig."

Das kaufte ich ihm nicht ab. Er sah müde aus, und seine Haut wirkte grau. Je früher wir ihn ins Krankenhaus kriegten, desto besser.

„Stimmt das?", flüsterte Ella, die ihren kuscheligen rosa Bademantel anzog und mit nach unten gehen wollte.

„Ich bin kein Arzt, aber ich finde, er sollte sich untersuchen lassen. Nana wird wissen, was zu tun ist, wenn wir es ihr erzählen."

„Wir?"

„Na ja, du. Aber ich bin bei dir und helfe dir, wenn du es ihr sagst."

„Das ist gut."

Genau in diesem Moment hörten wir einen Aufschrei von Mum. „Tom? Oh Gott. Was ist denn?"

Ella und ich wechselten einen panischen Blick, dann rannten wir die Treppe runter in die Küche, um nachzusehen, was passiert war. Ich wusste es schon vorher.

Dad war mit dem Rücken zur Tür auf einem Stuhl am Küchentisch zusammengesunken. Mum beugte sich besorgt über ihn. Sam saß mit schräg gelegtem Kopf in seinem Korb und ließ meine Eltern nicht aus den Augen. Nur als Ella und ich reinkamen, sah er kurz weg, ehe er sich wieder dem eigentlichen Geschehen widmete.

„Was ist denn, Nana?", fragte Ella.

„Schnell, hol das Telefon", schrie Mum. „Wir brauchen einen Krankenwagen."

Ella lief ins Wohnzimmer, und ich ging um den Tisch herum, damit ich mir meinen Vater genauer anschauen konnte. Er sah furchtbar aus. Sein Gesicht war schweißbedeckt und verzerrt, sein rechtes Auge und der Mundwinkel hingen runter. Er wollte etwas sagen, aber mehr als ein unverständliches Lallen brachte er nicht hervor. Als er aufstehen wollte, versagte sein rechtes Bein den Dienst, und er sank wieder auf den Stuhl.

„Bleib, wo du bist, Tom. Kämpf nicht dagegen an", sagte Mum, als Ella mit dem schnurlosen Telefon zurückkam. „Wir holen Hilfe."

Sie schnappte sich das Telefon, dankte Ella schnell und wählte den Notruf.

Ich sah, wie Ella Tränen in die Augen stiegen. „Beruhige dich, Schatz", flüsterte ich ihr ins Ohr. Ich tat mein Bestes, um überzeugend zu wirken. „Das kommt alles wieder in Ordnung. Und mach dir bloß keine Vorwürfe. Das ist nicht deine Schuld."

„Aber ich …"

„Psst. Du kannst jetzt nicht mit mir reden. Nicht vor anderen Leuten, denk dran."

Schweigend senkte sie den Kopf und kämpfte mit den

Tränen, während Mum dem Notdienst erklärte, wo der Krankenwagen gebraucht wurde.

„Schon gut, Ella", sagte ich. „Dieses Mal hat keiner was gemerkt, aber sei vorsichtig, vergiss das nicht."

Sie nickte. „Gut, Ella. Nun musst du stark sein. Nana braucht dich an ihrer Seite."

Sobald ich das ausgesprochen hatte, fühlte ich mich mies. Von einer Sechsjährigen war das viel verlangt, besonders von einer, die schon so viel durchgemacht hatte. „Und denk immer dran, dass ich an deiner Seite bin", fügte ich hinzu. „Ich bleibe bei dir."

Der Krankenwagen war innerhalb von Minuten da, und Dad wurde ins Krankenhaus gebracht. Wir anderen fuhren mit dem Auto hinterher, in das ich mich mit Ellas Hilfe quetschen konnte.

Erst als Ella an diesem Abend im Bett lag, konnten wir richtig miteinander reden. Wie befürchtet, hatte Dad einen schweren Schlaganfall erlitten. Wir hatten den größten Teil des Tages bei ihm im Krankenhaus verbracht. Es ging ihm sehr schlecht, doch wenigstens war er unter ärztlicher Aufsicht.

Ein Hirnscan hatte die Diagnose bestätigt, Dads rechte Seite und sein Sprachzentrum waren beeinträchtigt. Er war im Stroke Unit aufgenommen worden und bekam spezielle Medikamente zur Auflösung von Blutgerinnseln. Die Ärzte waren zuversichtlich, doch noch war es zu früh für Prognosen dazu, wie gut er sich erholen würde.

„Sie haben alles richtig gemacht", hatte ein Arzt zu Mum gesagt. „Zeit ist nach einem Schlaganfall der entscheidende Faktor, und Sie haben ihn sofort zu uns bringen lassen. Eine bessere Chance konnten Sie ihm nicht geben."

Mum mochten diese Worte vielleicht ein wenig getröstet haben, ich fühlte mich nur schlechter, weil ich wusste, dass schon einen Tag früher Alarm hätte gegeben werden können.

„Du hast das wirklich gut gemacht heute, Ella“, sagte ich. „Du warst sehr tapfer.“

„Hat Nana auch gesagt“, antwortete sie, „aber als ich ihr erzählt hab, was gestern passiert ist, war sie enttäuscht. Das hab ich gemerkt. Ich hätte es verhindern können, stimmt's?“

„So darfst du nicht denken. Natürlich ist Nana nicht enttäuscht von dir. Grandad hatte kein Recht, dich zu bitten, nichts zu sagen – und ich war es doch, der wollte, dass du bis heute Morgen damit wartest. Dir kann man keinen Vorwurf machen.“

„Ach, Daddy, wenn du mich doch in den Arm nehmen könntest, so wie früher.“

„Oh, Liebling“, sagte ich voller Sehnsucht, ihr Trost spenden zu können. Dann kam mir eine Idee. „Setz dich mal hin … ja, so. Jetzt rück mit dem Po ein Stück nach vorn und bleib ganz still sitzen.“

Ich setzte mich hinter sie aufs Bett und legte die Arme um sie herum. Wir berührten uns nicht, ich achtete darauf, gerade so viel Platz zu lassen, dass ich nicht zurückgestoßen wurde. „So“, flüsterte ich ihr ins Ohr, „wie ist das?“

„Schön“, antwortete sie mit ihrer Piepsstimme. „Ich hab dich lieb, Daddy.“

„Ich dich auch, meine Schöne. Mehr als alles andere auf der Welt.“

Schweigend saßen wir eine Zeit lang da und fanden Trost in unserer Zweisamkeit. Dann kamen die Fragen, mit denen ich gerechnet hatte.

„Daddy, stirbt Grandad jetzt?“

„Nein, Schatz. Das glaube ich nicht. Bis dahin ist wohl noch viel Zeit. Eines Tages sterben wir alle, aber bei Grandad dauert das hoffentlich noch recht lange.“

„Dann wird er wieder gesund?“

„Bei einem Schlaganfall weiß man das nicht genau, aber die Ärzte waren wirklich froh, dass wir ihn so schnell ins Krankenhaus gebracht haben."

„Warum hat er so ein komisches Gesicht gekriegt?"

„Das gehört zu den Dingen, die bei einem Schlaganfall passieren können", antwortete ich. „Teile von Grandads Körper funktionieren im Moment nicht richtig."

„Es sah aus, als wäre er auf der einen Seite traurig, oder?"

„Ja, das stimmt."

„Aber er wird doch wieder richtig sprechen können?"

„Das wollen wir hoffen. Aber es ist noch zu früh, einschätzen zu können, wie gut er sich erholen wird."

„Äh ... was ist ein Schlaganfall, Daddy?"

„Stell dir das so vor: Das Blut konnte nicht zu Grandads Gehirn fließen, weil ein Propfen die Ader verstopft hat – und das hat Schaden angerichtet."

„In seinem Gehirn?"

„Genau."

„Das ist schlimm. In der Schule haben wir gelernt, dass das Gehirn unser wichtigster Organismus in unserem ganzen Körper ist. Es kontrolliert alles andere."

„Sehr gut. Ich bin beeindruckt", sagte ich. Das falsche Wort mochte ich nicht korrigieren. „Deshalb hat er Schwierigkeiten mit dem Sprechen und kann Teile seines Körpers nicht bewegen. Alles, weil sein Gehirn nicht richtig funktioniert."

„Müssen die ihm ein Pflaster auf den Kopf kleben? Jada hatte eins auf dem Arm, als der gebrochen war."

Ich unterdrückte ein Lachen. „Nein, das geht nicht. Weil das Gehirn so wichtig ist, ist es viel komplizierter zu reparieren als Arme oder Beine. Ein Gehirn ist wie ein ganz starker Computer."

„Ich weiß, hat Mrs. Afzal auch gesagt." Sie machte eine Pause. „Aber warum heißt das Schlaganfall? Das verstehe ich nicht."

„Das heißt einfach so, Ella. Keine Ahnung, warum. Wie geht es eigentlich in der Schule?“

„Gut.“

„Und wie war das mit Kaylee?“, fragte ich, denn ich wollte die Gelegenheit beim Schopf packen und das Mobbing auf dem Schulhof ansprechen.

Ella wurde rot und sah weg. Sie gab keine Antwort. „Ich war da, als sie dir auf dem Schulhof ein Bein gestellt hat“, erklärte ich. „Du hättest der Küchenfrau sagen sollen, was passiert war. Du hättest dieses Mädchen nicht damit davonkommen lassen sollen. Hat sie seitdem noch etwas gemacht?“

Ella schüttelte den Kopf. „Ich gehe ihr aus dem Weg. Sie ist gemein. Keine Ahnung, warum sie mich nicht mag.“

„Sie ist neidisch, Schatz. Weiter nichts.“

Ella warf mir einen Blick zu, als wäre ich verrückt. „Wie meinst du das?“

„Schau dich an und schau sie an. Du bist schön. Sie ist eine kleine …“

Ich hielt mich zurück, fast hätte ich etwas Abwertendes gesagt, und das wäre weder hilfreich noch verantwortungsvoll gewesen. Stattdessen erklärte ich, so gut ich konnte, dass Kinder oft gemein zu anderen waren, um von ihren eigenen Unzulänglichkeiten abzulenken.

„Sie ist eine Tyrannin“, sagte ich. „Und Tyranninnen kann man nur besiegen, wenn man sich gegen sie wehrt. Hab keine Angst vor ihr. Du bist größer als sie und wahrscheinlich doppelt so stark. Lass dir nichts gefallen, wenn sie noch mal was versucht. Wenn sie dich schubst, schubs zurück, aber fester, dann macht sie das nicht noch mal. Vertrau mir.“

„Woher weißt du das?“, fragte sie. „Was, wenn alle ihre Freunde dabei sind?“

„Spielt keine Rolle. Wenn du dich zur Wehr setzt, lassen die dich auch in Ruhe.“

Wahrscheinlich hätte ich ihr raten sollen, mit einem Lehrer zu reden, aber aus Erfahrung wusste ich, dass mein Rat auf lange Sicht effektiver sein würde.

„In der Grundschule bin ich auch eine Zeit lang gepiesackt worden“, sagte ich. „So ein blöder kleiner Junge, Ricky Adams hieß er, hat mich immer ‚Stabschrecke‘ genannt.“

Ella kicherte.

„Jetzt hört sich das vielleicht witzig an, aber damals war es das nicht. Ich war der Größte und Dünnste in meiner Klasse, und das hat mir wirklich was ausgemacht. Ricky hat mich bei jeder Gelegenheit aufgezogen. Und er hat mir auch immer ein Bein gestellt, so wie Kaylee dir. Dann haben er und seine Freunde mich ausgelacht, und er hat Sachen gebrüllt wie: ‚Die Stabschrecke ist über ihre eigenen Füße gestolpert.‘ Er hat mir das Leben schwer gemacht. Aber eines Tages ist er zu weit gegangen. Ich hatte eine neue Brotdose. *A-Team* stand drauf, das war eine Fernsehsendung, die damals alle toll fanden. Ich war richtig stolz darauf. Und die hat Ricky sich geschnappt, und er und seine Freunde haben sie hin- und hergeworfen. Da bin ich durchgedreht. Ich bin auf ihn zugerast und hab ihn angebrüllt, er sei ein Idiot, und dann hab ich ihn auf den Boden geschubst. Er war viel kleiner als ich, das war also nicht schwer, und er fing sofort an zu heulen. Danach wussten alle Bescheid, und ich hatte nie wieder Schwierigkeiten.“

Ich setzte meine Motivationsrede noch eine Weile fort, damit sie wirken konnte. Dann fing Ella an zu gähnen, und ich sagte ihr, dass sie jetzt schlafen müsse. Vorsichtig kletterte ich aus dem Bett, damit sie sich hinlegen konnte.

„So ist gut. Mach es dir gemütlich“, sagte ich. „Das war ein langer Tag, und morgen ist Schule.“

„Nana hat gesagt, ich geh vielleicht nicht hin. Wir müssen sehen, wie es Grandad geht.“

„Trotzdem brauchst du deinen Schlaf. Du wächst ja noch.“

„Krieg ich noch eine Geschichte?“

„Nein, Schatz. Nana hat dir vorhin vorgelesen, und jetzt ist es zu spät.“

„Okay. Bist du sicher, dass sie nicht böse mit mir ist?“

„Ganz sicher. Jetzt aber gute Nacht. Schlaf gut. Lass dich nicht von den Schlafläusen beißen.“

„Lass ich nicht.“

Ich ging zur Tür. „Wo willst du hin?“, fragte Ella. „Bleibst du nicht bei mir?“

„Ich will mal nach Nana sehen. Keine Sorge, ich komme wieder.“

Die Wahrheit war, dass Mum enttäuscht gewesen war, als Ella ihr von Dads kleinem Schlaganfall erzählt hatte. Gesagt hatte sie nichts, aber man hatte es ihr ansehen können. Mir war das ebenso wenig entgangen wie Ella. Fair war das nicht, aber Mum war zurzeit nicht sie selbst. Sie befand sich in einem Schockzustand. Eine Frau, die gerade ihren Sohn verloren hatte und mit sechzig Jahren ein kleines Kind aufziehen sollte! Und jetzt dieser Tiefschlag. Verzweifelt wünschte ich mir, ihr irgendwie helfen zu können.

Als ich runterkam, lag sie auf dem Sofa und starrte blind auf einen Kostümfilm im Fernsehen.

„Wie kommst du klar, Mum?“, sagte ich und kniete mich vor sie hin. Die Antwort lag auf der Hand. Ich hatte sie noch nie so auf dem Sofa rumhängen sehen. Als Teenager hatte sie mich immer ermahnt, wenn ich herumfläzte. „Sitz gerade, um Himmels willen“, hatte sie gesagt. „und häng hier nicht so verlottert herum. Wenn du dich hinlegen willst, dann geh ins Bett.“

Sie sah erschöpft aus. Fertig.

Also blieb ich bei ihr, sprach ihr Mut zu, was hoffentlich in ihr Unterbewusstsein eindringen würde. Als der Film zu Ende war und der Abspann lief, hievte Mum sich hoch und schleppte sich in die Küche, also ging ich hinterher. Sie setzte den Teekessel auf und ließ Sam raus in den Garten. Er beäugte mich argwöhnisch. „Du traust mir immer noch nicht, was?“, brüllte ich ihm hinterher, was er mit lautem Bellen beantwortete.

„Sei still, Sam“, blaffte Mum. „Du störst die Nachbarn.“

Während Sam draußen war, setzte Mum sich an den Küchentisch. Sie starrte auf die Plastiktüte mit Dads persönlichen Sachen, die sie aus dem Krankenhaus mitgebracht hatte. Sie wirkte so einsam. Wenn sie doch nur wüsste, dass ich bei ihr war.

Als das Wasser kochte, brühte sie sich eine Tasse Tee auf, ließ Sam wieder rein und setzte sich zurück an den Tisch. Sie zog die Tüte zu sich und schaute hinein, dann holte sie Dads Handy raus. Es war eines der neuesten Smartphonemodelle, das ihm viel Freude machte. Wochen und viele Telefongespräche mit mir hatte es gedauert, bis er damit umgehen konnte. Dann zog Mum ein anderes Handy aus der Tüte, eines, das ich nicht kannte: ein kleines schwarzes, das sich zusammenklappen ließ. Sie hielt es hoch und starrte es an. Kurz darauf seufzte sie tief. Ganz vorsichtig, als könnte das Handy in ihren Fingern explodieren, klappte sie es auf.

„Oh, Tom“, sagte sie leise. „Was hast du getan?“

13. KAPITEL

Noch neunundzwanzig Tage

Ich schaute Mum über die Schulter, als sie die Nachrichten auf Dads geheimem Handy öffnete – und jede Zeile sprach gegen ihn.

Danke für eine himmlische Nacht.
Wie geht es meinem dicken Adonis?
Wie wär's später mit einem Quickie?
Hast du es ihr schon gesagt, Tom?

Jede Menge solcher Nachrichten gab es, sie gingen fast ein Jahr zurück. Ich traute meinen Augen nicht. Das hätte ich nie von meinem Vater gedacht. Er und Mum waren eine Einheit. Ihre Ehe war die stärkste, die ich kannte. Jedenfalls war ich davon immer überzeugt gewesen.

Die letzte Nachricht – die wie alle anderen von einer Handynummer stammte, die unter X abgespeichert war – war gestern Abend um zehn abgeschickt worden. *Können wir uns treffen? Bitte. Vermisse dich so.*

Mums Gesicht war aschfahl geworden, sonst zeigte sie keinerlei Emotionen. Sie tippte auf dem Handy herum und suchte Dads Antworten. Der Ordner mit den gesendeten Nachrichten war gelöscht, aber unter Entwürfe waren zwei Nachrichten, die nicht gesendet worden waren. Die erste lautete: *Okay. Vermisse dich auch. Muss sehen, was sich machen lässt.* In der zweiten stand: *Ich kann das nicht länger. Bitte. Es ist vorbei.*

Auf die letzte Nachricht starrte Mum eine ganze Weile, bis sie das Handy zuklappte und in die Tüte zurücklegte. Sie stand auf, goss den kalten Rest von ihrem Tee in den Ausguss, machte das Licht aus und schlurfte nach oben.

„Mum?“ Ich war ihr ins Badezimmer gefolgt. „Alles okay mit dir? Du machst doch keine Dummheiten, oder?“

Sie ignorierte mich; wie immer bekam sie nichts von meiner Anwesenheit mit. Doch ich ließ nicht locker. Was hätte ich denn sonst tun sollen? „Keine Panik, Mum. Vielleicht gibt es ja eine ganz harmlose Erklärung dafür“, sagte ich. Wie blöd sich das anhörte.

Mum putzte sich die Zähne und schminkte sich ab. Ganz mechanisch, wie auf Autopilot. Ihr Gesicht verriet nichts, ihre Augen waren ausdruckslos. Ich ging auf den Treppenabsatz. Was jetzt? überlegte ich. Auf keinen Fall kann ich Ella irgendwas davon erzählen. Wenn ich es aber nicht tue, wie kann ich Mum dann helfen, mit dieser Situation zurechtzukommen?

Den größten Teil der Nacht lief ich im Haus auf und ab. Für Dads Betrug hatte ich kein Verständnis. Niemals hätte ich ihm das zugetraut. Obwohl die Affäre anscheinend schon eine ganze Weile lief, hatte ich nichts geahnt. War das seine erste gewesen, oder hatte es im Laufe der Jahre viele heimliche Liebschaften gegeben? Während seiner Berufstätigkeit war er abends ziemlich häufig lange im Büro geblieben. Und es hatte ihm auch nie was ausgemacht, den einen oder anderen Abend allein im Pub zu verbringen.

Meine Gedanken gingen zurück zu einer Szene in meiner eigenen Vergangenheit. Ich hatte jemanden geküsst, den ich nicht hätte küssen sollen. Dieser Gedanke war aufdringlich und unwillkommen – wenn ich diese Zeit doch vergessen könnte –, deshalb schob ich ihn beiseite, ehe er sich entfalten konnte.

Wenigstens war es eine Erklärung dafür, dass ich nicht wütend auf Dad war, obwohl ich eigentlich fand, dass ich es sein müsste. Wie konnte ich ihn angesichts meines eigenen Verhaltens verurteilen? Nein, ich war eher überrascht als enttäuscht. Aber hauptsächlich tat mir Mum leid. Das hatte sie nicht verdient. Schon gar nicht jetzt. Ich machte mir Sorgen, wie sie es verkraften und welche Auswirkungen es haben würde – nicht nur auf sie und Dad, auch auf Ella.

Und X? Wer zum Teufel war sie? Mit seiner alten Sekretärin konnte ich mir Dad nicht vorstellen, das war nämlich eine schmallippige Jungfer, nach der sich wahrscheinlich nie einer umgedreht hatte. Und von den Nachbarinnen kam auch keine infrage. Also wer war X?

„Was ist los, Daddy?“, fragte Ella mich am nächsten Morgen.

„Was meinst du damit?“

„Du siehst sauer aus, und ich hab gehört, wie du mit dir selbst gesprochen hast vorhin.“

„Wann denn?“

„Heute Nacht. Ich bin aufgewacht und hab gemerkt, dass du nicht da warst. Dann hab ich dich draußen auf dem Flur gehört.“

„Tatsächlich? Was hab ich gesagt?“

„Weiß nicht. War zu müde.“

„Tut mir leid. Vermutlich hab ich mir angewöhnt, laut zu denken. Ich wollte dich nicht stören.“

„Schon in Ordnung. Ist was mit Grandad passiert, als ich im Bett war?“

„Nein, Schatz.“

„Gut“, seufzte sie und fuhr sich mit den Fingern durch ihr wirres Haar. „Warum bist du dann so mürrisch?“

„Zuerst konnte ich nicht schlafen, und jetzt bin ich müde. Weiter nichts.“

Ella schwang die Beine über die Bettkante, dann stand sie auf, streckte sich und gähnte. „Wie spät ist es?“

„Kurz nach sieben.“

„Ist Nana schon wach?“

„Ja, das ist sie“, sagte Mum, die ins Zimmer kam. „Mit wem redest du?“

Ella wurde knallrot. „Äh, mit Kitten. 'Tschuldigung. Manchmal tu ich so, als wäre sie echt."

Mum lächelte. „Das ist in Ordnung. In deinem Alter hab ich das auch gemacht mit meinen Puppen. Kommst du zum Frühstück? Du hast heute Morgen Schule."

„Geh ich hin? Ich dachte, du wolltest erst sehen, wie es Grandad geht."

„Dem geht's bestimmt gut", antwortete Mum ein bisschen zu schnell. „Wenn nicht, hätten sie mich angerufen. Ich fahr ins Krankenhaus, nachdem ich dich zur Schule gebracht habe. Schule ist wichtig."

Später im Auto flüsterte ich Ella zu: „Ella, dreh dich nicht zu mir um, sonst sieht Nana das. Blinzle ein Mal für Ja und zwei Mal für Nein. Kommst du heute in der Schule allein zurecht, wenn ich Nana begleite? Ich möchte gern sehen, wie es Grandad geht."

Ella blinzelte einmal.

„Gut. Nach Schulschluss komme ich mit, wenn Nana dich abholt."

Ich hatte erwartet, dass Mum von Ellas Schule direkt zum Krankenhaus fahren würde, deshalb war ich ziemlich erschüttert, als sie mit ihrem roten Corsa auf die Auffahrt meines alten Hauses einbog.

„Was wollen wir denn hier?" Ich starrte auf das große ZU VERKAUFEN-Schild im Vorgarten, dann bewerkstelligte ich einen gut getimten Ausstieg aus dem Auto – ohne mit Mum zusammenzustoßen oder im Auto eingesperrt zu werden. Das war das erste Mal, dass ich herkam, seit das Haus zum Verkauf stand. Ich versuchte, nicht darüber nachzudenken, es ließ sich aber nicht vermeiden. Eine Welle der Traurigkeit schlug über mir zusammen, als ich Mum durch die Haustür folgte.

Ihr Gesicht zeigte immer noch keine Emotionen, wie ein Roboter ging sie durchs Haus. Sie betrat jedes Zimmer und schaute sich um wie ein potenzieller Käufer. Dabei räumte sie auf, stellte herumliegende Bücher ins Regal, strich die Tagesdecke auf meinem Bett glatt, machte den Toilettendeckel zu und wischte hier und da Staub.

Viele meiner Möbel waren noch da. Der Makler hatte zu Dad gesagt, das Haus würde sich besser verkaufen, wenn es bewohnt aussah.

„Käufer sind immer etwas argwöhnisch bei leeren Objekten", hatte der Mann erklärt. „Sie denken, dass da vielleicht was nicht stimmt."

Außer in Ellas Zimmer, das leer war, sah alles andere mehr oder weniger so aus, wie ich es hinterlassen hatte.

Als ich hinter Mum das Wohnzimmer betrat – sie hatte ihre Inspektion beendet –, schaute ich liebevoll auf meinen Schreibtisch hinten in der Ecke. Wie oft ich dort gesessen und einen Artikel kurz vor der Abgabefrist in den Laptop gehämmert hatte. Mum ließ sich aufs Sofa fallen, und alle Schleusen öffneten sich.

„Arme Mum", sagte ich. „So ist's gut, lass es raus. Es unter Verschluss zu halten hilft nie."

„Warum?", fragte sie schließlich. „Warum ich? Womit habe ich all das verdient? Was hab ich denn gemacht?"

Sie ging zu meinem Schreibtisch und nahm ein gerahmtes Foto von mir und Ella in die Hand. „Ich vermisse dich so, Will", sagte sie, und wieder strömten Tränen über ihre geröteten Wangen.

„Ich dich auch, Mum", flüsterte ich; die Gefühle überwältigten mich unerwartet. „Ich vermisse unsere Gespräche. Ich vermisse, zu dir kommen und dich um Rat fragen zu können. Und jetzt gerade vermisse ich dein Lächeln."

Schon als kleiner Junge war ich immer zuerst zu Mum gegangen, wenn etwas schiefgelaufen war. Dad fand immer, man müsse tapfer sein und Haltung bewahren, während sie die

Dinge lieber ausführlich besprach und mit den Gefühlen umzugehen wusste. Nach Alices Tod hatte sie mir beigebracht, wie man ein kleines Mädchen großzog, und mich überredet, mir eine professionelle Trauerbegleitung zu suchen. Das hatte sich als ein Gottesgeschenk erwiesen. Das stärkste Werkzeug in Mums Arsenal war immer die Zuversicht gewesen, dass sich alles zum Besten wenden würde. Diese Zuversicht war in der letzten Zeit arg ramponiert worden, und das war zutiefst erschütternd. In ihrem augenblicklichen Zustand stand Mum völlig neben sich.

Sie nahm auf dem Schreibtischstuhl Platz, strich mit den Händen über meinen früheren Arbeitsplatz und machte die Augen zu. „Wenn du doch noch hier wärst, mein Lieber. Es ist nicht richtig, wenn Eltern ihre Kinder überleben. Wenn ich an deine Stelle treten könnte, würde ich es sofort tun. Deine Zeit war noch nicht gekommen. Du solltest noch hier bei Ella sein. Ich geb mir Mühe mit ihr, aber sie braucht eigentlich ihren Vater."

Sie seufzte tief. „Und da bemitleide ich mich, wo dieses arme kleine Mädchen doch alles verloren hat. Sechs Jahre und ein Waisenkind."

„Sei nicht so streng mit dir, Mum", sagte ich.

„Die Sache ist die, Will: Ich stecke in der Klemme. Gestern Abend habe ich etwas über deinen Vater erfahren – und ich weiß nicht, was ich jetzt machen soll, weil er doch gerade einen Schlaganfall hatte. Deine Schwester kommt bald, aber ich wünschte, ich könnte mit dir reden. Wir haben so ein enges Verhältnis aufgebaut in den letzten Jahren, wir waren auf derselben Wellenlänge."

Plötzlich schlug sie die Augen auf. „Nun hör sich das einer an, meine Güte, ich klinge wie eine Irre, wenn ich mit dir rede, als wärst du noch da. Ich rede mit mir selbst! Was mache ich hier bloß? Eigentlich sollte ich doch im Krankenhaus sein!"

Sie sprang auf, verschwand im Bad und kam kurz darauf mit viel frischerem Aussehen, aber immer noch etwas verschwollenen Augen wieder raus.

„Mit deinem toten Sohn zu reden ist vielleicht gar nicht so irre, wie du denkst“, sagte ich zu ihr, als sie die Haustür abschloss. „Du machst das alles wirklich gut, Mum. Ich bin stolz auf dich.“

Das ZU VERKAUFEN-Schild fiel mir wieder ins Auge, und in Gedanken ging ich zurück zu dem Tag, an dem ich mir das Haus zum ersten Mal angesehen hatte. Ella war damals noch ein Baby gewesen und hatte den größten Teil der Besichtigung auf meinem Arm verschlafen. Als ich gehen wollte, hatte sie aber noch die Windel vollgemacht. Die Eigentümerin hatte selbst ein Baby und war so nett, mich ihren Wickeltisch benutzen zu lassen. Sie hatte mir sogar eine Windel gegeben. Da mochte ich das Haus schon, ein typisches Doppelhaus aus den Dreißigerjahren, das vor ein paar Jahren entkernt und mit allen technischen Neuerungen ausgestattet worden war. Als Ella mich dann beim Wickeln angrinste, hatte ich mich zum Kauf entschlossen.

Die Autotür knallte zu, und ich wurde aus meinen Erinnerungen gerissen. „Oh, das soll wohl ein Witz sein. Nicht schon wieder“, sagte ich, als Mum den Motor anließ. Ich schaute dem Corsa hinterher, der die Straße entlangfuhr und verschwand. Wie blöd war ich nur, dass mir so was schon wieder passierte?

Ein Nachbar, den ich flüchtig kannte, ging mit seinem braunen Labrador an der Auffahrt vorbei. „Morgen“, sagte ich automatisch, aber nur der Hund bemerkte mich, bellte ein paarmal in meine Richtung und zog an der Leine.

„Nun komm, Mädchen“, sagte der Mann. Er zerrte seinen Hund weiter und schaute durch mich hindurch. „Da ist nichts.“

„Doch, da ist was“, sagte ich, worauf wieder gebellt wurde.

„Ich bin hier. Du kannst mich nur nicht sehen. Egal, schönes Leben noch. Die Zeiten, in denen wir Small Talk gehalten haben, sind vorbei.“

Was sollte ich nun machen? Ich spielte mit dem Gedanken, mich allein zum Krankenhaus durchzuschlagen, dann dämmerte mir, dass ich keine Ahnung hatte, wie ich dahin kommen sollte. Schließlich konnte ich niemanden fragen und auch nicht im Internet nach dem Weg schauen. Zu Ellas Schule zu gehen schien eine bessere Idee zu sein, bevor mir einfiel, dass die Tore dort nach dem ersten Klingeln geschlossen wurden. Nur durch die Haupttür mit der Gegensprechanlage konnte man jetzt noch ins Gebäude kommen. Ich könnte natürlich auf einen anderen Besucher warten, doch das würde unter Umständen ewig dauern. Und dann all die Türen im Gebäude ... Nein, lieber nicht, dachte ich. Abgesehen davon könnte es jetzt auch kompliziert werden, weil Ella mich sehen konnte.

Mir fiel nichts Besseres ein, als mit dem Bus zurück zu Mums und Dads Haus zu fahren. Allerdings machte ich mich nicht sofort zur Bushaltestelle auf, sondern entschloss mich zu einem kleinen Umweg an den Ort, an dem mein Leben zerstört worden war. Das schreckliche Kreischen, das meine Totenglocke gewesen war, hatte ich noch in Erinnerung. Und ich zuckte zusammen, als ich an den durchdringenden Schmerz vor der Ohnmacht dachte. Ob es am Unfallort wohl noch Spuren gab? Ob noch Blut auf der Straße war, auf der mein zerschundener Körper gelegen hatte?

Doch als ich dort ankam, deutete nichts außer einem verwelkten Blumenstrauß an einem Laternenpfahl darauf hin, dass hier etwas von Bedeutung geschehen war. Da hing nicht mal ein Zeugenaufruf von der Polizei. Mein Tod hatte auf dieser stark frequentierten Straße keinen bleibenden Eindruck hinterlassen. Der Verkehr floss wie eh und je.

Da fiel mein Blick auf einen silbernen Geländewagen, der

mich an den erinnerte, der mich auf den Kühler genommen hatte. Der meinem Leben ein Ende bereitet hatte.

Die Wut war sofort da, und sie loderte in mir auf. „Miststück!“, brüllte ich. „Du hast mich umgebracht.“

Ich stürzte mich in den Verkehr, stellte mich wie eine verrückte Vogelscheuche mitten auf die Straße und brüllte mit hochgereckten Armen alle Obszönitäten heraus, die mir nur einfallen wollten. Dann – bevor mir bewusst wurde, was ich tat – rannte ich in das nächstbeste Fahrzeug. Ein weißer Transit mit drei Bauarbeitern vorn und einem *Daily Star*, der zwischen Windschutzscheibe und Armaturenbrett klemmte, fuhr weiter, als wäre nichts gewesen. Mühelos wurde ich aus dem Weg gefegt – wie ein Ball, der dem Wagen in die Quere kam. Da war kein Schmerz, aber ich spürte, wie mich die Dunkelheit umfing.

Als mein Hirn – oder wer auch immer da gerade am Ruder saß – wieder hochfuhr, lag ich alle viere von mir gestreckt wie ein Idiot auf dem Pflaster. Die Wut war verflogen, und ich hatte keinen Schimmer, warum ich das gemacht hatte. Wenigstens war jetzt klar, was passierte, wenn mich ein Fahrzeug erfasste. Aus Erfahrung wusste ich, dass Mitfahren in einem Fahrzeug kein Problem für mich darstellte. Offenbar war es ein ganz anderes Paar Schuh, einem in den Weg zu geraten. Der Abstoßeffekt war so, als würde ich einem Lebenden zu nahe kommen – nur mit mehr Wums. Anscheinend brachte die Bewegung das im Stehen sichere Objekt zum Leben. Also Vorsicht. Wie nett von Lizzie und Arthur, mich zu warnen.

Kleinlaut rappelte ich mich hoch und ging zur Bushaltestelle. Manchmal ist es gut, unsichtbar zu sein, dachte ich.

14. KAPITEL

Noch achtundzwanzig Tage

„Arthur, wo versteckst du dich?“

An all den üblichen Plätzen war ich gewesen – zuerst in der Kirche, jetzt in der Schule –, aber ich konnte ihn nicht finden. Wo war er nur?

„Komm schon, Arthur“, brüllte ich vom Spielfeld zu dem Flachdach hoch, auf dem wir zuletzt miteinander geredet hatten. Da war er nicht, das konnte ich sehen, aber mir fiel nichts anderes ein, und langsam begann ich, mir Sorgen um ihn zu machen. „Ich hab gute Neuigkeiten, wegen Ella.“

Ich versuchte es noch mal bei der Kirche; überrascht stellte ich fest, dass dort inzwischen reger Betrieb herrschte. Der Parkplatz war fast voll, und Dutzende von Leuten strömten durchs Friedhofstor zum Haupteingang der Kirche. Ihre dunkle Kleidung und die ernsten Mienen ließen keinen Zweifel daran, dass sie zu einer Beerdigung gekommen waren.

Ah, dachte ich. Deshalb habe ich Arthur wohl nicht gefunden. Doch in der Kirche konnte ich ihn auch nirgends entdecken. Die Trauergemeinde war beachtlich, aber kleiner als bei meinem eigenen Abschied. Ich schämte mich, weil ich stolz darauf war. Ich ging wieder nach draußen, aber auch da war keine Spur von ihm. „Wo bist du, Arthur?“, rief ich. „Ich hab dich überall gesucht.“

Auf dem Weg zurück zum Tor fielen mir zwei Männer auf. Sie waren die Einzigen, die noch draußen standen und sich unterhielten. Der eine, ein stämmiger älterer Mann in einem dunkelgrauen Anzug mit Weste, stierte griesgrämig in meine Richtung, ehe er seinem Begleiter etwas zuflüsterte. Der andere Mann war jünger, groß und schlank. Er trug einen schwarzen Trenchcoat und einen Filzhut. Auch er sah zu mir rüber und nickte. Dann gingen die beiden in die Kirche und schlossen die Tür hinter sich.

„Hey", rief ich ihnen nach. „Wer seid ihr? Ihr könnt mich sehen, oder? Was geht hier vor? Wo ist Ar..."

Mein Mund bewegte sich, es kam nur kein Laut raus. Verblüfft versuchte ich ein ums andere Mal, ein Geräusch von mir zu geben, und schrie, so laut ich konnte – vergeblich, es kam kein Ton heraus. Ich war verstummt.

Oh Gott, dachte ich. Das ist eine Katastrophe. Was, wenn ich nie wieder sprechen kann? Wie soll ich mich da mit Ella verständigen? Ich spürte die Panik in mir aufsteigen, unterdrückte das Gefühl jedoch und ging zu der Bank, auf der Arthur und ich miteinander geredet hatten. Da setzte ich mich hin. Ich musste nachdenken, damit ich begriff, was hier mit mir geschah.

Irgendwas hatte es mit den beiden Männern zu tun, schien mir. Sie konnten mich sehen – und ihre finsteren Mienen verrieten, dass sie nicht froh waren über meine Gegenwart. Mist. Wenn sie mich sehen konnten, konnten sie mich wahrscheinlich auch hören. Wenn ich gewusst hätte, dass jemand zuhört, hätte ich doch niemals so auf einer Beerdigung rumgepöbelt. Also wer oder was waren diese Männer? Und was hatten sie mit meiner Stimme gemacht?

Mir blieb nichts anderes übrig, als zu warten, bis sie am Ende der Trauerfeier wieder nach draußen kamen. Also lauschte ich den gedämpften Geräuschen des Gottesdienstes hinter mir und dachte an meine eigene Feier zurück. Ella, die Mums Daumen mit ihrer kleinen Hand festgehalten, Lauren auf der Kanzel, die sich eine Träne weggewischt hatte. Ich fragte mich, wer hier heute wohl beerdigt wurde. Dann fiel der Groschen.

Der ältere Mann ging nun neben seinen Sargträgern her, die seine sterblichen Überreste zu seinem letzten Ruheplatz brachten. Einmal schaute er sich nervös nach seinem Begleiter um, der ihm ermutigend zulächelte. Dann löste sich der jüngere Mann von der Trauergesellschaft und kam auf mich zu.

„Kann ich mich darauf verlassen, dass du dich benimmst?“, sagte er leise.

Ich nickte, und er nahm neben mir auf der Bank Platz, den Hut setzte er ab. Weißblondes Haar mit Seitenscheitel kam zum Vorschein. Seine Hand berührte mich einen Augenblick, und meine Stimme war wieder da.

„Danke“, flüsterte ich.

„Hoffentlich verstehst du, warum das nötig war.“

Ich starrte in seine meergrünen Augen, die meinen Blick mit verstörender Intensität erwiderten. „Ja. Tut mir leid. War mir nicht klar. Würden Sie bitte weitergeben, dass ich um Verzeihung bitte?“

„Mache ich.“

Nachdem alles vorbei war und die Trauernden wieder auf dem Weg zu ihren Autos waren, blieben die beiden Männer am Grab stehen. Ich war nah genug dran und konnte beobachten, was sie taten, doch ich konnte ihr Gespräch nicht verstehen. Der Mann mit dem Hut, den er jetzt wieder aufgesetzt hatte, sagte ein paar Worte zu dem anderen. Der nickte, ehe er meinen Blick suchte und die Hand grüßend an die Schläfe legte. Ich verstand, was er ausdrücken wollte, und winkte zum Dank zurück. Ich wollte mich nicht weiter aufdrängen, also stand ich auf und ging zur anderen Seite der Kirche.

Ehe ich um die Ecke war, konnte ich jedoch nicht widerstehen, noch einen Blick zurückzuwerfen. Die beiden hatten mir den Rücken zugedreht, aber ich sah, dass sie völlig regungslos nebeneinander himmelwärts schauten. Wenig später legte der mit dem Hut dem anderen den Arm um die Schultern. Sobald er das getan hatte, waren sie in einen schwachen Glanz gehüllt. Ich rieb mir die Augen und dachte, sie würden mich täuschen, aber der Glanz wurde immer heller. Bald standen die beiden Männer in einem grellen, pulsierenden weißen Licht. Ich war fasziniert, wollte das Spektakel so lange wie möglich verfolgen und schirmte die Augen mit den Händen ab. Was würde als Nächstes geschehen? Ich wollte es unbedingt wissen. Aber das Licht war zu intensiv. Einen Moment lang wandte ich den Blick schützend ab – und es war vorbei. Das Licht war weg – und mit ihm auch die beiden Gestalten.

Ganz benommen beobachtete ich ein schimmerndes Nachbild, das vor mir durch die Luft tanzte und nach und nach schwächer wurde. Bleib, bleib doch, dachte ich. Es war so rein, wie nichts, was ich je zuvor gesehen hatte. Der Anblick allein hatte mich tief berührt. Es war, als ob meine Seele gestreichelt worden wäre, all meine Zweifel und Ängste waren vertrieben. Ich drehte mich zur Kirche um und sah mein Spiegelbild – große Augen und ein grinsender Mund – in einem Buntglasfenster. War es *das* gewesen? fragte ich mich. Hatte ich gerade mit angesehen, wie jemand auf die andere Seite hinübergegangen war?

„Was war denn heute los, Daddy?", fragte Ella mich später. Mum bereitete in der Küche das Essen zu, und wir sahen uns im Wohnzimmer einen Zeichentrickfilm an.

„Was meinst du?"

„Na, du bist nicht mitgekommen, als Nana mich von der Schule abgeholt hat. Und jetzt bist du irgendwie ein bisschen komisch."

„Ach?" Ich spielte den Ahnungslosen, obwohl ich wusste, dass ich seit dem Vorfall auf dem Friedhof wie auf Wolken schwebte.

„Wegen Grandad? Nana hat gesagt, er tritt am selben Platz oder so."

Ich lächelte vor mich hin. „Er tritt auf der Stelle."

„Ja. Was heißt das?"

„Das ist nur so eine Redewendung. Das heißt, es hat sich nichts verändert. Grandad geht es nicht schlechter, aber auch nicht besser."

„Ist das gut oder schlecht?"

„Nun ja, es kann eine Weile dauern, bis man sich von einem Schlaganfall erholt. Und es ist gut, dass er nicht noch einen gehabt hat."

Ich hätte vorher lieber nachdenken sollen. Mit weit aufgerissenen Augen sagte Ella: „Noch ein Schlaganfall? Stirbt er dann?"

„Er hat doch nicht noch einen gehabt, Schatz. Ich bin sicher, alles wird gut, jetzt ist er doch im Krankenhaus und bekommt die richtige Behandlung."

„Hoffentlich. Er fehlt mir."

„Nana nimmt dich bestimmt bald mit zu ihm", sagte ich. Das Fernsehen lenkte mich ab, der Ton wurde lauter, weil Werbung kam.

„Schau mal, Daddy!" Ella zeigte auf den Bildschirm, auf dem gerade ein Schminkkoffer in Form eines Katzenkopfes von aufgeregten Mädchen bewundert wurde. „So einen hat Jada. Sie sagt, der ist ganz toll."

„Wow. Sieht gut aus." Ich wusste genau, welche Frage jetzt kommen würde.

„Meinst du, ich könnte auch einen kriegen, Daddy?"

„Man kann nie wissen. Vielleicht bringt der Weihnachtsmann ja einen, wenn du lieb bist."

„Aber bis Weihnachten dauert es noch ewig", jammerte sie.

„Das kommt schneller, als du denkst", antwortete ich mit einem Lächeln, um zu verbergen, wie traurig ich war, die Geschenke des Weihnachtsmannes nicht mehr bestimmen zu können.

Ella kam gleich wieder auf ihre erste Frage zurück. „Was ist heute mit dir passiert, Daddy? Warum warst du nicht da nach der Schule?"

Ich brachte es nicht fertig, ihr von dem weißen Licht zu erzählen. Vermutlich war mir das Gefühl nicht geheuer, das es bei mir ausgelöst hatte. „Das war eigentlich ganz einfach", sagte ich. „Nana ist ins Auto gestiegen, ehe ich reinschlüpfen konnte, und ich stand da."

„Beim Krankenhaus?"

„Nein. So weit bin ich nicht gekommen. Sie ist auf dem Weg dahin bei unserem Haus vorbeigefahren und hat nachgeschaut, ob auch alles in Ordnung ist. Und da ist es passiert."

Ellas Mundwinkel rutschten nach unten. „Ist es jetzt verkauft?"

„Nein, noch nicht."

„Mir gefällt es nicht, dass da andere Leute wohnen werden."

„Ich weiß. Mir auch nicht, aber es geht nicht anders. Das hier ist jetzt dein Zuhause. Hier gefällt es dir doch, oder?"

„Ja, aber unser Haus fehlt mir trotzdem."

„Wenigstens sind all deine Sachen hier", sagte ich. „Hey, rate mal, wie ich wieder zurückgekommen bin?"

„Wie denn?"

„Mit dem Bus."

Sie kicherte. „Echt? Warum denn?"

„Na, zu Fuß hätte es ewig gedauert. Also hab ich gewartet, bis einer gehalten hat, bin eingestiegen – bezahlt hab ich nicht, weil der Fahrer mich nicht sehen konnte –, und dann bin ich aufs Oberdeck gestiegen und hab mich auf einen freien Platz gesetzt."

Ella war immer gern Bus gefahren, besonders mit Doppeldeckern, wenn sie oben sitzen durfte. „Hast du ein Glück", sagte sie. „Da wäre ich gern mitgekommen. Ich bin so lange nicht mit dem Bus gefahren."

„Frag Nana doch, ob sie mal mit dir fährt", sagte ich und sehnte mich danach, ihr den Wunsch selbst zu erfüllen.

Jetzt sei doch nicht so undankbar, dachte ich. Es ist noch gar nicht lange her, da konntest du dich nicht mal mit ihr verständigen. Und jetzt plaudert ihr hier munter vor euch hin – und du tust dir immer noch leid. Es war trotzdem nicht leicht. Dieses unglaubliche Licht heute – dieser kurze Ausblick auf etwas Faszinierendes – hatte meine Perspektive verändert. In mir war ein Schalter umgelegt worden, und das konnte ich nicht wieder rückgängig machen. Ich wusste nicht mal, ob ich das wollte.

„Wie ist das, Daddy, wenn du rumläufst und Sachen machst, und keiner kann dich sehen?"

„Du kannst mich sehen."

„Jaa, aber sonst keiner. Ist das komisch?"

„Ein bisschen. Besonders am Anfang war es das. Ich glaub, jetzt habe ich mich dran gewöhnt."

„Sind da noch andere wie du?"

„Seelen? Klar. Ich hab welche kennengelernt. Für mich sehen sie aus wie normale Leute, vielleicht habe ich noch mehr gesehen und nur nicht gewusst, dass es auch Seelen waren."

Ella sah mich fragend an. „Sehen die denn nicht durchsichtig aus, so wie du?"

„Nein, aber so sehe ich mich selber auch nicht."

„Seltsam." Sie machte eine Pause. Dann sagte sie: „Kann ich die auch sehen?"

Ich zuckte mit den Schultern. „Das weiß ich wirklich nicht, Ella."

Bis eben hatte ich daran noch gar nicht gedacht.

15. KAPITEL

Noch siebenundzwanzig Tage

Mum saß am Küchentisch. Als ich den Raum betrat, fing Sam an zu knurren. „Dummer Hund“, schimpfte sie. „Warum knurrst du denn?“

„Ganz ruhig, Sammy, alter Kumpel“, sagte ich. „Ich dachte, das hätten wir hinter uns.“

Er glotzte mich an und knurrte weiter.

„Schluss damit, Sam“, fuhr Mum den Hund an. „Meine Güte, sei still!“

Erst jetzt bemerkte ich, was sie gerade tat. Sie hatte das geheimnisvolle schwarze Aufklapphandy offen vor sich auf dem Tisch liegen. Der Kontakt von X wurde auf dem Display angezeigt, und Mums Finger schwebte über der grünen Anruftaste. Ihre gequälte Miene weckte Erinnerungen an meine eigene Schuld.

Dann klingelte das Telefon, und wir zuckten beide heftig zusammen.

Doch der Anruf ging nicht auf dem Handy, sondern auf dem Festnetzanschluss ein. Mum hatte das schnurlose Telefon aus dem Wohnzimmer mit in die Küche genommen.

„Hallo?“ Sie meldete sich erst, als sie sich gefasst hatte. „Oh, hallo, Lauren. Wie geht es dir. Bist du etwa schon gelandet?“

Ella tauchte in der Küchentür auf, nachdem Mum aufgelegt hatte. „War das das Krankenhaus? Ist alles okay mit Grandad?“

„Das war Tante Lauren, Schatz. Sie ist am Flughafen und nimmt sich jetzt ein Taxi, also ist sie bald hier.“

„In wie vielen Minuten?“

„Oh, ungefähr fünfundvierzig, würde ich sagen.“

„Gut. Isst sie mit uns?“

„Dazu kommt sie wohl ein bisschen zu spät. Ich hab Fischstäbchen und Pommes für dich im Ofen, in ein paar Minuten sind die fertig."

„Lecker." Sie grinste in meine Richtung, dann besann sie sich und sah schnell weg.

Mum zog Ella auf ihren Schoß und gab ihr einen Kuss auf die Stirn. „Hör mal, du musst dir um Grandad keine Sorgen machen. Überlass das den Erwachsenen."

„Ich will nur nicht, dass er stirbt."

„Ich weiß, Ella, aber wenn du dir Sorgen machst, ändert das auch nichts. Es geht ihm ziemlich schlecht, aber das Schlimmste hat er hoffentlich überstanden."

„Hast du ein neues Handy?" Ella hatte das Mobiltelefon auf dem Küchentisch bemerkt.

Mum klappte es zu und steckte es in ihre Hosentasche. „Nein, nein. Das ist nur ein altes, das ich für etwas gebraucht habe."

„Wenn du es nicht mehr haben willst, nehm ich es gern. In meiner Klasse ist ein Junge, der ein eigenes Handy hat."

Mum schaute entsetzt. „Ein Handy? Mit sechs Jahren? Du meine Güte. Wo gibt's denn so was?"

„Nun übertreib nicht, Ella", sagte ich streng. „Du bist noch nicht alt genug für ein Handy, und du solltest nicht um eins betteln."

Ella war gerade mit ihrem Teller Schokoladeneis fertig, als es an der Haustür klingelte. Mit zwei großen Koffern und müdem, besorgtem Gesicht kam Lauren herein.

„Tante Lauren!" Ella lief auf sie zu, schlang ihr die Arme um die Taille und umarmte sie fest.

„Meine Lieblingsnichte!" Lauren hob sie hoch und überdeckte ihr Gesicht mit Küssen.

„Bin ich froh, dass du wieder da bist", sagte Ella. „Ich hab dich ja so vermisst."

„Ich dich auch, Süße."
„Wo ist Onkel Xander?"
„In Holland. Einer von uns muss ja dableiben und sich ums Geschäft kümmern."
„Grandad geht es ziemlich schlecht. Er ist im Krankenhaus. Er kann nicht richtig reden. Es war ein Schlag."
Lauren stellte sie wieder auf den Boden und strich ihr übers Haar. „Weiß ich. Deshalb bin ich hier. Und weil ich dich besuchen will natürlich."
Wart's nur ab, Schwester, dachte ich. Dads Schlaganfall ist noch nicht alles.
Wie lange würde es wohl dauern, fragte ich mich, bis Mum Lauren von dem Zweithandy und Dads geheimnisvoller Geliebten erzählte? Ich hatte den Verdacht, sie würde damit noch eine Weile warten. In der Vergangenheit hatten Mum und Dad oft versucht, uns vor schlechten Nachrichten zu schützen. Als ich Anfang zwanzig war zum Beispiel, hatte Mum einen Befund mit Krebsverdacht gehabt, aber uns hatte sie erst davon erzählen können, nachdem sich herausgestellt hatte, dass alles in Ordnung war. Damals hatte ich nicht verstanden, warum sie nicht früher etwas gesagt hatte. Aber seit ich selbst Vater war, konnte ich ihr Verhalten nachvollziehen.

Wie sich herausstellte, bekam Lauren später am Abend alles zu hören. Offenbar brauchte Mum jemanden, dem sie sich anvertrauen konnte. Etwa eine Stunde nachdem Ella zu Bett gegangen war saßen die beiden unter meinem wachsamen Blick bei einem Glas Wein im Wohnzimmer. Lauren fragte Mum, wie sie zurechtkomme – und Mum fing an zu weinen, und die ganze Geschichte brach aus ihr heraus.
Lauren war genauso überrascht wie ich, zu erfahren, dass Dad Mum betrogen hatte. „Bist du dir absolut sicher?", fragte

sie. „Eine andere Erklärung gibt es nicht? Vielleicht ist es ja gar nicht sein Handy? Er hat es vielleicht gefunden oder es für jemanden aufbewahrt?“

Mums Gesicht war noch immer gerötet und nass vom vielen Weinen. Langsam schüttelte sie den Kopf. „In einigen Nachrichten spricht sie ihn mit Tom an.“

„Das ist kein eindeutiger Beweis“, sagte Lauren, die sich an jeden Strohhalm klammern wollte. „Den Namen gibt es ja häufiger.“

Dann erzählte Mum, dass sie die in den Nachrichten vereinbarten Treffen zwischen Dad und seiner Geliebten mit seinem Kalender abgeglichen hatte.

„Da waren einige, an denen er angeblich einen anderen Termin hatte“, seufzte sie. „Sachen, die er allein unternommen hat, eine Verabredung zum Mittagessen mit einem alten Kollegen, eine Sportveranstaltung.“

Lauren bekam einen harten Gesichtsausdruck. „Oh.“

Unter weiteren Tränen fuhr Mum fort: „Die Vorstellung, dass er mich angelogen hat, tut am meisten weh. Ich hätte nicht gedacht, dass er dazu fähig sein könnte. Ich dachte, ich würde ihn besser kennen als irgendjemand sonst – und da lebt er ein schmutziges Doppelleben hinter meinem Rücken.“

„Oh, Mum. Ich kann gar nicht glauben, dass er dir – und allen – so was antun kann. Es ist … abscheulich.“

„Ich wusste nicht, wie ich ihm heute gegenübertreten sollte. Ich hab meinen Besuch im Krankenhaus rausgeschoben, so lange ich konnte. Und als ich da ankam, bin ich noch ewig im Auto sitzen geblieben, bevor ich den Mut aufgebracht hatte, hineinzugehen.“

„Und was hast du gesagt, als du ihn gesehen hast?“

„Nichts. Er hat geschlafen. Ich bin nicht lange geblieben und war schon weg, ehe er aufgewacht ist. Es ist so schwer. Ich weiß nicht, was ich machen soll. Am liebsten möchte ich ihn anschreien und ihn zwingen, sich zu erklären. Aber in seinem Zustand? Wie könnte ich das?"

„Wie schlecht steht es um ihn?"

„Wie ich am Telefon schon sagte, es war ein heftiger Schlaganfall. Seine ganze rechte Seite ist betroffen und das Sprachzentrum. Gott weiß, wie lange er Pflege brauchen wird. Vielleicht erholt er sich nie wieder ganz davon. Er braucht mich, das weiß ich, aber ich bin völlig durcheinander, Lauren. Ich trauere noch immer um meinen Sohn und tu mein Bestes, meine Enkelin aufzuziehen. Wie soll ich das nun auch noch schaffen? Es ist, als wollte Gott mich strafen. Ich denke immer, ich muss das alles irgendwie auf mich gezogen haben."

Lauren warf ihr einen tadelnden Blick zu. „Mach dich nicht lächerlich, Mum. Nichts davon ist deine Schuld."

„Vielleicht bin ich eine schlechte Ehefrau, eine schlechte Mutter."

„Nein. Du bist eine wunderbare Ehefrau und die beste Mutter aller Zeiten. Hier gibt es nur einen Schuldigen – und das ist Dad. Wenn hier jemand bekommen hat, was er verdient, dann er."

Ich traute meinen Ohren nicht.

„Lauren, sag doch so was nicht", entgegnete Mum. „Was immer er auch getan haben mag, das hier hat er nicht verdient."

„Na, ich will jedenfalls nichts mehr mit ihm zu tun haben", sagte Lauren mit stählernem Blick. „Ich bleibe hier und helfe dir und Ella. Aber ich besuche ihn nicht. Wie könnte ich das jetzt, wo ich Bescheid weiß? Das verzeihe ich ihm niemals."

Mum schwieg. Wahrscheinlich wollte sie Lauren Zeit geben, sich zu beruhigen.

„Wer ist sie überhaupt?", fragte meine Schwester. „Wer ist diese Schlampe, mit er seine schmutzige Affäre hat?"

Mum erklärte ihr, sie wisse es nicht und habe bisher nicht den Mut gehabt, die Nummer anzurufen.

„Warum nicht? Wo ist das Handy? Gib her. Ich werde der schon die Meinung sagen."

Mum zögerte, holte dann aber das Handy aus der Tasche und reichte es Lauren. „Was willst du sagen?"

„Keine Ahnung. Mal sehen, was kommt, wenn sie rangeht."

Sie stand auf und klappte das schwarze Handy auf. Eine Sekunde später hatte sie die Nummer von X gefunden und aufgerufen. Ohne einen weiteren Gedanken zu verschwenden, drückte sie den Daumen auf die Wahltaste und hielt sich das Telefon ans Ohr.

Die Stille vibrierte im Raum – und dann brach es aus Lauren hervor: „Hier ist die Tochter von Tom Curtis. Ich weiß, Sie haben eine Affäre mit meinem Vater, und ich finde, Sie sind ein Dreckstück. Ich rufe Sie an, um Ihnen zu sagen, dass es vorbei ist. Endgültig. Wenn Sie je wieder versuchen sollten, Verbindung zu ihm aufzunehmen, werde ich Sie finden und Ihr Leben zur Hölle machen, wie Sie es mit dem meiner Familie gemacht haben. Zwingen Sie mich nicht dazu, Sie werden es bereuen. Merken Sie sich das. Lassen Sie ihn in Ruhe."

Mit Schwung nahm Lauren die Hand vom Ohr und klappte das Handy zu. Sie warf es aufs Sofa, wo es neben Mum landete. „Mailbox. Wir wissen immer noch nicht, wer sie ist, aber sie kapiert es hoffentlich und lässt ihn jetzt in Ruhe."

Entsetzt starrte Mum sie an. „Lauren, was hast du da gemacht? Was du da gesagt hast … nicht zu fassen."

„Es musste gesagt werden."

„Aber …"

„Aber nichts. Ich hab das geregelt. Mehr nicht. Wir können immer noch herausfinden, wer sie ist. Wenn du willst. Wir können wieder anrufen."

„Du warst so … aggressiv", sagte Mum. „Richtig Furcht einflößend."

„Na, hat sie das etwa nicht verdient? Bist du nicht wütend? Solltest du aber sein."

Mum legte den Kopf in die Hände. „Ich weiß nicht, was ich fühle, Lauren. Diese letzten Wochen waren ein Albtraum. Meistens fühle ich mich wie betäubt. Ab und zu überkommen mich Gefühle, und dann schiebe ich sie wieder weg. Das muss ich, wegen Ella."

Wie Lauren mit X umgesprungen war, erstaunte mich genauso wie Mum. So wütend hatte ich sie seit Jahren nicht gesehen. Nicht seit ihrer wilden Zeit zwischen achtzehn und zweiundzwanzig, in der die frühere Musterschülerin so richtig über die Stränge geschlagen hatte. Ihre Wutausbrüche hatte ich noch immer im Ohr. Normalerweise waren sie gegen meine Eltern gerichtet gewesen – manchmal auch gegen mich. Lauren war an die Uni gegangen, um Sprachen zu studieren, hatte nach dem ersten Jahr aber alles hingeschmissen, weil sie meistens unter Drogen gestanden und oft die Betten gewechselt hatte.

Für einige unerträgliche Monate voller Streit war sie wieder zu Hause eingezogen, was mir bei der Vorbereitung auf den Schulabschluss nicht besonders geholfen hatte. Dann hatte sie sich einer Gruppe ziemlich mieser Typen angeschlossen. Mit einem davon zog sie zusammen, einem wirklich üblen Kerl namens Ed, der sie mit Heroin vertraut machte. Eine albtraumhafte Reihe von Vorfällen folgte, die schließlich dazu führte, dass sie den Verlobungsring meiner verstorbenen Großmutter aus Mums Schmuckkästchen klaute und verkaufte, um ihren Drogenkonsum zu finanzieren. Das brachte bei meinen Eltern das Fass zum Überlaufen. Ich studierte damals schon und war fest entschlossen, das Beste aus meinem Studium zu machen und nicht den Weg einzuschlagen, den meine Schwester gegangen war. Aber ich werde den Anruf von Dad nie vergessen, bei dem er mich warnte, sie ja nicht reinzulassen, wenn sie mich besuchen kam.

„Wir mussten sie aus dem Haus werfen“, sagte er, und man hörte deutlich, wie schmerzlich das für ihn war. „Sie ist völlig außer Kontrolle. Wir haben ihr gesagt, dass sie zu Hause nicht mehr willkommen ist. Solange sie nicht mit diesem verdammten Typen Schluss macht und sich auf eine Entziehungskur einlässt, soll sie sich nicht wieder bei uns melden.“

Als Achtzehnjähriger war ich froh gewesen. Nachdem Lauren über ein Jahr lang jedes Gespräch in der Familie beherrscht und einen Streit nach dem anderen vom Zaun gebrochen hatte, war ich nur noch sauer auf sie. Unsere geschwisterliche Vertrautheit hatte sie zerstört, deshalb begrüßte ich den harten Kurs meiner Eltern.

Jetzt, wo ich selber Vater war, fragte ich mich, wie Mum und Dad die Charakterstärke aufgebracht haben konnten, so zu handeln. Richtig war es gewesen, daran gab es keinen Zweifel. Aber wäre ich in derselben Situation mit Ella in der Lage gewesen, so etwas zu tun? Es musste grauenhaft für sie gewesen sein.

Zum Glück hatte Lauren mich an der Uni nie besucht. Etwa achtzehn Monate lang sahen oder hörten wir nichts von ihr. Mum und Dad setzten tapfere Mienen auf, aber ich konnte sehen, dass es sie fertigmachte. Wir hatten keine Ahnung, wo Lauren war, obwohl wir später herausfanden, dass sie den größten Teil dieser Zeit in Schottland verbracht hatte. Sie und Ed waren in seiner Heimatstadt Glasgow in ein besetztes Haus gezogen. Eines Tages, nachdem Ed von Beschimpfungen zu Handgreiflichkeiten übergegangen war, war meine Schwester dann endlich zur Vernunft gekommen. Sie hatte Zuflucht in einem Frauenhaus gesucht, wo eine freundliche Mitarbeiterin sie unter ihre Fittiche nahm. Sie hatte Lauren den Weg in die Therapie gewiesen und danach zurück in die Arme ihrer Familie. Ihre Gesundheit war zum Glück noch nicht stark angegriffen.

Ein paar Rückfälle hatte es noch gegeben, aber Lauren hatte es schaffen wollen – und sie hatte es geschafft. Es dauerte eine ganze Weile, bis wir ihr wieder vertrauen konnten, aber auch das taten wir schließlich. Dann traf sie Xander – einen gebildeten, wortgewandten Holländer – auf einer Interrailtour durch Europa. Er war das glatte Gegenteil von Ed. Mum und Dad waren überglücklich, sogar als Lauren beschloss, mit ihm nach Holland zu ziehen. Ich mochte ihn auch, aber es wäre mir lieber gewesen, er hätte sich hier bei uns niedergelassen. Ich hatte mich gerade daran gewöhnt, wieder eine Schwester zu haben, da ging sie erneut weg.

Ich erinnerte mich, wie ich beim Verfassen meines Testaments überlegt hatte, ob ich Lauren und Xander die Vormundschaft für Ella übertragen sollte. Sie waren ja viel jünger als Mum und Dad und würden wahrscheinlich länger für sie da sein können, aber ich hatte mich dagegen entschieden, weil die beiden im Ausland lebten und Ella nicht so oft sahen. Sie war mit ihrer Tante und ihrem Onkel längst nicht so vertraut wie mit ihren Großeltern.

„Du weigerst dich doch nicht wirklich, deinen Vater zu besuchen, oder?“, fragte Mum. „Er braucht seine Familie jetzt – uns alle. So schwer es auch sein mag, wir dürfen uns nicht von ihm abwenden. Keiner von uns. Wenn das für dich schwer ist, dann stell dir vor, wie schwer es erst für mich ist. In Krisenzeiten müssen Familien zusammenhalten, egal, was kommt. Und wenn ihm jemand vergeben können sollte, dann wohl du. Er hat dir so manches vergeben. Das haben wir alle getan.“

Kleinlaut und mit Tränen in den Augen sah Lauren sie an. „Das ging unter die Gürtellinie.“

„Es musste gesagt werden.“

„Warum verteidigst ausgerechnet du ihn?“

„Jemand muss es ja tun – und er ist immer noch mein Ehemann. Du wirst anders empfinden, wenn du gesehen hast, in welchem Zustand er ist."

„Hör mal, vielleicht war ich ein bisschen harsch, aber das war ein ziemlicher Schock. Ich bin irgendwie total enttäuscht von Dad."

„Kann ich verstehen, glaub mir, aber er war dir immer ein guter Vater. Du kannst ihn nicht so einfach abschreiben."

Lauren lief ein paarmal im Zimmer auf und ab, ehe sie sich zu Mum aufs Sofa setzte und sie umarmte.

„Tut mir leid, Mum. Ich bin keine Hilfe, was?"

Unsere Mutter schüttelte den Kopf.

„Was soll ich tun? Wie kann ich helfen?"

„Wirf erst mal die Wut über Bord. Konflikte kann ich nicht gebrauchen. Es war wirklich schwer, mit allem allein klarkommen zu müssen. Jetzt, wo du hier bist, brauche ich deine Unterstützung am meisten."

„Gut. Die kriegst du. Aber wie willst du dich Dad gegenüber verhalten? Er wird nicht immer schlafen, wenn du bei ihm im Krankenhaus bist. Früher oder später musst du mit ihm reden. Und wirst du ihm sagen, was du weißt?"

Seufzend lehnte Mum sich zurück. „Ehrlich gesagt, ich hab keine Ahnung. In meinem Kopf sind zwei Stimmen. Die eine sagt mir, dass ich ihn zur Rede stellen muss. Noch mehr Lügen können wir wirklich nicht gebrauchen. Aber die andere sagt, ich soll warten, bis es ihm besser geht. Sonst könnte das seine Genesung gefährden. Und selbst wenn ich mit ihm reden würde, kann er mir in seinem augenblicklichen Zustand nicht richtig antworten. Ich muss darüber schlafen, glaube ich, und sehen, wie es mir morgen früh damit geht."

Ich blieb bei ihnen, sie unterhielten sich weiter und schauten irgendwas Belangloses im Fernsehen an. Mum wollte gerade ins Bett gehen, als wir alle von einem Schrei erschüttert wurden, der einem das Blut in den Adern gefrieren ließ.

„Daddy!“, kreischte Ella in Panik. „Lasst meinen Daddy los!“

Ich wollte die Treppe hochrennen, kam aber Mum und Lauren in die Quere – und prallte von ihnen ab. Mit noch größerer Wucht als sonst knallte ich an die nächstliegende Wand. Vermutlich, weil wir uns alle so schnell bewegten. Danach war ich benommen, aber wenigstens noch bei Bewusstsein. Als ich mich schließlich wieder aufrappelte, hatten die beiden anderen schon einen ordentlichen Vorsprung.

Oben saß Mum über Ella gebeugt auf der Bettkante und streichelte ihr übers Haar, während Lauren an der Seite ihrer Nichte kniete und ihr beruhigend ins Ohr flüsterte. Ella wimmerte noch immer. Mit einem Aufflackern in den müden Augen nahm sie mich wahr, als ich ins Zimmer kam, aber sie sah, wie ich den Finger auf die Lippen legte, und wandte den Blick schnell ab.

„So, alles gut, Kleine“, sagte Lauren. „Hast du dich ein bisschen beruhigt?“

Ella nickte ins Kissen und steckte den Daumen in den Mund.

„Das war nur ein böser Traum“, sagte Mum. „Das ist ganz normal. Du verarbeitest, was du erlebt hast. Und du weißt, dass nichts davon Wirklichkeit ist, oder?“

Ella nickte wieder. Sie nahm den Daumen aus dem Mund, damit Mum und Lauren sie verstehen konnten: „Ja, weiß ich. Ich glaub, ich schlaf jetzt weiter.“

Lauren drückte ihr einen Kuss auf die Wange. „Soll eine von uns bei dir bleiben, bis du eingeschlafen bist?“

„Nee. Ist schon gut.“

Ich machte einen großen Schritt zur Seite, als sie aus dem Zimmer gingen, dann schlich ich mich an Ellas Bett. „Hallo, Ella.“

„Warum flüsterst du, Daddy? Keiner kann dich hören. Nur ich.“

„Ich weiß. Ich wollte nur sichergehen, dass du auch leise sprichst. Vielleicht lauschen sie noch."

„Mach ich."

„Hattest du einen Albtraum?"

„Ja. Von dir."

„Was ist passiert?"

„Du warst vor der Kirche von Nana und Grandad."

„Wo meine Beerdigung war?"

„Ja. Jemand wollte dich von mir wegholen."

„Wer denn?"

„Weiß ich nicht. Konnte ich nicht sehen. Die waren in einem schwarzen Auto. Sie haben dich reingezogen und sind weggefahren. Ich dachte, das wäre echt."

Die Angst durchbohrte mich wie ein Dolch.

„Ach, keine Sorge", sagte ich. „Das war nicht echt. Ich bin hier, und mich nimmt keiner irgendwohin mit. Das war nur ein böser Traum. Geht es dir jetzt besser?"

„Glaub schon", sie unterdrückte ein Gähnen. „Bleibst du bei mir?"

„Klar. Ich bin sowieso müde. Ein paar Stunden Schlaf wird uns beiden richtig guttun."

Ella wickelte sich in ihre Decke und rollte sich auf der Seite zusammen, so konnte sie mich sehen, während sie wegdämmerte.

Ich lächelte. „Gute Nacht, mein Schatz. Schlaf gut. Lass dich nicht von den Schlafläusen beißen."

16. KAPITEL

Noch sechsundzwanzig Tage

Am nächsten Morgen musste ich immerzu an Arthur denken. Wirklich seltsam, dass ich ihn nicht hatte finden können. Wo mochte er gewesen sein? Soweit ich wusste, hielt er sich hauptsächlich in der Kirche und in der Schule auf. Vielleicht brachte es ihn in Gefahr, wenn er sich mit mir traf, oder – daran mochte ich gar nicht denken – das Ding vom Kricketpavillon hatte ihn erwischt. Trotz Arthurs Beteuerungen wurde mir immer noch ganz mulmig, wenn ich daran dachte, wie ich allein im Schuppen eingesperrt gewesen war.

Heute wollte ich weiter nach Arthur suchen, aber ich wusste auch, dass ich mal nach Dad im Krankenhaus schauen sollte. Am Ende entschied ich mich für Dad. Er war Teil meiner Familie, und Ella hatte mich ausdrücklich darum gebeten, ihn zu besuchen, während sie in der Schule war.

„Ich weiß nicht recht, ob Nana mir die Wahrheit sagt", sagte sie. „Sie glaubt, ich werde damit nicht fertig. Aber das stimmt nicht. Wirklich nicht. Du sagst mir doch ehrlich, wie es ihm geht, oder?"

„Ja", antwortete ich.

„Schwörst du?"

„Ich schwöre."

„Geht Tante Lauren mit ins Krankenhaus?"

„Weiß nicht."

In diesem Moment kam Lauren in Ellas Zimmer, sie putzte sich die Zähne. „Was war das, Ella? Wolltest du was von mir?"

Ella wurde knallrot. „Ich – äh hab Kitten gerade erzählt, dass du jetzt bei uns bleibst." Sie schnappte sich ihr Lieblingstier vom Bett und wedelte damit in der Luft herum.

„Hallo, Kitten“, sagte Lauren mit dem Mund voller Zahnpasta. „Ist dir das recht?“

Ella hielt sich Kitten ans Ohr. „Ja. Sie sagt, sie mag dich.“

„Na, dann richte ich mich mal *schnurr*-stracks hier ein“, erwiderte Lauren grinsend.

Eine Stunde später fuhr Mum, nachdem sie Ella vor der Schule abgesetzt hatte, auf den Parkplatz vom Krankenhaus. Auf dem Beifahrersitz saß Lauren, ich hinten. Nachdem Mum einen Parkplatz gefunden hatte, schaltete sie den Motor aus.

„So. Da sind wir.“

Lauren nickte. Die beiden wirkten verstört.

„Nun kommt“, sagte ich, als könnten sie mich hören. „Ihr schafft das. Ihr müsst das schaffen.“

Auf dem Weg zum Stroke Unit heftete ich mich an ihre Fersen, damit ich ja nicht auf der Strecke blieb hinter einer der vielen Türen, durch die wir gehen mussten. Krankenhäuser hatte ich nie gemocht. Besonders der Geruch nach Desinfektionsmittel, der alle möglichen Ekligkeiten überdeckte, war mir immer zutiefst zuwider gewesen. Endlich war ich also mal froh darüber, nichts riechen zu können.

Eine freundliche, aber sehr sachliche Stationsschwester mit kurzen Haaren und zu eng sitzendem Kittel begrüßte uns. „Hallo. Sie sind doch Mrs. Curtis, Toms Frau?“

„Ja“, sagte Mum. „Und das ist unsere Tochter Lauren.“

Die Schwester nickte Lauren kurz zu, dann wendete sie sich wieder an Mum. „Die Physiotherapeutin ist gerade bei ihm, da dürfen wir nicht stören. Vielleicht könnten wir die Gelegenheit zu einer kleinen Unterredung nutzen. Damit Sie wissen, wie es ihm geht.“

„Oh, ja, selbstverständlich“, sagte Mum mit einem ängstlichen Blick in Laurens Richtung.

„Sehr gut. Kommen Sie bitte mit in mein Büro.“ Sie ging

voran, den Korridor entlang bis zu einer kleinen Kammer, in die ich mich gerade noch mit den anderen zwängen konnte.

„Gibt es ein Problem?“, platzte Mum heraus, sobald die Schwester die Tür geschlossen hatte.

„Nein, nein“, antwortete sie und setzte sich ihr gegenüber hinter den vollgepackten Schreibtisch. „Entschuldigen Sie, ich wollte Sie nicht beunruhigen. Es kann lange dauern, bis man sich von einem Schlaganfall erholt hat. Wir finden, dass es den Familien wirklich eine Hilfe ist, von Anfang an so gut wie möglich informiert zu sein.“

„Verstehe“, antwortete Mum und rutschte auf ihrem Stuhl hin und her.

„Das klingt vernünftig“, sagte Lauren. Sie nickte der Schwester ermutigend zu, damit sie fortfuhr. Und die Frau setzte zu einer ausführlichen Erklärung des Schlaganfalles an, den mein Dad erlitten hatte, von Ursache und Wirkung bis zu Behandlung und Wiederherstellung. Sie gab ihnen einen Stapel Broschüren mit, die sie sich ansehen sollten, ehe sie sich erkundigte, ob die beiden noch Fragen hatten.

„Und wo sehen Sie meinen Dad?“, fragte Lauren. „Gehört er zu den Leuten, die sich vollständig erholen werden – oder stehen die Chancen schlecht? Wie lange wird er voraussichtlich hierbleiben müssen? Was meinen Sie?“

Die Schwester sah sie entschuldigend an. „Ich wünschte, ich könnte Ihnen eine Antwort auf diese Fragen geben, aber ich fürchte, das kann ich nicht. Nicht in diesem frühen Stadium. Es muss immer etwas Zeit vergehen, bevor wir die Dauer der Rekonvaleszenz eines Patienten einschätzen können.“

„Wie geht es ihm heute?“, fragte Mum.

„Nun, wir sind froh, sagen zu können, dass es Verbesserungen gegeben hat. Mittlerweile kann er das rechte Bein wieder etwas bewegen.“

Mum freute sich. „Tatsächlich? Ihm geht es also besser?“

„Es ist ein gutes Zeichen, aber wir stehen noch ganz am Anfang", sagte die Schwester. „Der Oberkörper ist auf der rechten Seite nach wie vor gelähmt. Er ist hier in den besten Händen, wir bieten ihm die bestmöglichen Chancen für eine Erholung. Er ist von Spezialisten umgeben, die dafür sorgen, dass er die passenden Medikamente und therapeutischen Maßnahmen erhält, damit es vorangeht."

„Was ist mit seinem Sprachvermögen? Ich konnte ihn nicht verstehen, als es passiert ist. Hat sich das irgendwie verbessert?"

„Er hat noch immer Schwierigkeiten, muss ich leider sagen. Die gute Nachricht ist, dass die Ärzte der Meinung sind, es handele sich um eine Sprechstörung und nicht um einen Verlust des Sprachvermögens."

„Entschuldigung, was soll das heißen?", fragte Lauren. „Warum ist das eine gute Nachricht?"

„Es bedeutet, er hat Schwierigkeiten beim Sprechen, weil die entsprechenden Muskeln nicht richtig funktionieren. Das Sprachzentrum selbst ist nicht vom Schlaganfall betroffen. Folglich sollte er noch immer in der Lage sein, Sie zu verstehen und sich auf andere Weise mit Ihnen zu verständigen."

„Ah", sagte Lauren. „Und werden diese Muskeln irgendwann wieder funktionieren?"

„Ihr Vater hat heute oder morgen einen Termin mit den Logopäden, die werden ihm helfen können."

„Er könnte also noch eine Weile hierbleiben müssen? Wochen oder Monate?"

„Ja, das ist möglich. Es gibt Fälle, in denen Patienten sich wie durch ein Wunder erholen, die sind allerdings selten. Normalerweise kostet es viel Zeit und harte Arbeit."

Später ging ich auf dem Korridor auf und ab. Mum und Lauren hatten sich auf die Stühle im Flur gesetzt und warteten darauf, dass die Physiotherapeutin ging. Dabei diskutierten sie im Flüsterton über Dads schmutziges kleines Geheimnis.

„Jetzt können wir ihm nichts sagen", meinte Mum. „Nicht, solange er sich nicht richtig dazu äußern kann. Der Schock könnte den Heilungsprozess verlangsamen. Wir müssen so tun, als wüssten wir von nichts."

„Bist du sicher? Kannst du damit leben, Mum? Kannst du jeden Tag mit diesem Wissen hierherkommen und ihn behandeln, als hätte er nichts falsch gemacht?"

Mum seufzte tief. „Das werde ich wohl müssen."

Lauren seufzte auch. „Dann unterstütze ich dich. Wenn du das kannst, kann ich es auch. Aber es wird der Tag kommen, an dem wir ihm sagen müssen, was wir wissen."

Ein paar Minuten später gab die Schwester uns Bescheid, dass die Physiotherapeutin gegangen war. Sie brachte uns zu Dad, der aufrecht im Bett saß. Seine Haare standen zu Berge, und sein Gesicht, das nach wie vor auf einer Seite schlaff herunterhing, war rot und verschwitzt. Er schien außer Atem zu sein. Es war schrecklich, ihn so zu sehen. Ich kannte meinen Vater als großen, starken Mann, als jemanden, der durch nichts aufzuhalten war, als unerschütterlich. Da fühlte es sich so verkehrt an, ihn schwach und hilflos auf einer Krankenstation zu sehen. Nicht so schlimm wie in den Sekunden, in denen er mit dem Gehirnschlag gekämpft hatte, aber ich war erschüttert. Er war seiner selbst beraubt worden – des vereinnahmenden Wesens, für das er bekannt war. Obwohl ich mir sagte, dass er sich erholen würde, war das in diesem Augenblick kaum zu glauben.

„Wie geht es Ihnen denn?", fragte die Schwester, als sie seine Stirn mit einem Tuch betupfte. „War die Physiotherapie anstrengend für Sie?"

Er nickte.

„Das ist normal. Das heißt nur, dass sie Ihnen gutgetan hat. So, wie Sie sehen, haben Sie Besuch."

Er nickte wieder, und ein schiefes Grinsen erschien auf seinem angestrengten Gesicht.

„Dann lasse ich Sie mal allein“, sagte die Schwester.

Mum und Lauren traten ans Bett, die eine stellte sich auf die linke, die andere auf die rechte Seite. Jede begrüßte Dad mit einem Küsschen auf die Stirn, ehe sie sich einen Stuhl heranzog. Ich merkte, wie schwer es ihnen fiel, für sich zu behalten, was sie wussten. Lauren, die Dad zum ersten Mal in diesem Zustand sah, konnte kaum verbergen, wie schockiert sie war.

Ich stand am Fußende des Bettes, als Mum seine linke Hand nahm und sie drückte. Die Zärtlichkeit der Geste überraschte mich. Sie muss ihn wirklich lieben, dachte ich. Ob Dad wohl ahnt, was für ein Glück er hat, dass sie hier ist?

„Wie geht es dir, Tom?“

Er lächelte wieder dieses neue schiefe Lächeln, in dem viel Traurigkeit und Schmerz lag. Dann zog er seine Hand weg und bewegte sie hin und her – so lala.

„Ich war gestern hier, aber da hast du die ganze Zeit geschlafen. Ich wollte dich nicht wecken. Haben sie es dir ausgerichtet?“

Er nickte.

„Die Schwester sagt, du kannst dein Bein wieder bewegen.“

Dad nickte und hob es ein paar Zentimeter von der Matratze.

„Das ist gut“, sagte Mum. „Und wie ist es mit dem Arm? Immer noch keine Verbesserung?“

Er schüttelte den Kopf.

„Nur gut, dass du Linkshänder bist. Stell dir mal vor, wenn es anders wäre. Kannst du sprechen, Tom?“

Er schüttelte den Kopf.

„Gar nicht?“

Er zuckte mit der linken Schulter.

„Was passiert, wenn du es versuchst?“, fragte Lauren.

Er drehte sich zu ihr, und als er den Mund aufmachte, verzerrte und verkrampfte er sich bei jeder Bewegung. Ein gequältes gurgelndes Geräusch kam heraus, und Speichel lief aus dem Mundwinkel. Entsetzt schlug Lauren die Hand vor den Mund. Das war der einzige Versuch zu sprechen, den er unternahm, während wir da waren. Auch meine Schwester sagte danach kaum noch ein Wort. Mum bestritt das Gespräch allein. Sie wischte die Spucke weg und plapperte über Ella und Alltägliches. Zwischendrin stellte sie allerlei Fragen nach Dads Zustand und der Behandlung, die er so gut er konnte mit Gesten beantwortete.

Nach dem Besuch gingen Mum und Lauren schweigend durch die gebohnerten Flure zurück zum Parkplatz. Es war Lauren, die als Erste etwas sagte, aber erst, als sie schon im Auto saßen. „Du warst fantastisch da drinnen, Mum. Tut mir leid, dass ich zu nichts zu gebrauchen war. Es ist nur …"

Lauren fing an zu weinen, und als Mum sich zu ihr rüberbeugte, um sie zu trösten, standen auch ihr Tränen in den Augen.

„Es hat mich umgehauen, als Dad versucht hat zu sprechen", brachte Lauren schließlich hervor. „Und dann musste ich immer an seine Affäre denken. Ich weiß gar nicht, wie du so stark bleiben konntest."

Mum holte tief Luft und atmete langsam aus. „Leicht war es nicht, aber ohne dich wäre es mir schwerer gefallen. Ich habe versucht, die Sache auszublenden und so zu tun, als wäre nichts vorgefallen. Komisches Gefühl, das zu sagen, aber ich liebe ihn trotzdem. Ich finde es schrecklich, ihn so zu sehen. Wie geht es dir jetzt?"

„Ich bin froh, dass ich mitgekommen bin, und ich fühle mich schrecklich, weil ich gesagt habe, er habe das verdient. Du hast recht gehabt mit dem, was du gestern Abend zu mir gesagt hast. Das hab ich gebraucht." Sie machte eine Pause, dann sagte sie: „Trotzdem bin ich wütend auf ihn."

„Ich auch", flüsterte Mum. „Aber das ist jetzt nicht der richtige Zeitpunkt."

Mum nahm Laurens Hand und schaute ihr in die Augen. „Keine Sorge, ich hab es nicht vergessen. Ich habe nicht die Absicht, eine von den Ehefrauen zu sein, die sich alles bieten lassen und blind für solche Fehltritte sind. Sobald dein Vater es verkraften kann, werde ich ihm offenbaren, was ich weiß. Dann wollen wir mal hören, was er dazu zu sagen hat. Aber jetzt noch nicht. Jetzt muss die Familie in einer schweren Zeit zusammenhalten. Einverstanden?"

„Einverstanden."

„Wir sind ein Team, oder? Wir müssen den Laden zusammenhalten und dafür sorgen, dass Ella jeden Abend in ein glückliches Heim zurückkommen kann. Findest du das nicht auch?"

„Ja."

„Gut. Dann fahren wir jetzt nach Hause."

Mums Stärke war unfassbar. Wo nahm sie die nur her? Gestern war sie allem Anschein nach am Boden zerstört gewesen. Seit Laurens Ankunft hatte sich ihre Stimmung verändert. Aber nicht so, wie ich gedacht hatte. Ich hatte erwartet, dass meine Schwester kommen und das Kommando übernehmen würde, sich um Mum kümmern und sie beraten würde, was zu tun war. Stattdessen sah es so aus, als habe Laurens Gegenwart Mum an ihre Rolle als weibliches Familienoberhaupt erinnert. Vielleicht hatte sie einfach nur erfahren müssen, dass sie nicht allein dastand, dass sie jemanden an ihrer Seite hatte, der den leeren Platz einnehmen konnte, den Dad und ich hinterlassen hatten. Wie es auch sein mochte, eines war sicher: Mum stand aufrecht da und hielt die Zügel in der Hand.

Zum Zeitvertreib während der Heimfahrt spielte ich ein Spiel, das ich mit Ella auf langen Reisen immer gern gespielt hatte. Dazu musste man sich die Nummernschilder parkender oder vorbeifahrender Autos ansehen und aus den letzten drei Buchstaben alberne Begriffe oder Sätze bilden. Aus MBS wurde zum Beispiel *Mein Bauch Stinkt* oder *Monster Beißen Schafe*. Als wir in Mums und Dads Straße einbogen, hielt ich Ausschau nach einem letzten Nummernschild – und da sah ich diesen verdammten schwarzen Audi schon wieder. Er parkte ein paar Häuser weiter auf der unserem Haus gegenüberliegenden Straßenseite. Und es war eindeutig derselbe Wagen, den ich vorher schon gesehen hatte.

Dieses Mal war ich fest entschlossen, mehr herauszufinden.

Sobald Mum den Corsa auf der Auffahrt neben Dads BMW abgestellt hatte, kauerte ich mich in die Lücke zwischen den Vordersitzen, damit ich schnell rauskam. Lauren hatte ihren Gurt als Erste gelöst und machte die Tür auf. Sie stieg aus, ich rutschte auf den freien Sitz und rollte mich geübt hinter ihr nach draußen.

So, dachte ich, die Zeit ist reif für ein paar Antworten. Ich rannte auf das geheimnisvolle Auto zu und rechnete damit, dass es davonrasen würde, bevor ich da war. Aber dieses Mal blieb es stehen. Sobald ich einen Blick durch die Windschutzscheibe werfen konnte, war mir auch klar, warum: Es saß niemand drinnen – und es war auch nichts zu sehen, das hätte verraten können, wer der Fahrer war.

Ich ging auf die Straßenmitte, schaute mich um, aber es war niemand in Sichtweite. Wenigstens war jetzt das ganze Nummernschild des Autos zu erkennen. D3 am Anfang, das wusste ich ja schon, gefolgt von VLN. Das musste ein personalisiertes Nummernschild sein, die 3 stand vermutlich für ein E.

„Devln", sagte ich probehalber. „Devil in – Teufel drinnen?" Das konnte doch nicht sein, oder?

„Scheiße", sagte ich und wich noch einen Schritt vom Auto zurück. Meine Gedanken überschlugen sich, deshalb hatte ich den Radfahrer nicht gehört. Er prallte mit voller Wucht mit mir zusammen, sodass ich durch die Luft katapultiert wurde. Der Radfahrer fuhr seelenruhig weiter. Und ich spürte nichts –

wie beim Zusammenstoß mit dem Lieferwagen –, aber alles wurde schwarz.

Kurze Zeit später kam ich wieder zu mir, auf des Nachbars Rasen, mit dem Gesicht nach unten. Da lag ich noch und versuchte, mich vom Schock zu erholen, als ich den Mann sah, der auf dem Bürgersteig zügig auf den Audi zuging. Der große, schlanke Mann holte einen Schlüssel aus der Hosentasche und schloss das schwarze Auto auf.

Du hast uns also beobachtet, dachte ich. Wer – oder was – war er? Die Gestalt, die jetzt die Fahrertür öffnete, wirkte eindeutig menschlich – aber ausschließen konnte man nichts. Ich kannte ihn nicht. Er sah aus wie Anfang fünfzig, hatte aber eine mit Gel gestylte Frisur, wie jüngere Männer sie häufig trugen. Und die Haare waren zu schwarz, das konnte kein natürlicher Farbton sein. Der dunkelblaue Nadelstreifenanzug und der Mantel aus Wollstoff waren die typische Kleidung eines Geschäftsmannes.

Ich kroch durchs Gras und nahm Deckung hinter einem Nadelbaum. Nur kein Risiko eingehen. Was, wenn er kein Mensch war? Dann könnte er mich sehen.

Vor dem Einsteigen schaute der Mann noch mal die Straße hoch und runter, ich drückte mich an den Baum. Ein paar Sekunden später sprang der Motor an. Der Mann machte das Fenster auf und zündete sich eine Zigarette an – dann fuhr der Audi davon.

Auf dem Weg zum Haus war ich verunsichert. Anders als erwartet war es keine Offenbarung gewesen, den Fahrer zu sehen. Ich tappte weiterhin im Dunkeln. Wenigstens saß ich nicht draußen fest, wie ich schon befürchtet hatte. Lauren wollte nämlich den Hund ausführen, und ich konnte ins Haus schlüpfen, als sie nach draußen ging.

Mum war allein in der Küche und machte sich ein Sandwich und eine Tasse Tee. Als das Wasser kochte, wollte sie einen

Becher aus dem Küchenschrank nehmen, aber der rutschte ihr aus der Hand, und der Henkel brach ab, als er auf die Arbeitsfläche fiel.

„Scheiße", schrie sie. „Scheiße. Scheiße. Scheiße."

Sie nahm den angeschlagenen Becher und schmetterte ihn mit einem Wutschrei auf den Fliesenboden. Dann ließ sie sich auf die Knie fallen und brach in Tränen aus.

Als Lauren zurückkam, waren die Scherben aufgefegt und lagen in Zeitungspapier gewickelt unten im Mülleimer. „Hattet ihre einen schönen Spaziergang, Liebes?", fragte Mum, der man ihren Ausbruch nicht anmerkte.

„Ja, danke, Mum. Frische Luft war genau das Richtige für mich. Sam hat es auch genossen."

„Möchtest du jetzt was zu Mittag essen? Ich habe mir schon ein Sandwich gemacht."

„Nein danke, ich hab noch keinen Hunger. Aber eine Tasse Tee nehme ich gern."

17. KAPITEL

Noch dreiundzwanzig Tage

„Aufwachen“, flüsterte Lizzie mir ins Ohr. Ich war auf dem Sofa eingedöst, nachdem die anderen zu Bett gegangen waren.

„Oh. Du bist es“, sagte ich mit vom Schlaf belegter Stimme. „Wie spät ist es?“

„Kurz nach halb zwölf. Ich dachte, du wärst noch wach. Die meisten Seelen schlafen nicht viel.“

„Tatsächlich? Nun, ich hab nur geruht. Seit wir uns zuletzt gesehen haben, war ich ziemlich beschäftigt. Ich nehme an, du weißt, was meinem Dad passiert ist?“

Sie nickte. „Das tut mir sehr leid. Wie werden die anderen damit fertig?“

„Geht so. Dass Mum hinter seine Affäre gekommen ist, war keine große Hilfe.“

„Auch das noch.“

„Das kannst du laut sagen … Kommt mein Dad wieder auf die Beine? Wird er sich vollständig erholen?“

„Bedaure, aber das weiß ich nicht.“

„Kannst du es nicht rausfinden?“

Sie schüttelte den Kopf. „So läuft das nicht.“

„Klar. Hätte ich mir das nicht denken können?“, murmelte ich. „Also, warum bist du hier, Lizzie, wenn du mir nicht helfen willst?“

„Weil die Zeit läuft. Nur noch drei Wochen und ein Tag bis zu deiner Deadline.“

„Drei Wochen und zwei Tage, genau genommen. Noch ist Samstag.“

„Nicht mehr lange. Bist du einer Entscheidung jetzt näher?“

Einen Augenblick zögerte ich, die starken Gefühle, die ich

vor Kurzem auf dem Friedhof empfunden hatte, perlten an die Oberfläche. Doch ich schluckte sie wieder runter und sagte: „Ich will hierbleiben bei meiner Tochter."

Sie beugte sich vor. „Wenn du meinst. Wie entwickeln sich die Dinge mit Ella?"

„Bestens."

„Nur nicht so schüchtern. Das ist nicht nötig. Ich weiß, du hast es geschafft, zu ihr durchzudringen, sie kann dich jetzt sehen. So etwas bleibt nicht unbemerkt."

„Oh, stimmt. Hm, ja."

„Wie ist es also?"

„Großartig. Ich könnte nicht glücklicher sein."

„Und wie geht es Ella damit?"

„Was glaubst du? Sie ist überglücklich. Sie hat ihren Vater wieder."

„Richtig", antwortete Lizzie. „Selbstverständlich." Sie wartete einen Moment ab, wobei sie mich unablässig anstarrte, und sagte dann: „Das stimmt nicht so ganz, das weißt du, oder? Dich als Seele um sich zu haben ist nicht ganz dasselbe wie vorher. Du bist immer noch tot, viele Dinge, die du früher mit ihr gemacht hast, kannst du nicht mehr machen. Du kannst ihr nichts mehr zu essen kochen, ihr auf der Schaukel keinen Schubs geben oder sie tragen, wenn sie müde ist. Du kannst sie nicht zum Schwimmunterricht fahren oder sie zum Arzt bringen, wenn sie krank ist. Du könntest sie auch nicht beschützen, wenn sie – nur mal angenommen – entführt werden würde."

Unglaublich, was ich da zu hören kriegte! „Verdammt noch mal, Lizzie. Wie kannst du so was sagen!" Ich bekam einen Schreck. „Moment mal: Warum hast du das gesagt? Soll das etwa eine Warnung sein?"

„Nein, nein. Beruhige dich. Soll es nicht. Das war nur ein Beispiel."

Sie seufzte. „Hör mal, ich hatte gehofft, das hier vermeiden zu können, aber ich glaube, es gibt keine andere Wahl."

„Was vermeiden?"

„Du hältst es für ganz wunderbar, dass Ella dich sehen kann, weil es das ist, was du wolltest. Dein Wunsch ist in Erfüllung gegangen. Das heißt nicht, dass es für sie auch das Beste ist. Ich bin sicher, sie ist froh, dich jetzt sehen zu können – aber was meinst du, welchen Einfluss das auf lange Sicht auf sie haben wird? Du hast ihr schon abverlangt, dass sie es geheim hält, dass sie ihre nächsten lebenden Familienangehörigen anlügt."

Ich spürte, wie die Wut in mir aufstieg. „Was soll ich denn sonst machen? Wenn Leute sehen, wie sie mit ihrem toten Vater redet, dann halten sie Ella doch für verrückt."

„Genau. Es gibt gute Gründe dafür, warum Leute die Toten normalerweise nicht sehen können."

„Warum hast du Arth…"

Ehe ich die Frage aussprechen konnte, hatte Lizzie schon meine Hand gepackt. In einem Blinzeln veränderte sich die Welt um mich herum. Ich war woanders. Alles war anders und doch seltsam vertraut.

„Was zum Teufel geht hier vor?"

„Das wirst du gleich sehen", flüsterte Lizzie.

Wir saßen auf einem knallroten Ledersofa, das längst nicht so gemütlich wirkte wie das blaue Plüschsofa, auf dem ich eben geschlafen hatte. Aber darüber konnte ich nur Spekulationen anstellen, schließlich spürte ich nichts. Alles im Raum wirkte hart und funktional.

„Wo sind wir, Lizzie?", knurrte ich.

Sie lächelte gelassen. „Es geht hier weniger um das Wo als um das Wann."

„Was soll das denn wieder heißen? Hilf mir auf die Sprünge. Ich bin gerade erst wach geworden. Kannst du mir nicht einmal eine klare Antwort geben?"

„Die Antwort ist um dich herum, Will. Du musst nur hinsehen.“

„Gut“, antwortete ich wie ein genervter Teenager und sprang auf. Ich lief rüber zum nächsten Fenster und linste durch einen Spalt in den dicken, vertikalen Jalousien – und schnappte nach Luft. Obwohl es draußen dunkel war, war jeder Zweifel ausgeschlossen: Das war der Vorgarten meiner Eltern.

„Was zur Hölle soll das?“ Ich drehte mich zu Lizzie um und starrte sie mit weit aufgerissenen Augen an.

Sie runzelte die Stirn.

„Verzeihung“, sagte ich. „Unpassende Wortwahl. Aber hör mal. Wie …“

Mir fehlten die Worte, indessen versuchte ich, alles in mich aufzunehmen. Der Grundriss des Wohnzimmers war noch derselbe, aber der Rest war anders. Kein Wunder, dass ich es nicht wiedererkannt hatte. Verschwunden war die Blümchentapete meiner Eltern, der Teppich, der Couchtisch, die Gardinen, Lampen … einfach alles. Sogar die geriffelte Decke war durch glatten Putz ersetzt worden, in den Spots eingelassen waren. Die Wände waren hellgrau gestrichen. Sie waren kahl, bis auf die schwebenden Zeiger einer minimalistischen analogen Wanduhr und einem großen Druck von einem amerikanischen Gemälde, das mir immer gut gefallen hatte. *Gas* von Edward Hopper.

Der Fußboden war aus einem Material, das aussah wie Granit, und die wenigen Möbel, die es gab, waren eckig und schlicht. Am Platz des Fernsehers stand jetzt eine Stehlampe aus gebürstetem Chrom, die fast so groß war wie ich, und der Fokus des Raumes schien ein niedriger Glastisch vor dem Sofa zu sein. Außer einem Glasteil in A4-Größe lag nichts drauf. In die Mitte vom Tisch war eine silberne Scheibe eingelassen, die aussah wie eine CD. Ein großes I war darauf geprägt.

„Was ist das?“, fragte ich. „Das ist doch nicht bloß ein Tisch. Komm, Lizzie. Du musst mir sagen, was hier los ist. Ich bin total verwirrt.“

„Hab ich schon gemacht.“

Ich dachte an das, was sie vorhin gesagt hatte: Es ist weniger eine Frage des Wo als des Wann.

Dann fiel der Groschen endlich. „Kann nicht sein! Soll das etwa heißen …?“

Lizzie zog die Augenbrauen hoch und starrte mich an.

Vor ein paar Wochen hätte ich so etwas nicht für möglich gehalten. Aber nach allem, was mir in jüngster Zeit widerfahren war, fiel es mir jetzt viel leichter, außergewöhnliche Dinge zu akzeptieren. „Das ist also …“

Ich wurde unterbrochen, die Tür ging auf, und meine verstorbene Frau stürmte ins Zimmer.

Ich erstarrte, als Alice auf mich zukam.

„Da bist du ja“, sagte sie. Sie bückte sich und nahm das Glasding vom Tisch.

„Wie bitte?“, antwortete ich. „Was …“

Sie antwortete mir nicht, sondern drehte sich um und flitzte wieder aus dem Raum.

„Alice?“, rief ich ihr hinterher. „Bist du das wirklich?“

Ich wollte ihr gerade folgen, als Lizzie meine Hand packte. „Sie hat nicht mit dir geredet. Sie meinte, das Ding, das sie mitgenommen hat. Und das ist nicht deine Frau, William. Das ist deine Tochter.“

„Was? Das ist Ella? Aber sie sieht genauso aus wie Alice. Wie …“

„Sie ist sechsundzwanzig Jahre alt.“

„Wir sind zwanzig Jahre in die Zukunft gereist?“

„Eine Version der Zukunft.“

„Und sie kann mich nicht mehr sehen?“

„Diese Version von dir kann sie nicht sehen. Das verstößt

gegen die Regeln. Du bist hier nur als Zuschauer. Aber sie kann immer noch die Version ihres Vaters aus ihrer eigenen Zeit sehen."

Lizzie wies mit einem Nicken Richtung Tür. „Geh, schau es dir an."

Ich machte einen Schritt, dann blieb ich stehen. „Wird er – ich meine, du weißt schon, der andere –, wird er mich sehen können?"

Lizzie schüttelte den Kopf. „Du bist in Sicherheit. Geh schon."

Ich ging auf den Flur, aus der Küche waren Stimmen zu hören, die mich anzogen. Die andere Version von mir – nicht gealtert und immer noch in ausgefransten Jeans und T-Shirt, mit rosigen Wangen und Bartstoppeln – stand an der Spüle. Ihm gegenüber war die ältere Ella, die an einem eleganten Tisch aus einem glänzenden schwarzen Material saß, irgendwas zwischen Plastik und Metall. Dieser Raum war genauso funktional durchgestylt wie das Wohnzimmer. Nur das plüschige lila Kissen an der Hintertür wirkte hier gemütlich. Eine große schwarze Katze schlief fest darauf.

„Du wirst also nicht rechtzeitig fertig?", fragte die andere Version von mir Ella.

„Nein, ich glaube, das schaffe ich nicht, Dad", antwortete sie und fuhr sich mit beiden Händen durch die jetzt dunkleren langen Locken. „Ich bin völlig fertig. Ich hab mir zu viel aufgehalst."

Ich konnte den Blick nicht von ihr losreißen. Sie war so groß und schön geworden. Es war beunruhigend, wie sehr sie ihrer Mutter ähnelte: die Haare, die blassgrünen Augen, die helle Haut, die feinen Züge. Sogar ihre Stimme klang ganz ähnlich wie die von Alice, nur hatte sie eine etwas nördlichere Färbung.

„Du weißt, dass ich da bin, um dir zu helfen", sagte das andere Ich. „Sag mir, was ich tun kann."

Ella starrte auf den Tisch. „Ich brauche deine Hilfe nicht, Dad. Gib mir etwas Raum für mich, das würde mir wirklich helfen. Ich weiß, du meinst es gut, aber du drängst mich immer, noch mehr Arbeit anzunehmen. Und nun sieh dir an, was passiert ist."

„Entschuldige, wie konnte ich das vergessen. Ich hab nicht deine tollen Qualifikationen. Ich bin nur der alte Zeitungsschreiberling, der Dinosaurier."

„Dad, so hab ich das nicht gemeint. Manchmal komme ich besser allein zurecht, das ist alles. Es hilft mir nicht weiter, dass du mir andauernd im Nacken sitzt."

„Klingt ja ganz so, als würdest du mich überhaupt nicht brauchen. Pass lieber auf, was du sagst. Eines Tages drehst du dich um, und ich bin nicht mehr da. Und wen hast du dann? Freunde? Familie? Wohl kaum. Du hast nur mich, sonst niemanden. Und was habe ich für Opfer gebracht, um bei dir bleiben zu können!"

„Nun sei doch nicht so, Dad", antwortete Ella, als das andere Ich aus dem Zimmer stürmte und die Treppe hoch verschwand. Ich war geschockt von dem, was ich gehört hatte. Wie konnte ich solche Sachen zu ihr sagen? Wie konnte ich Ella Schuldgefühle einreden? Es war doch meine Entscheidung gewesen, bei ihr zu bleiben.

Sie nahm das A4-Glasding vom Küchentisch und erweckte es zum Leben, indem sie mit dem Finger drauftippte. Eine Matrix von Farben leuchtete auf. Nachdem sie eine Weile gewischt und getippt hatte, legte sie es wieder hin. Zu meiner Überraschung erschien das kristallklare Hologramm eines Männerkopfes über dem Gerät und sprach sie an. „Miss Curtis. Wie kann ich Ihnen helfen?"

„Hallo, Mr. Reynolds", antwortete Ella mit einem höflichen Lächeln. „Entschuldigen Sie die Störung, aber ich fürchte, ich werde den Abgabetermin nicht einhalten können."

Mr. Reynolds war darüber alles andere als erfreut. Er begann zu lamentieren, und seine Tirade kulminierte schließlich in dem Schwur, sie nie wieder als freie Mitarbeiterin zu beschäftigen. Nach dem Anruf legte Ella den Kopf auf den Küchentisch und fing an zu weinen.

An dieser Stelle kam Lizzie in den Raum.

„Oje", sagte sie zu mir. „Was ist passiert?"

„Kann dir doch egal sein."

„Das ist nicht besonders nett, William."

„Warum hast du mich hierhergebracht?", fragte ich.

„Was glaubst du denn?"

„Nun geht das schon wieder los. Musst du immer mit Gegenfragen antworten?"

„Ob du es glaubst oder nicht, William, ich tue mein Bestes, um dir zu helfen." Sie nahm meinen Arm und führte mich wieder zurück ins Wohnzimmer. „Denkst du, diese Version von Ella ist glücklich mit ihrem Leben? Wünschst du dir für sie, was du hier siehst?"

„Sie scheint ganz gut zurechtzukommen", sagte ich.

„Oberflächlich betrachtet vielleicht. Aber glaubst du, sie ist glücklich?"

„Das weiß ich nicht, Lizzie. Ich hab nur einen kleinen Blick auf ihr Leben werfen können – und, ehrlich gesagt, das war ein Schock. Für dich mag es ja normal sein, zwanzig Jahre in die Zukunft zu springen, aber ich kann das nicht so leicht verarbeiten."

Lizzie hielt die Hände beschwichtigend hoch. „Das verstehe ich. Ich wollte dir nur die Chance geben, mal über den Tellerrand zu schauen."

Ich blickte auf den harten, dunklen Boden unter meinen Füßen. „Zwischen den beiden schien es ziemliche Spannungen zu geben. Was ist geschehen? Wie sind sie – wir – dahin gekommen?"

„Es ist nicht leicht, ein normales Leben zu führen, wenn man immer seinen toten Vater an der Seite hat, der einen beobachtet."

„Bestimmt war ich nicht die ganze Zeit da. Warum hab ich ihr denn keinen Raum gelassen?"

Lizzie zuckte die Achseln.

„Stimmt es, was er – das andere Ich – über Ella gesagt hat? Hat sie weder Familie noch Freunde?"

„Ich fürchte, ja. Es ist so normal für sie geworden, mit dir zu reden, dass sie angefangen hat, das auch in der Öffentlichkeit zu tun – ohne es zu merken. Die Leute dachten, sie würde mit sich selber reden. Du kannst dir vorstellen, welche Schlussfolgerungen sie gezogen haben. Und deshalb musste sie schließlich von zu Hause arbeiten. In den 2030ern ist das leichter als je zuvor. Eigentlich muss sie das Haus kaum noch verlassen."

„Sie hat keinen Freund oder so?"

„Was glaubst du?"

„Wo sind Mum und Dad?"

„Nun, in zwei Jahrzehnten kann viel passieren", sagte Lizzie. „Deine Eltern sind leider beide verstorben."

„Oh, klar", antwortete ich bestürzt. „Und was ist mit Lauren und Xander?"

„Gelegentlich sprechen sie miteinander, an Geburtstagen und so weiter, aber sie stehen sich nicht nahe. Ella hat sie nie richtig an sich rangelassen."

„Verstehe. Und das ist meine Schuld? Du willst damit doch sagen, dass sie meinetwegen in dieser Situation ist, oder?"

Lizzie nahm meine Hand. „Du siehst hier nur einen möglichen Weg für dich und Ella. Du entscheidest über deine Zukunft. So muss es nicht werden."

Während sie redete, veränderte sich der Raum um mich herum und wurde wieder zu dem Wohnzimmer, das mir vertraut war – mit dem Teppich, dem dunkelblauen Sofa und der Blümchentapete. „Warte mal“, sagte ich. „Lass mich nach ihr schauen. Ich will sie nicht weinend in der Küche zurücklassen.“

„Psst“, flüsterte Lizzie mir ins Ohr. Sie kam mir so nah, dass ich einen Moment lang etwas spüren konnte. Ich fing an zu zittern. „Mach dir um sie keine Sorgen. Das ist noch nicht passiert. Diese Version deiner Tochter wird es vielleicht nie geben.“

„Wie …“

Lizzie legte mir eine kühle Handfläche auf die Stirn, und ich sank ins Nichts.

18. KAPITEL

Noch zweiundzwanzig Tage

Ella und ich saßen in ihrem Prinzessinnenschloss, als ein Schatten darauf fiel. Auf der anderen Seite bewegte sich etwas.

„Was ist das, Daddy?“, fragte sie. Das Grauen stand ihr ins Gesicht geschrieben.

Ich wollte antworten und ihr die Angst nehmen, aber ich war erstarrt. Ich konnte nicht mal sprechen, als das Wesen zu meinem Entsetzen um das Zelt herumkroch, hier raschelte, dort kratzte und schließlich vor der Tür innehielt. Dann vernahm man ein seltsames Geräusch, ein Schnüffeln, und der Reißverschluss ging langsam auf.

„Ich hab Angst“, flüsterte Ella. „Was ist das?“

Obwohl ich selber Angst hatte, wollte ich meine Tochter unbedingt beschützen. Aber es ging nicht, ich war wie gelähmt.

„Daddy!“, schrie sie. „Wach auf!“

Sofort öffneten sich meine Augen. Ich lag auf dem Sofa meiner Eltern, Ella stand vor mir. „Alles in Ordnung mit dir? Ich glaube, du hattest einen Albtraum.“

„Liebling“, antwortete ich ganz benommen, weil ich den Traum noch nicht abgeschüttelt hatte. „Gott sei Dank.“

„War es unheimlich?“, fragte Ella. Ach, wenn ich sie doch drücken könnte. „Was hast du geträumt?“

„Das war irgendein Unsinn. Alles okay. Wie spät ist es?“

Sie lief zur Kaminuhr und schaute mit zusammengekniffenen Augen aufs Zifferblatt. „Hm. Der kleine Zeiger ist auf der Sechs, glaub ich, und der große Zeiger ist fast ganz oben. Dann ist es doch sechs Uhr?“

„Ja, richtig. Gut gemacht.“

„Ich hab in der Schule geübt. Mrs. Afzal sagt, ich mach das super.“

Ich schmunzelte. „Da hat sie recht. Es ist noch ganz schön früh. Willst du nicht noch ein bisschen schlafen?“

„Nein. Ich bin ganz wach. Können wir was machen?“

„Schlafen Nana und Tante Lauren noch?“

„Ja. Ich hab zu ihnen reingeschaut.“

„Gut. Was möchtest du denn machen?“

„Können wir Lebkuchenmann spielen?“ Sie hopste auf der Stelle.

Das Spiel, das sie meinte, hieß in Wirklichkeit ganz anders, aber sie hatte es immer so genannt, als sie noch klein war, weil die Hauptfigur aussah wie ein Lebkuchenmann. Und bei diesem Namen war es dann geblieben.

„Würde ich wirklich gern“, antwortete ich. „Aber die Spielkonsole ist hier nicht angeschlossen. Davon abgesehen kann ich den Joystick nicht halten. Das geht nicht mehr.“

Ella machte ein trauriges Gesicht. „Wie ungerecht.“

„Tut mir leid, Ella, aber ich kann nichts dran ändern.“ Ich schlug vor, stattdessen Reversi zu spielen, wenn sie für mich setzte.

Damit war sie einverstanden, aber die Enttäuschung war ihr anzumerken.

Wir hatten trotzdem Spaß, und als wir Abwechslung brauchten, spielten wir Dame. Unser Gespräch war entspannt und drehte sich immer nur um unser Spiel. Sobald mir Gedanken an meine Reise in die Zukunft durch den Kopf huschten, redete ich mir ein, das Ganze nur geträumt zu haben. War doch möglich, oder etwa nicht?

Ich schaute zur Uhr und stellte erstaunt fest, dass es schon nach sieben war. „Ich glaube, wir machen jetzt lieber Schluss, Ella. Die anderen stehen bald auf. Vielleicht finden sie es ein bisschen komisch, wenn du gegen dich selbst spielst.“

„Ich spiele nicht gegen mich selbst. Ich spiele mit dir.“

„Na klar. Wir beide wissen das. Aber das ist unser Geheimnis, das weißt du doch."

„Weiß ich", sagte sie traurig.

„Das hat doch Spaß gemacht", sagte ich, um dem Gespräch eine fröhlichere Wendung zu geben. „Siehst du. Wir brauchen keine Videospiele zu unserem Vergnügen."

„Daddy", sagte Ella. „Warum kann ich Nana und Tante Lauren nicht einfach alles erzählen? Sie würden sich doch so freuen, wenn sie dich auch sehen könnten."

„Ich weiß, Ella, aber so leicht ist das nicht. Erwachsene verstehen manches nicht so gut wie Kinder, das hab ich dir doch schon erklärt. Für mich war es schon schwer genug, zu dir durchzudringen. Und bei den beiden wäre es noch tausendmal schwerer. Wenn du ihnen was erzählst, werden sie glauben, dass du es dir nur einbildest. Und dann machen sie sich Sorgen um dich." Ich zögerte, ehe ich hinzufügte: „Vielleicht denken sie sogar, dass du krank bist und bringen dich zu einem besonderen Arzt."

„Aber ich dachte, man darf nicht lügen."

„Das stimmt ja auch, Schatz, aber das hier ist … eine Ausnahme. Du musst ja nicht unbedingt lügen. Sprich einfach nicht drüber."

„Okay", flüsterte sie.

„Das ist lieb", sagte ich, aber ihre hingehauchte Antwort zerriss mir das Herz. Ich kann doch von meiner sechsjährigen Tochter nicht verlangen, für mich zu lügen, dachte ich. Das kann nicht richtig sein. Was bin ich nur für ein Vater?

Meine Gedanken schweiften wieder zu der erwachsenen Ella, die weinend in ihrer futuristischen Küche saß. Real oder eingebildet, was auch immer, ich konnte es deutlich vor meinem inneren Auge sehen. Und es verfolgte mich. Auch wenn ich alles, was ich tat, als nötig und unvermeidlich rechtfertigte, dieses Bild sprach gegen meine Bemühungen. Es stellte meiner Argumentation eine simple Wahrheit gegenüber: Wenn ich nicht immer noch hier wäre, wären Ellas Lügen gar nicht notwendig.

Ehe ich mich zurückhalten konnte – bevor ich meine Tochter aus diesem inneren Konflikt heraushalten konnte –, hatte ich es schon ausgesprochen: „Dir gefällt es doch, dass ich da bin, oder? Obwohl es nicht so ist wie früher?"

Ella sah mich an, als hätte ich nicht alle Tassen im Schrank. „Klar. Warum denn nicht? Dass ich dich wiederhabe, ist das Allerbeste."

Ich lächelte sie an und wusste in diesem Moment genau, warum Eltern Kinder ihren ganzen Stolz und ihre Freude nannten. „Ich hab dich so lieb, Ella. Das weißt du, oder? Du bist die beste Tochter der Welt. Wahrscheinlich sogar die beste im ganzen Universum. Aber das weiß ich nicht genau, denn so weit bin ich nie gereist."

Ella kicherte. Sie packte die Spiele wieder in die Schachteln. „Ich hab dich auch lieb, Daddy."

Ein paar Minuten später kam Mum die Treppe runter. „Guten Morgen, Ella. Du bist ja früh aufgestanden! Hast du gut geschlafen?"

„Ja, danke, Nana." Ella blickte zu mir, als sie ein Schulbuch in die Hand nahm und damit in der Luft herumwedelte. „Ich hab ein bisschen Lesen geübt."

Das war zwar nur eine kleine Flunkerei, aber sie machte mich traurig.

„Gut", sagte Mum. „Hast du alle Wörter verstanden?"

Ella nickte. „Ich glaub schon."

„Toll. Vielleicht magst du mir ja später was vorlesen, ich will gern hören, wie gut du das kannst."

„Okay, Nana."

Im Laufe der nächsten Tage ging ich ein paarmal zur Kirche und zur Schule zurück und suchte Arthur. Aber keine Spur von ihm. Ich war besorgt, aber ich musste mich noch um andere Angelegenheiten kümmern.

Dad zum Beispiel. Er war immer noch im Krankenhaus, mittlerweile konnte er nicht nur sein Bein wieder bewegen, sein ganzer Zustand hatte sich ein wenig gebessert. Aber da war immer noch diese geheimnisvolle Frau, deren Identität wir nach wie vor nicht enthüllt hatten. Und dieser Mann mit dem schwarzen Audi, nach dem ich ständig Ausschau hielt. Allerdings hatte ich ihn nicht wieder gesehen. Und als ob das noch nicht gereicht hätte: Die Schulhoftyrannin Kaylee hackte wieder auf Ella herum.

In letzter Zeit war ich Ellas Schule ferngeblieben, weil ich dachte, sie würde sich besser in die Gemeinschaft einfügen, wenn ich nicht dabei war. Seit meiner Moralpredigt hatte ich nichts mehr über Kaylee gehört. Dann bekam Ella eines Abends aus heiterem Himmel einen Wutanfall, weil ihr Essen schon vor dem Ende der Fernsehsendung fertig war, die sie gerade verfolgte. Als ich ihr sagte, sie solle sich zusammenreißen, blendete sie mich aus. Das hatte sie vorher schon häufiger gemacht, wenn sie müde war oder aufgebracht. Ihre Großeltern blieben aber von solchen Ausbrüchen meistens verschont. Mum, die Ella lieber verwöhnte, als sich gegen sie durchzusetzen, war also ziemlich schockiert. Ich glaube, sie wollte gerade klein beigeben und Ella im Wohnzimmer essen lassen, als Lauren einschritt.

Sie kniete sich vor Ella hin, sodass sie ihrer Nichte in die Augen sehen konnte. „Komm jetzt, Ella“, sagte sie ruhig, aber bestimmt. „Nana hat dir was Gutes zu essen gekocht. Der Fernseher wird jetzt ausgeschaltet. So ist das. Kein Grund, Theater zu machen.“

Ella starrte sie einen Moment stumm an, als würde sie noch überlegen, ob sie tatsächlich folgen sollte. Dann ging sie selber zum Fernseher und schaltete ihn aus.

„Gut so“, sagte Lauren. „Komm. Wasch dir die Hände, ich setze mich zu dir.“

Mum war so beeindruckt wie ich. Wir hatten wohl beide nicht gedacht, dass Lauren so was konnte.

„Gute Arbeit, Schwesterherz“, sagte ich, als Ella außer Hörweite war. „Du bist ein Naturtalent. Wer hätte das gedacht?“

Lauren war es auch, die Ella an diesem Abend beim Baden entlocken konnte, dass etwas nicht in Ordnung war. Sie gestand ihr nämlich, dass Kaylee sie in den letzten Tagen immer wieder gehänselt hatte. Und heute in der großen Pause hatte Ella genug gehabt – und Kaylee geschubst. Vermutlich auf meinen Rat hin. Eine Lehrerin hatte das gesehen, und Ella hatte Ärger gekriegt.

„Hat sie sich verletzt?“, fragte Lauren. Ich spähte durch die Badezimmertür, die einen Spaltbreit offen stand.

Ella schüttelte den Kopf. „Sie hat nur so getan, solange der Lehrer da war.“

„Und hast du der Lehrerin erzählt, was sie zu dir gesagt hat?“

„Nein.“

„Bist du bestraft worden?“

„Nein, aber sie hat mit mir geschimpft“, sagte Ella mit einem anklagenden Blick in meine Richtung. „Und nun hab ich Angst, dass sie es Mr. Norris sagt.“

„Wer ist Mr. Norris?“

„Der Rektor. Manchmal ruft der Kinder in sein Büro und brüllt sie an. Ich will nicht, dass er mich anbrüllt.“

„Und deshalb hast du dich vorhin so aufgeregt?“

Ella nickte.

„Na, mach dir keine Sorgen deswegen. Morgen gehe ich mit dir in die Schule, und dann erzähle ich diesen Lehrern ganz genau, was los ist. Kein Wunder, dass du dieses fiese kleine

Mädchen geschubst hast. Das hat sie wirklich verdient. Nicht zu fassen, dass sie dich hänselt, nach allem, was du durchgemacht hast. Dieser Mr. Norris sollte sie mal anbrüllen."

Zuerst protestierte Ella, aber Lauren konnte sie bald davon überzeugen, dass dies die richtige Vorgehensweise war.

Ich lauschte dem Gespräch vor der Badezimmertür und kam mir vor wie ein Außenseiter. Einerseits war ich stolz auf meine Schwester, die das Problem an der Wurzel packte und bereit war, ihre Nichte zu verteidigen. Andererseits war ich frustriert darüber, all diese Dinge nicht selber tun zu können. Ich musste an Lizzie denken, die gesagt hatte, ich würde Ella nicht vor einer Entführung schützen können.

Aber hatte sie das wirklich gesagt? Oder hatte ich es geträumt, so wie diesen Ausflug in die Zukunft? Ich überlegte, ob ich meine Lotsin rufen sollte, um mir Klarheit zu verschaffen, entschied mich aber dagegen. Wahrscheinlich würde sie mir sowieso nichts sagen. Klare Antworten waren ja nicht gerade ihre Spezialität. Abgesehen davon – spielte es eine Rolle? Ob sie es mir nun gesagt hatte oder mein Unterbewusstsein, die Einsicht blieb dieselbe: So konnte ich kein richtiger Vater für Ella sein.

19. KAPITEL

Noch siebzehn Tage

Als Arthur schließlich wieder auftauchte, war meine Deadline schon viel näher gerückt. Sie ließ sich nicht mehr ignorieren. In nur zwei Wochen und drei Tagen musste ich entschieden haben, ob ich bis in alle Ewigkeit als Seele hierbleiben oder auf die andere Seite gehen wollte.

Am Anfang schien das eine ganz einfache Entscheidung zu sein. Aber … jetzt war das Ganze nicht mehr so eindeutig. Die bevorstehende Entscheidung war zu einer ständigen Belastung geworden. Natürlich wollte ich bei meiner Tochter bleiben. Das war bisher die treibende Kraft in meinem postmortalen Dasein gewesen. Doch jetzt, wo mir die Bedeutsamkeit meiner Entscheidung ins Gesicht starrte, konnte ich die Stimme des Zweifels nicht länger ignorieren, die im tiefsten Inneren nagte. Ist es die richtige Entscheidung, zu bleiben? Es wurde von Tag zu Tag schwerer, diese Frage zu beantworten.

Der Gedanke, dass meine Gegenwart für Ella schädlich sein könnte, war das Hauptproblem – aber nicht das einzige. Sosehr ich auch selbstlos sein wollte – es war unmöglich. Ich konnte nichts dagegen machen, aber immer wieder stellte ich mir vor, welche glückseligen, faszinierenden Dinge auf mich warten würden, sollte ich mich dazu entschließen, auf die andere Seite zu gehen. Dass ich Augenzeuge beim Aufstieg einer anderen Seele gewesen war, hatte in mir ein Feuer entfacht, das nicht wieder erlöschen wollte.

Ich grübelte auch darüber nach, wie einsam mein Dasein werden würde, wenn Ella und alle anderen Menschen, die mir etwas bedeuteten, auf die andere Seite gegangen sein würden. Schließlich konnte ich nicht erwarten, dass sie bei mir blieben und ihren eigenen Platz im Paradies verwirkten.

Diese Gedanken hätte ich vielleicht ignoriert, wäre ich sicher gewesen, dass mein Hierbleiben für meine Tochter das Beste war. So gewannen sie aber an Kraft, und die Einwände wurden immer lauter.

Für weitere Verwirrung sorgte, dass Ella und Lauren einen so guten Draht zueinander bekommen hatten. Lauren war mit in die Schule gegangen, wie sie versprochen hatte. Sie hatte mit Mr. Norris über Kaylee gesprochen, der die kleine Tyrannin zur Rechenschaft gezogen hatte. Kaylees Eltern waren zu einer Unterredung in die Schule gerufen worden, und Kaylee hatte sich für ihre Bemerkungen bei Ella entschuldigen müssen. Seitdem war Lauren eine Superheldin für Ella. In den letzten Tagen hatten die beiden vor und nach der Schule viel Zeit miteinander verbracht. Ich merkte, wie ich eifersüchtig wurde. Irgendwann überlegte ich sogar, ob ich Ella nicht sagen sollte, wie ausgeschlossen ich mich fühlte. Doch ich biss mir auf die Zunge, denn mir fiel ein, wie entsetzt ich gewesen war, als mein zukünftiges Selbst die Schuldkarte ausgespielt hatte. Es ist doch wunderbar, dass sie so gut miteinander auskommen, sagte ich mir. Das ist wahrscheinlich genau das, was Ella im Moment braucht.

Indessen wünschte ich mir verzweifelt, die Dinge mit einem Außenstehenden besprechen zu können. Und Arthur war da meine einzige Hoffnung. Wenn ich ihn jetzt nicht finden konnte, würde ich Lizzie die Frage nach seinem Verbleib stellen müssen.

Ohne irgendwelche Erwartungen machte ich mich wieder zur Kirche auf, da sah ich ihn schon von Weitem vor dem Portal stehen.

„Arthur!“, rief ich.

Er drehte sich um, lächelte und winkte mich heran.

Ich lief auf ihn zu.

„Hallo, William.“ Er ging voran zu unserer Bank. „Wozu die Eile?“

„Ich wollte dich unbedingt abpassen, Arthur. Ich suche dich schon ewig. Wo bist du gewesen? Ich hatte schon befürchtet, dass du in Schwierigkeiten steckst. Ich hab von dem Ding am Kricketpavillon geträumt. Das war hinter mir und Ella her."

Arthur zuckte zusammen. „In Wirklichkeit würde das nie passieren. Ihr beide habt nichts zu befürchten. Vertrau mir."

„Ich weiß. Tu ich. Aber ich hab mir schon alles Mögliche ausgemalt, weil ich dich so lange nicht gesehen habe."

„Verständlich. Ich musste den Ball eine Weile flach halten, aber hier bin ich."

„Und alles ist in Ordnung?"

„Alles in Butter", er grinste. „Und wie sieht's bei dir aus, Junge? Ist ja schon eine Weile her. Hast du Erfolg gehabt? Bist du zu deiner Tochter durchgedrungen?"

„Ja. Es hat geklappt. Sie kann mich sehen und hören. Das wollte ich dir schon längst erzählen, aber …"

„Da bist du bestimmt überglücklich. Wie nimmt sie es auf? Hatte sie Angst am Anfang?"

„Ein bisschen, aber das hat sich gegeben, als sie sich an unsere Begegnung im Traum erinnerte. Leider musste mein Dad dazu erst krank werden."

Ich erklärte Arthur, was geschehen war.

„Ach je", sagte er. „Geht es deinem Vater besser?"

„Eigentlich nicht. Es war ein schlimmer Schlaganfall. Er liegt jetzt im Krankenhaus."

„Tut mir leid, das zu hören. Hoffentlich erholt er sich wieder."

„Danke. Das hoffe ich auch, Arthur. Was glaubst du: Warum konnte Ella mich sehen, als das passiert ist – und vorher nicht?"

„Schwer zu sagen. Es gibt keine Lehrbücher über solche Sachen. War sie aufgeregt, als es passiert ist?"

„Auf jeden Fall. Sie war völlig durch den Wind, sie hatte

schreckliche Angst, ihr Grandad würde sterben – und sie dachte, sie wäre schuld daran."

„Armes Ding. Wahrscheinlich hat es funktioniert, weil ihre Gefühle in Aufruhr waren."

„Hab ich mir auch gedacht. Aber wie kann es sein, dass sie mich gleich nach meinem Tod nicht gesehen hat – oder bei meiner Beerdigung? Und warum hat mich sonst keiner von meiner Familie gesehen, nach allem, was sie durchgemacht haben?"

„Du bist zu Ella durchgedrungen, als sie geträumt hat. Da hast du die Verbindung hergestellt. Die brauchte dann nur noch einen Kickstart. Bei deinen anderen Familienmitgliedern hast du das nicht gemacht – und vermutlich ist deine Verbindung zu ihnen auch nicht ganz so stark. Außerdem, das hab ich dir ja schon gesagt, sind Kinder in der Regel empfänglicher für so etwas als Erwachsene. Sie sind offener für alles Mögliche."

„Mit Erwachsenen passiert das also nie?"

„Ach, das würde ich nicht sagen. Mit der richtigen Verbindung und der richtigen Person kann es durchaus vorkommen."

Arthur musterte mich mit zusammengekniffenen Augen. „Du siehst ein bisschen käsig aus."

„Was soll das denn heißen? Wie kann ich denn irgendwie aussehen? Seit meinem Tod hab ich mich nicht verändert."

„Äußerlich vielleicht nicht, aber bei uns Seelen zählt das, was im Inneren ist. Da hab ich genau hingesehen, und du bist eindeutig nicht auf der Höhe. Du sorgst dich nicht nur um deinen Vater, oder? Na, raus damit, William? Mit mir kannst du reden."

Ich zögerte einen Moment. Dann fiel mir wieder ein, dass ich ja deswegen hierhergekommen war. Mit wem sollte ich denn reden, wenn nicht mit ihm? Ella vielleicht? Oder Lizzie?

„Da gibt es schon etwas. Es geht um meine … Deadline.“ Ich holte tief Luft und ließ die Worte einfach aus mir herausströmen. „Ich weiß, ich hab immer gesagt, ich will hier bei Ella bleiben, komme, was wolle. Aber … ich weiß nicht. Es fällt mir schwer, es auszusprechen. Ich habe Zweifel. Die waren schon immer da, aber jetzt, wo die Frist abläuft, sind sie lauter als je zuvor. Ich will immer noch bei Ella bleiben, aber die Vorstellung, ewig hier zu sein, macht mir Angst. Ich kann nichts dagegen tun. Ich hab Angst vor dem, was mit mir geschehen könnte, wie ich werden könnte – auf lange Sicht. Und es macht mir zu schaffen, dass meine Gegenwart Ella schaden könnte.“

„Kommt das von Lizzie?“

Ich nickte.

„Dachte ich mir. Hat sie dich in die Zukunft schauen lassen?“

Ich wurde hellhörig. „Ja, obwohl ich mir schon fast eingeredet habe, dass es ein Traum war.“

Arthur nickte. „Hab mir schon gedacht, dass sie das machen könnte. Das tun sie oft mit den widerspenstigen Seelen.“

„Den was?“

„Den widerspenstigen Seelen. So werdet ihr da oben eingestuft“, sagte er und schaute sehnsüchtig in den bedeckten Himmel. „Vergiss nicht, ich kenne mich da aus. Die Hauptaufgabe der Lotsen ist es, dafür zu sorgen, dass der Verstorbene auf die andere Seite kommt. Allein darum geht es für sie.“

„Und was meinst du? Soll ich bleiben oder gehen?“

„Ich fürchte, das kann ich dir nicht sagen. Das ist allein deine Entscheidung. Ist schwer, ich weiß.“

„Du hast mir erzählt, du bist nur hiergeblieben, weil du es musstest, Arthur. Ich erinnere mich noch, wie du gesagt hast, du würdest es nicht empfehlen – und du hast von der Einsamkeit gesprochen. Aber du hast nie gesagt, dass du deine Entscheidung bereuen würdest.“

Wehmütig starrte Arthur in die Ferne. „Du hast recht. Ich bereue nicht, was ich getan habe. Bereuen ist nicht mein Ding. Es ist sinnlos. Wenn man sich entschieden hat, ist es das Wichtigste, dass man zu seiner Entscheidung steht."

„Aber ich habe noch keine Entscheidung getroffen. Wenn du mir schon keinen Rat geben willst, dann lass mich doch wenigstens an deinen Erfahrungen teilhaben. Erklär mir doch, warum du dich fürs Bleiben entschieden hast."

Arthur blieb lange still. Ich erwartete eigentlich schon, dass er sich weigern würde zu antworten oder ausweichen würde. Deshalb war ich ganz verblüfft, als er sich zu mir umdrehte und mit großer Feierlichkeit sagte: „Nun gut. Ich erzähle es dir. Komm mit, wir machen einen Spaziergang."

Arthur hatte den Herzinfarkt, an dem er starb, an einem eisig kalten Abend im Januar 1991 erlitten. Er machte gerade Überstunden und bohnerte den Holzboden der Schulaula, als es passierte. Ganz plötzlich griff sich der Zweiundsechzigjährige an seine Brust und fiel von Schmerzen gekrümmt auf den Boden – und im nächsten Moment stand er schon über seinem toten Körper und fragte sich, was in aller Welt hier eigentlich vorging.

Arthur war sein Leben lang ein Kirchgänger gewesen, sein christlicher Glaube war stark, aber so hatte er sich das Leben danach nicht vorgestellt. Leute, die an Geister glaubten, hatte er immer belächelt. Was sollte er nun davon halten?

„Bin ich ein Geist?", hatte er Lizzie gefragt, nachdem sie sich vorgestellt hatte.

„Wir vermeiden diesen Begriff. Zu viele negative Konnotationen. Wir raten dazu, stattdessen den Ausdruck ‚Seele' zu benutzen."

Arthur war nicht besonders beeindruckt gewesen von seiner Lotsin, die ihn auf die andere Seite führen sollte. Sie war so jung und nervös und lächelte jedes Mal verlegen, wenn er ihr eine Frage stellte, um dann eine aus dem Lehrbuch eingepaukte Standardantwort abzuspulen.

„Wenn ich also mit dir komme, bringst du mich direkt in den Himmel?“, fragte Arthur.

„Ja, äh, genau. Mehr oder weniger.“

„Warum bin ich nicht gleich dahin gekommen? Wurde ich nicht für würdig befunden?“

„Das ist der normale Ablauf für alle. Man muss die Wahl treffen hinüberzugehen. Hier geht es um den freien Willen.“

„Wirklich? Und woher weiß ich, dass du die Wahrheit sagst, Lizzie? Ich hab keine Ahnung. Du könntest doch der verkleidete Satan sein, der mich in die Hölle locken will.“

„Ich kann dir versichern, dass ich das nicht bin.“

„Hast du Beweise?“

„Ich … äh“, stotterte sie entsetzt. „Ich … äh leider …“

„Schon in Ordnung, Mädel.“ Arthur ließ die Fragerei gut sein, weil er sie nicht zum Weinen bringen wollte. „Wenn der Teufel mich wirklich reinlegen wollte, hätte er wohl eine überzeugendere Verkleidung gewählt. Du machst das noch nicht lange, oder?“

Lizzie hatte Arthur Zeit gegeben, sich auf seine Situation einzustellen. Bei ihrem nächsten Treffen hatte er mehrere Fragen an sie.

„Wie viele hast du schon gelotst?“

„Äh, du bist der Zehnte.“

„Aha. Das erklärt einiges. Und warst du früher ein Mensch?“

Sie nickte.

„Wann bist du gestorben?“

„Letztes Jahr.“

„Was ist passiert?“

„Ich weiß nicht, ob ich …“

„Komm schon, Mädel. Du willst, dass ich dir vertraue. Dann vertrau auch du mir."

„Na gut. Es war ein Verkehrsunfall. Ich war auf dem Rad zur Arbeit unterwegs und bin unter einen Bus gekommen."

„Aua."

Lizzie zuckte mit den Schultern. „Ich kann mich kaum an was erinnern."

„Was hast du gemacht?"

„Nun ja, es war wie bei dir, ich habe meinen Lotsen getroffen und …"

„Nein, das meine ich nicht. Was hast du gearbeitet? Wo wolltest du hinfahren auf deinem Rad?"

„Ach so. Ich war Krankenschwester. Ich war unterwegs zu meiner Schicht im Krankenhaus. Am Ende bin ich da auch angekommen, nur eben hinten im Krankenwagen. Ich bin im Operationssaal gestorben."

„Erinnerst du dich daran?"

„Nur ans Sterben. Vorher war ich bewusstlos. Mein Lotse hat die Lücken gefüllt."

„Du warst Krankenschwester?"

„Genau. Überrascht dich das?"

„Nein. Überhaupt nicht. Ist eigentlich nur logisch, nicht? Ich wette, deshalb hast du mit dieser Arbeit angefangen. Damit du weiterhin Leuten helfen kannst?"

„Hm, kann schon sein. Ich wollte einfach was Sinnvolles machen. Eine Aufgabe haben. Als es passierte, war ich ja erst siebenundzwanzig. Ich fühlte mich noch nicht alt genug zum Todsein."

Arthur zwinkerte. „Nicht so wie ich, was?"

„Das habe ich nicht gemeint."

„Also, warum haben sie mir einen blutjungen Neuling geschickt? Habe ich es denn nicht verdient, jemanden mit mehr Erfahrung zu kriegen?"

„Ich … äh … Ich weiß nicht genau, wie das abläuft. Es tut mir leid, dass du das Gefühl hast … Also, wenn du willst, kann ich jemanden mit mehr Erfahrung holen.“

„Aber das wirft dann ein schlechtes Licht auf dich, stimmt’s?“

Sie nickte, ihr schwarzer Pferdeschwanz wippte.

„Dann wird das schon gehen mit uns, erst mal. Du hast mehr Erfahrung mit dieser Sache als ich, also versuchen wir mal, uns zusammen durchzuwursteln.“

Lizzie brachte ein Lächeln zustande, aber das verschwand schon bei Arthurs nächster Frage wieder. „Was ist mit Peggy?“

Er sprach von seiner Frau, der Frau, die er von ganzem Herzen geliebt hatte. Während ihrer vierzig Jahre währenden Ehe waren sie keine Nacht getrennt gewesen. In jüngeren Jahren war es schmerzlich für sie gewesen, dass sie nicht mit Kindern gesegnet worden waren. Doch letzten Endes hatte das ihre Beziehung nur vertieft und gefestigt. Einen wichtigeren Menschen als den jeweils anderen gab es in ihrem Leben nicht, das stand nie infrage. Zwei Tage zuvor war bei Peggy Lungenkrebs festgestellt worden, nachdem sie endlich Arthurs Rat gefolgt war und ihren anhaltenden Husten und die Atemlosigkeit vom Arzt untersuchen lassen hatte.

„Mach dir keine Sorgen, meine Liebste“, hatte er gesagt, fest entschlossen, ihr Fels in der Brandung zu sein – obwohl er im Inneren so entsetzt und wütend gewesen war. „Ich bin für dich da. Wir stehen das zusammen durch.“

Aber jetzt war er nicht für sie da. Er hatte sie zu einer Zeit im Stich gelassen, in der sie ihn am meisten brauchte. „Was wird aus meiner Frau?“, hatte er Lizzie noch einmal gefragt, denn er wollte unbedingt eine Antwort haben. „Wie soll sie ohne mich zurechtkommen?“

Lizzie wusste von Peggys Krebs, hatte aber keine Ahnung,

was sie dazu sagen sollte. Ihre Nase zuckte. „Ich … äh … ich, ich bin nicht …“

„Was bist du nicht? Sicher? Na toll. Vielleicht sollte ich doch lieber mit einem deiner Vorgesetzten reden.“ Arthur machte eine kleine Pause, bevor er hinzufügte: „Ich hab nachgedacht. Als wir uns kennenlernten, hast du gesagt, ich müsse die Wahl treffen, hinüberzugehen. Das heißt also, dass ich auch die Wahl habe zu bleiben, richtig?“

Und so fing es an.

Obwohl Lizzie davon abriet, beschloss Arthur an Peggys Seite zu bleiben und zu versuchen, Kontakt zu ihr herzustellen. Es tat ihm weh, dass er unsichtbar für sie war, aber dieser Schmerz war nichts im Vergleich zu dem, was seine Frau durchmachte. Sie musste mit ihrer Krankheit fertigwerden, während die Trauer sie so verzehrte, dass sie die von den Ärzten vorgeschlagene Chemo- und die Strahlentherapie ablehnte. Für Peggy gab es nichts mehr, wofür es sich zu leben lohnte, nun, wo ihr Mann nicht mehr da war. Arthur hingegen empfand ganz anders. Da er wusste, wie es war, sein Leben zu verlieren, wollte er unbedingt, dass sie um ihres kämpfte.

„Du kriegst die Chance nicht noch mal, dieses Leben zu leben“, hatte er ihr immer wieder gesagt, obwohl er wusste, dass sie ihn nicht hören konnte. „Deine Zeit zu sterben ist noch nicht gekommen.“

Nichts hatte ihm Hoffnung auf Erfolg gemacht, dennoch war Arthur fest entschlossen, zu seiner Frau durchzudringen. Sein Glaube daran hatte einen großen Knacks bekommen, doch an seine Stelle war blinde Entschlossenheit getreten. Lizzie hatte gesagt, es sei nicht möglich, aber er wollte das nicht hinnehmen. Tagein, tagaus probierte er alles nur Erdenkliche aus, um die Barriere niederzureißen, die Peggy daran hinderte, ihn wahrzunehmen. Er war so besessen davon – und das steigerte sich noch, als sich Peggys gesundheitlicher Zustand verschlechterte –, dass er seiner Lotsin kaum Beachtung schenkte, die ihn wegen der nahenden Deadline warnte. Ehe er sichs versah, waren von den Wochen, die ihm noch blieben, nur noch vierundzwanzig Stunden übrig, in denen er eine endgültige Entscheidung treffen musste.

Lizzie hatte ihn gerade daran erinnert – und ihm sogar einen Blick in die einsame Zukunft gewährt, die ihm bevorstand, wenn er blieb –, als Arthur am Ende seiner Kräfte angelangt war. Er hatte Tag für Tag, Woche um Woche unermüdlich versucht, mit seiner Frau zu kommunizieren: Er hatte mit ihr geredet, ihr ins Ohr geflüstert, manchmal sogar gebrüllt und geschrien. Er war ihr überallhin gefolgt, war immer an ihrer Seite – ohne das geringste Zeichen eines Durchbruchs. Und währenddessen hatte Peggy immer weniger auf sich geachtet. Sie war schwächer und schwächer geworden, der Krebs hatte gestreut.

Als Arthur an jenem Abend an ihrem Bett kniete und sie beim Schlafen betrachtete, war er ganz wirr im Kopf. Zum ersten Mal dachte er das bisher Undenkbare: Sollte er nicht lieber weitergehen und Peggy zurücklassen? Was hat es denn für einen Sinn zu bleiben? Sie hat doch keine Ahnung, dass ich da bin.

„Oh, Peggy“, klagte er. „Das ist furchtbar. Ich fühle mich so einsam und verlassen. Warum siehst du denn nicht, dass ich hier bei dir bin?“

Bilder aus ihrem gemeinsamen Leben zogen an ihm vorbei, und ganz gelähmt vom Gewicht der Erinnerungen harrte er neben seiner schlafenden Frau aus. Wie konnte er sie in dieser Zeit der Not allein lassen? Nie hatte er jemanden so geliebt wie sie – und nie wieder würde er lieben. Er beugte sich über ihre reglose Gestalt, elend und verzweifelt, und er wusste, dass ein Dasein ohne sie unvorstellbar für ihn war. Dann war es, als würden seine Gefühle ein Eigenleben bekommen. Sie stiegen aus der Tiefe seines Seins auf und zerschmetterten alles, was sie getrennt hatte. Arthur gelangte an einen Ort in Peggys Unterbewusstsein, an dem sie endlich wieder beieinander sein konnten. Und als Peggy aus diesem wunderschönen Traum erwachte, wartete ihr Mann auf sie, wie er es versprochen hatte. Alles, was Arthur seit seinem Tod angestrebt hatte, ging nun in Erfüllung – und ohne Zögern teilte er seiner Lotsin am nächsten Tag seine Entscheidung mit, den Platz im Paradies aufzugeben.

„Bist du sicher?", hatte Lizzie ihn gefragt. „Das lässt sich nicht rückgängig machen."

„Ich bleibe hier, wo ich hingehöre, an der Seite meiner Frau."

„Und wenn ihre Zeit kommt, Arthur? Was dann? Du wirst nicht mit ihr auf die andere Seite gehen können. Oder willst du, dass sie auch auf den Himmel verzichtet?"

„Darüber denken wir nach, wenn es so weit ist. Im Moment braucht sie mich hier. Ich kann ihr beim Weiterleben helfen. Es ist das Richtige. Und auch das Einzige, was ich für sie tun kann."

„Im Tod gibt es nichts, wovor Peggy sich fürchten müsste."

„Das heißt nicht, dass sie allein leiden und vor ihrer Zeit sterben sollte. Man bekommt nur ein Leben. Meins ist weg, aber ihr Herz schlägt noch."

„Ist dir klar, was du aufgibst?"

„Was ich nicht kenne, kann mir nicht fehlen."

„Aber denkst du, sie …"

„Ich hab mich entschieden. Nichts, was du sagst, wird mich umstimmen."

20. KAPITEL

„Und hat es funktioniert? Hat Peggy mit der Behandlung angefangen?“

Arthur sah mich traurig an. „Hat sie, ja. Aber es war zu spät. Der Krebs hatte sich zu sehr ausgebreitet. Er hatte schon überall gestreut.“

„Wie lange hat sie noch gelebt?“

Ich kam mir mies vor, weil ich nicht wusste, was mit seiner Frau geschehen war. Damals war ich noch ein Kind aus dem Dorf gewesen. Vor Arthurs Tod hatte ich die beiden oft in der Kirche gesehen, aber ich hatte seine Frau nicht so gekannt wie ihn. Ich hatte sie nur bemerkt, weil sie mit Arthur zusammen war, allein hätte ich sie wahrscheinlich nicht von den anderen weißhaarigen alten Damen unterscheiden können.

„Fast ein Jahr“, antwortete er. „Sie hat wirklich gekämpft, nachdem sie wusste, dass ich bei ihr war. Aber sie konnte nicht gewinnen, es war aussichtslos.“

„Tut mir leid. Ihr hättet mehr gemeinsame Zeit verdient gehabt.“

„Wir waren froh, dass wir so lange zusammen sein konnten. Es hätten ja auch nur ein paar Wochen sein können. Ich bereue nichts.“

„Hat sie große Schmerzen gehabt?“

„Nur ganz am Ende, als der Krebs in die Knochen und ins Becken gestreut hatte. Da war sie schon im Hospiz und bekam andauernd Medikamente, die ihr das Leiden erleichterten.

„Und was geschah, als sie starb?“

„Ich hab getan, was ich tun musste“, antwortete Arthur nach einer langen Pause.

„Was willst du damit sagen?“

Er schloss die Augen und stieß einen langen, gequälten

Seufzer aus. „Kurz bevor sie gestorben ist, habe ich ihr gesagt, dass sie ihrem Lotsen unverzüglich auf die andere Seite folgen sollte – sobald sie sich zu erkennen geben würden. Ich hab ihr gesagt, sie solle ihnen vertrauen, sie würden sie in den Himmel bringen – und da würde ich auf sie warten. Hier hielt sie nichts mehr, also hat sie es genau so gemacht."

„Aber ... konnte sie dich noch sehen, als sie tot war?"

„Ich habe mich vor ihr versteckt. Anders ging es nicht. Wenn ich das nicht getan hätte, dann hätte sie ihren Platz auf der anderen Seite aufgegeben, um bei mir zu bleiben. Das habe ich gewusst – und das wollte ich nicht für sie. Mittlerweile hatte ich nämlich die enorme Tragweite meiner Entscheidung begriffen. Ich konnte sie nicht dasselbe tun lassen."

„Ich weiß gar nicht, was ich sagen soll."

„Schon in Ordnung. Ich weiß, was du denkst: Das war ihre Entscheidung, nicht meine. Nun, ich habe getan, was ich getan habe, und weiter ist dazu nichts zu sagen. Du wolltest meine Geschichte hören. Jetzt kennst du sie. Hoffentlich hilft sie dir weiter."

„Du bist also seit all diesen Jahren allein? Seit sie tot ist? Hattest du nicht mehr Familie?"

Arthur schüttelte den Kopf. „Peggy und ich waren beide Einzelkinder. Außer ein paar entfernten Cousinen, die ich kaum kannte, gab es niemanden mehr." Er wies auf die Kirche und auf die Grundschule. „Ich komme viel herum, aber hier habe ich mich immer am meisten zu Hause gefühlt."

„Was ist mit deinem alten Haus?"

„Das ist nach Peggys Tod verkauft worden. Nachdem die neuen Besitzer eingezogen waren, fühlte es sich nicht richtig an, weiter dazubleiben."

„Du musst so einsam gewesen sein."

„Ja", antwortete er. „Das frisst einen auf. Zu bleiben ist ganz bestimmt nicht der leichte Weg."

„Wie kommst du damit zurecht?"
Er zuckte die Achseln. „So gut ich kann."

Nachdem ich Arthur verlassen hatte, wusste ich nichts mit mir anzufangen. Ich war ganz durcheinander und brauchte Raum zum Denken, deshalb machte ich mich auf und ging einfach ins Blaue. Ich stiefelte über das Gelände der Grundschule, am Hauptgebäude vorbei und weiter quer übers Spielfeld, auf dem noch immer Raureif lag.

Als ich am anderen Ende angekommen war, quetschte ich mich durch eine Lücke im Zaun, die es schon seit meiner Schulzeit gab, und setzte meinen Weg über eine große Wiese fort, die zum Bach hin abfiel. Ein kleiner Pfad führte ans Wasser. Als wir Kinder gewesen waren, hatten wir den kleinen Bach wie einen großen Fluss wahrgenommen. Jetzt musste ich darüber lächeln. Ich folgte dem eiskalten Bach bis zu der großen Eiche, die allerdings genauso riesig dastand wie eh und je. Ohne Blätter wirkte das uralte Geäst noch mächtiger. An einem dicken Ast hingen noch die knotigen Reste eines blauen Seils, an dem Kinder sich über das sprudelnde Wasser schwingen konnten. Ob es wohl noch dasselbe Seil war, an dem ich vor so vielen Jahren geschaukelt hatte?

Mit diesem Ort waren so viele glückliche Kindheitserinnerungen verbunden. Als ich mit meinen verbliebenen Sinnen die Umgebung in mich aufnahm, flatterten Fragmente dieser goldenen Tage durch meine Gedanken. Auf dem höchsten Ast hockend, das Dorf wie ein Teppich Meilen unter mir, war ich Superman, der sich vor niemandem fürchtete. Später war ich dann 007, mit der Lizenz, den Tyrannen aus der Klasse über mir mit dem selbst gebauten Katapult zu erschießen.

Dann stieg eine Erinnerung aus jüngerer Zeit auf und schob alle anderen beiseite. Ich war mit Alice hier, meiner Frau, zu einem seltenen Besuch bei Mum und Dad im Norden. Es war ein warmer Sommerabend, und sie hatte vorgeschlagen, spazieren zu gehen, nur wir beide. Ich hatte ihr diesen Ort zuvor noch nie gezeigt – und sie hatte ihn geliebt.

„Sieh dir das an!" Ich hatte mich auf den untersten Ast gezogen. „Komm schon. Jetzt du. Es ist ganz leicht."

Sie schüttelte den Kopf und grinste glücklich. „Nein danke. Aber lass dich von mir nicht aufhalten, solange du ganz sicher bist, dass du dir nichts antust."

„Da kann nichts passieren", rief ich und kletterte höher. „Ich war schon hundertmal hier oben."

„Ich könnte mir vorstellen, dass du inzwischen etwas schwerer geworden bist."

„Hast du deswegen Bedenken? Sieh dir doch mal diese Äste an. Die halten einen Elefanten aus. Komm. Traust du dich nicht, mit mir hier raufzuklettern? Ich pass auf, dass dir nichts passiert."

Wieder schüttelte sie den Kopf. Ihre langen Locken schwangen von einer Seite zur anderen, und das Grinsen auf ihrem Gesicht wurde noch größer. „Nein danke. Lieber nicht."

„Worüber lächelst du?" Ich war schon halb oben. „Ist es so komisch, deinen Mann auf einen Baum klettern zu sehen?"

„Überhaupt nicht."

„Dann beweg dich hier rauf."

„Geht nicht."

„Warum nicht?"

Sie zögerte, ehe sie antwortete: „In meinem Zustand muss man vorsichtig sein."

„Was?" Ich war so geschockt, ich rutschte ab, wedelte mit den Armen und konnte mich gerade noch an einem Ast halten und in Sicherheit bringen.

„Will? Alles okay mit dir?", rief Alice hoch.

„Mir geht's gut", keuchte ich. „Hast du eben das gesagt, was ich glaube verstanden zu haben?"

„Ich sag gar nichts mehr, bis du nicht wieder hier runterkommst und festen Boden unter den Füßen hast."

„Okay, okay. Ich komm ja schon."

So schnell ich konnte, kletterte ich runter. Meine Gliedmaßen waren noch immer ganz zittrig von dem Schock. Sobald ich neben ihr stand, stellte ich meine Frage noch mal.

„Was glaubst du denn, was ich eben gesagt hab, Affenjunge?", fragte sie und legte mir die Arme um den Hals. Sie zog mich an sich, sodass ich in ihre bezaubernden hellgrünen Augen schauen konnte.

„Dass du in deinem Zustand vorsichtig sein musst."

„Und um welchen Zustand könnte es sich da handeln?"

„Du bist doch nicht …?"

„Doch."

„Bist du sicher?"

„Ich hab zu Hause schon fünf Tests gemacht. Alle mit demselben Ergebnis."

Ich lächelte von einem Ohr zum anderen. „Wow. Fantastisch. Aber … ich dachte, du wärst noch nicht so weit. Und was wird aus deiner neuen Zahnarztpraxis? Du hast gesagt, du wolltest dich erst richtig niederlassen."

„Ach was."

„Aber wie kann das sein? Was war denn mit der Pille?"

„Erinnerst du dich an die Nacht in dem Hotel in Birmingham? Da hab ich vergessen, sie zu nehmen. Ich dachte, das würde schon nichts ausmachen."

„Oh, stimmt." Ich lächelte, als mir das wieder einfiel. „Da ist es passiert?"

„Ich glaube schon."

„Und du bist glücklich."

„Ja. Und du?"

„Ich? Du weißt, dass ich es gewollt habe. Ich bin … ich bin überglücklich. Wir bekommen ein Baby. Wow. Wir bekommen ein Baby!“

Alice rückte einen Moment von mir ab und sah um sich, um zu überprüfen, ob wir auch unter uns waren. Dann küsste sie mich leidenschaftlich und zog mich hinter einen großen Busch, wo sie begann, mir die Jeans aufzuknöpfen.

„Es könnte jemand kommen“, sagte ich. „Hier kennen mich alle.“

„Hier ist kein Mensch. Wir müssen das feiern.“

„Aber, also, ist das auch okay, das zu tun … jetzt? Kann das nicht Schaden anrichten oder so?“

„Natürlich nicht. Leute haben während der ganzen Schwangerschaft Sex.“

„Bist du sicher?“

Ihre Antwort war, mich auf den Boden zu schubsen und sich rittlings auf mich draufzusetzen. Mehr brauchte es nicht, um mich zu überzeugen. Gott, wie verliebt ich damals war. Wahnsinn. Wie hatte ich später nur alles kaputt machen können?

Meine Gedanken drifteten wieder zurück in die winterliche Gegenwart, und eine Welle der Traurigkeit und der Schuld schlug über mir zusammen. Alice und ich waren in diesem magischen Moment so glücklich gewesen – so himmlisch ahnungslos. Von dem schrecklichen Schmerz, der uns bevorstand, hatten wir noch nichts gewusst. Es hätte alles ganz anders werden können.

Wurde es aber nicht, sagte ich mir, und jetzt kann ich das nicht mehr ändern. Ich musste mich auf die Gegenwart konzentrieren. Hier gab es wichtige Dinge, über die ich noch Kontrolle hatte. Was sollte ich also machen: bleiben oder gehen?

Einerseits hatte ich Lizzies Vision der Zukunft vor mir, die mir gezeigt hatte, dass es auch negative Folgen haben konnte, wenn ich bei Ella blieb. Andererseits wusste ich nun auch, wie die Dinge sich entwickeln konnten – und gab mir das nicht die Möglichkeit, anders zu handeln? Ich musste doch nicht unweigerlich zu dieser verbitterten Version meiner selbst werden, die ich gesehen hatte. Und was, wenn ich nun bei Ella blieb und ihr genug Raum gab, ihr eigenes Leben zu leben, und sich mir nicht verpflichtet zu fühlen? Wäre das möglich, oder machte ich mir da nur etwas vor?

Mir war klar, dass ich in Erwägung ziehen musste, auf die andere Seite hinüberzugehen und mich von diesem faszinierenden weißen Licht umfangen zu lassen. Aber wie sollte ich Ella das erklären? Sie würde denken, dass ich sie im Stich ließ.

Ich hatte wirklich gehofft, mir würde es weiterhelfen, Arthurs Geschichte zu kennen. Aber ich war genauso verwirrt wie zuvor. Seine Situation kurz nach dem Tod war mit meiner durchaus vergleichbar, obwohl sie doch ganz anders gewesen war. Ich wusste nicht, welche Lehre ich daraus ziehen sollte. Nachdem ich auf der Wiese ein paar Stunden im Kreis herumgewandert war, schien es mir das Beste zu sein, die Angelegenheit offen mit Ella zu besprechen. Aber … sollte eine Sechsjährige wirklich über eine solche Frage nachdenken müssen? Wenn ja, dann musste ich meine Worte unbedingt mit Bedacht wählen.

21. KAPITEL

Es war schon fast fünf, als ich nach Hause zurückkam. Alle Türen waren geschlossen, was hieß, dass ich vorläufig draußen bleiben musste. Ich schaute durchs Wohnzimmerfenster, weil ich hoffte, Ella ein Zeichen geben zu können, mich reinzulassen. Aber es war niemand im Raum. Ich ging ums Haus bis zur Küche, das Fenster stand offen. Von meiner Tochter war immer noch nichts zu sehen, aber Mum und Lauren saßen ins Gespräch vertieft am Küchentisch. Dads schwarzes Klapphandy lag zwischen ihnen.

Oh Gott, dachte ich. Was ist jetzt los?

„Was zum Teufel hast du dir dabei gedacht, Lauren?", blaffte Mum.

„Keine Ahnung. Ist mir so rausgerutscht. Glaubst du, er wusste, wovon ich rede?"

„Hoffentlich nicht, aber mir war es verdammt klar."

Lauren warf die Arme hoch. „Ich komm einfach nicht drüber weg. Jedes Mal, wenn ich ihn ansehe, kann ich nur an das denken, was er getan hat. Ich verstehe nicht, wie du anders empfinden kannst. Für dich sollte es doch noch schlimmer sein."

Mum klatschte die rechte Hand auf den Tisch. „Um Himmels willen, Lauren. Das hatten wir doch schon. Wir waren uns einig, das erst mal ruhen zu lassen. Wir wollten in einer schweren Zeit zusammenhalten, weißt du noch?"

„Ja, ich weiß, aber … ich kann das nicht. Ich bringe es nicht fertig, jeden Tag ins Krankenhaus zu gehen und so zu tun, als wäre alles ganz super zwischen uns, wenn das gar nicht der Fall ist. Tatsache ist doch, dass Dad uns getäuscht hat. Gott weiß, wie lange das schon so geht. Vielleicht ist sie ja nicht die erste Frau. Wenn wir ihm jeden Tag ins Gesicht lügen, sind wir auch nicht besser als er. Die Wahrheit muss ans Licht."

„Dein Vater braucht Zeit, er muss sich erst erholen. Das hat Vorrang vor allem anderen.“

„Was ist eigentlich los mit dir? Ich hab den Eindruck, dir dient Dads Krankheit als Entschuldigung, den Kopf in den Sand zu stecken. So langsam frage ich mich, ob du vielleicht schon die ganze Zeit von der Affäre gewusst hast – und nur die Augen davor verschließen wolltest.“

Mum schnappte nach Luft. Dann schoss ihr Arm über den Tisch, und sie gab Lauren eine schallende Ohrfeige. „Wie kannst du es wagen!“

Lauren sackte die Kinnlade runter. Sie legte die Hand auf die sich rötende Wange. „Ich kann nicht glauben, dass du das eben getan hast.“

„Du bist hier nicht in Holland.“

„Was zum Geier soll das denn heißen?“

„Du musst dir etwas Taktgefühl aneignen, so deutlich brauchst du nicht zu werden. In Holland mag es ja üblich sein, alles sofort auszusprechen. Aber hier denken wir zuerst nach. Wolltest du mir nicht eine Hilfe sein?“

Lauren stand auf, schnappte sich das Handy vom Tisch und steckte es in ihre Hosentasche. Sie nahm ihren Mantel, der über der Stuhllehne lag, und stürmte aus der Hintertür – an mir vorbei in Richtung Straße.

„Hey! Wo willst du hin mit diesem Handy?“, brüllte Mum ihr hinterher. „Mach keine Dummheiten, Lauren. Ich warne dich.“

Fast wäre ich meiner Schwester gefolgt, aber die offene Tür war zu verlockend, also schlüpfte ich an Mum vorbei ins Haus.

„Ella?“, rief ich aus dem Flur. „Daddy ist da! Wo bist du?“

Keine Antwort.

Komisch, dachte ich. Sie war nicht unten, also hatte ich sie in ihrem Zimmer vermutet, wo sie vielleicht Musik hörte, die ich auf dem alten MP3-Player für sie hochgeladen hatte. Aber da war sie auch nicht. „Ella?“, rief ich wieder. „Wo bist du denn, Schatz?“

In diesem Augenblick klingelte es an der Tür. Ich wollte nachsehen, wer das war, und kam gleichzeitig mit Mum an der Haustür an.

„Hallo, Sylvia“, sagte sie und hielt ihrer Freundin und Nachbarin die Tür auf. „Willst du reinkommen?“

„Gern, Ann. Ganz kurz. Wie geht es Tom?“

„Er … ach, immer noch nicht so gut. So wie es aussieht, wird es wohl ziemlich lange dauern, bis er sich wieder erholt hat.“

„Tut mir leid, das zu hören. Aber es geht doch wieder bergauf?“

„Hoffentlich. Er bekommt Medikamente, die einen weiteren Schlaganfall verhindern sollen. Und mit dem Rauchen und Trinken ist ein für alle Mal Schluss, stell dir das vor.“

„Ach du meine Güte. Das wird Tom nicht gefallen. In welcher Verfassung ist er denn?“

„Schwer zu sagen. Zurzeit kann er kaum reden.“

„Der Arme. Larry und ich würden ihn gern besuchen, aber wir waren uns nicht sicher, ob es vielleicht zu früh dazu ist. Was meinst du?“

„Das ist nett von euch, aber wahrscheinlich ist es besser, ihr lasst das erst mal bleiben. In seinem jetzigen Zustand hat er nicht viel von Besuchern. Vielleicht in ein paar Wochen.“

„Glaubst du, er muss noch so lange im Krankenhaus bleiben?“

Mum nickte. Sie führte Sylvia ins Wohnzimmer und schaltete auf dem Weg dahin überall das Licht an. „Es ist jetzt so früh dunkel, nicht wahr? Kann ich dir eine Tasse Tee anbieten?“

„Nein danke.“ Sylvia setzte sich. „Wo ist denn die Kleine?“

„Ja, gute Frage“, warf ich ein.

„Sie besucht ihre Freundin Jada und bleibt zum Essen. Die beiden kamen heute Hand in Hand aus der Schule und haben mich angefleht – als würde ich Nein sagen. Das war sehr süß. Es ist das erste Mal seit Wills Tod, dass Ella irgendwas unternehmen will."

Na, damit war das Rätsel um Ellas Verbleib gelöst. Jada und ihre Eltern kannte ich zwar, aber trotzdem war ich beunruhigt, weil sie außer Sichtweite und in der Obhut anderer Leute war. Hoffentlich hatte Mum ihnen den Autositz mitgegeben, dachte ich. Aber dann riss ich mich zusammen. Ella würde ein bisschen Spaß guttun.

„Ist mit Lauren alles in Ordnung?", fragte Sylvia.

„Warum fragst du?"

„Oh, ich bin ihr eben begegnet, als sie die Straße runterging. Sie wirkte so aufgewühlt."

„Sie fängt sich schon wieder", sagte Mum mit einer Zuversicht, die mich erstaunte. „Sie hat Schwierigkeiten damit, ihren Dad so hilflos zu sehen, das ist alles. Als Kind hält man die Eltern ja für unerschütterlich, und es ist immer ein Schock, wenn man feststellen muss, dass sie es nicht sind."

„Ich weiß, was du meinst. Ich erinnere mich noch, wie es war, als meine Mutter Angina Pectoris bekam. Auf einmal war sie so gebrechlich. Keine Sorge, Lauren wird sich schon dran gewöhnen. Wenigstens ist sie hier und kann dir helfen. Du hast ja wirklich eine schreckliche Zeit durchgemacht."

Mum nickte, Tränen stiegen ihr in die Augen.

„Tut mir leid, ich wollte nicht, dass du traurig wirst." Sylvia nahm Mums Hand. „Kommst du zurecht?"

„Ja … ich schaff das schon, ehrlich."

„Nun, Larry und ich sind für dich da, das weißt du ja. Egal, was du brauchst."

„Danke, Sylvia."

Mum bestand nun darauf, Tee aufzubrühen. Als sie mit zwei großen Tassen und einem Teller Schokoladenkekse zurückkam, wirkte sie schon viel gefasster.

„Ich wollte dir was erzählen“, sagte Sylvia, die sich die Hand vor den Mund hielt, damit sie nicht mit ihrem Keks krümelte.

„Oh.“ Mum nahm einen kleinen Schluck aus ihrem Becher, den sie auf dem Couchtisch abstellte. „Was denn?“

„Wahrscheinlich ist es nichts, aber ich dachte, ich erwähne es lieber, für alle Fälle.“

„Schieß los.“

„Heute Morgen hat ein Mann in einem schwarzen Auto vor eurem Haus geparkt. Normalerweise hätte ich mir nichts dabei gedacht, aber er hat da ewig gehalten, mit laufendem Motor.“

Bis jetzt hatte ich dem Gespräch nur mit halbem Ohr zugehört, aber jetzt hatte Sylvia meine volle Aufmerksamkeit.

„Ein schwarzes Auto? Wer war das?“, fragte Mum.

Sylvia zuckte die Achseln. „Ich dachte, du hättest eine Vermutung.“

„Was war das für ein Auto?“

„Hm. Ich kenn mich mit Autos nicht gut aus, Ann. Ich hab aber extra genau hingeschaut. Es war eins dieser schicken Autos mit den vier Ringen drauf.“

„Audi?“

„Ja, richtig. Es versperrte unsere Auffahrt, und der Mann hinterm Steuer starrte auf euer Haus, als ob er es ausspionieren wollte.“

„Wie ein Einbrecher, meinst du?“

„Der Gedanke kam mir. Deshalb bin ich rausgegangen und hab ihn angesprochen.“

Jetzt spitzte ich wirklich die Ohren. „Und?“, sagte ich, so als könnte sie mich hören.

„Was hat er gesagt?“, fragte Mum.

Sylvia schüttelte den Kopf. „Nichts, womit man was anfangen kann. Ich hab ans Fenster geklopft, er hat es runtergefahren, und ich habe ihn gefragt, ob ich ihm irgendwie helfen kann. Er hat gelächelt und höflich abgelehnt. Dann hat er gesagt, er finde mein Kleid hübsch. Da war ich ziemlich verblüfft."

„Was hast du gesagt?"

Sylvia wurde rot. „Ich … hab mich für das Kompliment bedankt und mich entschuldigt. Ich wusste nicht, was ich noch sagen sollte."

„Wie sah er denn aus?"

„Ziemlich gut, ehrlich gesagt. Anfang fünfzig, schlank, gepflegt. Dieses Auto und der Anzug, den er trug … ich würde sagen, er war wohlhabend. Klingelt es bei dir irgendwie?"

„Nein", sagte Mum. „Klingt aber nicht nach einem typischen Einbrecher."

„Vermutlich nicht. Ein paar Minuten später ist er weggefahren." Sie kramte in ihren Taschen und holte einen Zettel heraus. „Hier, ich hab dir das Nummernschild aufgeschrieben, für alle Fälle."

Auf dem zerknüllten Zettel stand in schwarzer Tinte genau die personalisierte Nummer, die ich mir vor Kurzem gemerkt hatte: D3 VLN.

„Sagt dir das was?", fragte Sylvia.

„Nein. Ich behalte die aber mal hier. Man kann ja nie wissen. In der Nachbarschaft hat es aber keine Einbrüche gegeben, oder?"

„Ich hab jedenfalls nichts dergleichen gehört."

„Na gut. Es ist eigenartig, aber vielleicht kein Grund zur Aufregung. Dennoch: Danke, dass du es mir erzählt hast."

„Gern geschehen."

So schnell würde ich die Sache nicht abtun, Mum, dachte ich. Dieser Typ führt etwas im Schilde. Keine Ahnung, wer oder was er ist, aber ich komme schon noch dahinter.

Kurz darauf ging Sylvia wieder, und eine strahlende Ella kam mit neidvollen Geschichten über Jadas fantastisches Haus und ihre riesige Spielzeugsammlung zurück. Mich hatte es früher immer furchtbar genervt, wenn sie sich so aufgeführt hatte. Mir tat so was immer noch weh, auf Mum hingegen machte es keinen großen Eindruck. „Wie schön, mein Schatz“, sagte sie. „Dann bist du bestimmt ganz müde. Wir stecken dich jetzt mal in die Badewanne, und dann geht’s ins Bett.“

„Und gibt’s noch eine Geschichte?“

„Na klar.“

„Kann Tante Lauren mir vorlesen?“

„Hm, sie musste noch mal weg. Ich weiß nicht, ob sie rechtzeitig wieder zurückkommt.“

Als Lauren schließlich wiederkam, lag Ella schon seit einer Stunde im Bett – und schlief fast genauso lange. Ich hatte gemerkt, wie müde sie war, und beschlossen, unser ernstes Gespräch aufzuschieben. Lange konnte ich damit nicht mehr warten, das wusste ich, aber ich war froh, mir noch eine Weile überlegen zu können, was ich sagen wollte. Und ich freute mich ganz und gar nicht darauf.

„Wo bist du gewesen?“, fragte Mum Lauren.

„Wie wär’s denn erst mal mit einer Entschuldigung dafür, dass du mich geschlagen hast?“

„Geschlagen! Das war ein kleiner Klaps – und den hattest du verdient.“

„Was? Weil ich die Wahrheit gesagt hab? Dir wäre es lieber, ich würde das ‚britischer‘ handhaben, was? Tut mir leid, Mum. So bin ich nicht. Sachen unter den Teppich zu kehren ist nicht mein Stil.“

„Wo warst du?“

„Geht dich nichts an.“

„Nun, du warst nicht da, als deine Nichte zu Bett gegangen ist. Sie wollte von dir vorgelesen bekommen.“

„Dann hättest du mich nicht aus dem Haus treiben sollen. Ich geh gleich hoch und gebe ihr einen Kuss.“

„Weck sie nicht auf. Das kann sie wirklich nicht gebrauchen."

„Und wenn ich's tu, dann haust du mir wohl noch eine runter? Komm schon, Mum. Ein bisschen Feingefühl kannst du mir schon zutrauen."

„Hör auf damit!" Mum brach in Tränen aus. „Du weißt genau, dass ich dich nicht geschlagen habe."

Laurens Miene wurde weicher. „Wein doch nicht, Mum. Ich hab es nicht so gemeint. Es war ja nur ein Klaps."

Sie nahm Mum in den Arm und fing auch an zu weinen. „Tut mir leid", sagte sie. „Warum streiten wir uns nur? Wir sollten uns gegenseitig unterstützen."

„Du hast recht. Mir tut es auch leid. Ich hätte das nicht machen sollen. Du weißt, ich würde dir niemals wehtun. Ich war nur so frustriert."

Sobald sich die beiden beruhigt hatten, sprach Mum vorsichtig das Thema an, das ihren Streit überhaupt ausgelöst hatte. „Bitte, lass diese Angelegenheit mit der Affäre erst mal ruhen, Lauren. Mir wäre es lieber, du würdest dich an unsere Abmachung halten und abwarten, bis es deinem Vater besser geht."

Lauren starrte auf den Boden und gab keine Antwort.

„Besonders vertrauenerweckend wirkst du jetzt nicht auf mich, Lauren. Ich brauche dich wirklich auf meiner Seite. Ohne dich schaffe ich das nicht."

Meine Schwester blieb stumm, und ein Ausdruck des Entsetzens kroch über Mums Gesicht. „Oh nein. Du hast etwas gemacht, oder? Oh, Lauren, was ist? Warst du noch mal bei deinem Dad? Du musst es mir sagen."

Lauren schüttelte den Kopf und schaute Mum traurig in die Augen. „Entspann dich. Ich war nicht im Krankenhaus."

„Wo hast du dann die ganze Zeit gesteckt?"

„Hab bei alten Schulfreundinnen reingeschaut: Sophie und Helena. Mehr nicht."

„Und was ist mit diesem Handy? Was hast du damit gemacht?“

Lauren sah betreten drein. „Ähm …“

„Ich hab es gewusst. Was hast du gemacht? Raus mit der Sprache. Kann ja nicht schlimmer sein, als ich mir vorstelle.“

„Versprichst du, dass du nicht böse wirst?“

„Sag's mir, Lauren.“

Sie holte tief Luft. „Na, ich war so wütend, als ich aus dem Haus gegangen bin, dass ich die Nummer noch mal gewählt habe.“

„Und?“

„Der Anruf wurde angenommen, aber da war keiner dran. Ich konnte gedämpfte Geräusche im Hintergrund hören, Musik und ein Motorgeräusch. So als würde das Telefon in einer Tasche stecken oder sonst was. Die Frau muss den Anruf angenommen haben, ohne es zu merken. Wahrscheinlich war sie gerade mit dem Auto unterwegs.“

„Was hast du gemacht?“

„Ich hab ein paarmal ‚Hallo‘ gerufen und wieder aufgelegt.“

„Das war's?“

„Nicht so ganz. Ich meine, ja. Ich hab aufgelegt. Aber … ich hab es später noch mal versucht.“

Mum verschränkte die Arme vor der Brust und funkelte Lauren an, bis sie fortfuhr. „Der Anruf ging direkt auf die Mailbox. Immer noch keine persönliche Begrüßung oder so, aber ich habe eine Nachricht …“

„Was hast du gesagt?“

„Dass ich eine dringende Mitteilung von Dad habe. Sie soll mich gleich anrufen oder zu uns nach Haus kommen.“

Mum erstarrte. Sie sagte nichts, blinzelte aber ein paarmal. Mit jedem Wimpernschlag wurde das Rot in ihrem Gesicht dunkler.

„Mum?“, sagte Lauren schließlich. „Sagst du denn gar nichts?“

„Warum … in aller Welt … hast du das gemacht?“

„Irgendwas musste ich unternehmen. Es hat mich verrückt gemacht. Wenigstens finden wir jetzt heraus, wer sie ist.“

„Und wenn ich es gar nicht wissen will?“

„Das geht doch nicht, Mum. Du hast ein Recht darauf. Es hat doch keinen Sinn, den Kopf in den Sand zu stecken.“

Mum stand auf. „Tu bloß nicht so, als hättest du das für mich getan, Lauren. Was ich will, ignorierst du doch schon die ganze Zeit. Ich geh jetzt ins Bett.“

„Du gehst ins Bett? Es ist noch nicht mal halb zehn.“

Mum beachtete sie gar nicht und knallte die Tür hinter sich zu.

Also, wie drücke ich es aus? fragte ich mich zum x-ten Mal. Wie sollte ich meiner Tochter sagen, dass ich mit dem Gedanken spielte, sie für immer zu verlassen? So viel ich auch darüber nachdachte – allein im Dunkeln, als alle anderen schliefen –, die richtigen Worte wollten mir einfach nicht in den Sinn kommen. Gab es überhaupt richtige Worte? Irgendwann beschloss ich, Ella einfach alles zu erzählen – sogar, wie unsicher ich war. Das hielt ich für die beste Lösung. Doch dann meldeten sich Bedenken, es war ja nicht dran zu rütteln, dass sie erst sechs Jahre alt war. Wie konnte ich da von ihr erwarten, so etwas zu verarbeiten? Von ihrem Vater brauchte sie Sicherheit – nicht Unentschlossenheit. Oh Gott, war das schwer.

„Kann ich dir irgendwie helfen?“, fragte eine bekannte Stimme aus der anderen Ecke des dunklen Wohnzimmers.

„Himmel, Lizzie!“, sagte ich und hielt mir sofort die Hand vor den Mund, weil die Wortwahl unpassend war. „Tut mir leid. Du hast mich erschreckt. Ich wollte nicht … Also, du weißt schon … ich vermute …“

„Entspann dich“, antwortete sie, und alle Lampen gingen an.

Ich zuckte zusammen, weil es plötzlich so hell war.

„Oh. Zu viel?“, sagte sie und dämpfte das Licht mit einem Fingerschnippen.

„So ist's besser. Danke. Du hältst nicht viel von Voranmeldung, oder?“

„Ich hatte das Gefühl, du könntest einen Rat gebrauchen.“

„Wie ...“

„Ich bin Lotsin. Ein bestimmtes Wissen gehört zum Job. So, womit schlägst du dich herum? Ich würde dir gern helfen.“

„Ja, aber dein Rat ist ja nicht gerade neutral, oder? Wir wissen beide, dass du gewisse Interessen verfolgst.“

„Bist du launisch heute.“

Ich kabbelte mich noch eine Weile mit ihr, lenkte dann aber bald ein. Was hatte ich denn zu verlieren? Und ich musste ihren Rat ja nicht annehmen.

„Okay“, sagte ich. „Mein Bauchgefühl sagt mir immer noch, ich soll hier bei meiner Tochter bleiben. Aber ich habe den Rat, den du mir gegeben hast, nicht völlig ignoriert. Natürlich ist meine Priorität das, was für sie das Beste ist. Was ich da in der Zukunft gesehen habe ... wird das ganz bestimmt eintreten?“

„Das könnte sein. Es ist eine mögliche Zukunft, aber das ist nicht in Stein gehauen. Du hast die Macht, es zu ändern.“

„Aber muss ich wirklich auf die andere Seite gehen und Ella zurücklassen, um das zu tun? Kann ich nicht bleiben und alles anders machen?“

„Ich glaube nicht, dass es irgendjemandem guttut im Schatten eines toten Vaters aufzuwachsen. Es gibt eine natürliche Ordnung in der Welt – und davon abzuweichen bringt selten Gutes. Und vergiss nicht, dass du auch aufs Paradies verzichtest, wenn du hierbleibst.“

„Hier geht es um meine Tochter, nicht um mich. Meine Entscheidung muss auf dem beruhen, was richtig für sie ist."

„Aber diese beiden Dinge sind miteinander verflochten, William. Du darfst nicht vergessen, dass in der Version der Zukunft, die du gesehen hast, deine Unzufriedenheit eines der größten Probleme zwischen dir und Ella gewesen ist."

„Ich weiß – und deshalb sagte ich ja, ich wolle alles anders machen."

Ihre Nase zuckte. „Ich habe dir meine Antwort gegeben."

Darauf erwiderte ich nichts und dachte nach. Stille lastete auf dem Raum. Ich spürte Lizzies forschenden Blick, sie versuchte abzuschätzen, was ich als Nächstes tun würde.

„Also, wie zum Teufel soll ich Ella das sagen?", platzte es aus mir heraus.

„Ich verstehe, wie schwer das sein muss. Das ist einer der Gründe, warum Leute die Seelen ihrer Lieben normalerweise nicht sehen können."

„Sie glaubt, ich bin für immer wiedergekommen. Selbst wenn ich mich fürs Hinübergehen entscheiden sollte, brauche ich dazu erst ihren Segen. Aber ich habe keine Ahnung, was ich zu ihr sagen soll."

„Wenn du Ella um ihren Segen bittest, legst du die Entscheidung in ihre Hände. Findest du das fair? Stell dir mal vor, sie sagt jetzt, sie will, dass du bleibst. Wie wird es ihr damit wohl gehen, wenn sie älter wird – wenn sie begreift, was du für sie aufgegeben hast? Würde ihr das etwa helfen? Du bist hier der Vater. Es ist deine Wahl, ganz allein und ausschließlich."

„So hatte ich das nicht gesehen, aber ... du hast wohl recht. Es ist trotzdem eine unmögliche Entscheidung. Wie treffe ich die richtige Wahl?"

„Du machst das schon."

„Wenn ich doch deine Zuversicht hätte. Ich kann gar nicht

glauben, dass die Frist so bald schon abgelaufen ist. Am zwölften Dezember, stimmt's?"

Lizzie nickte. „Montag in zwei Wochen."

„Kurz vor Weihnachten."

„Du hast schon mehr bekommen, als den meisten Leuten zugestanden wird, William."

Ich versuchte, die Beklommenheit zu ignorieren, die immer in mir aufstieg, wenn das erwähnt wurde. „Ich weiß. Um welche Zeit?"

„Mittags."

„Wirklich? Oh. Ich hatte eigentlich gedacht, ich hätte noch den ganzen Tag – bis Mitternacht."

„Nein, bedaure."

22. KAPITEL

Noch fünfzehn Tage

Dad lächelte Ella schief an. Mit dem linken Arm – dem gesunden – langte er über seinen enormen Bauch und nahm ihre Hand.

„Wie geht es dir?“, fragte sie ihn.

Er machte eine Geht-so-Geste mit der Linken. Ein paar Minuten früher hatten wir ihn am Arm einer Schwester unbeholfen durch die Station humpeln sehen. Jetzt ruhte er sich aus.

„Kannst du nicht mehr sprechen, Grandad?“

„Das hab ich dir doch erklärt“, sagte Mum. „Wegen des Schlaganfalls fällt ihm das Sprechen schwer. Aber du hast ja gesehen, wie gut er eben laufen konnte. Im Handumdrehen wird er wieder ganz der Alte sein, stimmt's, Tom?“

Dads Gesicht war so hager geworden, dass es gar nicht mehr zu seinem massigen Körper passte. Ella sah ihren Großvater zum ersten Mal seit ein paar Tagen. Es war nicht leicht für sie, deshalb versuchte sie, Hilfe suchend Blickkontakt zu mir herzustellen.

„Du machst das ganz toll“, flüsterte ich. „Rede einfach so mit ihm wie sonst.“

Plötzlich bekam Dad einen Hustenanfall. Mum eilte ihm zur Hilfe, schenkte Wasser aus dem Krug neben seinem Bett in einen Becher und gab ihm zu trinken. Während sie sich um ihn kümmerte, versicherte ich Ella, dass sie sich keine Sorgen zu machen brauchte.

„Dir geht es doch bald wieder besser, oder?“, fragte Ella, nachdem er wieder zur Ruhe gekommen war. „Ich vermisse dich. Wir alle vermissen dich – Sam auch. Das hat er mir heute Morgen in Hundesprache gesagt. Tante Lauren wäre auch mitgekommen, aber sie musste einkaufen gehen und uns was zu essen besorgen."

Ich konnte sehen, wie Dad feuchte Augen bekam, und das ging mir ans Herz. Obwohl ich ihn nun schon einige Male im Krankenhaus besucht hatte, konnte ich mich nicht an seinen Zustand gewöhnen. Diese Hilflosigkeit passte so gar nicht zu Dad. Er war immer so eine starke, unerschütterliche Präsenz in meinem Leben gewesen. Seine einzige Schwäche war die für Alkohol und Tabak gewesen – und für gutes Essen. Aber er schien immer alles im Griff zu haben. Ich konnte mich nicht erinnern, ihn je betrunken gesehen zu haben. Und seine Körperfülle hatte ihn nie in irgendeiner Weise behindert. Er war immer wie ein Eisberg gewesen, der langsam durchs Leben glitt, dabei Menschen und Dinge mitnahm, die wichtig waren, während alles Unwichtige aus dem Weg geschoben wurde.

Hatte ich ein enges Verhältnis zu meinem Vater? Ja und nein. Ich hatte nie das Bedürfnis gehabt, mit ihm über meine tiefsten Geheimnisse und größten Ängste zu sprechen. Wir hatten uns nie in den Arm genommen oder miteinander über unsere Gefühle gesprochen. Aber Dad war immer für mich da gewesen, wenn ich ihn gebraucht hatte. Nachdem Alice gestorben war, hatte Mum mir geholfen, meine Trauer zu bewältigen – und sie hatte sich um Ella gekümmert. Sie war ganz fantastisch gewesen. Dad war mir bei allen praktischen Dingen eine Stütze gewesen, er hatte die Beerdigung organisiert, sich um das Testament gekümmert und alle wichtigen Leute informiert. Bei alldem hatte ich mich immer auf ihn verlassen können.

Dad hatte mir vielleicht nie direkt gesagt, dass er mich liebt, aber die zuverlässige Unterstützung, die er mir im Laufe der Jahre gewährt hatte, ließ daran keinen Zweifel. Für Lauren hatte er noch mehr getan, deshalb konnte ich nicht verstehen, warum sie so streng mit ihm war. Okay, diese Sache mit der

Affäre war ein Schock und schmerzlich, aber es war doch kein Weltuntergang. Er war immer noch unser Vater, der mit uns durch dick und dünn gegangen war, und dasselbe hatte er jetzt auch verdient, vor allem, weil er gesundheitlich so geschwächt war.

Abgesehen davon, wie konnte ich Dad zum Vorwurf machen, was er getan hatte? Ich war nicht besser. Ich wusste, wie leicht es war, sich in so etwas hineinziehen zu lassen. Was auch immer Dad gemacht haben mochte, musste nicht unbedingt bedeuten, dass er Mum nicht mehr liebte.

Dieser Gedanke katapultierte mich zurück in die Vergangenheit. Es war ein richtiger Flashback, der mich mitriss, ob ich nun wollte oder nicht. Ich konnte den Duft ihres verführerischen Parfums riechen, ein berauschender Mix aus Vanille und Mandeln. Ich konnte spüren, wie erregend es war, wenn sie sich lustvoll an mich schmiegte und mir noch mehr verhieß …

Sie.

Die andere Frau.

Mein schmutziges kleines Geheimnis.

Damals war die Schuld nicht mehr als ein Keim gewesen, ein Fragment von dem, was sie einmal werden würde. Etwas, das von Alkohol und Lust in den Hintergrund gedrängt werden konnte. Hätte ich mich doch nur zurückgehalten. Wäre ich doch nicht weitergegangen! Aber ich hatte es getan.

Der Apfel fällt nicht weit vom Stamm.

Schlagartig befand ich mich wieder in der Gegenwart. Dad nickte und drückte Ellas Hand. Er sah aus, als wolle er etwas sagen, gab dann aber auf. Stattdessen drehte er sich unbeholfen zum Nachttisch und griff nach Notizblock und Stift. Unglücklicherweise stieß er dabei den Wasserkrug um. Mum rannte sofort los, um Papiertücher zu holen.

„Ach, das fehlte noch“, ächzte Mum, als sie sich auf den

Fußboden kniete und hektisch das Wasser aufwischte. „Warum musstest du das denn selber machen, Tom?"

„Lass gut sein, Mum", sagte ich. „Das war ein Unfall. Lass den Mann in Ruhe. Ella, rede weiter mit ihm. Gib ihm das Gefühl, dass alles in Ordnung ist. Nana wollte nicht so mit ihm schimpfen. Sie beruhigt sich gleich wieder."

Dad lag reglos im Bett und starrte an die Decke, Frustration und Verlegenheit spiegelten sich in seinem verzerrten Gesicht.

„Nicht so schlimm, Grandad", flüsterte Ella ihm ins Ohr. „War ja nur Wasser."

Dad drehte sich zu ihr und sah sie liebevoll an. Langsam hob er die gesunde Hand und streichelte mit dem Finger über ihre Wange.

„Ich hab dich lieb, Grandad", flüsterte sie. „Hoffentlich geht es dir bald besser."

Er zauste ihr durchs Haar und zwinkerte ihr zu.

Indessen war Mum stöhnend wieder aufgestanden, sie rieb sich die Knie. „Diese harten Böden sind nicht zum Knien gemacht. Nicht in meinem Alter." Sie hob den nassen Papierklumpen auf und stopfte ihn in den leeren Wasserkrug. „Ich werfe das mal weg", sagte sie. „Dann hole ich dir frisches Wasser. Und das wirfst du bitte nicht wieder um."

Zu Ella sagte sie: „Ist das in Ordnung, wenn ich dich ein paar Minuten mit ihm allein lasse?"

Ella nickte.

„Gut. Du musst nur auf den Knopf da drücken, wenn es ein Problem gibt, dann kommt sofort eine Schwester."

„Okay."

Sobald sie weg war, nahm Dad Block und Stift und fing an zu schreiben. Als er Ella den Block gab, stellte ich mich hinter sie, damit ich auch draufschauen konnte. Wenn ich eine Zeichentrickfigur gewesen wäre, dann wären mir die Augen weit aus den Höhlen getreten, als ich diese Worte las: *Kannst du ihn auch sehen?*

„Du kannst Daddy sehen?“, fragte Ella, während ich meinen Vater mit offenem Mund anstarrte. Er nickte, sah mich mit gerunzelter Stirn an und griff wieder nach dem Block. Dieses Mal schrieb er nur: *Wie?*

„Wie?“, wiederholte ich, denn ich konnte diese unerwartete Wendung des Geschehens immer noch nicht fassen. „Was *wie*? Wie es sein kann, dass du mich sehen kannst? Dass ich hier bin?“

Er nickte wieder, zweimal.

Ich schaute Ella an, damit sie mich unterstützte. „Sag's ihm einfach, Dad.“

„Nun ja. Ich bin … eine Seele, seit ich gestorben bin, und seitdem bin ich hier. Bis jetzt war Ella die Einzige, die mich sehen konnte. Die Einzige, von der ich wusste jedenfalls. Ich musste mich sehr anstrengen, um zu ihr durchzudringen. Und ich hatte nicht damit gerechnet, dass jemand anders mich auch wahrnehmen können würde. Wie lange kannst du mich schon sehen?“

Dad nahm wieder Block und Stift und schrieb zwei Wörter: *Seit Schlaganfall.*

„Tatsächlich? Wow. Das hast du dir nicht anmerken lassen. Vermutlich hat der Schlaganfall was damit zu tun. Warum hast du nicht früher was gesagt?“

Dachte, wäre verrückt, schrieb er als Antwort.

Ich lachte. „Ja, verstehe ich. Aber er ist nicht verrückt, was, Ella?“

„Nein. Daddy ist wirklich hier, Grandad. Ich bin so froh, dass du ihn auch sehen kannst. Das ist …“

„Psst“, sagte ich, denn Mum kam mit dem frischen Wasser. „Nicht vor Nana.“

Danach war es schwer, den Mund zu halten, zumal Ella

ständig grinsend zu mir rüberschaute, aber ich wollte unbedingt, dass für Mum alles normal blieb. Wie hatte es mir bis jetzt entgehen können, dass Dad mich sehen konnte? Hatte er es so gut verborgen? Oder hatte ich mich so an meine Unsichtbarkeit gewöhnt, dass ich blind für alle Anzeichen gewesen war?

Als es Zeit wurde, wieder nach Hause zu gehen, winkte Dad Mum zu sich heran und flüsterte ihr etwas ins Ohr. Zuerst verstand sie es nicht, und dann, als er es noch mal wiederholt hatte, verzog sich ihr Gesicht zu einem entsetzten Ausdruck. Nein, Dad, was hast du gesagt? dachte ich mit den schlimmsten Befürchtungen.

„Du willst dein Telefon haben?“

Dad nickte.

„Dein Smartphone?“

Wieder nickte er, die Bedeutung der Nachfrage entging ihm offensichtlich.

„Warum? Was nützt es dir, wenn du nicht sprechen kannst? Ich dachte, im Krankenhaus wären Handys nicht erlaubt.“

Dad gab ihr zu verstehen, dass auf dieser Station Mobiltelefone erlaubt waren. Er wollte es zur Verständigung nutzen, mit dem Handy ging das schneller als mit dem Notizblock. Mum bekam wieder ein bisschen Farbe im Gesicht, als sie das verstanden hatte.

Wir verabschiedeten uns, und ich versprach ihm, bald zu einem Gespräch unter vier Augen zurückzukommen. Das schien Dad zu beunruhigen, er zuckte tatsächlich zurück, als ich mich ihm näherte, aber dann nickte er kurz.

Im Auto fragte Ella ihre Großmutter, die immer noch ziemlich durch den Wind war, ob mit ihr alles in Ordnung sei.

„Mir geht es gut, Schatz. Mach dir um mich keine Sorgen. Ich sollte dich wohl lieber fragen, wie es dir geht. Ich hatte schon länger vor, mit dir über deinen Daddy zu reden. Du kommst allem Anschein nach gut zurecht, aber du musst ihn schrecklich vermissen. Mir geht es genauso. Wir können immer über ihn reden, wenn du willst. Es muss ja nicht jetzt sein, wenn du nicht magst, aber ich bin immer für dich da. Und es macht nichts, wenn du weinen musst. Das ist normal. Das muss dir nicht peinlich sein."

Ella warf mir einen Blick zu, ehe sie antwortete. „Danke, Nana. Im Moment geht es mir gut."

„Bist du sicher, Ella?"

„Ja."

„Nun, ich meine es ernst. Wenn du über ihn sprechen willst, musst du es nur sagen. Egal, wann. Und wenn du nicht mit mir reden willst, ist Tante Lauren ja auch noch da. Oder wir können auch eine neutrale Person für dich suchen."

„Was meinst du damit?"

„Einen Berater", antwortete Mum. „Weißt du, was das ist?"

„Nein."

„Das ist jemand, der dir dabei hilft, über Dinge zu sprechen, die schwer für dich sind. Berater können dir helfen, deine Gefühle zu verstehen, wenn es um schwierige Dinge geht – wie Daddys Tod –, damit du sie verarbeiten kannst."

„Aber mir geht es gut, Nana. Echt."

„Ich weiß, Ella. Aber ich mach mir Sorgen, dass du etwas unterdrückst. Du kommst beinahe schon zu gut zurecht. Denk einfach mal über das nach, was ich eben gesagt habe."

„Okay."

Mum machte eine Pause, bevor sie sagte: „Und dann müssen wir auch darüber reden, was wir mit der Asche deines Vaters machen."

Hinten auf dem Rücksitz warf Ella mir einen Blick zu und verzog das Gesicht. Die Urne mit meinen Überresten stand auf der Anrichte im Esszimmer, seit Dad sie aus dem Krematorium abgeholt hatte.

„Der Gedanke ist ein bisschen unheimlich“, sagte ich, „es ist aber besser, sie irgendwohin zu bringen, wo es schön ist, als sie im Haus zu behalten. Mit Mummys Asche hab ich das auch gemacht. Ich hab sie in einen See gestreut, in dem Park in London, den sie so gern mochte.“

Daran erinnerte ich mich gut. Es war kurz vor unserem Umzug nach Norden gewesen. Mum und Dad hatten mich begleitet, sie waren bei Ella geblieben, als ich mit einem gemieteten Tretboot auf den See hinausgefahren war. Das war zu Herbstbeginn an einem warmen Nachmittag gewesen, die gold geränderten Blätter hatten sich gerade damit abgefunden, bald fallen zu müssen. Hier hatte ich Alice den Heiratsantrag gemacht, hier, mitten auf dem See in einem ganz ähnlichen Boot. Ich war immer noch völlig fertig, obwohl ich vor den anderen mein Bestes tat, um nicht zusammenzubrechen. Sobald ich allein war, flossen die Tränen. Ich fuhr raus, immer weiter, und wendete den Blick ab, wenn ich an einem anderen Boot vorbeikam. Schließlich fand ich eine ruhige Stelle und holte die Urne vorsichtig aus dem Rucksack. Ich stellte mich auf die Sitzbank, bemühte mich, das Gleichgewicht zu halten, nahm den Deckel ab und hielt sie in den Wind.

Leider war es nicht der bewegende Abschied, den ich im Sinn gehabt hatte. An diesem Tag war es windig gewesen, und in dem Moment, in dem ich die Asche ausschüttete, kam ein Windstoß, und die Hälfte der Asche fiel ins Boot und rieselte an mir runter. Ich hatte Asche in den Augen, im Mund – und an den tränenfeuchten Wangen klebte sie auch. Hektisch versuchte ich, sie wegzuwischen. Dann schöpfte ich mit beiden Händen die Reste aus dem Boot ins Wasser.

Das habe ich verdient, sagte ich mir. Mit welchem Recht spielte ich den hingebungsvollen Witwer? Ich hatte meine schwangere Frau betrogen! Es war nur einmal passiert, und seitdem bereute ich es zutiefst. Ich hatte mir geschworen, dass so etwas nie wieder vorkommen würde. Aber warum hatte ich es zugelassen, warum hatte ich die Situation sogar herbeigeschworen? Irgendwie hatte ich mir wohl was beweisen wollen, so kurz bevor ich Vater wurde. Ich hatte endlos überlegt, ob ich Alice alles gestehen sollte, war aber zu dem Schluss gekommen, dass es keine gute Idee war, sie während der Schwangerschaft aufzuregen. Zu einem späteren Zeitpunkt würde ich es ihr erzählen, hatte ich mir geschworen, aber ich habe nie herausfinden können, ob ich dazu wirklich den Mumm gehabt hätte.

Jetzt bedauerten mich alle, dabei hatte ich doch nichts als Verachtung verdient. Vielleicht wären Alice und ich ja nicht mal mehr zusammen, wenn sie gewusst hätte, was ich getan hatte.

Als endlich alles von Asche befreit war, schwor ich mir, nie irgendeiner Menschenseele zu erzählen, was gerade passiert war. „Alice", sagte ich, „ich weiß nicht, wo du jetzt bist – ob du überhaupt irgendwo bist –, aber es tut mir so unendlich leid, was ich dir angetan habe. Und dass ich das hier auch noch verdorben habe. Du hattest wirklich was Besseres verdient. Ich kann dir nur versprechen, dass ich den Rest meines Lebens alles für unsere Tochter tun werde. Ich enttäusche dich bestimmt nicht noch einmal."

Wer hätte denn ahnen können, dass der Rest meines Lebens so kurz war?

Ich lächelte Ella zu, die neben mir im Auto saß. Alice wäre so stolz auf sie gewesen, dachte ich. Sie hätte ihre Tochter so sehr geliebt.

„Was glaubst du, wo hätte Daddy seine Asche am liebsten verstreut?", fragte Mum.

Ella sah mich an und zog die Augenbrauen hoch.

„Du fragst mich?", sagte ich. Sie antwortete mit einem kleinen Nicken. „Meine Güte. Darüber hab ich noch gar nicht nachgedacht. Hm. Keine Ahnung. Du suchst was aus, und ich freu mich drüber. Fällt dir was Besonderes ein?“

„Am Strand in Cornwall vielleicht? Da, wo wir im Urlaub waren.“

„Oh, ja“, sagte Mum. „Daran hatte ich gar nicht gedacht. Ist das nicht zu weit weg?“

„Ich finde, das klingt perfekt, Ella“, sagte ich. Lächelnd dachte ich daran, wie wir uns dort im Traum wiedergefunden hatten. „Es muss nur ein windstiller Tag sein.“

„Ich würde es gern da machen, Nana. Und Daddy würde das auch gefallen.“

„Gut. Vielleicht müssen wir aber noch eine Weile damit warten. Das ist eine lange Reise.“

23. KAPITEL

Noch vierzehn Tage

„Wie geht es dir, Dad?“

Nicht schlecht. Bin heute selber aufs Klo gegangen.

Mit einer Kopfbewegung wies er auf den Gehrahmen, ehe er weitertippte. *Wie ein Greis.*

Lächelnd beugte ich mich vor. „Jeder noch so kleine Fortschritt ist gut.“

Dad sank wieder in sein Kissen und beäugte mich argwöhnisch.

„Du brauchst keine Angst vor mir zu haben“, sagte ich und wich trotzdem wieder ein Stück zurück. „Tut mir leid. Ich wollte dir keine Angst einjagen.“

Mein schwacher Versuch, das Eis zu brechen, konnte Dad kein Lächeln entlocken. Im Gegenteil. Er runzelte die Stirn und musterte mich stumm.

„Du glaubst nicht, dass ich echt bin, oder?“, sagte ich. „Obwohl Ella mich auch sehen kann.“

Ich weiß nicht, was ich glauben soll.

Diese Antwort las ich vom Display seines Smartphones ab, das sich wirklich als effektives Kommunikationsmittel erwies. Für einen Mann seines Alters handhabte er die virtuelle Tastatur ziemlich gekonnt, doch er verzichtete auf die vielen Abkürzungen, die jüngeren Nutzern in Fleisch und Blut übergegangen waren. Ein klarer Vorteil war, dass er Linkshänder war und die Hand voll zum Einsatz bringen konnte. Trotzdem fragte ich mich, ob ihn vielleicht all die Kurznachrichten an seine Geliebte so flink im Umgang mit einem Handy gemacht hatten.

„Ich bin wirklich hier, Dad“, sagte ich und schob den Gedanken beiseite. „Hör mal, ich hab mit einem Freund geredet, der auch eine Seele ist, weil ich herausfinden wollte, was los ist."

Ich redete natürlich von Arthur. Gestern Abend war es mir gelungen, ihn aufzuspüren und mich kurz mit ihm zu unterhalten. Denn ich wollte unbedingt wissen, was er dazu zu sagen hatte, dass mein Vater mich plötzlich sehen konnte.

„Es war wirklich schwer, zu Ella durchzudringen", erklärte ich Dad. „Da war es ein ziemlich heftiger Schock, als du mich plötzlich ohne die ganze Mühe sehen konntest. Aber es ist fantastisch. Nun ja, mein Freund glaubt, es müsse was mit den Auswirkungen des Schlaganfalls auf dein Gehirn zu tun haben. Irgendwie bist du offen dafür geworden, mich zu sehen. Er ist kein Arzt, also konnte er nichts Genaueres sagen, aber er ist schon eine Weile hier, und ich vertraue seiner Einschätzung. Vermutlich ist was dran. Wie soll man so was sonst erklären?"

Ich saß links von seinem Bett auf einem Plastikstuhl. Der Sitz wäre bestimmt warm gewesen, hätte ich etwas spüren können, denn Mum hatte ihn gerade frei gemacht. Sie hatte darauf bestanden, Dad bei ihrem Besuch Fuß- und Fingernägel zu schneiden. Die Nagelschere lag noch auf dem Nachttisch. Ich hatte Mum und Lauren heute Morgen nur zum Krankenhaus begleitet, weil ich allein mit Dad reden wollte, wenn sie wieder gingen. Nachdem ich fast eine Stunde gewartet hatte, bekam ich nun endlich die Gelegenheit dazu.

Dad starrte mich eine Weile an, nickte und schaute dann auf sein Handy. *Hast du vor, Ella zu schaden?* tippte er.

„Natürlich nicht", ich musste mich zwingen, trotz dieses Affronts ruhig zu bleiben. „Sie ist meine einzige Tochter. Ich liebe sie über alles. Ich weiß, es ist schwer zu fassen, aber du musst mir glauben. Ich bin hier, um ihr zu helfen und über sie zu wachen."

Entweder gibt es wirklich Geister, tippte er, *oder ich befinde mich in einem langen, wirren Traum.*

„Das ist kein Traum, Dad. Und ja, mich hat diese ganze Sache auch überrascht. Ich hatte ja keine Ahnung, bis ich nach dem Unfall auf meinen eigenen geschundenen Körper runtergeblickt habe. Die offizielle Bezeichnung lautet übrigens ‚Seele'. Das Wort *Geist* hat offenbar zu viele negative Konnotationen."

Wer sagt das?

„Die da oben", ich zeigte zur Decke.

Himmel?

Ich nickte.

Warum bist du nicht da?

„Lange Geschichte."

Ich hab nichts vor.

„Nein. Stimmt. Wo fange ich an?"

Beim Unfall. Erzähl mir alles.

„Na gut. Ich … was ist denn los?"

Dad rutschte das Telefon aus der Hand. Er machte die Augen zu und schüttelte den Kopf.

„Was ist denn, Dad?"

Es dauerte eine Weile, bis er die Augen wieder aufmachte und mich anfunkelte: „Wasssumteuflisshirlos?", lallte er mit vor Anstrengung verzerrtem Gesicht. „Kannichsein. Wassislosmidmiaaa?"

„Dad, beruhige dich. Du ziehst die Aufmerksamkeit auf dich."

Zu spät. Die Stationsschwester blickte schon auf, sie hatte mit einem anderen Patienten geredet und kam jetzt rüber. Es war die Schwester, die Mum und Lauren neulich mit in ihr Büro genommen hatte. „Hallo, Tom", sagte sie. „Ist alles in Ordnung?"

Wütend schüttelte er den Kopf und machte eine Kopfbewegung in meine Richtung. „Da!"

Die Schwester sah durch mich hindurch. „Tut mir leid. Das

verstehe ich nicht. Was soll da sein? Worüber regen Sie sich denn so auf?“

„Dad. Lass das“, sagte ich. „Ich bin wirklich hier. Aber wenn du was sagst, denken die, du hast den Verstand verloren. Ist viel verlangt, das weiß ich, aber du musst das in den Griff kriegen. Beruhige dich, dann erzähle ich dir meine Geschichte.“

Eigentlich überraschte mich Dads Reaktion nicht. Es passte gar nicht zu ihm, diese Sache so einfach zu akzeptieren, wie es zunächst den Anschein gehabt hatte. Er war immer der skeptische Typ gewesen, also hatte ich dieses Verhalten eigentlich erwartet.

Er holte tief Luft, blinzelte ein paarmal in meine Richtung und wendete sich dann wieder der Schwester zu, die auf eine Antwort wartete. „Sssongut“, sagte er, wobei er die verkrampften Lippen kaum bewegte. „Issnichs.“

„Sind Sie sicher?“

Er nickte.

„Gut. Ihre Frau und Ihre Tochter sind jetzt ja weg, da können Sie etwas Ruhe gebrauchen. Es ist gut, Sie sprechen zu sehen. Scheuen Sie sich nicht. Je mehr Sie daran arbeiten, desto leichter wird es Ihnen fallen.“

Sobald sie weg war, fing ich mit meiner Geschichte an, Dad sollte gar nicht erst die Gelegenheit bekommen, die Situation noch einmal zu überdenken. Auf die Entdeckung seiner Affäre ging ich nicht ein, in diesem Stadium hielt ich das nicht für eine gute Idee. Und die Sache mit meiner Deadline übersprang ich auch, ebenso wie das Dilemma meiner Entscheidung, zu bleiben oder zu gehen. Ich erzählte ihm nur, dass ich die Erlaubnis bekommen hatte, wegen Ella hierzubleiben. Und weil ich hoffte, es würde zu meiner Glaubwürdigkeit beitragen, erzählte ich ihm in allen Einzelheiten von den Dingen, die ich als Seele beobachtet hatte, von seinem kleinen Schlaganfall und wie schrecklich es gewesen war, ihn im Krematorium weinen zu sehen. Währenddessen war er ganz still, das Handy ließ er die ganze Zeit neben sich liegen.

„Und damit wären wir in der Gegenwart angekommen", schloss ich, „in der du mich sehen kannst. Was vermutlich irgendwie mit den Folgen des Schlaganfalls zusammenhängt."

Nachdem ich zum Ende gekommen war, herrschte lange Stille. „Willst du denn gar nichts sagen, Dad?", fragte ich schließlich. „Ich kann dich jetzt allein lassen, wenn du willst."

Reglos starrte er ins Leere, er schien mit offenen Augen zu schlafen.

Ich stand auf. „Ich hab verstanden. Du brauchst Zeit. Kein Problem. Ich komme morgen mit Mum wieder."

Ich kam gerade mal bis zum Fußende. „Sezzdich", sagte er gerade so laut, dass ich es verstehen konnte. Ich drehte mich wieder um und sah, wie er sein Handy nahm und mit dem Daumen eine Nachricht tippte. *Wo haben wir deinen vierzehnten Geburtstag verbracht?*

„Du glaubst mir immer noch nicht?", sagte ich. „Kein Problem. In Florida. Wir waren da im Urlaub, ich, du, Mum und Lauren. Das war unser letzter Urlaub als ganze Familie. Wir waren im Hard Rock Café in Orlando. Ich habe zu viel gegessen, und hinterher war mir schlecht. Sonst noch Fragen?"

Wie hab ich dich genannt, als du klein warst?

„Scamp. So hast du mich genannt, bis ich dich gebeten habe, damit aufzuhören. Ich war gerade sieben geworden und in der ersten Klasse. Meine Freunde sollten das nicht mitkriegen und sich über mich lustig machen. Nachdem du aufgehört hattest, fehlte mir eigentlich was, aber ich war zu stolz, das zuzugeben. Was willst du noch wissen, Dad? Als ich acht war, habe ich ein weißes BMX-Rad zu Weihnachten gekriegt, mit Rücktritt. Vor meinem ersten Schultag in der weiterführenden Schule war ich so nervös, dass ich mich beim Frühstück in der Küche übergeben habe. Das habe ich mit siebzehn noch mal gemacht, als ich auf einer Party zu viel Gin getrunken hatte. Du warst der Erste, mit dem ich nach Alices Tod gesprochen habe. Du wolltest Mum gerade mit dem Auto vom Bahnhof abholen. Du hast mir gesagt, wie leid es dir tut. Ich sollte ‚die Ohren steifhalten', bis ihr kommen konntet. Du bist so schnell gefahren, dass du unterwegs zweimal geblitzt worden bist. Ich bin es, Dad. Ehrlich."

In seinen Augen standen Tränen, als er langsam nickte und drei Worte in sein Handy tippte: *Ich glaube dir.*

„Alles in Ordnung?“, fragte ich instinktiv. Doch sobald ich das gesagt hatte, schoss ihr Kopf hoch, und sie warf mir aus blutunterlaufenen Augen einen wütenden Blick zu.

Ich wich einen Schritt zurück. „Du kannst mich sehen?“

Das Mädchen, das siebzehn, achtzehn Jahre alt sein mochte, sprang mit übermenschlicher Schnelligkeit auf und knurrte wie eine Wildkatze, ihr irrer Blick war hasserfüllt. Es war gruselig.

„Ganz ruhig.“ Ich hob beschwichtigend die Arme und wich noch zwei Schritte zurück. „Beruhige dich. Du bist auch eine Seele, oder? Ich wollte dich nicht erschrecken. Ich hab dich nur weinen hören und …“

Wieder fauchte das Mädchen laut und fletschte gelbe Zähne. Ich bekam richtig Angst. Sie sah aus, als wäre sie mal ein Mensch gewesen, aber das musste schon lange her sein. In den leeren Augen war kaum noch etwas davon zu erkennen.

„Hör mal, ich will keinen Ärger“, sagte ich. Hoffentlich verstand sie das. „Ich gehe jetzt langsam wieder weg, okay? Ganz langsam. Lass uns vergessen, dass wir uns je über den Weg gelaufen sind. Ja? Nichts passiert.“

Ein Stück weiter den Korridor entlang klapperte etwas, und das erregte ihre Aufmerksamkeit. Als sie sich umdrehte, um nachzusehen, was es war, nutzte ich die Chance und rannte los. Ich wollte nur noch weg. Ich rannte den ganzen Weg, den ich gekommen war, und hoffte und betete, dass sie mir nicht folgte. Ich traute mich nicht mal, mich umzusehen.

Als mir eine verschlossene Tür den Weg versperrte, legte sich die Panik um mich wie eine Würgeschlange. Das Mädchen war mir auf den Fersen, davon war ich überzeugt, aber ich wagte nicht, mich umzuschauen, und hatte keine Ahnung, was jetzt Schreckliches passieren würde.

Es machte *ping*. Und aus dem Fahrstuhl trat der Pfleger, dem ich vorhin gefolgt war. Offenbar war er jetzt auf dem Rückweg.

„Danke", flüsterte ich und schloss mich ihm an. Erst als sich die Tür hörbar hinter uns schloss, wagte ich einen Blick zurück durch die Glasscheibe. Nichts. Sie war nicht da. Meine Panik legte sich, ich hielt Schritt mit dem Pfleger, und er führte mich zurück zu Dads Station.

Warum hatte ich solche Angst vor diesem Mädchen gehabt? Es war ein Schock gewesen, ihre Wandlung vom Teenager zu etwas so Animalischem zu sehen. Arthur hatte mich vorgewarnt, er hatte mir erzählt, dass manche Seelen irgendwann den Verstand verlieren würden. Aber so etwas mit eigenen Augen zu sehen war etwas völlig anderes, als nur davon zu hören.

Doch was hätte sie mir antun können?

Dad winkte mir von der anderen Seite der Station zu, und sofort war Schluss mit meinen Grübeleien.

„Vorsicht, Dad", sagte ich, als ich an sein Bett trat. „Wenn du so weitermachst, werden sich die Leute fragen, ob du sie noch alle beisammen hast. Für die sieht es doch aus, als würdest du ins Leere winken."

Er zuckte die Achseln, als sei ihm das einerlei, und ich wollte nicht mit ihm streiten und fragte ihn, ob ihm sein Essen geschmeckt hatte.

Köstlich! tippte er. Sein schräges Lächeln verriet, dass das ironisch gemeint war.

„Na ja. Besser als gar nichts, nehme ich mal an."

Er sei da nicht sicher, gab er mir zu verstehen. *Wo bist du gewesen?* fragte er.

„Nur ein Stück den Flur langgegangen. War nicht besonders aufregend."

Bin froh, dass du wieder da bist. Entschuldige das von vorhin. Ich wollte Gewissheit.

Tränen standen in seinen Augen, als er das Telefon wieder aufs Bett legte. Er sah mich eindringlich an. „Hab ... dich lieb ... Sohn", brachte er flüsternd hervor. Sein Gesicht war vor Anstrengung verzerrt. So deutlich hatte er seit dem Schlaganfall nicht mehr gesprochen.

„Ich weiß, Dad." Meine Stimme zitterte. „Ich hab dich auch lieb – und ich bin so froh, dass ich wieder mit dir sprechen kann."

Spontan beschloss ich, ihm von meinem Dilemma zu erzählen, doch er kam mir zuvor.

Ich muss dich was fragen, schrieb er.

„Gut. Was denn?"

Was ist mit Lauren und deiner Mum los?

„Was meinst du damit?"

Nur so ein Gefühl. Lauren hat was. Sie ist neulich wütend geworden. Ann hat sie weggeschickt. Warum?

„Äh, hast du Mum gefragt?" Ich wich der Frage aus, denn ich wusste genau, dass Mum glaubte, die Wahrheit wäre nicht gut für Dads Genesung.

Er schüttelte den Kopf. *Ich frage dich. Bitte.*

„Hm. Ich weiß nicht genau, worauf du hinauswillst. Wie kommst du darauf, dass was nicht stimmt? Was haben sie denn gesagt?"

Das nützte nichts. Dad hatte Lunte gerochen. Als Anwalt hatte er langjährige Erfahrung mit dem Aufspüren der Wahrheit. Und die Körpersprache seines Sohnes konnte er auch lesen. Er sah mich an, als wäre ich ein Kind, das bei etwas Verbotenem ertappt worden war. Vor diesem Blick konnte man nichts verbergen. Ich hielt noch etwa eine Minute stand, dann erzählte ich ihm, was er wissen wollte.

Ich musste nur erwähnen, dass sie sein anderes Handy gefunden hatten – das Klapphandy –, und die Farbe wich aus seinem Gesicht. *Was wissen sie?* fragte er.

„Nur das, was sie in den SMS gelesen haben."

Haben sie das Handy benutzt?

„Ich … äh …“

Vor Schreck wurden Dads Augen ganz groß. Er atmete schneller, und seine linke Hand fing an zu zittern. Er wirkte verstört, wie ein Mann am Rande eines Nervenzusammenbruchs, sein Gesicht bekam einen wilden Ausdruck. So hatte ich ihn noch nie gesehen. Mum hatte zu Recht nichts gesagt.

„Beruhige dich, Dad. Lauren hat es ein paarmal versucht, hat aber nie jemanden erreicht. Sie hat keinen Schimmer, wer diese X ist. Keiner von uns weiß das.“

Weiß Ella Bescheid?

„Nein, natürlich nicht. Das ist schließlich nichts für Sechsjährige.“

Die Erleichterung über diese kleine gute Nachricht war ihm kaum anzumerken. Sein Gesicht war eine Maske des Entsetzens.

„Ach, Dad“, sagte ich. „Das musst du doch vorausgesehen haben. Dir muss doch klar gewesen sein, dass Mum das andere Handy finden würde.“

Dachte, es wäre versteckt, tippte er.

Ich schüttelte den Kopf. „Du hattest es bei dir, als du den Schlaganfall bekamst. Mum hat es abends gefunden, als sie deine Sachen durchgesehen hat, die man ihr aus dem Krankenhaus mitgegeben hatte. Sie war natürlich am Boden zerstört, wollte aber erst was sagen, wenn es dir wieder besser geht. Deine Erholung hatte für sie Vorrang.“

Nun strömten Tränen über Dads Gesicht. Das war schwer zu ertragen, aber ich wandte den Blick nicht ab. Er war immer da gewesen, um mein Leben für mich zu kitten, jetzt musste ich stark für ihn sein.

„Was auch immer du mit wem auch immer getan hast, Dad, noch ist es nicht zu spät, die Dinge wieder ins Reine zu bringen. Mum hält zu dir, obwohl sie es weiß. Sie liebt dich so sehr. Das tun wir alle. Wir können das durchstehen.“

Er sah weg, aber ich merkte, dass die Tränen noch immer flossen.

Ich seufzte, weil ich es sagen musste: „Hör mal, ich kann nicht gutheißen, was du gemacht hast, Dad. Wie auch, ich weiß ja, wie weh es Mum getan hat. Aber ich verurteile dich nicht dafür. Ich weiß ... wie leicht man auf Abwege gerät. Ich kenne das auch. Mir ist das nur einmal passiert – und seitdem habe ich es jeden Tag bereut, aber mir war es wichtig, dir das zu erzählen. Ich hoffe, es würde dir vielleicht helfen."

Langsam drehte Dad sich wieder zu mir. Seine roten Augen fixierten mich, und ohne ein Blinzeln starrte er mich eine unbehaglich lange Zeit an. Eine unheimliche Ruhe hatte von ihm Besitz ergriffen. Ich versuchte zu erahnen, was er wohl dachte, aber ich hatte keinen Schimmer. Schließlich tippte er eine neue Nachricht in sein Handy. *Du hast Alice betrogen?*

Ich nickte. „Als sie mit Ella schwanger war. Mit einer Frau aus der Arbeit, Suzie hieß sie. Das absolute Klischee und total erbärmlich. Nichts in meinem Leben bereue ich mehr. Du bist der Einzige, dem ich das je erzählt habe. Abgesehen von diesem Trauertherapeuten, zu dem Mum mich geschickt hat."

Er sah mich traurig an, holte tief Luft und tippte: *Ich habe was viel Schlimmeres getan.*

„Was soll das heißen?"

In diesem Moment trat die Schwester ans Bett. „Wie geht es uns denn?", fragte sie Dad. „Einer der anderen Patienten meinte, sie würden etwas verstört wirken."

„Geht ... gut", brachte Dad hervor.

„Sie wirken ein bisschen aufgeregt. Seit meine Schicht angefangen hat, klebt dieses Handy schon in ihrer Hand. Wie wäre es denn damit, das Ding eine Weile wegzulegen und sich ein wenig auszuruhen?"

Ehe Dad Einwände erheben konnte, hatte sie es ihm weggeschnappt. „Ich schalte es aus, in Ordnung? Wir wollen schließlich nicht, dass es in der Nacht klingelt."

Sie legte das Handy in die Schublade von Dads Nachttisch und ging weiter zu einem anderen Patienten.

„Na toll", sagte ich. „Und wie sollen wir uns jetzt verständigen? Du wolltest gerade etwas sagen, nicht wahr? Liegen Block und Stift hier noch irgendwo rum?"

Dad schüttelte den Kopf und gab mir zu verstehen, dass er jetzt genug habe.

„Okay, dann gebe ich dir Zeit zum Nachdenken. Wir reden morgen weiter. Ich bleib sowieso hier, weil ich jetzt nicht mehr so leicht nach Hause kommen kann."

Bald darauf war Dad eingeschlafen. Und nachdem das Licht auf der Station gedimmt worden war, döste ich auch auf dem Plastikstuhl neben seinem Bett ein.

In meinem Traum war ich acht Jahre alt und raste mit meinem blau-weißen BMX-Rad durchs Dorf. Ich wachte auf, weil eine Frau schrie. Als Erstes fiel mir auf, dass das Licht auf der Station noch immer gedimmt war, die Digitaluhr an der Wand zeigte 4:42 Uhr an. Ich drehte mich zu Dad um, aber sein Bett war leer. Seine Gehhilfe war auch weg.

Die Frau schrie noch immer.

„Dad?" Ich stürzte zur offenen Tür und auf den hell erleuchteten Korridor hinaus – dem schrecklichen Schrei entgegen. „Dad, wo bist du?", rief ich wieder. Ich hatte ein furchtbares Gefühl im Bauch. Ich rannte durch den Flur, als zwei Nachtschwestern angespurtet kamen, die mich auf den gebohnerten Boden schleuderten.

Und dann sah ich die Blutlache.

25. KAPITEL

Noch dreizehn Tage

„Verdammt noch mal, Dad! Was hast du getan?", brüllte ich über die anderen hinweg.

Immer mehr Krankenhauspersonal hatte sich vor der Toilettentür versammelt, dort traten die Leute im Blut herum und verteilten es mit den Füßen über den ganzen Flur. Sie hämmerten mit den Fäusten an die verschlossene Tür und riefen nach der Person dahinter. Ich wusste schon, dass es mein Vater war. Mir war das sofort klar gewesen, aber die Leute brauchten eine Weile, bis sie die umliegenden Stationen kontrolliert und es rausgefunden hatten.

„Um Gottes willen, Dad. Lass sie rein, damit sie dir helfen können."

Ich rief ihn immer wieder, bekam aber keine Antwort. Dennoch hoffte ich inständig, dass es ein gutes Zeichen war, vielleicht war er ja bewusstlos, aber noch am Leben. Trotzdem hatte ich ein Bild von ihm vor Augen, das zeigte, wie er als Seele auf seinen toten Körper herabblickte. Wenn das so war, warum antwortete er mir dann nicht?

„Warum habt ihr Idioten die Tür denn immer noch nicht aufgekriegt?", brüllte ich die Schwestern und Pfleger an. Das Schloss hatten sie entriegeln können, aber irgendwas versperrte den Weg, die Tür ließ sich nur ein paar Zentimeter weit öffnen. Weit genug, um noch mehr Blut raussickern zu lassen. So viel Blut, die schiere Menge entsetzte mich.

Mittlerweile war ein Arzt aufgetaucht. Ein großer Typ, der so jung wirkte, dass man ihm ein abgeschlossenes Studium gar nicht zutraute. Er schien keine Ahnung zu haben, wie hier vorzugehen war. Zum Glück rief er eine seiner Vorgesetzten herbei, eine schmächtige Frau Ende dreißig, die Bewegung in die Sache brachte. Sie holte ihr Handy heraus, quetschte ihren Arm durch den Türspalt und machte ein Foto von der Szene auf der anderen Seite der Tür. Ich war schon auf das Schlimmste gefasst, aber das war nicht genug. Als ich das Bild auf ihrem Display sah, schrie ich entsetzt auf. Das Hindernis war Dads lebloser, blutüberströmter Körper, der mit einer klaffenden Wunde am Hals auf dem Boden zusammengesackt war.

„Wir müssen da rein", sagte die Ärztin. „Sofort." Sie wies einige der Umstehenden an, sich gegen die Tür zu stemmen und kräftig zu schieben, bis sie Platz genug hatte durchzukommen.

„Du egoistischer Mistkerl", sagte ich, als Dads Körper auf eine Trage gehoben und weggerollt wurde.

Hin- und hergerissen zwischen Schock und Wut, versuchte ich zu begreifen, was Dad sich angetan hatte. Als alle auf der Station schliefen und keine Schwester in Sicht war, hatte er seine Gehhilfe genommen und war zur Toilette gegangen. Dort hatte er sich in einem grausigen Akt purer Verzweiflung die Nagelschere, die Mum gestern vergessen hatte, in den Hals gestochen und eine Arterie verletzt. Alles um ihn herum war scharlachrot.

Trotz des fürchterlichen Anblicks seiner Leiche, der mich verfolgte, kam mir das Ganze so unwirklich vor. Ich konnte nicht begreifen, wie sich jemand – und schon gar nicht mein Vater – willentlich etwas so Brutales antun konnte. Dazu musste eine enorme Entschlossenheit nötig gewesen sein. Er konnte keinerlei Zweifel gehabt haben, denn er hatte sogar Papiertücher unter die Tür gestopft, damit das Blut nicht so schnell auf den Flur lief. Sein massiger Körper hatte die Tür versperrt, und damit war die Sache gelaufen. Als die Ärztin zu ihm gekommen war, hatte er schon lange nicht mehr gelebt.

Aber wo war seine Seele? Das verstand ich nicht. Sobald ich

sicher war, dass er wirklich tot war, rief ich nach ihm. „Dad, wo bist du? Was zum Teufel hast du gemacht? Nun hab doch wenigstens den Mumm, mir ins Gesicht zu sehen. Sag mir, warum du das gemacht hast! Das bist du mir schuldig."

Keine Antwort. Ich probierte es mal wütend, mal versöhnlich – aber es kam nichts dabei heraus. Ganz gleich, wie oft ich den Korridor hoch- und runterlief oder wie gründlich ich die Station durchsuchte – er war nirgendwo zu finden. Ich kapierte überhaupt nichts mehr.

Dad hatte mich völlig überrumpelt. So was hätte ich ihm niemals zugetraut. Es war unbegreiflich.

Ja, er war verstört gewesen, weil seine Affäre ans Licht gekommen war, aber doch nicht so sehr, dass er sich deswegen das Leben nehmen müsste. Warum also? Wegen des Schlaganfalls? Weil er seinen toten Sohn sehen konnte? Die Sache wollte einfach keinen Sinn ergeben.

Ich dachte an seine Worte von gestern Abend: „Ich habe viel Schlimmeres getan." Was hatte er damit gemeint? Ich hatte Alice betrogen, was konnte schlimmer gewesen sein als das?

Dann setzten die Schuldgefühle ein. Wie hatte ich zulassen können, dass so etwas passierte? Wie hatte ich diese Sache nur verschlafen können? Warum hatte ich mich gegen Mums Willen gestellt und ihm erzählt, dass Mum und Lauren von der Affäre wussten?

Gegen acht Uhr kam Mum ins Krankenhaus. Sie war angerufen worden. Sie sah schrecklich aus, ihr ungeschminktes Gesicht war grau, ihr Blick ganz wirr vor Sorge. Ich hatte schon fast erwartet, dass Lauren sie begleitete, aber dann hätte Ella auch mitkommen müssen, und offenbar hatten sie sich dagegen entschieden. Ich war froh. Das Chaos hatte sich zwar gelegt, aber für Kinder war das hier noch immer nicht der richtige Ort. Hoffentlich ahnte sie noch nichts von der jüngsten Tragödie.

Der Anrufer hatte Mum offenbar verschwiegen, was passiert war. „Wo ist er?“, fragte sie sofort. „Was in aller Welt geht hier vor?“

Mittlerweile hatte die Schwester, mit der Mum gestern gesprochen hatte, ihre Schicht angetreten. Sie nahm Mum mit in ihr Büro, machte aber einen großen Bogen um die abgesperrten Toiletten und das Besprechungszimmer, in dem die Polizei das Personal von der Nachtschicht befragte. Die Schwester bot Mum einen Stuhl an, doch Mum lehnte ab. „Ich will meinen Mann sehen. Was ist denn los? Der Pfleger, mit dem ich telefoniert habe, wollte mir nichts sagen. Ich sorge mich zu Tode. Ich muss wissen, was los ist. Hat er einen weiteren Schlaganfall gehabt?“

„Bitte, setzen Sie sich, Mrs. Curtis. Ich fürchte, ich habe schlechte Nachrichten.“

Mum schlug mit der Hand auf den Tisch. „Nein. Ich setze mich nicht. Was ist los? Sagen Sie's mir.“

„Es tut mir sehr leid, Ihr Mann ist letzte Nacht gestorben. Mein Beileid.“

Mum sank auf den Stuhl. Da blieb sie benommen und schweigend sitzen und starrte blicklos geradeaus, als könne sie diese Information nicht verarbeiten.

„Kann ich Ihnen etwas holen, Mrs. Curtis?“, fragte die Schwester. „Ein Glas Wasser vielleicht?“

„Tot?“, sagte Mum. „Wie?“

Die Schwester auf der anderen Seite des Schreibtischs wurde unruhig, ihr Blick wanderte im Raum herum, als wären die richtigen Worte dort irgendwo versteckt. Sie räusperte sich. „Es wird natürlich eine gründliche Untersuchung geben, aber zu diesem Zeitpunkt deutet alles darauf hin, dass ihr Mann sich das Leben genommen hat. Es tut mir wirklich leid.“

„Was?“, fragte Mum atemlos. „Was haben Sie da gesagt?“

„Mr. Curtis wurde von der Nachtwache aufgefunden. Er war schon tot, als wir zu ihm gelangen konnten.“

„Das kann nicht wahr sein“, Mum schüttelte den Kopf. „Ich habe das Gefühl, ich träume.“

„Ich fürchte, es ist wahr.“

„Das verstehe ich nicht. Wie konnte das passieren? Ich dachte, sie kümmern sich um ihn. Wie …“

„Natürlich kann ich Ihnen Genaueres sagen, Mrs. Curtis. Aber das wird sehr belastend für Sie. Soll ich Ihnen nicht doch erst ein Glas Wasser holen?“

Mum schüttelte den Kopf, in ihren Augen spiegelte sich eiserne Entschlossenheit. „Nein. Sagen Sie es mir jetzt. Wie ist mein Mann gestorben?“

„Er starb an massivem Blutverlust nach Verletzung einer Arterie.“

„Was? Ich … verstehe das nicht.“

Wieder räusperte die Schwester sich. „Nun, es gibt keine schonende Art, das auszudrücken. Ihr Mann … scheint sich erstochen zu haben. Er hat sich in den Hals gestochen.“

Mum schnappte nach Luft und presste sich beide Hände auf den Mund. Sie schüttelte den Kopf.

„Es tut mir wirklich furchtbar leid, Mrs. Curtis.“

Mum schüttelte immer noch den Kopf. Plötzlich wich ihr alle Farbe aus dem Gesicht, und sie war totenbleich. „Wie?“, fragte sie mit schwacher Stimme.

„Er hat sich auf der Toilette eingeschlossen. Und er hatte eine Nagelschere.“ Die Schwester beugte sich besorgt vor. „Mrs. Curtis? Soll ich Ihnen Wasser holen? Sie sehen …“

Mum wurde ohnmächtig.

„Lizzie! Wo ist er?“

„Hallo, William. Das mit deinem Vater tut mir so leid. Wie verkraftest du das?“

„Er hat es vor meiner Nase getan, Lizzie, als ich geschlafen habe. Jetzt kann ich nicht mal seine Seele finden. Wo ist er?“

„Ich wünschte, ich könnte dir weiterhelfen, aber ich weiß es wirklich nicht."

„Hör mal, Lizzie. Fällt dir keine bessere Entschuldigung ein?"

„Das ist die Wahrheit."

„Ein Mann verschwindet nach seinem Tod, und du hast keine Ahnung, wo er hin ist? Das glaube ich nicht. Schließlich ist es dein Job, Seelen aufzugabeln. Du musst es doch wissen."

Ich stand wieder an der alten Eiche, wo mir Alice in glücklicheren Zeiten eröffnet hatte, dass sie schwanger war. Mum hatte sich zum Glück nicht verletzt bei ihrem Ohnmachtsanfall, aber sie konnte Lauren erst erreichen, als Ella schon in der Schule war. Sie wollten abwarten und ihr die Nachricht erst beibringen, wenn sie nachmittags wieder nach Hause kam.

Solange ich es ertragen konnte, war ich bei den beiden im Haus geblieben. Ich wollte ihnen zur Seite stehen, aber sie hatten ja keine Ahnung, dass ich da war. Die Stimmung war furchtbar. Sie wussten überhaupt nicht, wie sie sich gegenseitig trösten sollten. Beide waren starr vor Schock und machten abwechselnd Tee, der nicht getrunken wurde. Immer wieder fragten sie sich, wie und warum es passiert war.

Ich sehnte mich danach, ins Freie zu kommen. Schließlich gab ich diesem Drang nach und schlüpfte zur Tür hinaus, als Mum den Hund in den Garten ließ. Es war nass, ein starker Wind rüttelte am Zaun, und die Baumwipfel wogten. Ich musste ein merkwürdiges Bild abgegeben haben da draußen in Jeans und T-Shirt. Wie ferngesteuert ging ich zu dem einsamen Ort, dem besten, den ich kannte, wenn man allein sein und nachdenken wollte. Dann rief ich Lizzie.

„Glaub ja nicht, dass ich alles weiß. Das ist ein Irrtum", sagte Lizzie. „Tu ich nämlich nicht. Ich bin nur ein kleines Rädchen im Getriebe. Mich um deinen Vater zu kümmern ist mir nicht aufgetragen worden, ich habe keine Ahnung, wo er ist."

„Aber du hast schon gewusst, dass er tot ist. Wie kann das sein, wenn du so ganz ohne Verbindungen bist?“

„Was ich wissen muss, wird mir mitgeteilt. Und das war wichtig, weil es Auswirkungen auf dich hat.“

„Na ja, gilt das nicht auch für Dads Aufenthaltsort? Wenn ich nicht mit ihm sprechen kann, hat das ganz bestimmt Auswirkungen auf mich.“

Lizzie verkroch sich in ihren Trenchcoat, sie zog den Gürtel stramm und schlug den Kragen hoch. „Wollen wir nicht irgendwohin, wo es geschützter ist?“

„Nein danke. Das Wetter macht mir nichts aus. Ich wünschte, ich könnte Wärme und Kälte spüren. Das wäre mir lieber, als gar nichts zu fühlen. Abgesehen davon haben wir nichts weiter zu besprechen, wenn du mir nicht sagen willst, wo mein Vater ist.“

„Hör mal, William, ich weiß es nicht. Ehrlich.“

„Was kannst du mir denn erzählen? Da muss es doch was geben. Kann es sein, dass er schon auf die andere Seite gegangen ist?“

„Möglich ist es. Aber ich kann dir keine verlässliche Antwort geben, weil ich keine habe.“

Ich starrte in ihre Augen und versuchte erfolglos zu ergründen, ob sie die Wahrheit sagte. „Könntest du wenigstens Nachforschungen anstellen? Vielleicht kannst du ja rauskriegen, wer sich um ihn kümmert, und ein paar Fragen stellen. Ich muss mit ihm reden, Lizzie. Ich muss wissen, warum er das getan hat. Ich verstehe nicht, wie er seine Familie so im Stich lassen konnte.“

„Mal sehen, was ich machen kann – aber ich verspreche nichts.“

„Danke.“

„Und zu deiner eigenen Situation willst du nichts fragen? Vergiss nicht, das sind die letzten dreizehn Tage vor deiner Entscheidung.“

Ich schüttelte den Kopf.

Sobald sie weg war, ließ ich den schrecklichen Gedanken zu, der mir von Anfang an im Kopf herumgespukt war. Was war, wenn ich Dad nicht finden konnte, weil er in der Hölle war? Immerhin hielten manche Glaubensrichtungen Selbstmord für eine Todsünde. Ich fluchte laut, weil mir nicht in den Sinn gekommen war, Lizzie danach zu fragen. Das hätte sie mir doch bestimmt gesagt. Oder etwa nicht?

Arthur hatte mir doch erklärt, wie Tod funktionierte. Ich erinnerte mich genau, wie er gesagt hatte, nur die schlimmsten Seelen würden in die Hölle kommen. Und er hatte auch gesagt, dass diese Seelen sofort weggerissen wurden. War das eine Erklärung für Dads Verschwinden? Nein, bestimmt nicht. Abgesehen von dem Selbstmord hatte er doch wohl nichts so Schreckliches getan … oder doch? Er war kein schlechter Mensch. Trotzdem war da diese Affäre. Aber warum sollte die viel schlimmer gewesen sein als mein Fehltritt?

Lass das, sagte ich mir. Das ist doch lächerlich. Es gibt keine Beweise, das ist alles pure Spekulation. Die Stimme der Vernunft hielt mich davon ab, Lizzie noch mal zu rufen. Ich beschloss stattdessen, Arthurs Rat zu suchen.

Die Schule lag in der Nähe, deshalb versuchte ich es dort zuerst. Aber ich hatte kein Glück. Ich ging weiter zur Kirche, doch eine schnelle Runde übers Friedhofsgelände blieb ebenfalls erfolglos. Die große Eingangstür war geschlossen, und niemand war da, der sie mir öffnete. Also konnte ich nicht nachsehen, ob er im Gebäude war. Aber es kam mir so vor, als ob Licht brannte. Ich legte das Ohr an die Tür und war fast davon überzeugt, drinnen leise Stimmen zu hören.

„Arthur?“, rief ich. „Ich bin’s, Will. Bist du da drinnen?“

Keine Antwort. Ich ging also zum nächstgelegenen Buntglasfenster und versuchte, etwas zu erspähen. Es stellte sich nur heraus, dass drinnen tatsächlich Licht brannte, sonst war nichts zu sehen oder zu hören. Vielleicht hatte ich mir die Stimmen ja eingebildet – oder der Pastor redete da drinnen mit jemandem, oder die Putzfrauen waren bei der Arbeit. Der Parkplatz stand leer – in einem kleinen Dorf, in dem alles fußläufig zu erreichen war, hatte das aber nicht viel zu sagen.

„Arthur!", brüllte ich wieder, weil ich dachte, einmal könne ich es ja noch versuchen. „Ich muss mit dir reden. Bitte."

Knarrend ging die Tür hinter mir auf. Ich wirbelte herum. „Arth…"

„Du schon wieder", sagte der große Mann. „Was willst du?"

Mir fehlten die Worte. Es war der Typ mit dem schwarzen Trenchcoat und den nach hinten gegelten weißblonden Haaren. Kein Mann eigentlich, sondern ein Lotse. Vor noch gar nicht langer Zeit hatte ich gesehen, wie er eine Seele am Grab in ein reines weißes Licht geführt hatte. Und wie mich das berührt hatte, würde ich wohl nie vergessen.

Er hielt seinen Hut in der rechten Hand. „Wer ist denn dieser Arthur, den du nie zu fassen kriegst? Bei unserer letzten Begegnung hast du auch schon nach ihm gesucht."

Er starrte mich an, seine meergrauen Augen verlangten nach einer Antwort.

„Ich … äh. Ein Freund."

Er zog die Augenbrauen hoch. „Tatsächlich. Auch eine Seele?"

Ich lief Gefahr, Arthur in Schwierigkeiten zu bringen, deshalb wich ich der Frage aus, indem ich selber eine stellte. „Wer will das wissen?"

„Geht dich nichts an."

„Dann erwarte nicht von mir, dass ich deine Fragen beantworte."

„Du stiehlst mir die Zeit. Ich bin gerade beschäftigt, und du störst. Hau ab."

„Du kannst mich nicht zwingen“, antwortete ich, verblüfft von meiner Kühnheit. „Ich hab das gleiche Recht, hier zu sein, wie du.“

„Und da bist du dir ganz sicher?“

Er hob die rechte Hand, als wolle er irgendeine Macht auf mich loslassen – und ich wagte nicht, ihn noch weiter zu provozieren. Ich war überfordert und konnte nur noch einen Rückzieher machen.

„Okay, okay“, sagte ich. „Ich geh ja schon.“

26. KAPITEL

„Erzähl mir noch mal, wie Mummy gestorben ist", sagte Ella. Tränen glänzten auf ihren roten Wangen.

Endlich hatte ich es geschafft, sie aus ihrem Prinzessinnenschloss zu locken. Sie hatte in diesem Zelt gesessen, seit sie von Dads Tod erfahren hatte.

Mum und Lauren hatten beide versucht, mit ihr über ihre Gefühle zu sprechen, aber Ella hatte wiederholt verlangt, in Ruhe gelassen zu werden – und am Ende hatten sie eingelenkt. Über Dads Selbstmord hatten sie kein Wort verloren und Ella in dem Glauben gelassen, ihr Großvater wäre an den Folgen des Schlaganfalls gestorben.

Ella kletterte aus dem Zelt und setzte sich neben mich aufs Bett. Ich hatte Fragen zu Dads Tod erwartet, war also ziemlich verblüfft, als sie stattdessen Alice zum Thema machte.

„Was ist ihr passiert?"

„Hm, ich hab es dir ja schon öfter erzählt, sie ist bei deiner Geburt sehr krank geworden. Und sie … sie ist gestorben, als du ein paar Stunden auf der Welt warst."

„Dann hab ich sie getötet."

„Nein, natürlich nicht, Ella. So was darfst du nicht sagen. Das war ein schreckliches Unglück. Solche Tragödien geschehen manchmal. Wir wünschen uns alle, dass es nicht so wäre, aber wir können nichts dagegen machen."

„Wie ist es genau passiert?"

Im Moment wollte ich Alices Tod wirklich nicht noch einmal durchleben, aber der Frage durfte ich mich nicht entziehen. Ella hatte das Recht, es zu erfahren. Was geschehen war, hatte ich früher schon für sie umrissen, aber jetzt fragte sie zum ersten Mal nach den genauen Umständen.

„Sie hatte eine Hirnblutung. Das ist so ähnlich wie Grandads Schlaganfall, aber wirklich sehr schlimm. Weißt du noch, dass ich dir erzählt habe, dass bei Grandad die Blutzufuhr zum Gehirn für kurze Zeit unterbrochen war?“

Ella nickte.

„Okay. Bei Mum war eine Ader geplatzt, die ihr Gehirn mit Blut versorgt hatte.“

„Weil sie mich geboren hat?“

„Wenn man ein Baby kriegt, ist das für die Mutter sehr anstrengend.“

Ich sah noch immer das entsetzte Gesicht der Hebamme vor mir. Dieses Bild würde ich nie vergessen. „Rufen Sie den Notdienst!“, hatte sie gebrüllt. „Wir müssen sie sofort ins Krankenhaus bringen.“

Man hatte uns von einer Hausgeburt für Alices erstes Baby abgeraten, weil es Komplikationen geben könnte, aber sie war nicht davon abzubringen gewesen. Krankenhäuser hatte sie gehasst. Und so war sie in einem Krankenwagen gestorben, der sich durch den Feierabendverkehr schlängelte, sie war nie bei den Ärzten angekommen, die sie vielleicht hätten retten können. Jenen Ärzten, die bei einer Geburt im Krankenhaus sofort an ihrer Seite gewesen wären.

Ella riss mich zurück in die Gegenwart.

„Es war also doch meine Schuld“, sagte sie.

Ich kniete mich vor sie hin. „Nein, Ella. War es nicht. Das darfst du nicht denken. Bitte nicht. Du bist überhaupt nicht dran schuld.“

Ich wusste mehr über Selbstbezichtigungen als irgendein anderer, und Ella sollte sich damit wirklich nicht rumschlagen. Bis ich mich selbst nicht mehr für Alices Tod verantwortlich gefühlt hatte, waren viele Therapiesitzungen nötig gewesen. Irgendwann war ich sogar der festen Überzeugung gewesen, sie wäre nicht gestorben, wenn ich sie nicht betrogen hätte. Meine Logik begründete sich darauf, dass ich eine Geburt im Krankenhaus wegen der Sicherheit vorgezogen hätte, Alice aber letztlich die Entscheidung überlassen hatte, weil ich wegen meines One-Night-Stands so von Schuldgefühlen gebeutelt war. Ich hätte heftiger dagegenhalten sollen, hatte ich mir in den schrecklichen Tagen und Wochen nach ihrem Tod immer wieder gesagt. Wenn ich mich quergestellt hätte, statt mein Gewissen zu beruhigen, wäre vielleicht alles ganz anders geworden.

Es hatte lange gedauert, bis ich akzeptieren konnte, dass das Leben viel größer und unendlich viel komplexer war als ich und meine Entscheidungen – die guten ebenso wie die schlechten. Ob ich durch meine Handlungsweise irgendwas hätte ändern können, würde ich nie wissen. Erst später begriff ich, wie wichtig es war, mit meiner wunderschönen Tochter in der Gegenwart zu leben und nicht mit einer Vergangenheit zu hadern, an der ich nichts ändern konnte.

„Und warum ist Grandad auch noch gestorben?“, fragte Ella. „Wenn ich Nana gleich gesagt hätte, dass er krank ist, wäre das vielleicht nie passiert.“

„Nein, Ella. Darüber haben wir doch schon geredet. Ich hatte dir doch gesagt, dass du es erst am nächsten Morgen erzählen solltest. Du bist nicht dafür verantwortlich.“

Wieder fing sie an zu schluchzen. „Warum sterben alle? Du bist gestorben, als du mich von der Schule abholen wolltest. Das ist also auch meine Schuld.“

„Nein. Nichts davon ist deine Schuld. Du musst aufhören, so was zu denken.“

Ich schloss die Augen und suchte nach den richtigen Worten. Es war wirklich schlimm, Ella nicht in den Arm nehmen und trösten zu können. „Es tut mir leid, Ella. Ich wünschte, ich könnte dir darauf eine richtige Antwort geben, doch die gibt es nicht. Es ist total ungerecht. Keiner – schon gar nicht Kinder in deinem Alter – sollte innerhalb so kurzer Zeit so viele Verluste erfahren müssen. Ich wünschte, ich könnte einen Zauberstab schwenken – so wie die Zauberer in deinen Büchern –, und alles wäre wieder gut. Das kann ich nicht. Doch ich bin für dich da, und ich werde alles tun, was ich nur kann, um dir zu helfen. Und das gilt auch für Nana und Lauren. Das weißt du doch, oder? Du bist nie allein."

Als Ella sich endlich beruhigt hatte, fragte sie nach der Seele ihres Großvaters. „Wo ist er, Daddy? Werde ich ihn sehen können?"

Ich seufzte. „Ich weiß nicht, wo er ist. Ich habe ihn auch nicht gesehen. Aber ich versuche, es herauszufinden."

„Ist er vielleicht schon im Himmel?"

„Kann sein."

„Wie ist das da?"

„Im Himmel?"

Ella nickte.

Wehmütig seufzte ich. „Weiß ich nicht, Schatz. Ich war noch nicht da, aber ich könnte mir vorstellen, dass es ganz unglaublich ist, voller Glück und Wärme. Ich glaube, für jeden Menschen ist es da anders, damit es der perfekte Ort für jeden sein kann."

„Glaubst du, Mummy ist da?"

„Ja."

„Würdest du auch gern dahin gehen, damit du wieder mit ihr zusammen sein kannst?"

Auf diese Frage war ich gar nicht vorbereitet. Ich hätte damit rechnen müssen. Hatte ich aber nicht. Vielleicht war die Zeit jetzt gekommen, mit ihr meine große Frage zu diskutieren. Das erwog ich einen Moment, aber ich konnte Lizzies Warnung nicht vergessen, Ella nicht mit meiner Entscheidung zu belasten. Außerdem … wie konnte das jetzt ein guter Zeitpunkt sein? Sie hatte gerade ihren Großvater verloren. Was könnte grausamer sein, als mit ihr darüber zu reden, dass sie mich möglicherweise auch wieder verlieren würde?

„Hm, darüber hab ich noch nicht so richtig nachgedacht",

log ich. „Hört sich ganz so an, als ob du mich loswerden wolltest."

Ich zog eine alberne Grimasse und konnte ihr den Anflug eines Lächelns entlocken, ehe ich sie fragte, wie es ihr damit ging, dass ihr Großvater gestorben war.

Sie blickte auf ihre nackten Füße und bohrte den großen Zeh in den Teppich. „Ich bin traurig. Ich dachte, es geht ihm schon besser."

„Das dachten wir alle."

„Du, Daddy ... ich mach mir jetzt ein bisschen Sorgen um Nana."

„Wie meinst du das?"

„Was, wenn sie jetzt auch noch stirbt?"

Es brach mir das Herz, so etwas von meiner sechsjährigen Tochter zu hören. Überraschend war es nicht, dass ihr diese Frage durch den Kopf ging nach so vielen Todesfällen in ihrer Familie. Aber richtig war das nicht. In ihrem Alter sollte sie eigentlich über nichts weiter nachdenken müssen, als mit welcher Puppe sie spielen oder was sie sich im Fernsehen ansehen sollte. Wieder erinnerte ich mich an Lizzies Warnung, ihre Art zu denken war mir nicht mehr so fremd. Meine Tochter sollte sich jetzt nicht um meine Zukunft sorgen müssen. Das tat ihr wirklich nicht gut.

„Deine Nana ist fit wie ein Turnschuh", sagte ich. „Die bleibt dir erhalten." Sofort bereute ich meine Wortwahl. Dad hatte vor Kurzem auch behauptet, fit wie ein Turnschuh zu sein. „Und du hast ja auch noch Tante Lauren", sagte ich. „Und deinen Onkel Xander. Die haben dich alle drei sehr lieb."

„Hm ja", meinte Ella und langte quer übers Bett nach Kitten, die sie sich fest an die Brust drückte.

Ich dachte zurück an die Tage, in denen ich Ella so hatte drücken können, und die Emotionen überkamen mich völlig unerwartet.

„Was ist denn, Daddy?“, fragte Ella, als ich Schmerz und Unsicherheit herunterschluckte.

„Nichts, Schatz“, antwortete ich und zwang mich zu einem Lächeln. „Mir geht es bestens.“

27. KAPITEL

Schon als ich die Türklingel hörte, hatte ich ein schlechtes Gefühl. Warum, weiß ich nicht. In letzter Zeit waren viele Leute zum Kondolieren gekommen. Dieses Mal fühlte es sich anders an. Sobald Lauren die Tür aufgemacht hatte, um nachzusehen, wer da war, wusste ich, dass mein Bauchgefühl mich nicht getrogen hatte.

In der Kälte, mit einer Atemwolke vor dem Mund, stand ein Mann, den ich das letzte Mal hinter der großen Tanne der Nachbarn verborgen beobachtet hatte. Sorgfältig gegelte Frisur. Angezogen wie ein Geschäftsmann. Und ja – ein Blick über seine Schulter bestätigte es –, der schwarze Audi parkte auf der Straße. Hätte ich noch ein Herz gehabt, es hätte gehämmert wie eine Basstrommel. Was zum Teufel war jetzt los?

„Hallo“, sagte er, und ein gequältes kleines Lächeln flackerte auf. „Sie müssen Lauren sein.“

Meine Schwester runzelte die Stirn. „Und wer sind Sie?“

Er streckte den rechten Arm zur Tür rein, spitze Finger ragten unter schönen Manschetten hervor. „Devlin. Charles Devlin.“

Lauren starrte seine Hand an, als könne man der nicht trauen, dann schüttelte sie sie ganz kurz. „Sind wir uns schon mal begegnet?“

„Nein. Sie wohnen ja sonst im Ausland, nicht wahr. In Holland, soviel ich weiß.“

Sie musterte ihn mit zusammengekniffenen Augen, die Kälte drang ins Haus, und sie fröstelte. „Sie scheinen viel mehr über mich zu wissen als ich über Sie, Mr. Devlin.“

Wieder lächelte er sie gequält an, dieses Mal länger. „Ich bin ein guter Freund Ihres Vaters.“

Bei diesen Worten bekam Laurens vereiste Miene Risse. „Oh, verstehe“, sagte sie. „Tut mir leid, das war mir nicht klar.“

„So schreckliche Neuigkeiten“, sagte er, und allem Anschein nach war seine Betroffenheit echt. „Ich kann noch nicht fassen, dass er nicht mehr da ist.“

„Kommen Sie lieber rein.“

Ich hatte die ganze Zeit hinter Lauren gestanden und dieser Mann, Devlin, konnte mich offenbar nicht sehen. Vielleicht ist er doch ein Mensch, dachte ich. Nur um ganz sicherzugehen, brüllte ich ihm so laut ich konnte ins Ohr, während Lauren ihm den Mantel abnahm. Er zuckte nicht zusammen.

„Wer in aller Welt bist du dann?“, sagte ich. „Dad hat nie von dir gesprochen. So nah könnt ihr euch nicht gestanden haben.“

„Mum, ein Freund von Dad ist hier“, sagte Lauren, die Devlin ins Wohnzimmer führte.

Meine Mutter hatte geweint, jetzt saß sie auf dem Sofa und schaute mit roten Augen von ihrer Zeitung auf. Die letzten zwanzig Minuten war sie nicht eine Seite weitergekommen. „Oh, hallo.“ Sie stand auf, um den Besucher zu begrüßen, wobei sie Lauren einen verwirrten Blick zuwarf. „Tut mir leid, ich glaube, wir kennen uns nicht.“

„Charles Devlin“, wiederholte er. „Mein herzliches Beileid. Ihr Ehemann war ein wunderbarer Mensch.“

„Vielen Dank“, sagte Mum. Sie sah Lauren an, als wolle sie von ihr wissen, wen in aller Welt sie da ins Haus gelassen hatte.

Meine Schwester, die hinter Devlin stand, zuckte mit den Schultern und gab ihr wortlos zu verstehen, sie habe geglaubt, Mum würde den Mann kennen.

Mum, wie immer ganz die höfliche Gastgeberin, bot ihm einen Platz an und schickte Lauren zum Teekochen in die Küche.

„Es tut mir wirklich leid“, sagte sie. „Wir sind uns bestimmt schon begegnet, aber ich weiß nicht mehr, wo. Ich habe meine Gedanken zurzeit nicht recht beieinander.“

„Wir haben uns noch nie gesehen, aber ich habe das Gefühl, Sie zu kennen. Tom hat mir viel von Ihnen und seiner Familie erzählt."

„Oh. Und woher kannten Sie sich?"

„Durch unsere Arbeit. Ich bin Anwalt. Im Laufe der Jahre haben wir an verschiedenen Fällen zusammengearbeitet."

„Das erklärt alles. Mein Mann hat zu Hause nie über seine Arbeit gesprochen. Ich hatte Glück, wenn ich zu hören bekam, ob er einen guten oder schlechten Tag gehabt hatte. Vermutlich haben Sie ihn schon eine ganze Weile nicht mehr gesehen, oder?"

„Ehrlich gesagt hielten wir ständig Kontakt."

Mum versuchte, ihre Verwirrung zu überspielen, aber wahrscheinlich war sie für Devlin so offensichtlich wie für mich.

Als Lauren schließlich mit dem Tee kam und jedem eine Tasse eingeschenkt hatte, schienen sie und Mum ebenso verwundert über diesen geheimnisvollen Mann zu sein wie ich. Dabei wussten sie noch nicht mal, dass er uns schon seit Wochen beobachtete.

„Es gibt da etwas, das ich Ihnen mitteilen muss", Devlins Stimme bekam etwas Gewichtiges, er hätte einen ganzen Gerichtssaal zum Schweigen bringen können. „Auf leichte Art lässt sich das nicht sagen, also vergeben Sie mir bitte, wenn ich Sie schockiere oder brüskiere, aber Sie verdienen es, die Wahrheit zu erfahren."

„Welche Wahrheit?", flüsterte Mum.

Devlin holte tief Luft. „Tom und ich haben uns sehr geliebt."

Innerhalb von Millisekunden klappten meiner Mutter und meiner Schwester die Kinnladen runter.

„Ich muss doch sehr bitten!", entfuhr es Mum. Lauren und ich starrten Devlin fassungslos an.

„Wir hatten eine Beziehung", sagte er. „Schon eine ganze

Weile. Tom wollte es Ihnen erzählen, damit wir zusammenleben konnten. Aber nach Williams Tod bekam er Zweifel."

„Was reden Sie denn da um Himmels willen? Wie ..."

„Tom war schwul. Ich hab es vom ersten Augenblick an gewusst. Wir fühlten uns sofort zueinander hingezogen, aber er hat eine Zeit lang gebraucht, bis er es sich eingestehen konnte."

„Das ist ungeheuerlich", sagte Mum. „Soll das irgendein kranker Scherz sein? Wer zum Teufel sind Sie?"

„Das habe ich Ihnen gesagt. Das ist kein Scherz, das können Sie mir glauben. Das ist ..."

Devlin hielt inne, fuhr sich mit dem Finger unter den Augen entlang und holte ein paarmal tief Luft. „Ich habe den Mann verloren, den ich geliebt habe", sagte er mit bebender Stimme.

„Ich finde, Sie sollten jetzt gehen." Lauren stand auf. „Meine Mutter braucht jetzt wirklich nicht noch mehr Aufregung. Sie hat ihren Mann verloren, ich meinen Vater. Warum kommen Sie hierher und verbreiten solche Lügen?"

„Ich lüge nicht. Sie sagen, Sie wissen nicht, wer ich bin. Ich bin es, dem sie diese Nachrichten auf die Mailbox gesprochen haben. Ich bin es, den Sie ‚Dreckstück' genannt haben. Sie haben verlangt, dass ich Sie sofort anrufe oder zu Ihnen nach Hause komme. Nun, hier bin ich."

Seine Worte waren wie ein Schlag ins Gesicht für Lauren, ihr Blick trübte sich, und sie sackte auf der Couch zusammen.

„Sie waren das?" Mehr konnte Mum nicht sagen, bevor auch sie in eine Art Schockzustand verfiel.

Ich hatte das Gefühl, mein Gehirn – oder was mich als Seele noch denken ließ – würde gleich explodieren.

Dad war schwul.

Was? Das konnte nicht wahr sein. Mein Vater hatte rein gar nichts von einem verkappten Schwulen, er war übergewichtig, machte sich nichts aus Mode, war verschlossen und alles andere als gefühlsbetont – und nicht im Entferntesten tuntig. Und dennoch ... irgendwie – ich konnte nicht sagen, warum – war ich nicht völlig verblüfft. Was mich erstaunte, war, wie sehr er uns getäuscht hatte. Wie hatte er so etwas vor seiner Familie geheim halten können? Wie lange war ihm im tiefsten Inneren schon bewusst gewesen, dass er schwul war? Mein ganzes Leben? Ein besonders offener Mensch war Dad nie gewesen, aber ich hatte immer gedacht, ich würde ihn gut kennen. Wie man sich doch irren konnte. Offenbar kannte seine Familie ihn überhaupt nicht. Nicht so, wie er wirklich war. Das musste er sich für diesen Devlin aufgespart haben.

Ich schüttelte den Kopf, als wäre ich in einem Tagtraum gefangen gewesen und müsste wieder zurückfinden auf den Boden der Tatsachen. Aber kein Unterschied. Nichts änderte sich.

Das war also dieses „viel Schlimmere“, von dem er gesprochen hatte. Und ich war es gewesen, der ihm erzählt hatte, dass Mum von der Affäre wusste. Ich hatte ihn gedrängt, reinen Tisch zu machen – und das war zu viel für ihn gewesen.

Devlin brach das Schweigen im Raum. „Es tut mir leid, dass ich es Ihnen nur so beibringen konnte“, sagte er. „Wirklich. Aber ich musste es sagen. Alles andere wäre nicht fair gewesen.“

„Warum?“, sagte Mum mit versteinertem Blick.

„Weil es die Wahrheit ist.“

„Und wie hilft uns das jetzt weiter, wo er nicht mehr da ist?“

„Es ist Ihnen doch bestimmt lieber, wenn Sie wissen, wer Ihr Mann wirklich war.“

„Und Sie glauben, Sie können mir das erzählen, was? Sie kannten ihn fünf Minuten. Ich war vierzig Jahre mit ihm verheiratet.“

„Länger als fünf Minuten war es schon.“

„Halten Sie den Mund. Das ist mir egal. Ich will Ihre

schmutzigen Geschichten nicht hören. Wenn Sie Tom so sehr geliebt haben, wo waren Sie dann nach seinem Schlaganfall? Ich war an seiner Seite, Sie nicht."

„Ich habe nicht …"

Es klingelte an der Haustür.

„Wer ist das jetzt?" Mum sah Lauren an.

„Oh, soll ich mal nachsehen?", sagte meine Schwester wie in Trance.

„Ja, bitte. Und wimmle die Person ab, wenn du kannst."

Ich folgte meiner Schwester zur Tür. Sie machte auf – und die attraktive Zeitungsreporterin stand vor ihr. Mit demselben mitfühlenden Lächeln wie beim letzten Mal nach meinem allzu frühen Dahinscheiden. Ich hatte schon damit gerechnet, dass sie oder einer ihrer Kollegen von Dads Tod Wind bekommen würden. Tolles Timing.

„Hallo. Tut mir schrecklich leid, Sie zu stören. Ich bin Kate Andrews vom *Evening Journal.* Wir haben die furchtbare Neuigkeit von Tom Curtis' Tod gehört. Wäre es wohl möglich, mit einem Familienmitglied zu sprechen. Wir würden zu seinem Gedenken sehr gern einen Artikel bringen."

„Wo kommen Sie her?", fragte Lauren verwirrt.

„Vom *Evening Journal.* Entschuldigen Sie, ich glaube, wir kennen uns noch nicht, aber nach Williams Tod habe ich mit Mrs. Curtis gesprochen. Damals war sie gern bereit zu einem Gespräch. Ist sie jetzt vielleicht da?"

„Könnten Sie bitte einen Moment warten?" Lauren machte ihr die Tür vor der Nase zu. „Was soll das denn jetzt?", murmelte sie genervt.

„Verdammt noch mal", sagte ich. Diese Reporterin wusste bestimmt, dass es Selbstmord war. Das waren genau die Art Informationen, auf die Reporter aus waren, wenn sie beim Leichenbeschauer anriefen. Und dann wurden sie von emsigen Redakteuren losgeschickt, damit sie bei den Hinterbliebenen anklopften. Dass ich erst kurze Zeit vorher ums Leben gekommen war, machte die Geschichte noch besser. Damit war die Titelseite so gut wie sicher.

Sobald Mum kapierte, wer da war, geriet sie in Panik. Sie tat ihr Bestes, um das vor Devlin zu verbergen, aber ich konnte es in ihren Augen sehen. Zum Glück hatte er den Wortwechsel an der Tür nicht gehört, und Lauren war so vernünftig, lediglich Kates Namen zu nennen und nicht zu erwähnen, dass sie Journalistin war.

„Ich fürchte, ich muss Sie jetzt bitten, uns zu verlassen, Mr. Devlin", sagte Mum. „Ich habe etwas Wichtiges zu erledigen. Ich wünschte, ich könnte sagen, es wäre mir eine Freude gewesen."

„Was? Ist das alles? Wir haben doch sicherlich viel mehr zu besprechen."

„Ich habe Ihre Telefonnummer", antwortete sie. Und damit wurde er so schnell zur Tür hinausbefördert, wie Kate ins Haus geholt wurde. Die beiden hatten keine Chance, einander richtig wahrzunehmen.

War ich froh, dass Ella nicht zu Hause war. Auf meinen Rat hin hatte sie Mums Angebot abgelehnt, ein paar Tage schulfrei zu nehmen. Ich hoffte nämlich, die vorweihnachtlichen Aktivitäten in der Schule würden sie etwas von dem Elend zu Hause ablenken.

„Hallo, Mrs. Curtis." Kate schüttelte Mum die Hand und bedachte sie mit einem gut eintrainierten mitleidigen Blick. „Entschuldigen Sie bitte, dass ich unangemeldet hier auftauche, aber wir haben gerade die schreckliche Nachricht vom Tod Ihres Mannes gehört. Ich kann es nicht fassen. So schnell nach dem Tod Ihres Sohnes. Sie Ärmste. Die Redaktion wollte jemand anders zu Ihnen schicken, aber ich habe darauf bestanden, das selbst zu übernehmen. Sicher fällt es Ihnen leichter, mit jemandem zu reden, den sie schon kennen. Mein herzliches Beileid."

„Oh, du bist gut“, sagte ich. „Es hat auch ganz bestimmt nichts damit zu tun, dass du dir eine fette Story unter den Nagel reißen wolltest, oder? Natürlich nicht. Du bist aus reiner Herzensgüte hier. Achtung, Mum. Die hat es faustdick hinter den Ohren …“

„Ich danke Ihnen“, sagte Mum, die wie üblich taub für meinen Rat war. „Am besten kommen Sie mit ins Wohnzimmer. Soll ich Ihnen den Mantel abnehmen?“

Ein bisschen später, bei einer frisch gebrühten Tasse Tee, gab Mum die Fakten über Dads Schlaganfall an Kate weiter. Anscheinend hatte sie das Gefühl, mit ihr reden zu müssen, weil ich früher auch Journalist gewesen war. Aber mir wäre es lieber gewesen, sie hätte geschwiegen, besonders nach der Bombe, die Devlin gerade platzen lassen hatte.

Kaum zu glauben, wie gefasst sie wirkte. Mir schwirrte noch immer der Kopf, weil ich so geschockt war über das, was ich über meinen Vater erfahren hatte. Ich konnte mir nur vorstellen, dass es Mum genauso ging, denn sie ließ sich überhaupt nichts anmerken. Lauren hingegen war nach oben verschwunden, weil sie mit der Situation gar nicht zurechtkam.

Zunächst hatte Kate Mum reden lassen, nun nahm sie einen Schluck aus ihrem Becher. Ein Anflug von Unbehagen zeigte sich auf ihrem entwaffnend jungen, hübschen Gesicht.

„Mach dich auf was gefasst, Mum“, sagte ich. „Jetzt kommt’s.“

„Das hier ist ein bisschen unangenehm“, sagte Kate. „Wir, äh, haben von der Polizei und dem Leichenbeschauer erfahren, dass ihr Mann nicht eines natürlichen Todes gestorben ist. Fremdeinwirkung ist ausgeschlossen worden, also …“

Mum sog scharf die Luft ein. Ich befürchtete schon, sie würde durchdrehen und Kate entweder anschreien, sie solle sich um ihren eigenen Kram kümmern, oder in Tränen ausbrechen. Aber das tat sie nicht. Irgendwie blieb sie gefasst. Jahrelang hatte ich Dad für den Stärkeren der beiden gehalten, doch jetzt war klar, wie sehr ich mich geirrt hatte. Er mochte große physische Präsenz und eine Aura von Selbstsicherheit gehabt haben, aber als seine Familie ihn am meisten gebraucht hatte, war er unter dem Druck zusammengebrochen und hatte sich wie ein Feigling aus der Affäre gezogen. Wie Mum es schaffte, selbst unter den widrigsten Umständen weiterzumachen, war schier unglaublich.

„Verstehe", sagte sie. „Wissen Sie, wie er es getan hat?"

Kate zuckte zusammen, so als würde sie die grauenvolle Szene von Dads Tod vor sich sehen. Sie nickte. „Es tut mir so leid. Ich kann mir gar nicht vorstellen, was Sie und Ihre Familie durchmachen."

„Werden Sie über die genauen Umstände berichten?"

Die Reporterin rutschte auf ihrem Sessel herum. „Ich fürchte, wir werden schreiben müssen, was uns der Gerichtsmediziner mitgeteilt hat, um es für die Öffentlichkeit festzuhalten, aber mit reißerischen Details machen wir keine Geschäfte. Es wird keine fetten Schlagzeilen geben." Sie machte eine Pause, bevor sie hinzufügte: „Ich würde gern Ihre Seite der Geschichte einbeziehen. Was Sie auch sagen möchten. Also, wie würden Sie den Gemütszustand Ihres Mannes bei Ihrer letzten Begegnung beschreiben?"

„Fall bloß nicht auf diesen alten Trick rein, Mum", platzte es aus mir heraus. „Sie horcht dich aus."

„Darüber möchte ich nichts sagen", antwortete Mum.

„Sie müssen doch wütend auf das Krankenhaus sein", sagte Kate. „Wo waren denn all diese Ärzte und Pfleger, als es passiert ist? Sie hatten schließlich eine Fürsorgepflicht. Sie erwägen doch bestimmt rechtliche Schritte?"

„Darüber möchte ich nichts sagen", wiederholte Mum.

Einen Moment lang dachte ich, Kate würde sie weiter bedrängen. Das hätte das Fass möglicherweise zum Überlaufen gebracht. Doch dazu kam es nicht. „Gut, Mrs. Curtis“, sagte sie. „Das verstehe ich. Aber wenn Sie Ihre Meinung ändern, lassen Sie es mich bitte wissen. Haben Sie noch meine Telefonnummer?“

Mum nickte, aber ich konnte ihr ansehen, dass sie nicht die Absicht hatte anzurufen.

„Das war gut, Mum“, sagte ich. „Das hast du ganz richtig gemacht.“

Als Kate weg war, kam Lauren wieder nach unten. Ihr Gesicht war ganz rot und verschwollen vom Weinen. „Alles okay mit dir?“, fragte Mum.

„Nein. Überhaupt nicht. Was haben wir nur getan? Womit haben wir all diese Scheiße, dieses ganze Elend verdient? Es ist, als würde ein Fluch auf unserer Familie liegen.“

Mum sagte nichts.

„Wie geht es dir?“, fragte Lauren sie nach ein paar Minuten des Schweigens.

Sie zuckte mit den Schultern, ihr Blick ging ins Leere. „Weiß nicht. Ich bin wie betäubt. Vermutlich frage ich mich schon, was als Nächstes kommt. Ich wage nicht mal zu denken, dass es nicht noch schlimmer werden kann. Diesen Fehler mache ich nicht noch mal.“

„Was hast du der Reporterin erzählt?“

„Sie wusste schon, wie er gestorben ist, wenn du das meinst.“

„Das wird also in der Zeitung breitgetreten werden, damit alle drüber tratschen können?“

„Ja.“

„Moment mal? Heißt das, Ella wird Wind davon kriegen?“

Mum runzelte die Stirn. „Daran hatte ich gar nicht gedacht. Vielleicht. Es ist unwahrscheinlich, dass sie es selber liest, aber vermutlich wird irgendjemand es lesen und dann etwas zu ihr sagen. Das dürfen wir nicht zulassen.“

„Wir werden also einer Sechsjährigen erklären, dass ihr

Großvater sich umgebracht hat? Das können wir nicht machen, auf keinen Fall dürfen wir ihr sagen, wie er es gemacht hat. Dann hat sie für den Rest ihres Lebens Albträume."

„Oh Gott, ich weiß nicht."

„Und was ist mit der anderen Sache?"

„Mit dem, was dieser Mann gesagt hat? Davon habe ich Kate natürlich nichts erzählt. Hältst du mich für blöd?"

„Glaubst du, was er gesagt hat?"

„Ich will es nicht glauben", seufzte Mum und starrte vor sich hin. „Aber warum sollte er sich so was ausdenken?"

28. KAPITEL

Noch neun Tage

„Nana und ich müssen kurz mit dir reden.“ Lauren bedeutete Ella, sich neben sie aufs Sofa zu setzen.

„Warum? Was ist passiert?“

„Mach schon, Ella“, sagte ich zu ihr. Sie warf mir einen forschenden Blick zu, aber ich sagte nichts mehr.

„Es geht um Grandad“, sagte Mum.

„Ich vermisse ihn so.“

„Er fehlt uns allen. Du weißt doch, dass Tante Lauren und ich für dich da sind, wenn du reden willst?“

„Ja“, sagte Lauren. „Ganz gleich, ob du über Grandad reden möchtest oder deinen Vater oder darüber, wie du dich fühlst. Wir sind immer da. In letzter Zeit haben wir viel durchgemacht, aber uns ist klar, dass es für dich besonders schlimm sein muss.“

Ella starrte zu Boden, ihr standen die Tränen in den Augen.

Stumm beobachtete ich, wie Mum und Lauren ihr von Dads Selbstmord erzählten, ohne die grausigen Einzelheiten zu erwähnen. Hielt ich das für nötig? Nicht so richtig, denn es war nicht besonders wahrscheinlich, dass sie es von jemand anders erfahren würde. Welcher verantwortungsbewusste Erwachsene würde ihr denn unter die Nase reiben, dass ihr Grandad Selbstmord begangen hatte? Allerdings war es möglich, dass ein anderes Kind hörte, wie sich Erwachsene darüber unterhielten. Und so sollte Ella es nicht herausfinden. Ich erinnerte mich nur zu gut an die grausamen Hänseleien der gemeinen kleinen Kaylee. Aus ihrem giftigen Mund sollte Ella die Wahrheit nicht erfahren müssen.

Zum Glück nahm sie die Sache erstaunlich gut auf. Es brach mir das Herz, aber sie gewöhnte sich langsam daran, mit derartigen Dingen fertigzuwerden. Armes Kind. Womit hatte sie nur so ein schweres Los verdient?

Sie stellte ein paar Fragen, nickte stumm, als Mum und Lauren ihr antworteten, und sagte dann, sie würde gern eine Weile allein in ihrem Zimmer sein.

„Sie war sehr still, Mum", sagte Lauren, als sie hochgegangen war.

„Was hast du erwartet?"

„Weiß nicht. Dass sie weinen würde, vermute ich. Hat sie verstanden, was wir gesagt haben?"

„Ich glaube schon, soweit Kinder verstehen können, dass jemand Selbstmord begeht."

„Wir dürfen sie nicht aus den Augen lassen."

„Auf keinen Fall. Sie muss wissen, dass wir sie sehr lieb haben und sie nicht verlassen. Es ist wichtig, dass sie sich erwünscht fühlt."

„Und wenn ich nach Hause fliege?"

Mum stand die Panik ins Gesicht geschrieben. „Was willst du damit sagen? Ich dachte, du wolltest eine Weile bleiben. Du lässt mich doch nicht im Stich, oder?"

„Nein, Mum. Entspann dich. Ich gehe noch nicht. Aber ich frage mich, ob das Ella vielleicht belasten könnte? Ich bin nach Wills Tod ja schon mal gekommen und wieder weggefahren."

Ich war froh, dass Lauren noch eine Weile bleiben würde, denn ich machte mir Sorgen, wie Mum ohne ihren Mann und ihre Kinder um sich herum zurechtkommen würde. Sie war stark, klar, aber auch das stärkste Gebäude ist nur so stabil wie sein Fundament.

Ich ließ die beiden zurück und ging in Ellas Zimmer. Zuerst konnte ich sie nicht sehen, aber ich wusste ja, wo ich suchen musste. „Buh", sagte ich leise, als ich durch das kleine Fenster in ihr rosa Schloss schaute. „Wie geht es dir da drinnen?"

„Nicht so gut."

„Willst du drüber sprechen?“
„Nein.“
„Hast du verstanden, was Nana und Lauren dir erzählt haben?“
Sie wich meinem Blick aus und antwortete mit einem verärgerten Seufzen. Ich beschloss, einen anderen Kurs einzuschlagen. „Sehe ich da Kitten bei dir drinnen?“
Wieder ein Seufzen, doch dieses Mal nicht so verärgert.
„Wie geht es ihr denn?“
„Gut.“
„Warst du mit ihr im Katzenland?“
Ella hob ihr Kuscheltier auf und drückte es sich ans Gesicht, während sie am Daumen nuckelte. Sie schüttelte den Kopf.
„Nein? Oh, begleite sie doch. Weißt du was, ich hab heute den großen roten Kater von den Nachbarn im Garten gesehen. Der sah ganz weich und kuschelig aus.“
„Wo?“, flüsterte Ella mit dem Daumen im Mund.
„Unter den Büschen hinten im Garten. Er war riesig, fast so groß wie Sam. Der frisst bestimmt zehn Teller Katzenfutter pro Tag.“
Ella kicherte.
„Hast du ihn schon mal gesehen?“
„Nee.“ Sie nuckelte weiter und drückte Kitten an sich, aber jetzt sah sie in meine Richtung. „Wo wohnt er?“
„Keine Ahnung. Irgendwo in der Nähe, ich hab ihn schon ein paarmal gesehen. Halt die Augen auf.“
„Wie heißt er?“
„Ich nenne ihn Fettie.“
Sie kicherte wieder.
„Weißt du, was Kitten gemacht hat, als du heute in der Schule warst?“
Sie schüttelte den Kopf.
„War die frech, du glaubst es nicht. Immer wieder hat sie

sich aus dem Fenster geschlichen und ist auf dem Dach rumgelaufen. Ich musste mit ihr schimpfen, damit sie zur Vernunft kam. Sie tut ja immer so lieb, aber wenn du nicht da bist, ist sie ziemlich dreist.“

Ella hatte es immer gemocht, wenn ich ihr Geschichten über ihre Kuscheltiere erzählte. Schließlich kam sie dann doch aus dem Zelt und fing an mit mir zu reden. Wir wurden ein paarmal unterbrochen, weil Mum und Lauren reinschauten. Ella tat dann immer so, als wäre sie beim Spielen. Ich drängte sie nicht dazu, über Dad zu reden, am Ende fing sie selbst damit an.

„Warum wollte Grandad uns verlassen?“

Mit dieser Frage hatte ich nicht gerechnet, kurz davor hatten wir nämlich noch über ihren Wackelzahn geredet und darüber, ob es männliche Zahnfeen gab.

„Was hast du gesagt?“, fragte ich, weil ich etwas Zeit brauchte für eine anständige Antwort.

„Warum wollte Grandad uns verlassen? Deshalb ist er doch selber gestorben, oder nicht? Er hat uns nicht mehr lieb gehabt.“

„Natürlich hat er uns noch lieb gehabt. Besonders dich. Nach dir war er ganz verrückt. Er hat immer gesagt, er kann sich gar keine bessere Enkelin vorstellen.“

„Warum ist er dann weggegangen?“

„Das weiß ich nicht. Ich glaube, er war einfach nur richtig traurig. Es war schwer für ihn, mit den Folgen des Schlaganfalls fertigzuwerden.“

Zum Glück hatten Mum und Lauren kein Wort über die geheime Affäre verloren. Es war auch so schon schwer genug, Erklärungen zu finden.

„Aber er wäre doch wieder gesund geworden, oder?“

„Ja. Es hätte aber lange gedauert, und vielleicht hätte er sich auch nie ganz erholt.“

„Du warst doch bei ihm im Krankenhaus. Warum konntest du nichts machen?"

„Wenn ich das doch gekonnt hätte, Ella. Aber er hat sich weggeschlichen, als ich geschlafen habe."

Sie verstummte und starrte Kitten an, die sie in den Händen herumdrehte. „Ist er schon im Himmel?"

„Das weiß ich nicht."

„Na, hoffentlich nicht. Das hat er nicht verdient. Er ist gestorben, ohne dass er das musste, und er hat sich nicht verabschiedet."

„Ella! Ich will nicht, dass du das noch mal sagst. Ich weiß, du bist wütend auf ihn, aber so was darfst du keinem wünschen, schon gar nicht deinem Großvater."

Ich war nicht mal besonders schroff gewesen, aber meine Worte brachten sie zum Weinen. Sie kroch wieder ins Zelt und sagte, ich solle sie in Ruhe lassen. So was hatte ich schon oft erlebt, aber noch nie als Seele. Vermutlich tat es mir deshalb so weh. Ich hielt es für das Beste, ihr etwas Raum zu lassen.

„Tut mir leid", flüsterte ich. „Ich wollte nicht, dass du dich aufregst. Du weißt ja, wo ich bin, wenn du mit mir reden willst."

Ihre Antwort war ein wütendes Schnauben, mit dem sie den Reißverschluss vom Zelteingang runterzog.

29. KAPITEL

Noch sieben Tage

Eine Woche. Mehr blieb mir nicht. Eine mickrige Woche.

Sieben Tage.

Einhundertachtundsechzig Stunden.

Zehntausendachtzig Minuten.

Na ja, das war nicht ganz korrekt. Etwas mehr als das war es schon, ich hatte noch bis Montagmittag Zeit, und jetzt war es erst sechs Uhr fünfundzwanzig. Doch was sollte die Haarspalterei. Die bittere Wahrheit war: In einer Woche würde ich die finale Entscheidung treffen müssen, ob ich auf ewig hierbleiben oder meinen Platz im Himmel einnehmen wollte.

Die Entscheidung hätte mir mittlerweile leichter fallen müssen, fand ich. Tatsächlich war das Gegenteil der Fall. Ein großer Teil des Problems war die Deadline an sich. Dass sie unweigerlich näher kam, lähmte mich wie ein Karnickel vor der Schlange. Dann noch Dads Tod. Mit dem hatte ich überhaupt nicht gerechnet und ihn auch nicht in meine früheren innerlichen Auseinandersetzungen einbezogen.

Wie passte er in das Bild von der Zukunft, das Lizzie mir gezeigt hatte? War sein bevorstehender Tod schon Teil des Bildes gewesen, ohne dass es mir bewusst war? Oder – und das machte mir am meisten Angst – hatte ich ihn durch meine Handlungen verursacht? Wäre Dad noch am Leben, wenn ich sofort hinübergegangen wäre? Es war zu verwirrend. Ich war ein Wrack. Wie konnte ich nur rechtzeitig eine Entscheidung treffen?

„Morgen, Daddy." Ellas Gesicht tauchte über mir auf. „Gut geschlafen?"

„Ja, danke. Und du?"

„Hm."

Ich überlegte einen Moment, warum ich hier auf dem Teppich neben Ellas Bett lag. Als ich noch lebte, hatte sie mich oft gebeten, in ihrem Zimmer zu bleiben, besonders wenn sie schlecht geträumt hatte, aber ich hatte mich immer geweigert. Und jetzt? Tat ihr das jetzt gut? Wahrscheinlich nicht. Allerdings hatte ich auch kein eigenes Zimmer mehr. Ich fühlte mich ziemlich wohl an Ellas Seite. Aber es ging nicht um mich, oder? Wenn ich nach nächster Woche noch hier war, würde ich die Schlafplatzfrage noch mal überdenken müssen.

„Wie alt ist Tante Lauren?"

„Wie bitte?"

„Tante Lauren, wie alt ist sie?"

„Hm. Achtunddreißig. Warum?"

„Echt? Oh, das ist gut. Ich dachte, sie wäre vielleicht schon vierzig."

„Nein. Achtunddreißig, ganz bestimmt. Warum ist das so wichtig?"

„Ach, nur so", antwortete sie. Ihr Gesicht lief rot an, ehe sie sich unter der Bettdecke versteckte.

„Komm schon, Ella. Jetzt musst du es mir erzählen. Sonst grüble ich den ganzen Tag."

Ihr Kopf tauchte wieder auf. „Versprichst du, dass du nicht lachst?"

„Versprochen."

Sie streckte mir den kleinen Finger entgegen. „Schwörst du?"

Ich hielt ihr meinen kleinen Finger hin, sodass er ihren beinahe berührte. So nah, dass ich einen Anflug der unsichtbaren Kraft spürte, die mich so abstieß, als wären wir zwei Magnete. „Ich schwöre."

„Okay. Ich dachte nur … es wäre doch schön, wenn sie ein Baby kriegen würde."

Das hatte ich nicht erwartet. „Stimmt. Und warum?"

„Ich hätte gern eine Cousine. Und unsere Familie würde dann größer werden. Jada sagt, Mamas können Babys kriegen, bis sie vierzig sind. Danach dürfen sie nicht mehr. Ihre Mama ist zweiundvierzig, die kann das also nicht mehr. Aber Tante Lauren ist noch jung genug, oder?"

Die Gefühle wallten in mir auf, am liebsten hätte ich gleichzeitig gelacht und geweint.

„Glaubst du, sie möchte vielleicht eins, Daddy? Ein kleines Mädchen wäre doch schön. Ich könnte ihr Sachen beibringen und ihr die Haare schön machen."

Ich wusste nicht, was ich sagen sollte. Ich hatte keine Ahnung, ob Lauren Kinder wollte oder nicht. Da sie und Xander schon so lange kinderlos zusammenlebten, hatte ich vermutet, dass sie wahrscheinlich keine Kinder wollten oder keine kriegen konnten. Aber ich hatte nie mit ihnen über das Thema gesprochen – und hatte nicht neugierig sein wollen.

Es hatte eine Zeit gegeben, in der die Leute gefragt hatten, besonders als Ella noch ein Baby gewesen war, aber Lauren hatte immer gesagt, sie habe zu viel mit dem Geschäft zu tun. Irgendwann hatte das Gefrage aufgehört.

„Hm, vielleicht", sagte ich. „Aber so kurz nach Grandads Tod ist das für solche Fragen vielleicht nicht der richtige Zeitpunkt."

„Warum nicht? Ein Baby würde doch alle wieder glücklich machen."

Kinderlogik. Vielleicht. Aber ich konnte ihren Standpunkt ganz gut verstehen. Ellas Geburt war für mich eine enorme Hilfe gewesen, meinen Schmerz über Alices Tod zu bewältigen – obwohl Ellas Geburt und Alices Tod eng miteinander verknüpft waren.

„Du magst ja recht haben, aber sei trotzdem vorsichtig mit dem, was du sagst. Nur Tante Lauren und Onkel Xander können entscheiden, ob sie ein Baby haben wollen oder nicht. Und ich könnte mir vorstellen, dass Lauren gerade viel zu viel mit Grandads Beerdigung zu tun hat, um an so etwas zu denken."

Wie meine eigene Beerdigung verzögerte sich auch die von Dad, weil eine Obduktion angeordnet worden war. Aber mittlerweile war das Datum festgelegt worden, es war der nächste Montag. Der Tag meiner Deadline. Der Gedenkgottesdienst in der Kirche sollte um zehn Uhr morgens stattfinden, zwei Stunden vor meiner finalen Entscheidung. Es hatte schon fast den Anschein, das Schicksal habe das so arrangiert.

Was Dad anging, war ich nicht schlauer als zuvor. Keine Ahnung, was mit ihm passiert war. Lizzie hatte sich noch nicht wieder bei mir gemeldet, und Arthur war nirgends zu finden. Wenn Dad sich noch irgendwo als Seele herumtrieb, wollte er offenbar nicht von mir gefunden werden.

Und alles wurde von der Sorge überschattet, dass die Beerdigung sich in ein Spektakel verwandeln könnte. Charles Devlin würde den Termin für die Beerdigung mühelos herausfinden können, es war also denkbar, dass er auftauchte und eine Szene machte. Würde er Dads Geheimnis vor der ganzen Trauergemeinde verkünden? Mum und Lauren redeten nachmittags am Küchentisch darüber.

„Laden wir ihn ein? Was meinst du?", fragte Mum, die gerade Sam in den Garten gelassen hatte. Sie setzte sich.

„Was? Bist du verrückt? Warum in aller Welt sollten wir das tun?"

„Ich dachte nur, dass wir ihn auf diese Weise mit ins Boot holen. Damit er keine Szene macht."

„Aber dann ist er auf jeden Fall da. Wenn wir ihn nicht einladen, besteht immerhin noch die Möglichkeit, dass er nicht kommt."

„Das ist unwahrscheinlich. Er wird nach dem Termin Ausschau halten, deshalb könnte die Sache mit der Einladung funktionieren. Das erwartet er nicht. Es könnte ihn entwaffnen."

Lauren schlug mit der Faust auf den Tisch. „Mistkerl! Als ob wir nicht schon genug zu bedenken hätten. Wie wär's denn, wenn ich ihn einfach anrufe und ihm sage, dass wir ihn nicht dabeihaben wollen? Das finde ich gut."

„Untersteh dich. Das wäre das Schlimmste, was du machen kannst. Das würde ihn nur in der Entscheidung, hinzukommen, bestärken – und wir können ihn schließlich nicht aus der Kirche verbannen."

„Warum nicht?"

„Das ist ein öffentlicher Ort."

„Er hat aber kein Recht, da zu sein."

„Hat er das nicht? Er würde Einwände erheben. Und wenn die beiden sich wirklich geliebt haben, wäre da womöglich was dran."

„Mum! Wie kannst du so was sagen? Er war dein Mann. Nicht zu fassen, wie gleichgültig dir diese Sache anscheinend ist. Warum schreist und tobst du nicht? Ehrlich, manchmal frage ich mich, ob du nicht schon die ganze Zeit gewusst hast, was Dad treibt."

Ich traute meinen Ohren nicht. Mum brach in Tränen aus, auf Laurens Gesicht zeigte sich ein Anflug von Reue. Sie stand auf, ging zu Mum und nahm sie in die Arme. „Tut mir leid. War nicht so gemeint. Ich nehme es zurück. Ich weiß selbst nicht, was ich sage. Es ist einfach alles zu viel."

Mum legte den Kopf auf die Arme und ließ den Emotionen freien Lauf. Schließlich richtete sie sich schniefend auf, holte tief Luft und fing an zu reden. „Nein. Du hast recht, jedenfalls zum Teil. Ich reagiere seltsam, und dafür gibt es einen Grund. Ich glaube, ich gebe mir selbst die Schuld."

„Oh, Mum", sagte Lauren. „Du darfst nicht …"

„Hör zu. Ich muss das jetzt sagen. Ich muss es loswerden. Ich hatte keine Ahnung von der Affäre deines Vaters. Bis ich das geheime Handy gefunden habe. Aber als Charles Devlin hier war und uns erzählt hat, was los gewesen ist, war ich nicht ganz so überrascht wie du."

„Was?"

„Hör einfach nur zu, Lauren", sagte Mum gereizt. Jetzt war sie nicht mehr zu bremsen. Wollte ich mir wirklich anhören, was sie zu erzählen hatte? Eigentlich blieb mir nichts anderes übrig.

„Kurz nach unserer Hochzeit haben dein Vater und ich eine schwere Zeit durchgemacht. Er hat immerzu gearbeitet, und ich fühlte mich einsam zu Hause. Wir hatten versucht, ein Baby zu kriegen, aber es klappte einfach nicht. Eines Abends hatten wir einen großen Streit. Tom übernachtete auf dem Sofa, und als ich am nächsten Morgen aufstand, war er schon zur Arbeit gegangen. Ich hing den ganzen Tag traurig im Haus herum und hoffte, er würde anrufen, doch als er das endlich tat, teilte er mir nur mit, er würde mal wieder länger arbeiten."

Mum fuhr sich mit den Fingern durchs Haar und seufzte. „Ich hab ihn durchs Telefon angebrüllt und wüst beschimpft. Nach dem Auflegen bereute ich das sofort – und ein paar Stunden später beschloss ich, mit einem Abendessen zum Büro rüberzufahren, damit wir uns wieder vertragen konnten. Als ich dort ankam, war schon alles abgeschlossen, nur oben im ersten Stock brannte noch Licht in Toms Büro. Er arbeitete also noch. In dem Moment tauchte die Putzfrau auf, sie erkannte mich und ließ mich ins Gebäude. Ich schlich mich die Treppe hoch und ging auf Zehenspitzen zu seiner offenen Tür, weil ich ihn überraschen wollte. Aber da bekam ich dann die Überraschung."

Mum atmete noch ein paarmal durch und wedelte sich mit der rechten Hand vor den geröteten Augen herum. „Tut mir leid. Ich habe das noch nie jemandem erzählt."

„Schon okay, Mum", sagte Lauren. „Lass dir Zeit."

„Er war nicht allein. Da war noch ein anderer Mann bei

ihm. Ein junger Kerl, kann höchstens neunzehn gewesen sein. Er hockte auf dem Schreibtisch von deinem Vater, genau vor Tom, und er flüsterte ihm etwas ins Ohr, während er ihm mit dem Finger über den Nacken strich. Ich hatte wohl nach Luft geschnappt oder so, jedenfalls bemerkte Tom mich und sprang auf. Hastig hat er mich dann dem Mann vorgestellt, einem Praktikanten namens Nicholas, der ihm angeblich bei einem Fall half. Tom tat so, als wäre nichts passiert, aber ich wusste, was ich gesehen hatte. Vermutlich hätte ich bei Schlimmerem reinplatzen können, aber das war schon schlimm genug, das kannst du mir glauben. Es war so … intim. Meinen Mann so mit einem anderen Mann zu sehen, das bereitete mir eine Gänsehaut. Und wie dieser Junge mich angesehen hat! So von oben herab; mit einem hochnäsigen Lächeln und einem Hüftschwung verließ er das Büro, als sei ihm das alles total egal, als sei ich nichts weiter als ein Stück Dreck."

„Was hast du gemacht?"

„Zuerst gar nichts. Ich war viel zu geschockt. Ich wusste nicht, wie ich darüber mit deinem Vater reden sollte, deshalb spielte ich mit und tat auch so, als wäre nichts gewesen. Er überschüttete mich dann mit Aufmerksamkeit. Versuchte, mich davon zu überzeugen, dass alles in Ordnung war – sogar im Schlafzimmer, wenn du weißt, was ich meine. Aber ich bekam das Bild nicht aus dem Kopf. Schließlich versuchte ich, das Thema anzuschneiden, aber er weigerte sich, darauf einzugehen. Immer wenn ich davon anfing, wurde er wütend – und zwischen uns wurde es schnell ziemlich kühl. Ich bangte um die Zukunft unserer Ehe. Dann stellte ich fest, dass ich schwanger war."

„Mit mir?"

„Ja. Und das veränderte alles. Wir mussten miteinander reden und uns dem stellen, was mit unserer Beziehung passierte. Dein Vater gestand mir endlich, was an jenem Abend in seinem Büro passiert war."

„Und?“

„Er gab zu, dass etwas zwischen ihm und Nicholas war, aber er sagte, es sei nie mehr geschehen als das, was ich gesehen hatte. Ich fragte ihn, ob er schwul sei, und er sagte Nein. Er sagte, er sei ein wenig verwirrt worden und durch eine dumme Phase gegangen, aber meine Schwangerschaft habe die Dinge geklärt. Er hatte begriffen, dass er mit mir zusammen eine Familie haben wolle.“

„Und du hast ihm geglaubt?“, fragte Lauren. Diese Frage hätte ich auch gestellt.

„Ich war skeptisch, aber ich wollte ihm auch glauben. Ich liebte ihn noch immer – und ich wollte keine alleinerziehende Mutter sein. Er hat mir geschworen, dass so etwas nie wieder passieren würde.“

„Und war das so?“

„Soweit ich weiß. Abgesehen von dieser Sache mit Charles Devlin natürlich. Aber, glaub mir, das habe ich nicht kommen sehen, also – wer weiß? Als ich sein geheimes Handy gefunden habe und feststellte, dass er eine Affäre hatte, kam mir schon der Gedanke, dass es ein Mann sein könnte. Aber ich hab ihn verdrängt, mir war die Vorstellung lieber, dass er eine mit einer anderen Frau hatte. Natürlich war es damals naiv von mir, ihm zu glauben. Man kann solche Gefühle schließlich nicht ein- und ausschalten.“

„Hat er nie irgendwas gemacht, das deinen Verdacht erregt hat?“

Mum schüttelte den Kopf. „Ich habe ihn beim Wort genommen. Ich wollte von meinem Mann nicht so denken, deshalb habe ich bis heute nie mit jemandem darüber gesprochen. Die körperliche Seite unserer Beziehung hat sich schon vor längerer Zeit abgekühlt, aber das habe ich für normal gehalten. Vielleicht hätte ich das mehr infrage stellen müssen, aber er war sonst so ein guter Ehemann. Und er war ein fantastischer Vater.“

Ich hatte genug gehört. Mum hatte sich ausgesprochen, und ich verspürte plötzlich den Drang, nach draußen zu gehen. Sam war immer noch im Garten. Ich rief durch die Tür nach ihm, bis er bellte. Als er reingelassen wurde, konnte ich raus. Ich wollte in Ruhe und Frieden meine Gedanken ordnen. Doch es kam anders.

„Hallo, Will", sagte jemand hinter mir, als ich auf den Rasen ging, der immer noch von Raureif bedeckt war. Diese Stimme hatte ich schon seit über sechs Jahren nicht mehr gehört, aber ich erkannte sie sofort wieder.

„Alice?", keuchte ich und wirbelte herum. „Bist du das wirklich?"

Sie lächelte ihr wunderbares Lächeln – und sah atemberaubend aus in ihrem roten Kleid. „Was glaubst du, Will?"

„Aber wie kann das sein. Also ..."

Sie warf die Haare zurück und strich sich eine Strähne hinters Ohr. „Hab ich dir gefehlt?"

„Das ist die Untertreibung des Jahrhunderts. Seit ich dich verloren habe, sehne ich mich jede Sekunde nach dir."

Ich wollte sie umarmen, aber sie wich einen Schritt zurück und schüttelte den Kopf. „Nein. Das darfst du nicht."

Mir wurde schwer ums Herz. „Oh. Tut mir leid."

„Ich will es doch auch. Das ist es nicht. Aber hier kann das nicht geschehen."

„Warum nicht? Das verstehe ich nicht. Wir sind beide Seelen."

„So ist das eben. Und du musst es mir glauben. Ich dürfte dich eigentlich gar nicht so besuchen."

„Wie kann es denn sein, dass du trotzdem hier bist?"

„Lizzie."

„Wirklich. Wie hat sie ..."

„Das ist jetzt egal. Ich kann nicht lange bleiben."

Sie setzte sich im Schneidersitz mitten auf den überfrorenen Rasen und forderte mich auf, zu ihr zu kommen.

„Frierst du nicht in diesem Kleid?“

„Gar nicht. Gefällt es dir? Ich hab es für dich angezogen.“

„Ich finde es wunderschön“, sagte ich und setzte mich ihr gegenüber. „Ich liebe dich. Ich kann gar nicht glauben, dass du wirklich hier bist, dass wir nach all diesen Jahren miteinander reden. Ich dachte, ich würde dich nie wiedersehen.“

Sie strahlte mich an mit ihren riesigen grünen Augen. Ihr Blick ging mir durch und durch. „Darum bin ich hier. Um dich wissen zu lassen, dass wir auf der anderen Seite zusammen sein können.“

Die Zeit blieb stehen. Von dieser Möglichkeit hatte ich geträumt, aber ich hatte mir nie gestattet, wirklich daran zu glauben. Womit hatte ich das verdient, schließlich hatte ich sie betrogen? Wusste sie vielleicht immer noch nichts von meiner Untreue?

„Alice. Ich muss dir etwas sagen. Es ist schrecklich, aber du musst …“

„Stopp. Das ist nicht nötig. Ich weiß es schon.“

„Aber …“

„Ich habe gesehen, was die Schuld mit dir gemacht hat, Will. Wie sie dich innerlich zerfressen hat. Du dachtest, du wärst allein und hast deine tote Frau um Vergebung angefleht und dich für verrückt gehalten – aber ich war da. Ich bin dir und deiner kleinen Tochter als Seele gefolgt, genau so, wie du ihr jetzt folgst.“

Sie hielt einen Augenblick inne, die Gefühle übermannten sie, und ihre Stimme klang nicht mehr ganz so gefasst. „Ich will damit nicht sagen, dass ich je vergessen werde, was du getan hast. Ich hatte das nicht von dir erwartet. Ich dachte, was wir hätten, wäre stärker …“

Ich wollte antworten, aber sie hielt die Hand hoch und hinderte mich daran. „Die Sache ist die: Ich habe dir vergeben, trotz allem. Du hast dich wunderbar um Ella gekümmert. Du bist mein Ehemann. Ich liebe dich immer noch, und ich will wieder mit dir zusammen sein."

Ich war gerührt. Ich konnte nicht fassen, was ich hörte – und was ich sah.

„Willst du das nicht auch, Will?"

„Selbstverständlich", antwortete ich und kämpfte gegen das Zittern in meiner Stimme an. „Aber ich schäme mich so für das, was ich getan habe. Ich habe das Gefühl, ich verdiene nicht, dass du mir vergibst."

Sie sah mir tief in die Augen. „Das hast du nicht zu entscheiden."

Dann lenkte irgendwas sie ab. Sic drehte den Kopf, wirkte ein bisschen verunsichert.

„Was ist denn?" Ich schaute mich um, konnte aber nichts sehen oder hören.

„Ich kann nicht mehr lange bleiben. Hör zu, ich weiß, du willst Ella nicht verlassen. Glaub mir, ich kenne das. Ein Kind loszulassen ist das Schwerste überhaupt, aber manchmal ist es das Richtige. Wir sollen nicht als Seelen hierbleiben. Das widerspricht der natürlichen Ordnung. Du magst Schwierigkeiten haben, das zu glauben, aber ohne dich ist sie besser dran."

„Aber ... nach allem, was gewesen ist. Wie kann ich sie da verlassen? Ich habe ihr versprochen, das nicht zu tun."

„Du hast gesehen, was passieren wird, wenn du bleibst."

„Sie wird glauben, dass ich nicht besser bin als Dad."

„Du musst loslassen. Ein wunderbarer Ort wartet auf dich: alles, wovon du je geträumt hast und mehr. Wir können wieder zusammen sein, und eines Tages, wenn Ellas Zeit gekommen ist, kann sie wieder bei uns sein."

„Aber. Ich bin mir nicht sicher, dass ich es kann."

Alice lehnte sich vor und streckte den rechten Arm nach mir aus. Sie hob die Hand, sodass sie mir fast über die Wange strich. Dann neigte sie den Kopf zur Seite und kam mir so nah wie irgend möglich. Ich wagte nicht, mich zu rühren, weil ich Angst hatte, ich könnte sie berühren.

„Du musst einen Weg finden, mein Liebster", flüsterte sie. „Es tut mir leid. Mehr Zeit habe ich nicht."

Sie küsste mich. Als unsere Lippen sich berührten, spürte ich so etwas wie einen elektrischen Schlag – und dann war sie weg.

„Alice, warte!", rief ich ihr hinterher, aber aus Erfahrung wusste ich, dass es sinnlos war.

Ich begann im Garten, auf und ab zu laufen. Ich musste mir darüber klar werden, was ich tun sollte. Auf wen sollte ich hören? Wem sollte ich glauben? Zum Bleiben riet mir keiner. Nicht mal Arthur, der diese Wahl getroffen hatte. Ich war auf mich gestellt. Eine Stimme in meinem Kopf sagte mir immer wieder, dass ich Ella nicht verlassen sollte. Diese Stimme verstummte nie, sie ließ keinen Einwand gelten. „Sie ist dein kleines Mädchen, dein Baby. Du bist ihr Vater. Sie hat nur dich. Du hast ihr versprochen, sie nie zu verlassen. Wie kannst du dieses Versprechen brechen?"

„Weil es das Beste für SIE ist." So stellte ich mir Lizzies Antwort vor. „Hör auf, nur an dich zu denken, und konzentrier dich auf deine Tochter. Wenn du bleibst, tust du ihr nichts Gutes, sondern schadest ihr nur. Das habe ich dir gezeigt."

Ich hatte das Gefühl, mir würde gleich der Kopf platzen.

„He, Lizzie? Warum kommst du nicht und sagst mir das?"

Den ganzen Tag hatte ich sie schon erwartet. Ich dachte, sie wäre nur allzu erpicht darauf, mich daran zu erinnern, wie knapp die Zeit für mich wurde. Bei der Gelegenheit konnte sie mich auch gleich noch ein Stück weiter in die „richtige Richtung" schubsen. Deshalb hatte sie Alice doch geschickt, oder? Wo steckte sie also?

„Lizzie?", rief ich. „Kann ich bitte mal mit dir reden?"

Ich stand im Garten und rechnete damit, dass sie sofort erscheinen würde. Warum auch nicht. Bisher war es immer so gewesen, wenn ich sie gerufen hatte. Ein paar Minuten vergingen, dann wusste ich, dass sie nicht kommen würde. Trotzdem wartete ich und starrte auf den Weihnachtsbaum, der im Wintergarten der Nachbarn vor sich hin glitzerte. Der fünfundzwanzigste Dezember rückte näher, obwohl meine Familie das noch nicht gemerkt zu haben schien. Wie auch, nach allem, was geschehen war, stand nun auch noch Dads Beerdigung an.

„Kommst du nun oder nicht, Lizzie?", brüllte ich ein letztes Mal.

30. KAPITEL

Noch sechs Tage

Trotz mehrerer Versuche, Lizzie zu erreichen, war sie am Mittag des folgenden Tages immer noch nicht aufgetaucht. Inzwischen machte mich das wahnsinnig. Anscheinend ließ sie mich hängen, wenn ich sie am meisten brauchte. Ich begleitete also Mum und Lauren zum Bestattungsinstitut, um mich abzulenken. Ich saß auf dem Rücksitz von Dads BMW, mit dem Mum dort vorfuhr. Zum ersten Mal fuhr sie dieses Auto und nicht den Corsa. Sonst hatte sie immer behauptet, es sei schwer, für den BMW einen Parkplatz zu finden, heute hatte sie einfach die Schlüssel genommen und gemurmelt, er müsse mal bewegt werden. Lauren löste ihren Sicherheitsgurt, und ich machte mich bereit, hinter ihr aus der Tür zu schlüpfen. Aber ehe ich die Gelegenheit nutzen konnte, spürte ich, wie mir jemand auf die Schulter tippte. Der Schock darüber, berührt zu werden, nachdem ich mich daran gewöhnt hatte, nichts zu spüren, war so groß, dass ich einen Satz nach vorn machte, an Laurens Arm stieß und auf den Sitz zurückgeschleudert wurde. Den Kopf ins Polster gedrückt, starrte ich hoch in Lizzies Augen.

„Hallo, William. Entschuldige, das wollte ich nicht. Wie geht es dir?"

„Wie es mir geht? Wo in aller Welt hast du denn gesteckt? Seit gestern versuche ich, dich zu erreichen. Ich dachte, du hättest mich im Stich gelassen."

„Ich weiß. Dafür kann ich nur um Entschuldigung bitten. Ich war … nun ja, sagen wir mal, es ging etwas hektisch zu."

Ich schüttelte den Kopf. „Hektisch?"

„Ja. Aber jetzt bin ich für dich da. Gehen wir irgendwohin, wo es angenehmer ist?"

Ich rückte von ihr ab, ehe sie mich wieder berühren konnte.

„Nein. Hier ist es gut."

„Okay. Kein Problem. Worüber möchtest du reden?"

„Wie wäre es, wenn wir mit Alices Besuch anfangen? Das war eine Überraschung. Ich glaube, du hattest was damit zu tun."

„Ja. Und? War das eine Hilfe?"

„War sie das wirklich?"

„Selbstverständlich."

„Sie hat gesagt, Ella wäre ohne mich besser dran, und hat mich gebeten, zu ihr auf die andere Seite zu kommen. Sie hat gesagt, sie würde dort auf mich warten. Und jetzt, da ich Zeit hatte, darüber nachzudenken, kommt mir das alles etwas zu zweckmäßig vor. So als hätte sie nur das gesagt, was ich deiner Ansicht nach hören sollte."

Lizzie nickte. „Ich verstehe, wie du darauf kommst, aber ich kann dir versichern, dass es sich hier nicht um eine Verschwörung handelt. Alice hat für sich gesprochen. Ich habe sie geschickt, weil ich dir alle Fakten präsentieren möchte, bevor du deine Entscheidung triffst. Ich glaube, du weißt, dass ich dir auch Arthur geschickt habe. Deinen Kontakt zu Ella hast du seinem Rat zu verdanken. Warum sollte ich so was tun, wenn ich dich auf die andere Seite drängen wollte? Mein Ziel ist, dass du diese Wahl selbst triffst, weil du es für die richtige Entscheidung hältst. Sonst hätte ich versagt."

„Deine Verbindung zu Arthur gibst du also zu? Als ich letztes Mal von ihm gesprochen habe, hast du dich dumm gestellt."

„Dafür gab es gute Gründe." Lizzie seufzte. „Er und ich hatten uns beide nicht an die Regeln gehalten. Er hätte nicht …"

„Ich weiß, ich weiß. Arthur hat mir das schon erklärt. Warum hast du ihn denn um Hilfe gebeten?"

„Deinetwegen. Ich wollte nicht, dass du dasselbe Schicksal hast."

Arthur sei einer ihrer ersten Einsätze als Lotse gewesen, erklärte sie. Das Opfer, das er gebracht hatte, indem er bei seiner Frau geblieben war, die nach ihrem Tod allein hinübergegangen war, hatte sie immer belastet. Sie gab sich immer noch die Schuld daran. Dann war ich gekommen, jemand, der Arthur gekannt hatte und der sich in einem ganz ähnlichen Dilemma befand. Außerdem waren Lizzie und ich beide bei einem Fahrradunfall ums Leben gekommen. Alles zusammengenommen schien das viel mehr zu sein als bloßer Zufall. Folglich interpretierte sie es als Zeichen – und handelte dementsprechend.

„Ich musste etwas anders machen", sagte sie. „Als ich dir begegnet bin, wusste ich, dass sich die Geschichte sonst wiederholen könnte. Und deshalb habe ich beschlossen, die Vorschriften ein wenig zu umgehen. Ich hoffte, das würde dich zur richtigen Entscheidung führen. Dass ich Alice gestern hierhergebracht habe, gehörte dazu."

„Aber Arthur geht es doch gut", sagte ich. „Die Gelegenheit, hinüberzugehen, mag er verwirkt haben, aber er kommt doch zurecht."

„Er tut so, als wäre alles bestens", antwortete Lizzie. „Aber er wird seine Frau nie wiedersehen. Und er könnte jetzt mit ihr im Paradies sein. Stattdessen sitzt er hier fest. Allein. Ich tu mein Bestes, den Kontakt zu halten, damit er bei Verstand bleibt, aber ich fürchte, eines Tages wird ihm alles zu viel und er verliert, was noch von seiner Menschlichkeit übrig ist. Und dieses Schicksal wünsche ich wirklich niemandem."

Ich dachte an die wütende Seele, der ich auf dem Krankenhausflur begegnet war, und mich schauderte bei dem Gedanken, dass es Arthur genauso ergehen könnte.

„Er hat also einen Fehler gemacht?"

Sie zuckte mit den Schultern. „Arthur hat getan, was er für richtig hielt. Er konnte nicht anders. Es war ein selbstloser Akt der Liebe. Aber ich glaube, er würde keinem raten, dasselbe zu tun."

„Übrigens, wo ist Arthur? Ich kann ihn nicht erreichen. Seit der Sache im Pavillon muss er vorsichtig sein, das weiß ich. Er hat gesagt, das sei geregelt, aber ... es geht ihm doch gut, oder?"

„Ja. Keine Sorge. Er muss den Ball flachhalten, weiter nichts. Leider hat ein anderer Lotse Wind davon bekommen, dass er dir geholfen hat. Hardy. Der nimmt es ganz genau mit den Regeln. Ich glaube, du bist ihm bei der Kirche ein paarmal über den Weg gelaufen. Ich habe es bisher geschafft, die Situation einigermaßen im Griff zu behalten, aber – wie gesagt – es war hektisch."

„Oh nein. Im Ernst? Ich weiß genau, wen du meinst. Verdammt. Tut mir leid. Äh, ich glaube, das könnte meine Schuld sein. Ich habe Arthur gerufen, als ich auf der Suche nach ihm war. Aber ich habe ihn damit wirklich nicht in Schwierigkeiten bringen wollen. Diesem Hardy habe ich nicht gesagt, wen ich suche, aber er muss es rausgekriegt haben. Mist."

Lizzie zog eine Grimasse. „Es kommt noch besser. Hardy ist der Lotse deines Vaters."

„Was? Ich fasse es nicht. Zu mir hat er kein Wort davon gesagt. Ich ... ach, sag bloß nicht, dass Dad letztes Mal bei ihm in der Kirche war?"

Sie nickte. „Ich fürchte, ja. Ich habe Hardy wiederholt gefragt, ob du dich nicht mit ihm treffen kannst, aber er erlaubt es nicht. Er sagt, dein Vater will es nicht, und angesichts der Umstände traue ich mich nicht, ihn weiter zu bedrängen."

„Na toll. Ist ja herrlich. Was hat dieser Typ für ein Problem?"

„Er ist ausgesprochen eigensinnig. Keine Kompromisse. Bei Hardy geht es nur um Ergebnisse. Er lotst die Seelen von A nach B, wie ein Cowboy eine Herde treibt. Ironischerweise hat er wohl selber gezögert hinüberzugehen, als er gestorben ist."

„Tatsächlich? Warum denn?"

„Genaues weiß ich nicht. Ich hatte nicht direkt was damit zu tun, und es ist schon eine Weile her. Aber ich habe gehört, dass man einiges an Überzeugungskraft aufwenden musste, bis er bereit war, seine Familie zu verlassen."

„Dann ist er also der Bock, der zum Gärtner gemacht geworden ist?"

„So ist es."

„Irgendwelche guten Nachrichten?"

„Hm. Nein. Bedaure. Noch nicht. Aber ich arbeite an etwas."

„Und das wäre?"

„Im Moment ist es nur ein Vorschlag. Ich will nicht zu viel verraten, falls es nicht klappt. Aber sagen wir es mal so: Wenn es klappt, könnte es dir bei deiner Entscheidung helfen."

Lizzie weigerte sich, noch irgendetwas über ihren geheimnisvollen Plan zu enthüllen. Ich rätselte. Aber die Regeln für das Leben nach dem Tod waren klar. Sosehr ich ihr auch glauben wollte, ich konnte nicht sehen, wie eine Intervention in letzter Minute meine ausweglose Lage verbessern sollte.

31. KAPITEL

Noch drei Tage

Mum saß am Küchentisch und starrte auf einen Brief, den sie gerade geöffnet hatte. Sie wirkte verstört.

Ich ging um den Tisch herum, damit ich mitlesen konnte, und hinter mir kam Lauren in die Küche. „Was ist das?"

Mum antwortete nicht. Sie starrte weiter auf den Brief, der, wie ich jetzt sehen konnte, von der Staatsanwaltschaft kam. Die Gerichtsverhandlung gegen die Frau, die meinen Tod verursacht hatte, war auf einen Termin im Juni festgelegt worden.

„Was ist denn?", fragte Lauren. „Was liest du da?"

Mum reichte ihr den Brief.

„Oh", sagte Lauren, nachdem sie eine Weile auf das Blatt geschaut hatte. „Na, ist doch gut. Sie muss bestraft werden. Wenn sie nicht gewesen wäre, hätte Ella jetzt noch einen Vater. Juni ist aber früher, als sie uns gesagt haben, oder?"

„Ja. Das sind vermutlich gute Neuigkeiten. Es ist nur …" Mum stiegen Tränen in die Augen. „Er fehlt mir so. Dieser Brief macht mir ein schlechtes Gewissen. Nach der ganzen Sache mit deinem Vater habe ich nicht genug an Will gedacht. Und …"

„Mach dich nicht lächerlich, Mum", sagten Lauren und ich wie aus einem Mund. Es war, als würde sie meine Stimme channeln. Ich starrte meine Schwester an, die fortfuhr: „Du tust dein Bestes, um diese Familie durch eine Reihe von furchtbaren Situationen zu führen. Ich finde, du machst das unheimlich gut, ehrlich."

Sie nahm Mum in die Arme und drückte sie.

„Niemand vergisst Will. Wie könnten wir das? Wir versuchen nur, so gut wir können, mit all dem Scheiß umzugehen, der uns um die Ohren fliegt. Dieser Unfall hat den Anfang gemacht. Wir können nur hoffen, dass nach dem Gerichtsurteil alles vorbei ist."

Was wäre das richtige Urteil? fragte ich mich. Will ich wirklich, dass die Fahrerin ins Gefängnis kommt für das, was sie getan hat? Ich hatte nicht viel an sie gedacht, weil so viel los gewesen war. Und mittlerweile war meine Wut verflogen, und ich hielt es nicht mehr für nötig, sie einzusperren. Was nützte das? Ich wäre immer noch tot, und eine andere Familie wäre dann auch noch zerstört. Die Frau hatte mich ja nicht mit Absicht umgebracht. Ich erinnerte mich noch daran, wie sie am Unfallort ausgesehen hatte: Totenbleich war sie gewesen, und sie hatte gezittert, mit Erbrochenem auf den Schuhen und in den Haaren. Mit dem, was sie getan hatte, musste sie nun leben bis an ihr Ende. Vielleicht war das Strafe genug.

„Sie hat versucht, mit mir Verbindung aufzunehmen", sagte Mum. Ich wurde hellhörig.

„Wer?"

„Die da, die vor Gericht kommt, die Fahrerin. Ich kann mich nicht überwinden, ihren Namen auszusprechen."

Lauren wirkte geschockt, ich war es ebenso. Davon hörten wir zum ersten Mal. „Was? Wann?"

„Ein paar Tage danach. Sie kam vor Wills Haus auf mich zu. Weiß der Himmel, woher sie wusste, wo er wohnte. Ich war einkaufen gewesen. Als ich wiederkam, stand sie vor der Tür. Zuerst wusste ich nicht, wer sie war. Sie sprach mir ihr Beileid aus, und ich hielt sie für eine Nachbarin. Aber als ich sie fragte, woher sie Will kannte, brach sie zusammen und erzählte mir alles."

„Was hast du gemacht?"

„Ich bin ausgerastet. Ich hab sie angeschrien, sie solle mir und meiner Familie nicht in die Quere kommen. *Mörderin* habe ich sie genannt und gesagt, ich würde ihr niemals vergeben, dass sie mir meinen Sohn genommen und meine Enkelin zum Waisenkind gemacht habe. Sie wollte wissen, wann die Beerdigung wäre. Und ich hab ihr gesagt, ich würde mich auf sie stürzen, wenn sie wagen würde zu kommen. Ich hab sie fürchterlich beschimpft."

„Scheiße, Mum."

„Sie sah so fertig, so erbärmlich aus. Und ich bin doch Christin. Ich sollte vergeben können. Aber das konnte ich nicht. Es war alles noch so frisch. War es ganz schrecklich, dass ich mich so benommen habe?"

„Nein, Mum, nur menschlich. Ich hätte es genauso gemacht. Wahrscheinlich hätte ich ihr eine reingehauen."

„Wenigstens hat sie versucht, etwas wiedergutzumachen. Meinst du, ich sollte jetzt mit ihr Kontakt aufnehmen?"

„Nein. Ganz bestimmt nicht. Das könnte die Verhandlung beeinflussen. Ernsthaft, das machst du doch nicht, oder?"

„Nein. Du hast recht. Daran hatte ich nicht gedacht. Ich bleibe auf Abstand."

„Gut. Und du brauchst wirklich keine Schuldgefühle zu haben, wegen gar nichts. Du bist der beste Mensch, den ich kenne."

Mums Geständnis erklärte ein paar Dinge. Ich hatte mich nämlich gefragt, ob die Fahrerin nicht erwogen hatte, zu meiner Beerdigung zu kommen. Und ich fand es auch erstaunlich, dass sie nicht irgendwie zu meiner Familie Verbindung aufgenommen hatte. Aber das hätte ja auf Anraten ihres Anwalts unterblieben sein können. Nach diesen Informationen war mir schon klarer, wie ich zu ihrer Bestrafung stand. Und das ging mir für den Rest des Tages nicht aus dem Kopf. Das und die Tatsache, dass dies der letzte Freitag sein könnte, den ich auf der Erde verbrachte.

„Sag mal, du hast doch von dieser Frau gehört, die das Auto gefahren hat ... als ich diesen Unfall hatte?", fragte ich Ella abends, als ich an ihrem Bett saß.

„Ja."

„Was fühlst du, wenn du an sie denkst?"

„Ich hasse sie."

Ich war geschockt über diese schnelle, zornige Antwort. Nicht ganz sicher, was ich darauf erwidern sollte, sagte ich nur: „Ich nicht."

Verwirrt wollte Ella nun wissen, warum das so war.

„Hass ist so was Negatives", sagte ich. „Damit geht es einem nur schlechter. Sie hat es nicht mit Absicht getan. Es war ein Unfall – und ich weiß, es tut ihr wirklich leid."

„Aber es ist alles ihre Schuld. Wenn sie dich nicht tot gemacht hätte, wäre alles wie früher."

„Sie hat einen dummen Fehler gemacht. Mehr nicht. Ich glaube nicht, dass sie ein schlechter Mensch ist. Wir sollten sie nicht hassen, finde ich."

„Tante Lauren sagt, sie kommt bald vor Gericht, und danach muss sie ins Gefängnis. Da kommen die Bösen hin."

Ich schaute zu Ellas Tür, die wie immer einen Spaltbreit offen stand, damit vom Flur Licht hereinfallen konnte. „Die Sache ist die, Ella, ich finde nicht, dass sie ins Gefängnis kommen sollte. Mir wäre es lieber, wenn sie nicht hinmüsste."

Wahrscheinlich hätte ich das nicht mit meiner Tochter diskutieren sollen, aber ich hatte das Gefühl, etwas sagen zu müssen – und mit einem anderen Familienmitglied konnte ich ja nicht reden.

„Man kann sie auch auf andere Art bestrafen für das, was sie getan hat."

„Wie denn?"

„Also, sie darf ganz bestimmt nicht mehr Auto fahren. Manchmal müssen Leute auch Arbeiten in der Gemeinde übernehmen, für die sie nicht bezahlt werden. Müll sammeln oder die Straßen fegen und solche Sachen. Ich hab sogar schon gehört, dass Fahrer, die Unfälle verursacht haben, in Schulen

Vorträge über Sicherheit im Straßenverkehr halten mussten.

Ella schnappte nach Luft. „In meine Schule kommt sie doch nicht, oder?“

„Nein, natürlich nicht. Keine Sorge. Das passiert nicht.“

Der Reporter in mir konnte es nicht lassen, sich die Folgen vor Augen zu führen, die das hätte. Die Zeitungen würden sich draufstürzen. Ich sah schon die Schlagzeile: WAISE TRIFFT IN SCHULAULA AUF MÖRDERIN IHRES VATERS.

„Warum fängst du jetzt davon an, Daddy? Tante Lauren hat gesagt, das Gericht für die Frau ist erst im Sommer – und Sommer ist noch ewig nicht.“

„Es ist lange hin, Schatz. Ich … äh, wollte dir nur mal sagen, wie es mir damit geht … für alle Fälle.“

„Was für Fälle?“

Ich bemühte mich nach Kräften, äußerlich ganz ruhig zu bleiben, als mir das Undenkbare über die Lippen kam. „Falls ich dann nicht mehr da sein sollte.“

Ella setzte sich kerzengerade hin. „Was meinst du damit? Du hast gesagt, du würdest mich nie verlassen. Du hast es versprochen.“

Trotz allem, was man mir erzählt hatte, bereitete mir die Vorstellung, meine Tochter zu verlassen, nach wie vor arge Schwierigkeiten. Ich war noch weit von einer Entscheidung entfernt. Da die Zeit aber langsam knapp wurde und ich bisher nichts von Lizzie und ihrem geheimnisvollen Vorschlag gehört hatte, musste ich Ella zumindest auf diese Möglichkeit vorbereiten. Aber, mein Gott, war das schwer. Ich konnte ihr kaum in die Augen schauen. „Das habe ich gesagt, Ella. Und es war ernst gemeint. Aber damals wusste ich noch nicht, was ich jetzt weiß.“

Ihr stiegen die Tränen in die Augen. „Was willst du sagen? Gehst du nun weg oder nicht?“

Ich zwang mich, es auszusprechen, ehe ich es mir anders

überlegen konnte. „Vielleicht muss ich gehen, Schatz."

„Warum?", heulte sie. „Ich brauche dich."

„Psst, Ella. Beruhige dich, bitte."

Doch es war schon zu spät. Ich hörte Schritte auf der Treppe. Lauren tauchte in der Tür auf. „Was ist denn?" Sie lief zu ihrer Nichte. Ich musste mich ducken und zur Seite wälzen, um nicht mit ihr zusammenzustoßen. Lauren hockte sich auf die Bettkante, und Ella schlang die Arme um sie und schluchzte in ihren Pullover. Das Schlimmste hatte ich ihr noch nicht mal erzählt: Montagmittag war ich vielleicht schon weg.

Dann beobachtete ich, wie Ella ihre Tante umarmte, sie so fest drückte, wie sie nur konnte – und dasselbe zurückbekam. Dieser Anblick erinnerte mich an all das, was ich meiner Tochter nicht mehr bieten konnte – und daran, wie wichtig es war, dass jemand physisch für sie da war. Jemand, der sie in den Arm nehmen, ihr einen Pferdeschwanz binden und für sie kochen und vor Unheil beschützen konnte. Und ich war das nicht – nicht mehr –, und das würde auch so bleiben.

Lauren würde bald wieder zurück nach Holland fahren. Mum würde ihr Bestes für ihre Enkelin tun, aber würde sie allein zurechtkommen, wo sie doch noch um ihren Mann und ihren Sohn trauerte? So gut sich Ella zurzeit auch benahm – wie würde sie sich als Teenager aufführen? Nach allem, was sie durchgemacht hatte, musste man doch damit rechnen, dass sie zur Rebellin wurde. Und wie würde Mum alleine mit ihr klarkommen?

Ella weinte nicht mehr, Lauren fragte also noch mal, was sie denn habe.

„Es ist wegen Dad", sagte sie. Einen Moment lang fürchtete ich schon, sie würde Lauren die Wahrheit sagen. „Ich vermisse ihn so."

„Natürlich tust du das. Ich weiß doch, wie viel ihr einander bedeutet habt. Es ist wirklich ungerecht, dass er nicht mehr da ist. Alles, was wir durchgemacht haben, ist ungerecht, aber wir müssen zusammenhalten und einander helfen, diese schwere Zeit zu überstehen. Ich vermisse meinen Dad genauso wie du deinen."

„Ich weiß", schniefte Ella. „Und mein Daddy ist dein Bruder."

„Stimmt. Und ich hatte ihn sehr lieb. Es ist ganz normal, die Leute zu vermissen, die nicht mehr da sind. In den letzten Tagen hab ich auch Xander sehr vermisst, obwohl ich weiß, dass ich ihn ja schon morgen Abend wiedersehe, wenn er herkommt. Und meine Lieblingsnichte vermisse ich auch, wenn wir nicht zusammen sind."

Ein kleines Lächeln huschte über Ellas Gesicht. „Ich bin deine einzige Nichte."

Lauren kitzelte sie unterm Kinn. „Dir entgeht auch gar nichts, was? Na, dann erzähl ich dir mal was."

„Was denn?"

Sie zog sie fest an sich und flüsterte. „Auch wenn ich noch andere Nichten hätte, wärst du trotzdem mein Liebling."

„Alles in Ordnung mit dir?", fragte ich Ella, nachdem Lauren weg war und Mum auch noch reingeschaut und ihr einen Gutenachtkuss gegeben hatte. Ella lutschte am Daumen, ihr fielen die Augen zu. Sie gab keine Antwort. Nicht mal ein Nicken oder ein Kopfschütteln waren drin.

„Ich wollte dich nicht aufregen", flüsterte ich. „Wirklich nicht. Du bist mir wichtiger als irgendjemand sonst. Du bist mein Ein und Alles."

Sie drehte sich zur Wand.

„Okay", flüsterte ich. „Ich hab's kapiert. Du willst jetzt nicht mit mir reden. Ich lasse dich schlafen. Gute Nacht."

Immer noch keine Antwort.

Das ist ja gut gelaufen, dachte ich, als ich die Treppen runtertrottete. Ich grübelte, ob ich das Richtige getan hatte. Da vernahm ich eine mir bekannte Stimme.

„Lizzie“, sagte ich erstaunt.

Früh am nächsten Morgen in der Küche rannte Ella mit ausgebreiteten Armen auf mich zu – so als wollte sie mir um den Hals fallen. Erst als ich einen nervösen Schritt zurückwich, fiel ihr ein, dass sie das nicht durfte. „Oh, tut mir leid. Hatte ich vergessen.“

„Macht nichts, Ella. Ich wünschte, wir könnten uns umarmen. Nichts würde ich lieber tun.“

„Ich auch.“

Es war kurz nach halb sechs. Ich stand schon lange hier und sah aus dem Fenster. In der Nacht war Schnee gefallen, der dem Garten ein magisches Leuchten verlieh, obwohl es draußen noch dunkel war.

„Was hast du denn, Schatz?“, fragte ich, denn ich merkte, dass Ella geweint hatte.

Sie wandte sich ab. Ich bedrängte sie nicht weiter, aber ich vermutete, dass sie aufgewacht und in Panik geraten war, als sie mich nicht in ihrem Zimmer vorgefunden hatte. Wer wollte ihr das nach unserem Gespräch gestern Abend zum Vorwurf machen?

„Ich konnte nicht schlafen“, erklärte ich ihr, „deshalb habe ich Sam Gesellschaft geleistet.“

Ihr Blick streifte das braun-weiße Fellbündel vor der Heizung. Sam hatte den Kopf gehoben und ein Auge aufgemacht, als Ella in die Küche gekommen war, aber jetzt lag er wieder im Tiefschlaf.

„Tut mir leid, dass ich dir gestern Kummer gemacht hab, Schatz. Vertragen wir uns wieder?“

Sie nickte, sah mich aber immer noch nicht an.

Jetzt war nicht der richtige Zeitpunkt für ernsthafte Gespräche. Ella war zu weinerlich, und ich war erschöpft. Ich wollte nur ein paar schöne Augenblicke mit meinem Mädchen verbringen.

Seit Lizzies Besuch gestern Abend hatte ich stundenlang ununterbrochen nachgedacht. Ihr Plan, mir bei meiner Entscheidung zu helfen, war gereift. Sie hatte mich mit einer dritten Option verblüfft – einem dritten Weg nach vorn. Das war etwas, das nur in außergewöhnlichen Fällen angeboten wurde, und musste reiflich überlegt werden. Kein Wunder, dass ich nicht hatte schlafen können.

„Komm mit, Schatz", sagte ich froh über die Pause. „Wir gehen ins Wohnzimmer, damit wir die anderen nicht wecken. Mach die Tür hinter uns zu."

Ich schlug vor, etwas zu spielen, Ella wollte aber nicht.

„Was willst du dann machen?"

„Geschichte vorlesen", sagte sie mit der Babystimme, mit der sie manchmal sprach, wenn sie müde war oder Aufmerksamkeit brauchte.

„Gut. Willst du mir was vorlesen?"

Sie machte ein trauriges Gesicht und schüttelte den Kopf. „Daddy Ella vorlesen."

Normalerweise hätte ich verlangt, sie solle ordentlich reden und *bitte* sagen, aber unter diesen Umständen brachte ich das nicht übers Herz. „Na gut, aber du musst umblättern."

Sie lief hoch in ihr Zimmer und kam mit einem ganzen Armvoll bunter Bücher über Feen, Kätzchen, Prinzessinnen und kleinen Hunden wieder. Eine Stunde später, kurz nach halb sieben, hatten wir sie alle durchgelesen. Ich konnte mich nicht erinnern, Ella je so viele Bücher auf einen Sitz vorgelesen zu haben, aber ich hatte es gern getan. Wenn man der Realität nicht ins Auge schauen will, gibt es nichts Besseres als eine gute Kindergeschichte und ein Kind, das ihr mit großen Augen lauscht.

„Das war's", sagte ich. „Wir können noch ein Buch lesen, wenn du willst, aber du musst es holen."

„Schon okay", sagte sie und nahm den Daumen aus dem Mund. „Das reicht mir jetzt."

Sie musterte mich mit ihren großen grünen Augen, bevor sie hinzufügte: „Als ich aufgewacht bin, dachte ich, du wärst weg."

Ich nickte. „Ich weiß, Schatz. Hab ich gemerkt, als ich gesehen habe, wie verstört du warst. Entschuldige, das habe ich nicht gewollt."

„Verlässt du mich?"

Ich kämpfte, damit meine Stimme nicht zitterte. „Ich will es nicht."

Ihre Unterlippe zitterte, und die Tränen kullerten. „Du hast versprochen, du bleibst."

Ich sah in das unglückliche Gesicht meiner schönen kleinen Tochter – ein Gesicht, das ich mehr als alles andere liebte –, und in diesem schrecklichen Moment traf ich meine endgültige Entscheidung. Denn ich fand ein klitzekleines Licht in der Dunkelheit und wusste, was ich in zwei Tagen zu tun hatte.

32. KAPITEL

Noch zehn Stunden

„Aufwachen“, flüsterte mir jemand ins Ohr.

„Was?“, murmelte ich verschlafen.

„Wach auf. Ich muss mit dir reden.“

Ich hielt die Augen geschlossen. „Nein. Noch nicht. Viel zu früh.“

„Leise, mein Sohn, sonst weckst du Ella.“

Da fiel der Groschen bei mir. „Dad?“ Ich war hellwach. Und da war mein Vater. Seine riesige Gestalt steckte noch in dem Pyjama und Bademantel, den er im Krankenhaus getragen hatte, aber von seiner tödlichen Wunde am Hals oder den Auswirkungen des Schlaganfalls war nichts mehr zu sehen. Er legte mir eine Hand auf die rechte Schulter, drückte sie und war erleichtert, als ich nicht zurückzuckte. Dann tat er etwas, was er nicht mehr gemacht hatte, seit ich ein kleiner Junge gewesen war. Er nahm mich in den Arm – und klopfte mir dabei auf den Rücken, damit das ja nicht unmännlich wirkte.

„Ist das schön, dich zu sehen“, sagte ich. „Wo in aller Welt hast du denn gesteckt?“ Aber ehe er meine Frage beantworten konnte, schoss die Wut an die Oberfläche. „Wie konntest du nur?“, schrie ich ihn an.

Er drehte sich zur Tür um. „Das sollten wir nicht hier ausdiskutieren.“

Auf Ellas Armbanduhr war es zwei Uhr nachts. Das bedeutete, er war schon da: der Montag, der Morgen, an dem die Beerdigung stattfinden würde. Nur noch wenige Stunden bis zu meiner Deadline. Ich ging hinter Dad die Treppe runter und war überrascht, dass Hardy im Flur stand. „Sie“, knurrte ich. „Sie haben ja Nerven, hierherzukommen.“

„Ihr kennt euch schon?“, fragte Dad.

„Kann man so sagen“, antwortete ich und funkelte Hardy wütend an. Er reagierte darauf, indem er uns beide packte und an einen vertrauten Ort mitnahm, zur Eiche am Bach.

„Ich lasse euch allein, damit ihr reden könnt“, sagte er und verschwand.

Dad schaute über das verschneite Feld, das im Mondlicht schimmerte. „Wo sind wir?“, fragte er.

„Du musst doch wissen, wo wir sind“, antwortete ich. „Nur ein kurzes Stück zu Fuß von zu Hause. Da oben liegt die Grundschule. Als Kind bin ich immer hierhergekommen.“

„Tatsächlich? Ja, stimmt. Ich hab es nicht wiedererkannt. War ja nie ein großer Spaziergänger.“

Ich zog ihn zu mir hin, bis unsere Zehen gegeneinanderstießen, aber er drehte den Kopf weg. „Lenk nicht ab. Sieh mich an. Jetzt musst du dich dem stellen, was du getan hast.“

„Es tut mir leid, mein Sohn. Ich schäme mich so.“

In mir stieg die unterdrückte Wut auf und wollte sich Luft machen. Ich ließ es zu. „Es tut dir leid? Das kommt ein bisschen zu spät, Dad. Was zum Teufel hast du dir dabei gedacht? Warum hast du das gemacht? Wie konntest du nur so ein egoistisches Arschloch sein? Ich habe mich mit Zähnen und Klauen gegen den Tod gewehrt, als ich aus dem Leben gerissen worden bin. Es ist mir genommen worden. Ich würde alles geben, um es wiederzukriegen. Du hast dein Leben weggeworfen, als wenn es nichts wäre. Du hast deiner Frau, deiner Tochter und deiner Enkelin den Rücken gekehrt, als sie dich am meisten brauchten. Was für ein Mann tut denn so was?“

Dad stierte auf seine Pantoffeln, die im Schnee irgendwie verkehrt wirkten. Immer wieder schüttelte er den Kopf, und seine Lippen bewegten sich, ohne dass Worte aus seinem Mund kamen.

„Dad!“, schrie ich ihn an. „Reiß dich zusammen. Hör auf damit, dich zu bemitleiden. Warum hast du dich umgebracht?“

„Meine Lage war ausweglos. Ich war verzweifelt. Der Schlaganfall, die Geheimnisse, die Lügen: Ich hatte das Gefühl, alles ging den Bach runter – besonders kurz nach deinem Tod. Ich hatte Angst vor einer bleibenden Behinderung – und vor den Leichen in meinem Keller. Dann konnte ich plötzlich dich sehen, meinen toten Sohn. Und als du mir erzählt hast, dass Lauren und deine Mutter von der Affäre wussten, ist mir einfach alles über den Kopf gewachsen. Ich war damit konfrontiert, allein dazustehen, meine Familie, mein Zuhause, meine Freunde, einfach alles zu verlieren. Selbstmord schien mir der einzige Ausweg zu sein.“

Plötzlich sah ich wieder vor mir, wie seine Leiche auf den Flur hinausgetragen wurde – all das Blut in der Toilette. Ein schreckliches Bild. „Aber … um es so zu machen, wie du es gemacht hast, musstest du so entschlossen, so zielstrebig gewesen sein. Ich kann mir nicht mal vorstellen …“

„Das war ich. Ich wollte sterben – und daran sollte mich niemand hindern. Aber in dem Moment, in dem ich so dastand – als Seele – und meine eigene Leiche in meinem Blut liegen sah, ging mir die Ungeheuerlichkeit meiner Tat auf. Ich wusste, dass ich einen schrecklichen Fehler gemacht hatte. Wenn ich die Zeit zurückdrehen und es ändern könnte, würde ich das tun. Das musst du mir glauben, mein Sohn.“

„Wo warst du denn, wenn es dir so leidgetan hat? Warum bist du nicht gleich zu mir gekommen?“

Dad schüttelte den Kopf. „Ich bin ein Feigling. Das ist der Grund. Erst heute Abend habe ich den Mut aufbringen können. Ich musste dich vor meiner Beerdigung sehen. Es tut mir so leid, mein Sohn. Alles. Ich werde dich nicht um Vergebung bitten. Wie könnte ich das? Aber du solltest wissen, wie sehr ich bedaure, was ich getan habe.“

Ich konnte nicht antworten, weil ich so gerührt war. Eine Weile sahen wir uns schweigend an, dann fuhr Dad fort:

„Hardy, hm. Er hat gesagt, du weißt schon Bescheid …“

„Worüber?“

„Mein Geheimnis?“

„Dass du schwul bist, meinst du?“

Das haute ihn um. „Nun ja, ich weiß nicht, ob ich …“

„Hör mal, Dad. So langsam wird es Zeit, das Kind beim Namen zu nennen. Du bist schwul. Offensichtlich bist du das. Also, es ist ein komisches Gefühl, das von dir zu wissen, aber angesichts all der anderen Dinge, die geschehen sind, scheint es eine nicht so große Bedeutung zu haben.“

„Wow. Ich dachte, du wärst angewidert.“

„Du bist, wer du bist, Dad. Das Leben ist zu kurz, um sich zu verbiegen. Aber du musst dich auch akzeptieren. Wenn du das getan hättest, wären die Dinge nie so aus dem Ruder gelaufen. Wie lange hast du noch?“

„Was meinst du damit?“

„Wie lange bleibt dir noch, bis du deine Entscheidung treffen musst?“

„Welche Entscheidung denn?“

Es stellte sich heraus, dass Hardy meinem Dad nicht die Wahl gelassen hatte, zu bleiben oder zu gehen. Er hatte ihm lediglich mitgeteilt, dass er nach seiner Beerdigung hinübergehen würde. So viel zum freien Willen. Offenbar stand einem die Option, auf der Erde zu bleiben, nur offen, wenn man gezielt darum bat.

Ich zog eine Augenbraue hoch. „Du hast nie infrage gestellt, was er dir erzählt hat?“

„Hätte ich das tun sollen? Also, ursprünglich wollte er, dass ich sofort gehe, aber ich habe mich geweigert. Ich habe gesagt, ich würde noch Zeit brauchen. Ich wusste, dass ich erst mit dir sprechen musste. Und da hat er mir gesagt, ich könne bis zur Beerdigung bleiben. Und das klang so, als würde er mir damit einen großen Gefallen tun. Es war keine Rede davon, dass es irgendeine andere Wahl geben könnte. Ehrlich gesagt war ich froh darüber, dass ich nicht gleich in die Hölle geschickt worden war. Das bin ich noch immer."

Ich erwog, Dad zu erklären, dass er sich dafür entscheiden konnte, für immer hierzubleiben. Aber dann glaubte er womöglich, dass ich das von ihm erwartete – als Sühne für seine Tat. Und das wollte ich bestimmt nicht. Abgesehen davon, wenn der heutige Tag wie geplant verlief, spielte das ohnehin keine Rolle mehr.

In diesem Moment materialisierte sich Hardy neben Dad. „Wie geht's uns denn?"

„Interessantes Timing", sagte ich. „Fast so, als hättest du unser Gespräch belauscht. Und woher kennst du diesen Platz? Ich wette, du bist mir schon mal hierhin gefolgt, oder?"

Hardy sah mich finster an und sagte zu Dad: „Wir sollten uns jetzt auf den Weg machen."

„Ich brauche noch ein bisschen Zeit", antwortete Dad.

„Ist schon in Ordnung", sagte ich. „Geh nur. Wir können bei der Beerdigung weiterreden."

„Kommst du?"

„Selbstverständlich. Ich bin dein Sohn."

Ich wendete mich an Hardy. „Und keine Sorge. Ich habe nicht vor, Ärger zu machen. Ich will nur für meinen Vater da sein."

Hardy fixierte mich mit eiskaltem Blick, dann legte er die Hand auf Dads Schulter, und die beiden verschwanden.

„Du siehst wunderschön aus, mein Liebling", sagte ich zu Ella, die in ihrem schwarzen Kleid vor dem Spiegel stand.

Sie seufzte. „Ich hasse Beerdigungen."

„Ich auch. Du siehst trotzdem hübsch aus."

„Findest du nicht, dass meine Haare irgendwie komisch aussehen?"

Lauren hatte ihr einen Bauernzopf geflochten, bevor sie zum Umziehen verschwunden war.

„Nein, das sieht wirklich schön aus. Du bist nur nicht daran gewöhnt."

„Vielleicht mache ich den Zopf wieder auf und nehme ein Haarband."

„Nein, lass das lieber, Ella. Tante Lauren hat so lange dafür gebraucht. Ehrlich, es ist sehr hübsch."

„Kannst du dich wirklich im Spiegel sehen, Daddy?"

„Ja." Ich stellte mich hinter sie und winkte meinem Spiegelbild zu. „Hier bin ich."

„Warum kann ich dich denn nicht sehen?"

Ich streckte die Zunge raus. „Keine Ahnung, aber wenigstens kann ich dir Grimassen schneiden, ohne dass du was merkst."

„Werd nicht frech", antwortete sie und drehte sich mit gespielter Empörung zu mir um. „Was war das eben für eine Grimasse?"

„Och, gar keine", sagte ich und streckte die Zunge wieder raus.

Sie auch, aber dann wurde sie plötzlich ganz ernst. „Wo warst du gestern Abend?"

Ella hatte mich heute früh nach langem Warten ins Haus gelassen, aber dann war Xander zum Kaffeekochen in die Küche gekommen, und seitdem waren wir nicht allein gewesen.

„Ja, darüber wollte ich mit dir reden", sagte ich. „Ich war bei Grandad."

„Was? Wie? Wo bist du hingegangen?"

Ich erzählte Ella, was passiert war, und betonte, wie tief ihr Großvater seine Tat bereute, wie sie ihm fehlte und wie lieb er sie hatte.

Sie wollte wissen, ob er auch auf der Beerdigung sein würde.

Ich nickte.

„Kann ich ihn sehen?“

Das hatte ich mich auch schon gefragt. „Das weiß ich nicht, Ella, ehrlich. Ich bin mir nicht sicher, wie das geht. Wir werden es ja bald erfahren. Aber wenn du ihn sehen kannst, musst du ganz vorsichtig sein. So wie mit mir. Vor anderen Leuten darfst du nicht mit ihm sprechen, und du darfst dir nichts anmerken lassen.“

„Ich weiß, Daddy.“ Ihre Unterlippe zitterte. „Das musst du mir nicht sagen.“

Beschwichtigend hielt ich die Hände hoch. „Tut mir leid. Das sollte keine Kritik sein.“

Eine einzelne Träne kullerte über ihre Wange, als sie sich wieder zum Spiegel umdrehte.

„Ich hab dich so lieb, und ich bin so stolz auf dich.“ Erst dann fiel mir ein, dass diese Worte sie wahrscheinlich noch mehr aufwühlen würden. Und da drehte sie sich auch schon um und rannte in ihr Prinzessinnenschloss.

„Alles in Ordnung mit dir?“, fragte ich, aber ich bekam nur ihr leises Schluchzen als Antwort.

Ein langer Schatten fiel über den Teppich. Mit Schlips und im schwarzen Anzug stand Xander in der Tür. Seine Rückkehr hatte allen gutgetan. Lauren war ihm seither kaum von der Seite gewichen und hatte ihn regelmäßig zu langen Gesprächen irgendwohin geschleppt, Mum und Ella lebten in seiner Gegenwart deutlich auf. Schade war nur, dass es nicht von Dauer sein konnte. Wir wussten alle, dass er bald wieder in sein Heimatland abreisen würde – und Lauren würde ihm bald folgen.

„Wo ist denn meine Lieblingsnichte?“ Sein Englisch war perfekt, doch er hatte einen holländischen Akzent.

Ella antwortete nicht, also schaute er durch die Tür ins Zelt. Und zu meiner Überraschung zwängte er sich mit hinein. Sein Kopf hob das Zeltdach.

„Was ist los, kleintje?“, sagte er. „Du siehst aus, als könntest du ein dikke knuffel gebrauchen.“

„Was ist das?“, schniefte Ella.

„Das kriegt Tante Lauren immer von mir, wenn sie traurig ist. Ich drück sie dann ordentlich.“

Durchs Zeltfenster sah ich, wie er Ella in die Arme nahm. Ich war ja froh, dass er für sie da war, aber etwas eifersüchtig war ich trotzdem.

„Und was war das andere, was du da eben gesagt hast?“ Ella klang schon wieder munterer.

„Was denn?“

„Du hast was Holländisches zu mir gesagt. Was mit kl…“

Xander lachte dröhnend. „Ach, kleintje. Meinst du das? Das heißt so was wie ‚meine Kleine‘. Komm, das kannst du auch sagen, ist ganz leicht.“

„Klein-tje“, wiederholte sie. „Kleintje.“

„Perfekt. Du bist ein Naturtalent. Ich glaube, du könntest sehr gut Holländisch lernen.“

„Du bist aber kein kleintje, oder Onkel Xander?“ Sie kicherte. „Du bist zu groß für dieses Zelt. Und eine Prinzessin bist du auch nicht. Hier drinnen hast du nichts zu suchen.“

„Soll ich wieder rausgehen? Du bist aber gemein. Wie wär’s denn, wenn ich dir ein Geheimnis erzählen würde?“

„Was für eins? Ein gutes?“

„Ein sehr gutes. Es wird dir gefallen, das weiß ich.“

„Hm … na gut. Erzähl’s mir.“

„Bist du ganz sicher?“

„Ja. Bitte, erzähl’s mir. Bitte, bitte!“

„Okay. Dann schieß ich mal los …“

33. KAPITEL

Noch drei Stunden

Ich dachte, Xander würde Ella erzählen, dass Lauren schwanger war. Warum, weiß der Himmel. Wahrscheinlich weil Ella neulich gesagt hatte, sie wünschte sich, sie würden ein Baby bekommen. Aber egal, das war es nicht. Was er tatsächlich zu ihr sagte, war ein Schock für mich.

„Du weißt ja, dass deine Tante und ich in Holland leben. Und deshalb sehen wir dich nicht so oft."

„Ja."

„Nun, wir werden hierherziehen."

Ellas Stimme wurde eine Oktave höher. „Hierher? In dieses Haus?"

„Erst mal. Aber dann wollen wir uns selber ein Haus kaufen, irgendwo in der Nähe. Wahrscheinlich im Dorf. Dann bist du nicht mehr allein mit Nana. Du hast auch noch uns."

„Echt? Ihr kommt für immer her?"

„Das haben wir uns so gedacht. Wir haben überlegt, wie wir unser Geschäft weiterführen können, wenn wir hier wohnen. Mit dem Internet geht das jetzt leichter als früher. Und wir können das Geschäft auch noch erweitern, schließlich wird ja überall auf der Welt geheiratet."

„Macht dir das was aus? Wirst du auch nicht Heimweh nach Holland kriegen?"

„Natürlich, aber eine Veränderung ist mal ganz schön, und ich fliege immer mal wieder rüber. Ansonsten habe ich ja meine Lieblingsnichte in der Nähe, mit der ich spielen kann. Und was Schöneres gibt es wohl kaum."

„Hast du das Nana schon erzählt?"

„Ja. Der scheint die Idee ganz gut zu gefallen. Was hältst du davon?"

„Echt gut.“ Ella drückte Xander ganz fest.

„Na, daran kannst du heute denken, wenn du traurig wirst wegen deinem Großvater. Das macht dich hoffentlich ein bisschen fröhlicher. Aber jetzt seh ich lieber mal nach, was deine Tante so macht. Sonst kommen wir nie im Leben rechtzeitig los.“

Unter einigen Verrenkungen kroch Xander aus dem Zelt und richtete sich wieder zur vollen Größe auf.

„Hast du das gehört, Daddy?“, fragte Ella, sobald ihr Onkel außer Hörweite war.

„Das hab ich, Ella. Das sind tolle Neuigkeiten.“

„Ich dachte, er würde sagen, dass sie ein Baby kriegen“, sagte sie. „Aber das ist besser, wenn sie nämlich in Holland ein Baby kriegen würden, würde ich es nie sehen. Vielleicht kriegen sie ja hier eins. Das wäre toll.“

„Ja“, sagte ich, weil ich ihrer guten Laune mit Einwänden keinen Dämpfer aufsetzen wollte. „Packst du das heute?“

„Ich glaub schon. Aber ich bin froh, wenn es vorbei ist. Wird Grandad ins Kremorium gebracht wie du?“

„Krematorium heißt das. Nein. Er und Nana haben eine Grabstelle auf dem Friedhof gekauft, auf der sie zusammen beerdigt werden können.“

In Panik riss Ella die Augen weit auf. „Zusammen? Aber Nana ist doch nicht tot.“

„Nein, Schatz.“ Ich hätte mich ohrfeigen können. „Das heißt nur, dass sie an derselben Stelle beerdigt werden kann, wenn sie mal stirbt, was ganz bestimmt noch nicht so bald sein wird. Ihre Särge sind dann zusammen.“

„Unter der Erde? Und die Körper sind noch drinnen?“

„Genau.“

„Igitt. Kommen die Würmer da rein?“

„Ich glaube, Särge sind gut versiegelt. Aber was macht das schon. Körper sind leere Hüllen, so wie Kleider, die man nicht mehr braucht. Sieh mich an, ich bin auch so hier. Und Grandad hab ich auch ohne seinen Körper gesehen. Er kann gehen und reden wie früher, vor dem Schlaganfall."

„Wirklich?"

„Ja. Er ist wieder der alte Grandad, wie wir ihn kennen und lieben."

„Das ist gut. Ich will aber nicht, dass mein Körper unter der Erde begraben wird. Ich will lieber kremoriert werden, glaub ich."

„Ella?", rief Mum von unten. „Bist du fertig? Wir müssen jetzt los."

„Ich komme, Nana."

„Wir sehen uns in der Kirche", sagte ich zu Ella.

Sie sah mich verschreckt an. „Du kommst doch, oder?"

„Ja, ganz sicher. Ich werde da sein. Aber ich will lieber zu Fuß gehen."

„Versprochen?"

„Versprochen."

„Großes Ehrenwort?"

Ich hob die Hand zum Schwur. „Großes Ehrenwort."

Ella ließ mich zur Haustür hinaus. Der Garten war noch von Weiß bedeckt. Es hatte nicht noch mal geschneit, aber der Schnee war liegen geblieben. „Zwanzig nach neun", sagte ich nach einem Blick durchs Fenster zur Uhr auf dem Kaminsims im Wohnzimmer. Nur noch vierzig Minuten, bis die Trauerfeier in der Kirche anfangen sollte – und noch zwei Stunden länger bis Mittag. Der Countdown lief.

Obwohl ich nicht zum ersten Mal als Seele durch den Schnee ging, hatte ich mich immer noch nicht daran gewöhnt. Es knirschte nicht, wenn ich auftrat. Und es war komisch, keine Fußspuren zu hinterlassen – so als würde ich gar nicht existieren.

„Lizzie?", rief ich, als ich ein Stück die Straße entlanggegangen war.

Sie erschien an meiner Seite. „Hallo, William. Schön, dich zu sehen. Wie läuft's?"

Ich zuckte mit den Schultern. „Okay, glaub ich, wenn man bedenkt, was passieren wird. Ich geh mal davon aus, dass du weißt, dass Dad und ich miteinander gesprochen haben."

Sie nickte.

„Ich hab gesagt, ich komme zur Beerdigung. Bin gerade auf dem Weg dahin."

„Soll ich mit dir gehen?"

„Nein danke. Du kannst mich ein Stück begleiten, aber wenn ich da bin, regele ich das schon selber."

„Gut."

„Bei meiner Beerdigung hast du angeboten, mich etwas aufzuhübschen. Könntest du das jetzt vielleicht machen?"

„Klar. Was darf's denn sein?"

„Nur ein schlichter schwarzer Anzug mit Schlips. Das wäre gut."

Sie tippte mir auf die Schulter, und fertig war ich. Keine ausgefransten Jeans und kein T-Shirt mehr.

„Wie gefällt dir das?"

„Ist perfekt. Danke." Ich machte eine Pause, dann sagte ich: „Kommt ja alles prima hin. Dads Beerdigung ist genau vor meiner Deadline. Hast du da deine Hand im Spiel gehabt?"

Ein Lächeln streifte ihre Lippen. „Wie kommst du denn darauf?"

Schweigend gingen wir noch ein paar Schritte, dann fragte sie mich, ob ich meine Entscheidung getroffen habe.

„Ich glaube schon. Ja."

„Und?"

Ich blieb stehen und sah ihr in die Augen. Ich wusste, was ich sagen wollte, aber das waren so große, so endgültige Worte – und die blieben mir in der Kehle stecken. „Ich … äh …"

„William?“

Sie zerrte sie aus mir raus. Zwang mich, sie auszusprechen. Und dann nickte sie.

Den letzten Teil des Weges zur Kirche legte ich allein zurück und traf dort ein paar Minuten vor Mum, Lauren, Ella und Xander ein. Ella, die Arm in Arm mit ihrer Tante ging, winkte mir unauffällig zu.

„Kommt“, sagte Xander zu den anderen. „Wir müssen reingehen, bevor die Leute kommen.“

In diesem Moment bog der Leichenwagen auf die Zufahrt zur Kirche ein. Mum, die in ihren schwarzen Sachen leichenblass wirkte, schnappte beim Anblick des Sarges hörbar nach Luft. Das war das Erste, das ich an diesem Morgen von ihr hörte – und es brach mir das Herz. Ihre Stärke schien sie verlassen zu haben, und neben ihrem riesenhaften Schwiegersohn sah sie schrecklich klein und verletzlich aus. Wenigstens war Xander für sie da und kümmerte sich um sie. Er legte seinen starken Arm um sie und flüsterte ihr etwas ins Ohr, ehe er ein Wort mit dem Bestattungsunternehmer wechselte und die Familie in die Kirche führte.

„Ich komme gleich nach“, rief ich Ella zu, die sich nach mir umgedreht hatte. „Ich will mal nachsehen, ob ich Grandad irgendwo finde.“

Nach einem schnellen Rundgang um das Gebäude war ich nicht schlauer als zuvor. Vielleicht war er schon drinnen. Aber dann fiel mir ein, dass er am Grab sein könnte. Die Grabstelle hatte er mir schon vor Jahren gezeigt, als ich mit Alice zu Besuch da gewesen war. So ein Grab war teuer heutzutage und schwer zu kriegen. Er war stolz darauf gewesen, dass er diesen Platz hatte kaufen können, obwohl der ein ganzes Stück entfernt von der Kirche lag.

„Für dich hätte ich auch einen Platz reservieren können,

aber ich dachte, du und Alice trefft lieber eure eigenen Vorkehrungen. In eurem Alter braucht ihr euch über so etwas noch keine Gedanken zu machen", hatte er an jenem sonnigen Ostersonntag gesagt.

„Du bist ja auch noch nicht so alt, Dad", hatte ich ihm geantwortet. „Ich glaube, wir brauchen uns beide noch nicht den Kopf darüber zu zerbrechen."

Wie ich mich doch geirrt hatte.

Ich ging den Weg entlang, der zu der Grabstelle führte, die auf einem freien Feld hinter einer hohen schneebedeckten Hecke lag. Hier waren die Gräber moderner und schlichter als auf dem Hauptteil des Friedhofs. Und da stand seine voluminöse Gestalt in düsterem Schweigen vor dem Loch, das bald seinen Sarg aufnehmen würde. Das Dunkelbraun der frisch umgegrabenen Erde bildete einen starken Kontrast zu der winterlichen Decke, die alle anderen Grabstellen bedeckte. Von Hardy war weit und breit keine Spur, aber er hatte seine Arbeit getan, wie man an Dads schwarzem Anzug und dem Mantel sehen konnte. Das stand ihm viel besser als Pyjama und Bademantel, er sah fast wieder so aus wie früher.

Wahrscheinlich hatte er mich schon entdeckt, denn er war nicht überrascht von meiner Ankunft.

„Hallo, mein Sohn", sagte er, während er weiter in das offene Grab starrte. „Glaubst du, dass es sehr schwer war, in der Kälte dieses Loch zu graben? Also, ich vermute mal, dass es kalt ist. Sieht so aus, als würde es frieren, aber ich kann nichts mehr fühlen. Und du?"

„Auch nicht. Dauert eine Weile, bis man sich daran gewöhnt hat, nicht wahr?"

„Ich bin wirklich froh, dass du hier bist. Und so schick gemacht. Du siehst gut aus."

„Du auch, Dad."

„Na ja, ich fand meinen Schlafanzug nicht so passend. Hattest du was Auffälligeres erwartet?"

„Warum? Weil du schwul bist? Mach dich nicht lächerlich. Auf den Gedanken bin ich gar nicht gekommen."

„So werden wir ja immer dargestellt ... du weißt schon, in den Medien."

„Tuntig, meinst du?"

„Genau. Aber so bin ich nicht. So war ich nie. Es ist nicht so, dass ich mein wahres Wesen vor dir und dem Rest der Familie versteckt hätte. Nun ja, wahrscheinlich hab ich das, aber damit will ich sagen, dass ich immer noch derselbe Mensch bin – abgesehen vom Offensichtlichen. Ich bin niemand, der kreischend in pinkem Spandex herumläuft."

„Das hatte ich auch nie gedacht. Du kannst mir ruhig mehr zutrauen. Weißt du, in meiner Generation ist es ziemlich normal, schwul zu sein."

„Stimmt. Tut mir leid, Will. Ich wollte dir nur sagen, dass es nicht nur Lügen waren."

„Okay, Dad."

„Kommst du mit rein zur Trauerfeier?"

„Ja, selbstverständlich. Ich hab Ella gesagt, dass ich mich zu ihr setze."

„Oh, gut."

„Da ist was, was ich nicht verstehe", sagte Dad. „Wie kann es sein, dass du noch hier bist? Du bist schon viel länger in diesem Zustand als ich. Warum bist du noch nicht rübergegangen? Hat das was mit Ella zu tun? Kann sie dich deshalb sehen?"

„Es ist wegen Ella. Ich habe gesagt, ich würde mehr Zeit brauchen. Und ich habe Zeit bekommen. Aber das kann ich dir jetzt nicht erklären, wir müssen in die Kirche."

Er schaute wieder auf sein Grab. „Wie war es bei deiner Beerdigung?"

„Du warst doch da."

„Klar, aber ich meine ... wie hat es sich für dich angefühlt, da zu sein?"

„Hm. Komisch, glaub ich. Ist mir nahegegangen. Keine Ahnung, war alles ein wenig nebulös. So als würde ich was sehen, das nicht für meine Augen bestimmt war. Im Nachhinein bin ich aber ganz froh, dass ich hingegangen bin. Es hat geholfen."

„Irgendwie wünschte ich, ich wäre nicht hier. Ich hab schreckliche Angst davor, deine Mum und deine Schwester zu sehen – und Ella auch. In welcher Verfassung sind sie?"

Das Ausmaß der Wut, die mich bei dieser Frage packte, war erstaunlich. Beinahe hätte ich ihn angefahren und ihn wieder als einen egoistischen Feigling beschimpft. Aber ich blieb ruhig, ließ das Gefühl verrauchen und antwortete erst dann: „Den Umständen entsprechend. Bis jetzt ist Mum wirklich stark gewesen, aber als ich sie vor ein paar Minuten gesehen habe, wirkte sie sehr angegriffen. Lauren und Ella ging es besser, aber wahrscheinlich ist das nicht von Dauer. Xander hält im Moment alles zusammen."

Von Schuld und Reue durchdrungen, starrte Dad in die Ferne. Meine Aufgabe ist jetzt, sein Sohn zu sein – und kein Folterknecht, sagte ich mir.

„Meinst du, Ella wird mich sehen können?", flüsterte er. Ich zuckte mit den Schultern. „Hat sie mich auch gefragt, aber sie fand diese Vorstellung eindeutig reizvoller als du. Ehrlich gesagt, ich weiß es nicht. Komm mit, wir probieren es aus."

„Ja, lass uns das machen", entgegnete Hardy in ironischem Ton, als er plötzlich neben uns erschien.

„Na, hast du mal wieder gelauscht?", sagte ich.

Er funkelte mich giftig an und nahm dann Dads Hand. Die beiden verschwanden, und ich musste allein zurück zur Kirche gehen.

Es war kurz vor zehn, als ich am Portal angekommen war.

Zum Glück stand die Tür noch offen, die letzten Trauergäste gingen gerade nach drinnen. Besonders einer erregte meine Aufmerksamkeit: Charles Devlin. Elegant gekleidet wie immer, nur dieses Mal im schwarzen Anzug, stand er allein ein paar Schritte von der Tür entfernt und rauchte eine Zigarette.

Was machst du hier? dachte ich. Ganz sicher war ich nicht, ob Mum ihn am Ende nicht doch eingeladen hatte, hoffentlich benahm er sich anständig. Devlin trat seine Zigarette im Schnee aus und warf den Stummel ins Gebüsch, bevor er in die Kirche ging. Er wirkte unruhig und verunsichert. Ich folgte ihm durch die Tür in ein Meer von schwarzen Anzügen, Schlipsen, Kleidern, Röcken, Schuhen und Mänteln. Einen Moment zog ich meine Aufmerksamkeit von Devlin ab, weil ich den Blick über die Menge schweifen ließ. Ich kannte nicht mal die Hälfte der Anwesenden. Dann fiel mein Blick auf Dad, der mit Hardy hinten stand, und als ich seinen geschockten Gesichtsausdruck sah, schaute ich wieder zu seinem Liebhaber. Der nahm ein Gesangbuch und rutschte auf einen freien Platz in einer Bank keine zwei Meter von meinem Vater entfernt.

Ella strahlte mich von der ersten Reihe her an. „Hey, schau nach vorn", flüsterte Lauren, als ich mich neben sie setzte.

„Ist er hier?", fragte Ella so, dass nur ich es hören konnte. Kurz zuvor hatte sie noch genau zu der Stelle geschaut, an der Dad stand.

„Ja. Er steht hinten."

Wieder drehte sie den Kopf, dann sah sie mich verwirrt an.

„Ich glaube, du kannst ihn nicht sehen. Aber wenn du ihm was sagen willst, gebe ich es an ihn weiter."

Mit einem kleinen Nicken drehte Ella sich wieder zu dem Sarg vor uns um. Dass Dads Leiche darin liegen sollte, war eine seltsame Vorstellung, zumal ich ja wusste, dass seine Seele hier in der Kirche anwesend war. Wenigstens war der Sarg geschlossen.

Mum sah gar nicht gut aus. Sie war in sich zusammengefallen, nachdem sie so lange die Fassung bewahrt hatte und für alle die Starke gewesen war. Mit kalkweißem Gesicht und Ringen unter den Augen kauerte sie in der Kirchenbank und starrte blicklos nach vorn. Lauren und Xander saßen links und rechts von ihr, aber sie reagierte kaum, wenn sie von ihnen angesprochen wurde.

Lauren hatte Devlin bemerkt und schaute sich immer wieder zu ihm um, als wolle sie sich versichern, dass er ja keine Szene machte. Kate Andrews, die Reporterin vom *Evening Journal* hatte ich auch entdeckt. Zum Glück saß sie ein paar Reihen von Devlin entfernt. Kates Anwesenheit überraschte mich nicht. Als Lokalreporter war ich auch oft auf Beerdigungen geschickt worden. Wie versprochen, hatte sie keinen reißerischen Artikel über Dads Tod geschrieben. Jetzt würde sie sich wahrscheinlich auch diskret verhalten und meiner trauernden Familie nicht zu nahe treten. Hoffentlich sorgte Devlin nicht dafür, dass es Skandalöses zu berichten gab. Kate hatte zum Glück keine Ahnung, wie sehr er den Ablauf stören könnte.

Es dauerte nicht lange, bis der Pastor aus der Sakristei kam und die Trauerfeier begann. Er hatte meinen Vater ziemlich gut gekannt, da meine Eltern seit Jahren zur Gemeinde gehörten, und er sprach anerkennend von Dad als einem herzensguten und beliebten Mann. Er sagte, Dads Tod sei umso tragischer, weil er so bald auf meinen gefolgt war. Und er rief alle Anwesenden dazu auf, ihr Möglichstes zu tun, um Mum und den Rest der Familie in dieser schweren Zeit zu unterstützen.

Wieder musste Lauren die Ansprache im Gottesdienst übernehmen. Mum hatte eigentlich etwas sagen wollen, aber in ihrem Zustand war ihr das nicht möglich.

„Nie hätte ich gedacht, dass ich schon so bald wieder hier stehen würde“, sagte Lauren von der Kanzel. Ihre Stimme war bewegt, aber sicher. „Letztes Mal habe ich über meinen Bruder Will gesprochen. Dieses Mal ist mein Vater an der Reihe. Unsere Familie hat in den letzten Monaten viel durchgemacht. Wie mein Vater gestorben ist, ist kein Geheimnis. Das lässt sich nicht schönreden, also werde ich das auch nicht versuchen. Aber wie könnten wir ihn verurteilen? Nur er allein weiß, was ihm in jener Nacht durch den Kopf gegangen ist. Ich habe versucht, wütend auf ihn zu sein, doch das hat nicht lange gehalten. Aber ich wünschte, ich hätte für meinen Vater da sein können, als er mich brauchte. Und vor allem vermisse ich ihn. Wir gehen alle durch dunkle Zeiten, einige mehr als andere."

Lauren machte eine Atempause, in der sie sich eine Träne wegwischte. Als sie fortfuhr, wurde ihre Stimme immer brüchiger. „Vor einigen Jahren befand ich mich selbst in einer dunklen Zeit. Einige von euch werden sich daran erinnern. Ich war ganz unten und habe lange gebraucht, um wieder Fuß zu fassen. Mein Dad war damals für mich da, ohne zu fragen, ohne Zögern, trotz allem, was ich getan hatte, um ihn zu vertreiben. Ich musste mich nur an ihn wenden und ihn um Vergebung und seine Hilfe bitten – und ich habe sie bekommen. Er hat mich bedingungslos geliebt, und genauso liebe ich ihn. Das ist Familie. Dad, wenn du mich jetzt hören kannst, dann will ich dir sagen: Ich liebe dich, ich vermisse dich, ich vergebe dir. Ich bete, dass du Frieden findest."

Als Lauren mit den Tränen kämpfend von der Kanzel stieg, schaute ich mich nach Dad um. Ich wollte sehen, wie er reagierte. Erst da merkte ich, dass er neben mir stand und den Blick auf Mums gebeugte Gestalt richtete. Sie war in ihrem Kummer erstarrt. Ich war so von Laurens Worten gebannt gewesen, dass ich Dad nicht gesehen hatte. Er hielt den Kopf gesenkt. Ich legte ihm den Arm um den breiten Rücken, aber er zuckte zurück.

„Dad? Alles in Ordnung mit dir?“, fragte ich. Er schüttelte den Kopf, konnte mir aber nicht in die Augen sehen.

„Komm. Wir gehen raus.“

Ich schaute zu Ella rüber, die meine Worte gehört hatte und verständnisvoll nickte. Als sich die Gemeinde zum Singen erhob, führte ich Dad zurück zu Hardy, der im hinteren Teil der Kirche geblieben war.

„Kannst du uns bitte nach draußen bringen?“, fragte ich und zeigte auf die geschlossene Kirchentür. „Dad braucht frische Luft.“

Hardy zog eine Augenbraue hoch. „Echt? Wie kann das sein?“

Das war vielleicht nicht die beste Wortwahl, Luft war für Dad und mich dieser Tage ja ziemlich nutzlos. Wir konnten sie weder atmen noch spüren. Aber egal. Hardy wusste, was ich meinte, er wollte sich nur querstellen.

„Sieh ihn dir doch an – er bricht zusammen. Bitte, lass mich mit ihm ein paar Minuten vor die Tür gehen.“

„Und woher weiß ich, dass du nichts im Schilde führst?“

„Was denn? Warum misstraust du mir eigentlich so? Das sollte doch andersrum sein. Ich möchte nur draußen ein Wort mit meinem Vater reden. Ich will ihm doch nur helfen.“

„Das ist aber mein Job und nicht deiner.“

Dad hatte sich an eine Kirchenbank gelehnt. Sein Kopf war gesenkt, und er schluchzte. „Nun mach schon“, sagte ich zu Hardy. „Wir müssen zusammenarbeiten. Du warst doch auch mal ein Mensch, oder? Hast das doch auch durchgemacht. Du weißt, wie schwer es ist. Kannst du nicht mal einen Moment lockerlassen und ein bisschen Mitgefühl zeigen?“

Mit gerunzelter Stirn sah er mich an, dann seufzte er lange und übertrieben: „Gut, aber ich behalte euch im Auge.“

Dann beugte er sich vor, berührte unsere Schultern, und die Kulisse veränderte sich.

34. KAPITEL

Noch neunzig Minuten

Wir saßen nun auf der Bank hinter der Kirche, wo ich mich ein paarmal mit Arthur unterhalten hatte. Ich schaute auf die von Eis überzogenen Holzstreben unter uns und war froh, dass mir die Kälte nichts anhaben konnte.

Dad saß noch immer zusammengesackt da. Die Kombination aus Laurens Worten und Mums stummer Verzweiflung hatte ihn gebrochen.

„Dad, sieh mich an."

Kummer und Scham prägten sein Gesicht.

„Komm schon, Dad. Du musst mit mir reden. Es war schwer für dich da drinnen, das weiß ich, aber Lauren hat dir doch wenigstens vergeben können. Das ist doch gut, oder? Das wird dir weiterhelfen."

„Ich habe es nicht verdient. Sie sollte mich hassen. Du auch. Und deine Mutter. Sie sollte mich von allen am meisten hassen."

„Das tut sie nicht. Sie liebt dich."

„Ich konnte es nicht ertragen, sie so zu sehen. Sie wirkte so hilflos, so verloren. Und das ist alles meine Schuld. Ich hab mich davongestohlen wie ein Feigling, statt meinen Mann zu stehen und mich den Tatsachen zu stellen. Ich habe alle im Stich gelassen, sogar Ella. Dafür musst du mich doch verabscheuen. Ich bin kein richtiger Mann. Das ist das Problem. So hat alles angefangen. Wenn ich doch nur dagegen angekämpft und es unterdrückt hätte."

„Du hättest es uns auch einfach erzählen können. Dein wahres Wesen kannst du nicht verbergen, Dad. Lügen sind nur der Nährboden für noch mehr Lügen. Das gilt besonders für die eigenen."

„Das ging nicht. Ich hab mich so geschämt und befürchtet, es würde unsere Familie auseinanderreißen. Und das wollte ich wirklich nicht. Ich liebe euch alle so sehr."

„Auch Mum?"

„Ja, natürlich. Sie ist meine Frau. Vielleicht fällt es dir schwer, das zu glauben, aber ich liebe sie von Herzen. Das habe ich immer getan. Es ist ein Herzensgefühl, partnerschaftlich, freundschaftlich. Körperlich … nun ja, das weißt du wohl. Offenbar siehst du Charlie heute nicht zum ersten Mal."

„Charlie?"

„Ja, ich habe dich hinter ihm in die Kirche kommen sehen. Das war ein Schock. Ich hatte nicht mit ihm gerechnet."

„Oh, ja, stimmt", sagte ich. „Nach deinem Tod hat er Mum und Lauren besucht und ihnen von eurer Beziehung erzählt. Er hat sogar behauptet, dass du Mum für ihn verlassen wolltest."

Dad legte den Kopf in die Hände und stöhnte. „Hat sie ihm das geglaubt … das mit dem Verlassen?"

„Keine Ahnung. Kann schon sein. Warum? Ist es wahr?"

„Nein, ich hätte eure Mutter nie verlassen. Nicht in tausend Jahren."

„Er schien das aber zu glauben."

„Er wollte das glauben, und wahrscheinlich hab ich es ihn auch glauben lassen. Es hat die Dinge erleichtert. Aber nach deinem Tod habe ich ihm gesagt, dass es vorbei ist. Ich wollte einen Schlussstrich unter all die Lügen ziehen, doch es war zu spät. Wusste deine Mum, dass er zur Beerdigung kommen würde?"

„Sie hat ihn vielleicht sogar eingeladen. Sie und Lauren haben jedenfalls davon gesprochen. Sie wollten auf keinen Fall, dass er sich gekränkt fühlt und eine Szene macht."

„Oh, so was würde er nie tun", antwortete Dad. „Das ist nicht sein Stil. Arme Ann, nun macht sie sich auch noch darüber Sorgen. Die Frau ist eine Heilige. Ich hab sie nie verdient. Kein Wunder, dass sie es jetzt so schwer hat. Was hab ich nur getan!"

„Mum erholt sich schon wieder, Ella und Lauren stehen auch das durch. Sie halten zusammen. Lauren und Xander werden hierherziehen. Ich habe gehört, wie Xander das Ella heute Morgen erzählt hat."

„Wirklich? Oh. Das hatte ich nicht erwartet."

„Was geschehen ist, ist geschehen, Dad. Für dich ist es gleich so weit, hinüberzugehen."

„Und wenn ich mich weigere? Ich könnte hierbleiben, so wie du, und über sie wachen. Das könnte meine Strafe sein. Warum sollte ich in den Himmel kommen – nach allem, was ich getan habe?"

„Nein, Dad. Kommt nicht infrage."

„Warum nicht. Bei dir funktioniert das doch. Wir könnten einander Gesellschaft leisten. Oder ich könnte dir was abnehmen. Dann gehst du hinüber, und ich bleibe. Wie wäre es denn damit?"

Ich schüttelte den Kopf. „Damit tust du nichts Gutes, sondern richtest nur Schaden an, glaub mir. Du musst deine Gedanken sammeln und dich auf deinen Übergang vorbereiten. Anders geht es nicht."

„Bist du sicher?"

„Ganz sicher. Letztlich ist es deine Wahl, aber nach allem, was ich seit meinem Tod gelernt habe, kann ich dir nur raten zu gehen."

„Keine Zweifel?"

„Gar keine", log ich.

„Und warum bist du dann noch da?"

„Hab ich dir doch gesagt. Wegen Ella. Ich bin ein Sonderfall. Mach dir um mich keine Sorgen. Ist alles unter Kontrolle."

Er schüttelte den Kopf, als ob das seine Gedanken ordnen

könnte. „Gut. Ich glaube, ich muss aufhören, mich selbst zu bemitleiden, und die Sache in Angriff nehmen."

„Guter Plan."

Ein paar Minuten saßen wir schweigend da. Ich wusste nicht, was ich noch sagen sollte. Und dann, als die Orgelklänge eines weiteren Kirchenliedes zu uns nach draußen drangen, nahm Hardy neben uns Gestalt an.

„Wie geht es uns denn?", fragte er. Aber mir war schon klar, dass er genau wusste, was gesagt worden war.

Dad stand auf. „Mir geht es gut. Ich bin bereit. Will hat mir den Kopf zurechtgerückt."

Hardy beäugte mich fragend und wendete sich dann wieder an Dad. „Gut. Da drinnen kommen sie zum Ende. In einer Minute sind sie draußen. Gehen wir rüber zum Grab?"

„Okay. Kommst du mit, Will?"

„Nein, ich kann nicht. Tut mir leid. Ich hab noch ein paar Sachen zu erledigen."

Dad machte ein langes Gesicht. „Oh, dann verabschieden wir uns jetzt wohl. Sehen wir uns auf der anderen Seite?"

Er reichte mir die Hand, ich nahm sie und hielt sie ganz fest. Warum hatten wir das zu unseren Lebzeiten nur immer vermieden, fragte ich mich, zog ihn an mich und umarmte ihn. „Ich hab dich lieb, Dad."

„Ich habe dich auch lieb, mein Sohn", antwortete er. Seine Stimme war zittrig, weil die Gefühle ihn überwältigten. Mit beiden Händen packte er meine Schultern. „Und sag Ella auch, dass ich sie lieb habe."

Ich nickte, er machte sich los, ging ein paar Schritte, drehte sich um und hob die rechte Hand zu einer Art Abschiedsgruß, dann ging er mit Hardy an seiner Seite weiter auf das Grab zu.

Wenig später strömte die Trauergemeinde aus der Kirche. Der Pastor und ein Messdiener mit einem großen Kreuz gingen dem Sarg voran. Acht Sargträger waren nötig, darunter

Xander und Larry, um Dads Leiche zu Grabe zu tragen. Hinter dem Sarg gingen Mum, Lauren und Ella, die einander untergehakt hatten.

Ella schaute zu mir hoch, ich ging neben ihr mit. „Hallo, Schatz", sagte ich. „Ich weiß, du kannst jetzt nicht reden, aber zwinkere mir einmal zu, wenn mit dir alles okay ist."

Sie zwinkerte.

„Gut. Tut mir leid, dass ich rausgegangen bin. Grandad war ganz durcheinander, und ich musste mit ihm reden. Jetzt geht es ihm besser. Er wartet am Grab. Wenn du was zu ihm sagen möchtest, dann flüstere es, das hört er dann. Ich soll dir sagen, dass er dich sehr lieb hat."

Ella lief eine Träne über die Wange. Wenn ich sie doch wegwischen könnte. „Ich hab jetzt noch was zu tun, Ella. Und du musst ohne mich ganz stark sein."

Ihr Gesicht zuckte, sie riss die Augen verschreckt auf. Einen Moment lang fürchtete ich schon, sie würde vor allen Leuten mit irgendwas herausplatzen.

„Keine Sorge, es dauert nicht lange", zwang ich mich zu sagen. Ich hauchte ihr einen Kuss zu und blieb stehen, meine Tochter und der Trauerzug zogen an mir vorbei. „Wir sehen uns später!", rief ich ihr hinterher.

Die Erleichterung in ihrem Gesicht zu sehen, als sie nickte – und meine Lüge glaubte, war schmerzhaft. Ich täuschte ein Lächeln vor, aber in mir ging alles zu Bruch. Es war fürchterlich. Wie konnte das alles gewesen sein? Wie konnte ich ohne Abschied davongehen?

Nein, das ist falsch, sagte ich mir. Ich wusste zwar, worauf Lizzie und ich uns geeinigt hatten, aber ich brachte es nicht fertig. Ich musste es ihr sagen.

Gerade als ich meiner Tochter nachlaufen wollte, wurde ich gepackt. Lizzie hatte den Arm um meine Taille geschlungen. „Lass das", sagte Lizzie mir ins Ohr. „Das geht nicht."

Und dann war ich plötzlich mit ihr im Kricketpavillon.

„Nein!“, brüllte ich. „Du musst mich zurückbringen. Ich kann Ella nicht mit einer Lüge stehen lassen.“

„Darüber haben wir doch schon gesprochen“, sagte Lizzie. „Ich weiß, es ist schwer, aber anders geht es nicht. Die Wahrheit wäre zu viel für sie. Sie könnte es nicht verstehen. Du würdest das niemals tun können. Vertrau mir. Du siehst sie wieder. Du bekommst deinen Abschied.“

„Aber was wird jetzt mit ihr geschehen? Wie genau funktioniert diese dritte Möglichkeit. Ich versuche, das zu begreifen, und es macht mich ganz verrückt.“

„Dann stell dir doch mal vor, wie schwer es für Ella zu fassen sein muss. Du musst mir vertrauen, William.“

„Und es wird ihr ganz bestimmt gut gehen?“

„Ja. Sie wird sich an nichts von alldem erinnern.“

„Bist du sicher, dass diese Realität sich nicht fortsetzt, wenn ich weggegangen bin? Die Vorstellung, dass sich die gesamte Existenz meinetwegen zurückspult, bereitet mir nämlich Schwierigkeiten. Ich könnte es nicht ertragen, wenn Ella denken würde, ich hätte sie verlassen, ohne mich zu verabschieden.“

„Es gibt nur eine Realität. Die hier. Ich öffne ein Fenster etwas weiter hinten in deiner Zeitschiene und schieb dich durch. Das ist dieselbe Realität, in der wir uns jetzt befinden, nur früher, bevor irgendwas von alldem hier stattgefunden hat. Du bist der Einzige, der diesen Sprung macht. Sobald du da bist, entscheidest du.“

„Und was ist mit der Zukunft, die du mir gezeigt hast?“

„Die wäre so eingetreten, wenn du weitergemacht hättest wie zuvor. Auf dieser Zeitschiene hab ich dich nur vorangehen lassen. Das war gewissermaßen das Gegenteil von dem, was ich jetzt tun werde, obwohl wir damals nur Zuschauer waren. Deine derzeitige und deine einstige Persönlichkeit miteinander zu verschmelzen ist allerdings wesentlich komplizierter. Es gibt nur ein Fenster – der Moment, in dem du stirbst –, und ich muss ihn ganz genau abpassen."

„Da kann nichts schiefgehen?"

Ihre Nase zuckte verräterisch.

„Du hast das doch schon mal gemacht, oder?"

„Hör mal, so was kommt nicht oft vor, William. Diese Rettungsleine wird nur sehr wenigen Seelen angeboten. Ich musste gute Argumente anführen, damit dieses Vorgehen abgesegnet wurde. Aber keine Sorge, ich kann das. Ich hab alles im Griff."

„Entschuldige, Lizzie. Ich weiß, ich hab deinen Einsatz nicht recht zu würdigen gewusst. Es ist so schwer gewesen … loszulassen. Mir ist klar, dass du weit mehr getan hast, als du musstest – und … dafür danke ich dir. Ganz ehrlich."

„Gern geschehen."

„Du hast gesagt, ich bin der Einzige, der zurückgeht – aber du kommst doch auch, oder?"

Sie schüttelte den Kopf. „Das ist nicht möglich. Es ist dein Fenster, nur bei dir funktioniert das. Ich werde da sein, aber nicht so, wie ich jetzt bin. Ich werde so sein, wie ich bei unserer ersten Begegnung war."

„Und Arthur? Ich habe mich nicht von ihm verabschieden können."

„Ich bin hier, mein Junge", sagte Arthur, der neben mir erschien.

Ich umarmte meinen Freund. „Es tut so gut, dich zu sehen. Du hast mir gefehlt. Entschuldige, dass ich dich in Schwierigkeiten gebracht habe."

„Unsinn", antwortete er. „Es gibt nichts, wofür du dich entschuldigen müsstest. Dir zu helfen war meine Entscheidung. Und ich würde es sofort wieder so machen."

„Wirst du zurechtkommen?"

„Mach dir um mich keine Sorgen, mein Junge. Denk dran, es wird alles so, als wäre dies hier nie geschehen."

„Aber …" Lizzie hatte gesagt, er würde gute Miene zu seinem Schicksal machen, doch er würde auf ewig hier festsitzen – und langfristig befürchte sie Schlimmes für seinen Verstand. „Was wirst du mit dir anfangen?"

„Ich komm schon klar. Ich beschäftige mich. Lizzie hat bestimmt das eine oder andere für mich zu tun. Sie weiß, wo ich bin."

„Stimmt genau", sagte sie.

„Aber. Es ist nicht fair …"

„Was ist nicht fair?", sagte Arthur. „Ich habe meine Wahl getroffen. Da ist nichts zu bereuen, das weißt du doch. Und so bald werde ich schon nicht durchdrehen, da mach dir nur keine Sorgen. Bis jetzt habe ich ja ganz gut durchgehalten, und es ist einfach nicht mein Stil, auf dem Friedhof rumzuspuken."

Lizzie legte jedem von uns eine Hand auf die Schulter. „Es wird Zeit."

Arthur lächelte. „Auf Wiedersehen, mein Junge. Viel Glück!"

„Auf Wiedersehen, Arthur. Vielen Dank für alles."

Er blinzelte und verschwand.

„Bist du bereit?", fragte Lizzie mich.

„Glaub schon. Wenn ich zurückkomme, wird es genauso wie letztes Mal, oder? Ich muss nur andere Entscheidungen treffen."

„Genau. Keine Zeit vertrödeln, das ist das Entscheidende. Je weniger du die Dinge beeinflusst, desto besser."

„Und was ist mit Dad? Kann ich irgendwas tun, um sein Schicksal abzuwenden?"

Sie zuckte mit den Schultern. „Das weiß ich nicht, ehrlich gesagt. Vielleicht ändern die Entscheidungen, die du triffst, das Schicksal deines Vaters. Aber manche Dinge passieren eben, sosehr man auch versucht, sie zu verhindern – sie sind wie in Stein gehauen."

„Und ich kann nicht irgendwie in die Zeit vor meinem Tod zurückgeschickt werden, wo ich den Lauf der Dinge aufzuhalten vermag?"

„Ich wünschte, das wäre möglich, aber dein Tod ist das Fenster. Daran ist nicht zu drehen."

Was jetzt? fragte ich mich. Ich wurde nervös. Vielleicht sollte ich doch lieber bleiben. War zurückzugehen denn ganz sicher der richtige Schritt?

Diese Auseinandersetzung hatte ich mit mir unzählige Male geführt, seit Lizzie die dritte Möglichkeit erwähnt hatte. Besonders reizvoll daran war, zur natürlichen Ordnung der Dinge zurückkehren zu können. Mittlerweile hatte ich eingesehen, dass es nicht besonders gesund war, wenn ich als Seele hierblieb und Ella weiterhin mit mir kommunizieren konnte. Ursprünglich hatte ich diese Situation mit den besten Absichten geschaffen, aber sie war für keinen von uns beiden gut. Als Seele konnte ich Ella kein richtiger Vater sein. Ich würde sie damit nur in ihrem Leben behindern und dabei selber verbittert und ungerecht werden.

Andererseits – wenn ich jetzt sofort hinübergehen würde und nicht zurück – könnte Ella das überhaupt nicht verstehen. Sie würde denken, ich hätte mich dafür entschieden, sie zu verlassen – wie ihr Großvater. Und welche Folgen würde das für sie haben?

Nein, zurückgehen war die einzige Lösung. Ich musste diese Gelegenheit ergreifen und die Sache stoppen, zurückspulen und die Dinge so geschehen lassen, wie sie von Anfang an hätten geschehen sollen. Immer noch fand ich es furchtbar ungerecht, dass ich mit Mitte dreißig sterben musste und dass meine kleine Tochter damit zur Vollwaise wurde. Aber ich konnte doch nicht Gott spielen und in das Schicksal eingreifen.

Ich musste loslassen. Ich musste Ella richtig trauern lassen, damit sie weitergehen und ein Leben ohne mich haben konnte.

„Und ich kann mich ganz bestimmt von ihr verabschieden, wenn ich es so mache?“

„Ja.“

„Okay. Dann los.“

Ohne zu zögern, stellte Lizzie sich vor mich hin. Sie legte mir die Arme auf die Schultern und fixierte mich mit einem hypnotischen Blick. „Ich weiß, es war schwer, aber du hast eine gute Wahl getroffen. Alles Gute, William.“

Ehe ich antworten konnte, spürte ich, wie ihre Hände fester zupackten und auf einmal einen Druck ausübten, der mich auf meinem Platz festhielt. Lizzie blinzelte, und aus jedem ihrer Augen schoss mir ein weißer Lichtstrahl in die Augen, der sich bis in mein innerstes Wesen bohrte.

Dann war nichts mehr so, wie ich es kannte.

35. KAPITEL

Ich stehe auf dem Pflaster und sehe zu, wie zwei Sanitäter darum kämpfen, meinen geschundenen, blutüberströmten Körper wiederzubeleben. Verzweifelt hoffe ich, sie würden es schaffen, ich gehe sogar etwas näher heran, um im richtigen Moment vielleicht wieder zurück in meine Haut springen zu können. Alles zwecklos. Minuten später erklärt man mich für tot.

Aber ich bin doch noch hier! sage ich mir. Nur als was? Und dann denke ich an Ella. Was wird mit ihr geschehen, wenn ich tot bin? Sie wird ganz allein sein, von beiden Eltern verlassen. Und ich habe ihr geschworen, dass das niemals geschehen würde.

„Wartet! Gebt nicht auf!“, brülle ich die Sanitäter an. „Nicht aufhören! Ich bin noch hier. Ihr müsst es weiter versuchen. Ihr wisst nicht, was ihr da macht! Verdammt noch mal, gebt mich nicht auf! Ich bin nicht tot.“

Ich schreie mir die Lunge aus dem Leib, bettele und flehe sie an, weiterzumachen, weiter zu versuchen, Leben in meinen reglos daliegenden Körper zu pumpen. Aber sie können mich nicht hören. Für sie bin ich unsichtbar und ironischerweise auch für die Schaulustigen, die sich an der Polizeiabsperrung versammelt haben – einige fuchteln mit Smartphones herum, ganz versessen darauf, einen Blick auf den toten Typen zu erhaschen.

Aus schierer Verzweiflung hätte ich fast einen der Sanitäter gepackt, aber irgendwas hält mich zurück. Irgendwoher weiß ich, dass eine Seele nicht da sein kann, wo ein Lebender ist. Aber wie kann ich mir da nur so sicher sein?

„Warum bin ich noch hier?“, brülle ich gen Himmel.

Und jemand antwortet. Eine Stimme in meinem Kopf. Wie meine eigene, nur anders. „Denk nach. Ganz tief. Du weißt, warum.“

Aber ich weiß nicht, warum – und mehr will die Stimme nicht sagen.

Ich sehe die Fahrerin, die mich getötet hat. Unter den wachsamen Blicken eines jungen Streifenpolizisten raucht sie eine Mentholzigarette nach der anderen. Sie erzählt ihm, was passiert ist. Meine spontane Reaktion ist, sie anzuschreien, meiner Wut und Frustration Luft zu machen. Aber dann merke ich, wie verzweifelt sie ist. Sie ist leichenblass und zittert. Sie weiß, was sie getan hat. Sie wird damit leben müssen. Das ist Strafe genug.

„Weißt du, wie spät es ist?“, fragt ein Polizist den anderen.

„Gleich drei.“

Verdammt. Schulschluss. Ella. Es ist wie ein Reflex, ich renne los in Richtung Schule.

Die letzten paar Nachzügler gehen gerade durchs Schultor, als ich ankomme. Ich hetze zum Hinterausgang des Schulgebäudes, wo Ella wartet, und sehe sie ganz allein da stehen und verlassen vor sich hin schauen. Mir kommt das vor wie ein Déjà-vu, aber diesen Eindruck wische ich beiseite und renne winkend über den menschenleeren Schulhof auf sie zu. „Hier drüben, Liebling! Es ist alles in Ordnung. Ich bin jetzt hier.“

Keine Ahnung, was ich mir dabei denke. Warum sollte sie mich wahrnehmen, wenn es sonst niemand kann? Dass meine sechsjährige Tochter durch mich hindurchguckt, bringt mich ziemlich schnell auf den Boden der Tatsachen.

„Weißt du, was armselig ist?“, sagt die Stimme von vorhin. „Wenn man sein Bauchgefühl ignoriert. Dann steckt man den Kopf in den Sand. Du musst nachdenken. Ganz tief.“

„Ella, Daddy ist hier“, sage ich zum x-ten Mal und knie mich vor sie hin, sodass wir uns von Angesicht zu Angesicht befinden. Ihre Lippen sind rau, und ihre rechte Hand, mit der sie die Hello-Kitty-Brotdose umklammert, ist mit rotem Filzstift beschmiert. Das erinnert mich an was, aber ich weiß nicht genau, was es ist.

Ich schnappe nach Luft, als mir klar wird, dass ich nicht in der Lage wäre, sie daran zu erinnern, ihren Lippenbalsam zu benutzen, und ich kann ihr auch nicht mehr helfen, „die dreckigen Pfoten zu schrubben“, wie wir es immer nannten. Sie merkt nicht, dass ich da bin, sondern schaut erwartungsvoll zum anderen Ende des Schulhofs.

Ich sehe die offene Tür hinter Ella und weiß irgendwoher, dass ihre Lehrerin Mrs. Afzal gleich rauskommen wird. Sie tut es. Und was sie sagen wird, weiß ich auch schon. „Ist er immer noch nicht da, Liebes? Dann solltest du jetzt besser reinkommen.“

„Er kommt gleich“, sagt Ella beharrlich.

„Vielleicht ist die Batterie in seiner Armbanduhr schon wieder leer“, sage ich synchron zu meiner Tochter.

Woher hab ich gewusst, dass sie das sagen wird?

„Warum wohl?“, fragt mich die Stimme. „Denk tief nach. Sie kommt gleich.“

Wer denn?

Mrs. Afzal sagt, sie würde die Schulsekretärin bitten, mich anzurufen. Ich stelle mir vor, wie mein Handy hinten im Krankenwagen klingelt, während mein toter Körper abtransportiert wird. Wie einer der Sanitäter – noch mit meinen Blutspritzern auf seinem grünen Hemd – meine Taschen danach durchwühlt. Das panische Gefühl, das ich empfinde, ist mir seltsam vertraut. Wie lange mag es noch dauern, bis Ella erfährt, was passiert ist?

Ich will den beiden gerade ins Gebäude folgen, als mir jemand auf die Schulter klopft. Das sollte mich eigentlich erschrecken, tut es aber nicht. Als ich mich umdrehe, weiß ich schon, dass sie da sein wird.

„Wer ist denn da?“, fragt die Stimme mich.

Ich weiß es nicht.

Ich drehe mich um – und da weiß ich es.

Ihr Gesicht zu sehen ist der Schlüssel zu meinen Erinnerungen an das Jetzt und die Zukunft, sie prasseln auf mich ein. Erinnerungen, die ich nicht haben sollte. Aber ich habe sie, weil ich schon mal hier gewesen bin.

„Hallo, William. Tut mir leid, dass ich mich so angeschlichen habe. Ich … äh … ich bin …"

„Lizzie."

Sie schaut nachdenklich. „Ja … stimmt. Woher weißt du das?"

„Das hast du schon gesagt."

Ihre Nase zuckt. „Hab ich das? Oh, stimmt. Wie auch immer, wahrscheinlich hast du einige Fragen."

Nicht so viele, wie du vielleicht erwartest, denke ich.

Ich bleibe noch eine kleine Weile und beobachte alle. Die Uhr tickt, aber mir bleiben immer noch ein paar Stunden. Es ist seltsam, wieder in meinem alten Haus zu sein und sie alle von Neuem um mich trauern zu sehen. Es ist meine Welt – und doch nicht. Dieses Mal muss ich Abstand halten, Beobachter bleiben. Hier ist nicht mein Platz.

Alles läuft in etwa so ab, wie ich es in Erinnerung habe, obwohl ich jetzt genauer beobachten kann, weil ich nicht so verwirrt und frustriert bin. Doch es ist beim zweiten Mal noch verstörender zuzuschauen, wie Mum Ella die Nachricht von meinem Tod beibringt. Beim ersten Mal muss ich wie betäubt gewesen sein, so wie jetzt alle, und das hat den Schmerz gedämpft. Und dann ist da noch die Tatsache, dass mir nicht mehr viel Zeit mit ihr bleibt. Das ist mir erschreckend klar. Vielleicht kann sie mich ja nicht sehen, aber ich koste jeden Augenblick mit ihr aus. Wenn sie doch nur nicht so traurig, so verloren aussehen würde.

Auch wenn ich weiß, dass es kommt, bricht es mir noch mal das Herz, als sie in ihrem Prinzessinnenschloss sitzt und sagt: „Ich weiß, du bist nicht tot, Daddy. Bitte, komm bald nach Hause, damit Nana sieht, dass sie sich irrt. Du hast versprochen, dass du mich nie verlässt. Und ich weiß, das war ehrlich gemeint. Bitte, komm nach Hause, Daddy. Ich vermisse dich."

Es ist auch schwer, meinen Vater lebend wiederzusehen. Ich wünschte, ich könnte mit ihm reden und ihm sagen, was er wissen muss. Er ist in einem Schockzustand wie Mum und Ella. Und Lauren und Xander vermutlich auch, aber die beiden sind noch nicht eingeflogen. Ob sie wohl wirklich hierher umziehen werden? Hoffentlich. Es wäre gut für Ella, die beiden in der Nähe zu haben.

Alle wissen, was passiert ist, können es aber noch nicht ganz begreifen. Dieser Zustand wird noch eine Weile anhalten, bis zur Beerdigung ganz bestimmt. Das gilt auch für dieses schreckliche Gefühl morgens, wenn sie die warme Decke des Schlafes zurückschlagen und feststellen müssen, dass der Albtraum Wirklichkeit ist.

Ich wünschte, ich könnte ihnen all das ersparen, doch das kann ich nicht. Es gehört zu dem Prozess, den sie durchleben müssen. Wenigstens ist ihnen nicht bewusst, dass sie es zum zweiten Mal durchmachen. Das ist die Last, die ich zu tragen habe.

Als dieser schreckliche Tag zu Ende geht, schaue ich Ella beim Zubettgehen zu und bleibe dann bei Mum und Dad, bis sie sich auch zurückziehen. Ich flüstere ihnen meinen Abschiedsgruß zu, ehe ich wieder in Ellas Zimmer zurückgehe.

So, das ist es also, denke ich. Jetzt habe ich die Gelegenheit, mich zu verabschieden.

Als ich ganz sicher bin, dass Ella fest schläft, knie ich mich neben ihr Bett und wiederhole die Prozedur genau so, wie ich sie schon einmal durchgeführt habe.

Ich lege eine Handfläche auf die andere, halte sie über Ellas Kopf, schließe die Augen und konzentriere mich auf meine Tochter. Ich versuche, alle anderen Gedanken auszuschalten und nur an Ella zu denken. Ich stelle mir vor, wie sie vor mir steht mit glitzernden Augen und Zahnlücken – lächelnd. Ich stelle mir vor, wie ich mit der Hand durch ihre schönen blonden Locken fahre, bevor ich sie in die Arme schließe. Ich denke zurück an die besten Zeiten, die wir miteinander verbracht haben, an eine Zukunft, die nicht mehr existiert.

Ein paar Anläufe muss ich machen, aber das beunruhigt mich nicht. Irgendwann wird es klappen, das weiß ich. Ich konzentriere mich weiter auf meine Tochter und trete ganz ruhig die Hindernisse nieder, die den Weg versperren, bis ich endlich durchdringe. Dann kommt plötzlich dieses ruckartige Gefühl, mit dem die Welt sich in sich zusammenzieht und mich verschluckt. Ich falle.

Tiefer.

Tiefer.

Tiefer.

Als es vorbei ist und ich die kühle, feuchte Luft in meine Lungen atme, stoße ich einen Freudenschrei aus. Im Dunkeln rapple ich mich hoch und atme denselben überwältigend fischigen Geruch ein wie beim letzten Mal. Dann laufe ich durch den Tunnel nach draußen.

Ich hatte gehofft, sie hier zu finden. Und ja, als ich durch die Dunkelheit auf den warmen, sonnenüberfluteten Strand aus Ellas Vorstellung komme, sehe ich in der Ferne ihr Prinzessinnenschloss rosa schimmern. Ich schaue runter auf meine neuen Sachen – dieselbe Baumwollhose, dasselbe karierte Hemd wie bei meinem letzten Besuch hier. Dann streife ich Turnschuhe und Socken ab, rolle die Hosenbeine auf, und so schnell die nackten Füße mich tragen wollen, renne ich auf mein Ziel zu.

So glücklich war ich schon lange nicht mehr. Ich habe ein schwieriges Gespräch vor mir, das weiß ich. Doch das dämpft das überschwängliche Gefühl der Freude, der Befreiung nicht, denn endlich bin ich mir sicher, das Richtige zu tun. Ella wird es nicht leichtfallen, mit meinem Tod fertigzuwerden, aber irgendwann wird sie es schaffen.

Ich sehe schon vor mir, wie wir uns vor dem Zelt umarmen: ich und meine wunderbare Tochter. Während ich auf sie zurenne, überlege ich, was sich wohl gerade in ihrer unglaublich fantasievollen Traumwelt abspielen mag. Mein Aufenthalt hier ist begrenzt, das ist mir klar. Schon bald wird Ellas Gehirn erkennen, dass ich nicht hierhergehöre, und ich werde im hohen Bogen rausgeworfen werden wie bei meinem letzten Besuch. Aber ich habe vor, aus meiner Zeit hier das Beste zu machen. Ich werde sie nutzen, um Ella so gut wie möglich auf das Leben ohne mich vorzubereiten. Sie soll wissen, wie lieb ich sie habe. Ich hoffe auch, ihr irgendwie eine Ahnung in Bezug auf Dads Schlaganfall mitgeben zu können. Vielleicht kann sie dazu beitragen, dieses Mal sein Schicksal zu ändern. Ich weiß nicht, ob Ella sich daran erinnern wird, wenn sie aufwacht, aber ich muss fest daran glauben, dass meine Worte sich irgendwo in ihrem Unterbewusstsein einnisten.

Ich werde nicht lange genug da sein, um es herauszufinden. Meine Zeit als Beobachter ist vorbei. Sobald ich dieses Traumland verlasse, werde ich Lizzie rufen, ihre Hand nehmen und mich dem reinen weißen Licht hingeben, das mich auf die andere Seite führt. Ich versuche, mir vorzustellen, wie das sein wird, dabei laufe ich weiter, und das rosa Zelt rückt näher. Kann es einen perfekteren Ort als diesen geben?

Ich hoffe, Alice wartet auf mich, so wie sie gesagt hat, so wie sie in meinen Träumen war. Ich hoffe, wir können über das hinwegkommen, was ich ihr angetan habe, und einander wieder so lieben, wie wir es am Anfang getan haben. Und ich hoffe, Ella wird eines Tages zu uns kommen – aber erst wenn sie alt und grau ist und ein glückliches Leben hinter sich hat. Ich hoffe …

Ich bin nah genug dran. Länger kann ich mich nicht zurückhalten. „Ella! Bist du da?"

Eine Sekunde lang geschieht nichts, und mein Herz setzt einen Schlag lang aus. Dann sehe ich, wie die Tür geöffnet wird. Von einer kleinen Hand. Meine unglaubliche Tochter steckt ihren Kopf aus dem Zelt, und sie strahlt mich an. „Daddy!", schreit sie und läuft in ihrem roten Lieblingsbadeanzug mit den weißen Punkten über den Sand auf mich zu. Sie springt mir in die Arme. „Oh, Daddy. Ich wusste, du würdest kommen."

DANKSAGUNG

Viele Menschen haben dazu beigetragen, dass dieses Buch erscheinen konnte. Es war ein langer Weg bis zur Veröffentlichung, und ohne ihre Hilfe hätte ich es nie geschafft.

Zuerst und vor allem danke ich meiner Familie, die unerschütterlich an mich geglaubt hat. Danke, dass ihr die ersten Entwürfe gelesen habt, für mich da wart, wenn ich Fragen und Zweifel hatte, und mir die Freiheit gewährt habt, meinen Traum zu verwirklichen.

Und dann muss ich meiner Agentin Pat Lomax danken. Du hast mich ganz fantastisch von Anfang bis Ende durch den ganzen Prozess gelotst. Und du hast sofort an das Buch geglaubt, gesehen, was andere nicht sehen konnten, und dich seitdem immer für mich eingesetzt. Deine harte Arbeit und deine Unterstützung weiß ich sehr zu schätzen.

Mein Dank geht an das wunderbare Team bei Avon/HarperCollins – besonders an Lydia Vassar-Smith, Katy Loftus, Eleanor Dryden und Kate Ellis, mit denen es eine Freude war, den Text zu lektorieren. Vermutlich gibt es für einen neuen Autor keinen freundlicheren Ort, um zu lernen, was alles zur Veröffentlichung eines Buches gehört.

Bevor ich eine Agentin und einen Verlag gefunden hatte, waren ein paar Freunde so nett, erste Entwürfe dieses Romans zu lesen und mir ein Feedback zu geben. Mervyn Kay, Tim Smith und Nick Coligan danke ich dafür. Ihr seid Stars.

Maurice Cohen, Rosie Kay und Hillary Shaw muss ich auch erwähnen. Eure Hilfe war unschätzbar.

Und zuletzt danke ich Ihnen, den Lesern. Sie sind der Grund dafür, dass ich schreibe.